rowohlt

Heleen van Royen

Die glückliche Hausfrau

Roman

Deutsch von Hanni Ehlers

Rowohlt

Die Originalausgabe erschien 2000 unter dem
Titel «De gelukkige huisvrouw» bei Uitgeverij Vassallucci,
Amsterdam
Umschlaggestaltung any.way
Foto: © Hans B. Thé Fotografie
Redaktion Nikolaus Stingl

1. Auflage Juli 2002

Satz aus der Aldus PostScript, PageMaker
bei Pinkuin Satz und Datentechnik, Berlin
Druck und Bindung Clausen & Bosse, Leck
Printed in Germany
ISBN 3 498 05761 8

Die Schreibweise entspricht den Regeln
der neuen Rechtschreibung.

Dieses Buch ist für dich bestimmt. Ich habe beim Schreiben immer an dich gedacht. Vielleicht hast du es dir ausgeliehen, vielleicht hast du es geschenkt bekommen, vielleicht hast du es gekauft. Hoffentlich Letzteres. Aber egal wie, du kannst jetzt darüber verfügen und damit machen, was du willst. Das Buch besteht aus 80 138 Wörtern. Es wäre mir lieb, wenn du sie allesamt lesen würdest. Die Geschichte beginnt auf Seite 7.

1 *22. Februar 1966*
So, Lea, da wärst du also.

«Wie lange warst du in der Isolierzelle?» Beau van Kooten sah aus dem Fenster, während er das fragte.

«Ich weiß nicht genau. Ein paar Stunden, glaube ich. Morgens haben sie mich wieder rausgeholt.»

«Sie?»

«Ja, sie waren zu viert. Die ganze Nacht hab ich keinen zu sehen gekriegt, und dann stand auf einmal 'ne ganze Armee vor der Tür. Vornedran einer mit so 'nem dünnen Bärtchen rund ums Gesicht. Der Chef von der Psychiatrie, hab ich später gehört.»

Van Kooten rieb sich das Kinn. «Meinst du Doktor Posthumus?»

«Ja, der. Echt das Letzte, der Typ. Hat geschleimt wie blöd, als er mich aus der Zelle holte. Es sei ja so ein Theater gewesen nachts. Und man habe ja sogar den Bürgermeister einschalten müssen, um mich ins Krankenhaus einliefern zu können. Der Bürgermeister, na klar, der hat ja auch nichts anderes zu tun, hab ich nur gedacht.»

«Doktor Posthumus ist ein renommierter Mann, Lea.»

«Ach, wirklich? Na, ich hab ihn nur zweimal zu Gesicht gekriegt. Alles andere hat er seiner Assistentin überlassen. Dabei hatte die noch nicht mal ihr Studium abgeschlossen, stellen Sie sich das mal vor.»

«Ich höre deiner Stimme große Verärgerung an.» Van Kootens Blick bohrte sich in meine Augen. «Warum?»

«Weil ich da nicht hingehörte. Man hat mich gegen meinen Willen eingesperrt. Ich durfte ja, auch nachdem ich aus der Isolierzelle raus war, nicht nach Hause.»

Er lehnte sich zurück und verschränkte die Arme. «Das geschah aber doch höchstwahrscheinlich zu deinem eigenen Besten, oder meinst du nicht?»

Ich biss mir auf die Lippe. Mann, war van Kooten heute streng. Beim ersten Mal war er viel netter gewesen. Er hatte mir diesmal auch keinen Kaffee angeboten. Ob sein Interesse jetzt schon nachließ?

«Möchtest du einen Kaffee?»

Da behaupte noch einer, Psychiater könnten nicht Gedanken lesen.

Van Kooten erhob sich und ging zu seiner Espressomaschine. Er kam mit zwei dampfenden Tassen zurück. «Ein Stückchen Süßstoff war's doch, nicht?»

Dass er das noch wusste. Ich schämte mich, dass ich an ihm gezweifelt hatte. Der Mann hatte wirklich ein Herz für seine Patienten.

Van Kooten nickte in Richtung Computer. «Steht alles in meinem iMac. Ich hab ein spezielles Programm dafür entworfen. Ein Tastendruck, und er spuckt mir für jede Sprechstunde eine Übersicht aus, wer seinen Kaffee oder Tee wie trinkt.»

«Wow.»

«Ich hab erwogen, ob ich mir das patentieren lassen soll. Aber dann hab ich gedacht: Wenn alle meine Kollegen dasselbe machen, ist es nichts Besonderes mehr.»

Ich nippte an meinem Kaffee. Er war ein bisschen labbrig.

«Jeder Mensch möchte einzigartig sein, Lea. Einzigartig und unersetzlich. Du denkst: Ich hab nicht in die psychiatrische Abteilung eines Krankenhauses gehört. Und soll ich dir mal was verraten?» Er stellte seine Tasse auf den Tisch.

Ich nickte eilig.

«Du bist nicht die Einzige! Ich hab täglich mindestens einen in meiner Sprechstunde, der findet, dass er normal ist und der Rest der Welt verrückt. Dennoch hat jeder Einzelne meiner

Patienten irgendwann den Boden unter den Füßen verloren. Du auch.»

Ich schlug die Augen nieder. «Womöglich sagen Sie jetzt noch, dass ich das Ganze akzeptieren soll.»

«Genau!», sagte van Kooten begeistert. «Wenn du akzeptierst, was dir passiert ist, kannst du das Ganze einordnen. Und deine Verärgerung wird sich von allein legen.»

«Und wie stell ich das an?»

«Was?»

«Das Einordnen. So à la Schublade auf, Scheiße rein, Schublade zu, oder wie?»

«So einfach, wie du es jetzt darstellst, ist es natürlich nicht. Das ist ein Prozess, der monate-, ja manchmal jahrelang dauern kann, je nachdem wie schwer wiegend das Trauma ist und wie tief es sitzt.» Er sah mich forschend an. «Aber wenn du meinst, dass du es allein schaffst, nur zu.»

«Nein, natürlich nicht. Ich hatte nicht die Absicht, Ihre Fachkompetenz in Zweifel zu ziehen. Ich wüsste nicht, was ich ohne Sie machen sollte ...» Meine Augen füllten sich mit Tränen. «Tut mir Leid, ich bin noch verdammt labil.»

Love means never having to say you're sorry.

«Schwamm drüber», sagte mein Psychiater.

«Der Kaffee ist köstlich, Herr van Kooten.»

«Fein.» Er räusperte sich. «Dann möchte ich noch eines von dir wissen.»

Ich trocknete meine Augen mit einem Papiertuch.

«Möchtest du gesund werden?»

«Ja, schon», sagte ich verhalten.

«Ich möchte, dass du es sagst.»

«Bitte?»

«Sag es. Laut.»

«Jetzt?»

Van Kooten nickte.

«Ich möchte … äh … ich möchte gerne … gesund werden.»

Mein Therapeut klatschte in die Hände. «Wunderbar! Wollen wir dann einen Termin für das nächste Mal vereinbaren?»

2

22. Februar 1966
Mit vollem Namen heißt du Helena Helma Maria. Helena kommt von einer Urgroßmutter von deinem Papa, die Helena Brood hieß. Diese Helena Brood war mit einem Pieter Cornelissen verheiratet.

Ich bin eine Frau. Ich habe ein Kind geboren.

Meine Schwangerschaft dauerte neun Monate und zwölf Tage. Nach neun Monaten und zwölf Tagen war Harry Vater und ich Mutter. Von einem Tag auf den andern hatten wir lebenslänglich.

Ich habe einen Sohn zur Welt gebracht. 1998 habe ich ihn geboren, aber es hätte genauso gut 1698 sein können. Denn seither hat sich in der Geburtshilfe in den Niederlanden nichts Nennenswertes verändert. Die «natürliche Geburt» ist immer noch sehr im Schwange.

Beim Wörtchen «natürlich» sträuben sich mir die Haare. Ich steh nicht so auf die Natur. Ich will da nicht irgendwann mal tot aufgefunden werden.

Die Natur ist ein frauenfeindlicher Ort. Irgendwie machst du da als Frau nie eine gute Figur, da kannst du dich noch so abstrampeln. Das liegt an den Elementen. Die machen mich nervös.

Wenn Gott die Natur für die Frauen vorgesehen hätte, dann hätte er die Frau aus Plastik erschaffen. Wär sowieso keine schlechte Idee gewesen. Plastik ist ein tolles Zeug. Meine halbe Inneneinrichtung ist aus Plastik. Mein Söhnchen hat nur Plastikspielzeug. Ich versteh nicht, wieso Plastik so ein schlechtes Image hat. Es ist unverwüstlich. Nicht kaputtzukriegen, weder von den Elementen noch von meinem Söhnchen. Ein beruhigender Gedanke.

Machteld hat mich nie gefragt, ob ich eine natürliche Geburt wollte. «Deine Schwangerschaft verläuft so reibungslos, da machst du's doch sicher zu Hause, nicht?» Machteld ist meine Hebamme.

Autoritätsgläubig, wie ich nun mal bin, hab ich gleich «ja» gesagt. Nahm einfach kritiklos hin, dass man offenbar von einer problemlosen Schwangerschaft auf eine ebensolche Geburt schließen kann. Ganze Heerscharen von Frauen hätten mich eines Besseren belehren können, aber was sagen mir schon Heerscharen. Ich dachte: Das Mädchen hat's ja gelernt. Wenn sie sagt, dass es zu Hause geht, dann machen wir's zu Hause.

Machteld war natürlich happy, denn für eine Hausgeburt kriegt sie einen halben Blauen mehr als für eine Entbindung im Krankenhaus.

Was den Verlauf meiner Schwangerschaft betraf, war ich übrigens ganz und gar nicht ihrer Meinung. Es lief alles andere als gut. Schwanger zu sein ist was Grässliches. Ein geradezu menschenunwürdiger Zustand ist das. Du siehst unmöglich aus. Echt. In den neun Monaten verlierst du sämtliche Proportionen, die du je hattest. Okay, die Möpse sind zwar nicht schlecht, aber leider fallen sie weniger ins Auge als deine Flappe. Und welcher Mann sieht schon weiter, als seine Nase reicht. Kein Bauarbeiter verliert mehr ein Wort über deinen Knackarsch. Die Einzigen, die dir noch hinterhergucken, sind Frauen mit so einem wehmütigen Blick in den Augen. Die erzählen dir dann ungefragt, wie strahlend du aussiehst, und bohren dir ihre gierigen Fettfinger in den Bauch: «Oh, ich glaub, es hat getreten!»

Da bin ich dann allerdings wieder gerührt, dass so ein Kind die gleichen Anwandlungen hat wie ich.

Meistens haben die Nervensägen mit den bohrenden Fingern selbst keine Kinder. Sie hätten zwar gern welche, kriegen aber keinen Schwanz dazu, ihnen welche zu machen, oder geistern die Hälfte der Woche mit ihren frisierten Eizellen in der Tupperwaredose im Krankenhaus rum, während sich die ihnen angetrauten Armleuchter in irgendeinem sterilen Raum mit einem *Playboy* von 1988 einen runterzuholen versuchen. Wenn ich jemals so tief sinken sollte, würde ich's meinem Harry selbst rauslutschen und es höchstpersönlich in das geile Petrischälchen spucken, genau auf die Eizelle. Ich kann nämlich gut zielen. Den Rest würde ich runterschlucken beziehungsweise an meinem Kleid abwischen. Ich halte nämlich nichts von unbefleckter Empfängnis, das bringt nur Ärger.

Ich hasse solche Muttertiere mit bohrenden Fingern, aber ich kann ihnen keinen Vorwurf machen. Sie können ja nicht wissen, wie so eine Schwangerschaft in Wirklichkeit ist. Andererseits sind sie immer gleich verschnupft, wenn ich mal die Torturen anspreche, die diese vierzig Wochen zur Hölle machen. Sie würden «alles» dafür geben, wenn es ihnen vergönnt wäre, ein Baby zu bekommen. Jede Krampfader würden sie mit Freuden begrüßen, ihre erste Hämorrhoide würden sie fotografieren und im Babytagebuch verewigen, und die gezogenen Fäden von der Dammschnittnaht würden sie unter ihren Besuchern am Wochenbett verlosen.

Mutter zu sein ist ein Image-Killer sondergleichen.

Im Sommer waren Corine und ich auf einer Poolparty. Corine ist die, mit der ich immer Tennis spiele. Wir lagen auf zwei Liegen am Rand vom Swimmingpool. Ich hatte Harry junior dabei, weil meine Philippina zum Zahnarzt musste.

Kreuzt da doch plötzlich Danny Blind auf. Ich dachte, ich werd verrückt. Reflexartig pflanzte ich Junior Corine auf den Schoß.

Sie schreckte aus ihrem Nickerchen hoch.

«Sorry, ist mal kurz nötig. Er gehört zu dir, okay?»

Corine richtete sich auf. Junior starrte verdutzt auf ihre Jacky-O-Sonnenbrille.

Ich malte mir schnell die Lippen an und toupierte mein Haar.

Corine gähnte. «Muss ich was mit ihm machen?»

«Solange er still ist, nicht. Und wenn er schreit, gibst du ihm einen Lutscher. Die sind in meiner Tasche.»

Ich scannte Blind. Mann, hatte der geile Locken! Das wäre vielleicht eine gute Einleitung. Sollte ich ihn mal kurz fragen, ob sie echt waren? Und dann lässig mit den Händen hindurchfahren? Seinen Kopf ein bisschen zu mir herziehen. Immer näher und näher, bis sich unsere Münder beinahe berühren würden. «Keine Dauerwelle», würde ich sagen, «Danny, und wenn mich nicht alles täuscht, bist du Linksträger. Beidbeinige konnten bei mir noch nie landen, weißt du?» Ich würde mir total langsam mit der Zungenspitze über die Lippen lecken. «Wollen wir ins Wasser gehen?» Er würde nicken und mich zum Pool führen. Ich zerfloss schon in meinem Badeanzug. Das war eine einmalige Gelegenheit. Corine war diskret, Harry würde nie etwas davon zu hören bekommen.

Danny bekam vom Gastgeber etwas zu trinken. Ich versuchte Blickkontakt mit ihm aufzunehmen, aber er stand zu weit weg.

«Ach, ist das ein Schnuckelchen!», hörte ich da eine Frauenstimme gurren.

Mist. Ich war nicht die Einzige, die es auf Blind abgesehen hatte.

Die Stimme kam näher. «Wie alt ist er denn?»

Mist. Die Fregatte baute sich genau zwischen Danny und mir auf. «Das ist doch dein Söhnchen, nicht?»

Mist, Mist und nochmal Mist.

«Aber was frag ich denn überhaupt, er ist dir ja wie aus dem Gesicht geschnitten. Diese Augen! Was für ein goldiger kleiner Mann. Da bist du wohl stolz, was? Lief die Geburt gut?»

«Nööh.»

«Tja, geschenkt kriegt man's nicht, hm? Aber dafür wird man doch reich belohnt. Stimmt's? Ich weiß noch, dass ich beim ältesten von meiner Rasselbande wahnsinnige Wehenschmerzen im Rücken hatte, und beim mittleren ... und beim jüngsten ... so fantastisch ...»

Mist hoch drei und zugenäht. Eine *Mutter!* Eine richtige.

Gegen richtige Mütter bin ich allergisch. Da läuft's mir kalt den Rücken runter, wenn ich eine seh. Die Rosa-Wolken-Marias sind darauf spezialisiert, die harte Wahrheit zu verschleiern. Ihren Beschreibungen nach muss es eine geradezu orgiastische Erfahrung sein, einen Achtpfünder durch seine Scheide zu pressen. Das *muss* jede Frau einfach mal erlebt haben. Sie schwafeln von Urgefühlen und Erdverbundenheit und verlieren dabei völlig aus dem Blick, dass sie ganz einfach nur läufig sind und sie das in eine uralte Falle hat tappen lassen. Ganz schön blöd! Denen könnte man drei Zangengeburten verpassen, und sie würden immer noch behaupten, dass die Schmerzen sofort vergessen sind, wenn du erst mal dein Baby im Arm hältst.

Ich habe die Schmerzen nicht vergessen. Das ging auch gar nicht, denn ich habe sie noch wochenlang gespürt. Alles tat mir weh. Ich konnte nicht sitzen, nicht stehen und nicht gehen. Es zog und brannte wie die Pest. Zum ersten Mal im Leben war meiner Dose nicht nach Sex. Vom Kopf her natürlich schon, aber mein Unterleib versagte mir den Dienst. Harry übrigens desgleichen. Der Sack.

Richtige Mütter sind das Schlimmste, was einem Kind passieren kann. Denen müsste das Kinderkriegen eigentlich verboten werden. Die sind krank. Das sind keine Frauen mehr. Das sind Wesen, die sich selbst debilisieren, um die Welt durch die Augen ihrer Sprösslinge noch einmal neu entdecken zu können. Spiel lieber mit dir selbst, Maria, und lass dein Kind in Ruhe. Behalt dein gestörtes Gedankengut für dich. Und lass die Finger von seinen Legosteinen.

Richtige Mütter finden Kinder Mitleid erregend. Aber genau das sind Kinder nicht, Kinder sind durchaus fürs Überleben ausgerüstet, und die meisten von ihnen kriegen es auch ganz gut hin. Es sei denn, sie haben das furchtbare Pech, dass ihre Mutter Mitglied des Gluckenklubs ist. Oder, schlimmer noch, der Still-Mafia angehört. Das sind die Muttis, die ihre Kinder manchmal regelrecht aushungern, weil sie nicht zugeben wollen, dass ihre mickrigen Titten weniger hergeben als ein Fläschchen Babymilch.

Ich sah aus wie ein Tier, als ich schwanger war. Wie so ein, na, wie heißen die noch, die Viecher, die sie immer ins Wasser zurückzuschieben versuchen, wenn sie versehentlich irgendwo gestrandet sind? Bei mir hatte sich so viel Wasser im Körper gestaut, dass sich die Nachbarn schon über das Glucksen beschwerten.

Am schlimmsten war, dass mir nichts mehr passte. Meine Pumps, meine Ringe, meine String-Tangas, meine Strapse, meine Tops, meine hautengen Röcke: es wurde immer schwieriger, mich da noch reinzuzwängen. Nach ungefähr sechs Monaten konnte ich den Kleiderschrank schließen. Für den Rest der Schwangerschaft war ich schwer depressiv.

Die natürliche Geburt war das Schauerlichste, was mir je passiert ist. Das war die reinste Schlachtung. Nicht für das Kind, nein, nur für mich. So gehört es sich anscheinend.

Dabei war ich doch wahrhaftig noch zum Schwangerschaftsjoga gegangen, um mich auf das Ganze vorzubereiten. «Du gehst doch wohl zum Joga?», hatte Machteld gesagt.

Ich sehe mich noch in dieser glutheißen Miefbude im Nachbarschaftshaus hocken, zusammen mit sechzehn anderen Damen. Die Jogalehrerin hatte es nicht für nötig gehalten, ein paar vernünftige Stühle zu organisieren. Wir mussten uns auf dünne Matten setzen, die vermutlich irgendwann mal violett gewesen waren. Ich dachte noch: Wie viele Fruchtblasen mögen wohl auf meiner Matte schon geplatzt sein? Zur nächsten Stunde habe ich dann gleich meine eigene Matte mitgenommen. Aus Plastik, das fand ich hygienischer.

Die Lehrerin war eigentlich ganz nett, obwohl sie sich bei ihren Klamotten total in der Zeit vergriffen hatte. Sie redete ziemlich viel, und das immer in so einem langsamen, schleppenden Ton. «… bei der Geburt musst du eins werden mit dem Kosmos. Du musst eins werden mit deinen Wehen und eins werden mit dem ungeborenen Kind in deinem Bauch …»

Und die schwangeren Mutterschweine, ich eingeschlossen, nickten brav. Keine fragte, wie zum Teufel man das denn anstellen sollte. Ich fand das doch einigermaßen inzestuös, sich mit dem eigenen, noch ungeborenen Kind zu vereinigen. Da vereinige ich mich doch lieber mit einem ausgewachsenen Kerl.

Kann sein, dass ich eingeschlafen bin, aber meiner Meinung nach hat die Lehrerin bei dem Kurs einen wichtigen Aspekt vergessen. Bei der Geburt können nämlich auch dein Arschloch und deine Spalte eins werden. Das nennt sich dann Dammriss total.

3

22. Februar 1966
Den Namen Helma hast du von mir, deiner eigenen Mutter.

Ich bin eine glückliche Hausfrau. Ich habe alles, was mein Herz begehrt. Und ich brauche keinen Tag dafür zu arbeiten. Denn arbeiten tut mein Mann.

Harry ist in der Immobilienbranche. Was er da so im Einzelnen macht, weiß ich nicht genau, aber es bringt haufenweise Geld. Mehr, als ich ausgeben kann – und das will was heißen. Ein hart arbeitender Mann ist der beste Mann, den es gibt. Er ist nie zu Hause, und trotzdem werden alle Rechnungen bezahlt.

Ach, ehe ich es vergesse: Ich liebe Harry. Das hört man ja heutzutage nicht mehr so oft. Die meisten Frauen, die ich kenne, haben den ganzen Tag nichts anderes zu tun, als sich über ihren Alten zu beschweren. Mensch, können Tussen jammern, da bin ich immer wieder baff. Bei mir im Fitnessklub ist eine, die müsste man glatt an die Klagemauer stellen.

Mein Harry ist ein richtiges Karrieretier. Er arbeitet achtzig Stunden die Woche, spielt zwanzig Stunden Golf, und die restliche Zeit hockt er vor der Glotze. Ich brauche mich also kaum um Harry zu kümmern. Dass wir so wenig zusammen sind, ist für mich kein Problem. Im Gegenteil, das ist der reinste Segen. Je weniger ich Harry sehe, desto besser kommen wir miteinander aus.

Die Leute fragen sich ja gelegentlich, was das Geheimnis einer guten Ehe ist. Also meiner Meinung nach lässt sich das leichter beantworten, als sie denken.

Früher brachte ich Harry jeden Morgen das Frühstück ans Bett. Um halb sieben klingelte der Wecker. Dann zog ich mir schnell meinen seidenen Morgenmantel übers Negligé, legte Lippenstift und Wimperntusche auf – denn Harry mag keine nackten Gesichter –, presste drei Orangen aus, kochte Kaffee und backte Croissants auf. Wir frühstückten zusammen. Er aß die Croissants, ich ein bisschen Obst. Er las den *Telegraaf,* ich sah mir eine Wiederholung von «Fashion Affairs» an. Wir redeten möglichst wenig, um die Ruhe nicht zu stören.

Im Sommer habe ich unser morgendliches Ritual immer am meisten genossen. Dann machte ich die Terrassentüren auf, und wir frühstückten auf unserer Dachterrasse in der Sonne.

An diese glücklichen Momente denke ich auch heute noch immer wieder gern zurück.

Mein erster Mann hieß Ed und war Amerikaner. Er war zwei Meter lang und ein richtiger Hengst.

Ed war unheimlich eifersüchtig. Er fürchtete ständig, dass ich fremdgehen könnte. So sehr, dass er es dann lieber selbst schon mal tat. Und am nächsten Tag kam er dann mit juckendem Schniedel und einer Ladung Pillen nach Hause. Die müssten wir beide einnehmen, sagte er, denn die Dame, mit der er in seinem Käfer eine Nummer geschoben hatte, war nicht ganz sauber gewesen.

Aber auch als die Pillen vertilgt waren, hörte die Juckerei nicht auf. Ed ging mit mir zu seinem Hausarzt. Er/Sie befand sich gerade mitten in einer Geschlechtsumwandlung. Er sah aus wie eine Frau, hatte aber noch sein Ding. Ed hatte dazu einen Brief erhalten. Dass Wim von nun an Wilma heißen werde, und ob ihm das etwas ausmache. Nein, das machte Ed nichts aus. Er fand das sogar witzig. Ich fand es auch witzig. Aber da ahnte ich ja auch noch nicht, dass Wilma mich eines Tages auffordern würde, mein Höschen runterzulassen und mich zu bücken. Wilma hatte die Statur eines Hafenarbeiters, trug ein hellgelbes Zelt und rosa Lippenstift. Spätestens als sie Ed mit frisch rasierter Hand die Spritze in die rechte Pobacke jagte, hätte mir klar sein müssen, dass meine Ehe zum Scheitern verurteilt war.

Aber ich habe es noch weitere drei Jahre probiert. Drei lange Jahre, in denen Himmel und Hölle in rascher Folge wechselten. Ich kam nicht ohne Ed aus, und Ed nicht ohne Alkohol. Als ich dann ein für alle Mal die Wohnungstür hinter mir zuzog, war ich echt froh. Und ich dachte, dass es Ed genauso gehen würde. Er hatte in den Niederlanden Geschichte studiert, und seine Devise lautete: Passiert ist passiert, und damit basta! Eine großartige Devise, fand ich.

Ich hatte in der Schule Geschichte. Da habe ich gelernt, dass Menschen selten Lehren aus der Vergangenheit ziehen. Nehmen wir zum Beispiel den Zweiten Weltkrieg. Wie viele nichtjüdische Niederländer haben denn wirklich darunter zu leiden gehabt? Nachdem sie die Mehrzahl der Juden – einschließlich unserer *dearly beloved* Anne Frank – ihrem Schicksal überlassen oder schlichtweg verraten hatten, war doch praktisch alles wieder in Butter. Aber die Niederländer hören nicht auf zu mosern. Als wären wir allesamt im Widerstand gewesen. Als hätte jeder von uns die halbe Familie verloren.

Der Zweite Weltkrieg hängt mir echt zum Hals raus. Hört doch endlich auf von diesem Arsch mit Schnurrbart. Als könnte der Rest der Welt seine Hände in Unschuld waschen. Ich bin Jahrgang 1966. Als ich mein erstes Bäuerchen machte, waren die KZs schon zwanzig Jahre zu. Lasst endlich Gras darüber wachsen und verschont mich damit. Oder glaubt ihr etwa, dass es irgendeinen Sinn hat, wenn man über alle Einzelheiten Bescheid weiß? Wozu soll es gut sein, wenn man weiß, wie schlecht die Menschen sind? Wozu soll es gut sein, wenn man weiß, wie dumm die Menschen sind? Wozu soll es gut sein, wenn man weiß, dass Millionen von Menschen gelitten haben und immer noch leiden? Wozu? Damit man das total verinnerlicht? Wozu musste ich in der Schule lernen, wie viel Zyklon B man für eine Waggonladung benötigte? Mit fünfzehn wurde ich gezwungen, mir Videos über die KZs anzusehen. Mein Vater war während des Zweiten Weltkriegs als Zwangsarbeiter in Deutschland. Irgendwo bei der Bahn. Keine Silbe habe ich je von ihm darüber gehört. Mein Vater war zwar ein Arsch, aber gejammert hat er nicht. Das muss ich ihm lassen.

Ed war ein Arsch *und* ein Jammerlappen. Er hat seine Devise nicht wahr gemacht. Es lässt ihm nämlich bis heute keine Ruhe, dass ich ihn verlassen habe. Auf jeder Party muss er laut herumposaunen, was ich für ein Drachen war. War ich auch. Und bin ich noch. Ich meine, wie in einem Krieg ist es doch auch in einer Beziehung immer nur der eine, der alles falsch macht. Das macht die Sache ja so schön einfach, denn zwangsläufig und ohne Zweifel muss der andere demnach alles richtig machen.

Vielleicht wäre es an der Zeit zu sagen, dass es mir Leid tut. Wenn der Papst *mea culpa* sagen kann, kann Lea das auch. Tut mir Leid, Ed, du hattest Recht. Ich hätte mit meinem Lockruf *(«Der Nächste, bitte!»)* noch etwas warten sollen. Aber das Gras sieht ja immer gerade auf der anderen Seite des Zauns besonders grün aus.

Und soll ich was verraten? Es war auch grüner. Und saftiger. Und länger und dicker. Es war Harrys Gras.

4

23. Februar 1966
Du bist am Dienstagmorgen um fünf vor sechs zur Welt gekommen. 7 Pfund und 150 Gramm hast du gewogen. Das ist ganz schön viel. Du hast furchtbar geschielt und sofort den Daumen in den Mund gesteckt. Und damit warst du da. Dein Leben hatte begonnen.

Eines Tages kam Harry von der Arbeit nach Hause und sagte: «Schatz, ich möchte ein Kind.»

Ich ließ die Blumen fallen, die ich gerade in die Vase stellen wollte, wischte mir die Hände an meiner Schürze ab und fiel ihm um den Hals. «Ach, Liebling, wie schön, hast du gestern auch Ivo Niehe gesehen? Was meinst du, sollen wir erst mal nur eins nehmen, oder möchtest du gleich zwei?»

«Was hat denn Ivo Niehe mit unserem Kind zu tun?», knurrte Harry. Er kann ja so eifersüchtig sein. Und er weiß, dass ich seit Jahren für Ivo schwärme. Sein *je-ne-sais-quoi* ist einfach unwiderstehlich.

«Gar nichts natürlich», beruhigte ich ihn. «Er hat nur die Fernsehmoderation gemacht. Ich hab mir übrigens die Frechheit erlaubt, schon einen Scheck auszustellen. Du brauchst ihn nur noch zu unterschreiben, und dann bekommen wir ein niedliches braunes Kindchen.»

«Ich will aber kein braunes Kind.»

«Na, dann bitte ich eben um 'ne andere Farbe! Das geht bestimmt. Möchtest du lieber so 'n schnuckliges Schlitzauge?» Ich ging zum Kühlschrank und nahm ein Bier für Harry raus.

«Ein *Schlitzauge?*» Er ließ sich auf dem Sofa nieder.

«Weißt du, Liebling, ich hab mir das mal durch den Kopf gehen lassen. Es ist ein großartiges Konzept. Wenn man ein Kind adoptiert, hilft man gleichzeitig auch dessen Geschwistern, dessen Eltern, dessen Opas und Omas. Wahrscheinlich profitieren sogar seine Cousins und Cousinen noch davon. Man adoptiert gewissermaßen das halbe Dorf. Ist das nicht großartig? Und das für ein paar kleine Scheinchen im Monat, die man noch dazu von der Steuer absetzen kann, sagt Ivo.»

Harry runzelte die Stirn. Vielleicht hätte ich Ivo nicht schon wieder erwähnen sollen.

«Ich hab mir gedacht, wenn ich die Mädchen im Tennisclub zusammentrommel und jede von uns ein Kind nimmt, plus dem halben Stamm, der da noch mit dranhängt, dann ist das doch ein enormer *boost* für Afrika.»

Harry schnaubte.

«Na ja. Dann trommel ich eben auch noch deine Freunde vom Golfclub zusammen. Charles und Ted machen bestimmt mit, wenn sie hören, dass es für den Foster Parents Plan ist. Das scheint eine sehr vertrauenswürdige Organisation zu sein. Sagt Ivo.»

Harry rülpste.

Ich setzte mich neben ihn und kraulte ihn im Nacken. «Na, was meinst du, sollen wir's machen?»

«Nein.»

Meine Finger erstarrten. Harry hatte mir noch nie etwas abgeschlagen.

«Nein, ich will nicht so 'n Foster-Parents-Dings. Ich will ein *richtiges* Kind.»

«Richtiges Kind, wie meinst du das?»

«Ein Baby. Von dir und mir. Von uns beiden.»

Ich rückte ein Stück von ihm weg. «Ein Baby? Was zum Teufel willst du denn mit einem Baby? Du bist nie zu Hause.»

«Aber du doch!»

«Ich?! Ich will aber gar kein Baby. Ich bin vollkommen glücklich. Der reinste Horror, wenn ich mir vorstelle, ich hätte den ganzen Tag so ein kreischendes Äffchen am Hals.»

Harry schmunzelte. «Wart's mal ab. Wenn du das Kleine erst im Arm hältst, wirst du ganz andere Töne spucken. Ich hab Frauen bei mir in der Firma gesehen, die haben sich verändert, nachdem sie ein Kind gekriegt haben – unglaublich! Sogar die schlimmste Beißzange aus der Direktion hatte danach plötzlich was Sanftes an sich.» Er starrte verträumt vor sich hin.

«Harry! Freu dich nicht zu früh. Ich muss mir das erst gründlich überlegen. Sehr gründlich. Und ich sag dir schon jetzt, dass ich ein Kindermädchen will. Eine Philippina. Die scheinen fabelhaft zu sein. Sagen nichts und machen alles. Nur sollte man eine Videokamera im Kinderzimmer installieren, damit man checken kann, ob sie das Kind nicht heimlich vertrimmt. Das haben sie nämlich neulich im Fernsehen gezeigt. Echt schrecklich. Ich konnte die ganze Nacht nicht schlafen.»

«Na klar, Schatz, das werden wir schon regeln. Mach dir darüber mal jetzt keine Sorgen. Die Philippina sollst du haben.»

«Und die versteckte Kamera.»

«Die auch.» Harry sah zufrieden aus. «Hol mal deine Pille von oben.» Er sagte das in einem Ton, der keinen Widerspruch duldete.

Noch leicht außer Atem gab ich ihm die Packung.

«Mal sehen. Heute ist Montag.» Harry drückte die Pille aus der Folie heraus, warf sie in die Höhe, wie er das sonst immer mit seinen Erdnüssen macht, öffnete den Mund, fing die Pille auf der Zungenspitze auf und fuhr die Zunge ein. «Hopsa! Einen kleinen Hormonstoß kann ich jetzt gut brauchen.»

«Mensch, Harry, die hätte ich doch heute Abend nehmen müssen!»

«Was regst du dich denn auf? Nimm doch einfach eine aus einer anderen Packung!»

An die Möglichkeit hatte ich noch gar nicht gedacht. Ich stieß einen Seufzer der Erleichterung aus.

Wir gingen an dem Abend früh ins Bett. Harry wollte vögeln.

«Bist du dir sicher, Liebling? Heute ist Montag. Wir haben's doch erst vorgestern gemacht.»

«Na und? Ich reite mein Frauchen, wann ich will. Mach dich drauf gefasst, Lea, demnächst geht's hier jeden Abend ab.» Und er zerriss mir den Slip. Das Tier.

Ich musste furchtbar kichern. «Wart doch mal, Schatz, wart doch mal eben.» Ich kroch auf allen vieren übers Bett zum Nachttisch, während Harry mir seinen kleinen Freund von hinten reinschob.

«Aah, das ist gut. Von hinten mag ich's besonders.» Er knurrte leise und biss mir sachte ins Ohr.

Ich tastete nach der Reservepackung von meiner Pille und drückte in aller Eile eine heraus. Und gleich noch eine. Für alle Fälle.

«Setz diese dämliche Pille ab, und ich nehm dich jeden Abend, von hinten und von vorn», keuchte Harry.

«Oh, Harry», stöhnte ich, «willst du das, willst du das wirklich?»

«Jaa, Lea. Ich komme. Gleich.»

«Ooh, Harry, ich auch. Und ich will's auch. Jeden Abend ...»

5

23. Februar 1966
Wir hoffen, dass du dieses Leben lieben lernst und menschlich sein wirst, in dem Sinne, dass du etwas für andere übrig hast und dich in andere hineinversetzen kannst. Dann wird dein Leben einen Sinn haben.

Beau van Kooten ist dauerurlaubsgebräunt. Und Beau van Kooten trägt Seidenschals. Als ich ihn zum ersten Mal sah, hatte sein Outfit einen leicht sportlichen Touch. So ein bisschen à la Marco Bakker, unser Operettenstar, nachdem er diese Frau über den Haufen gefahren hatte. Leger, aber dennoch gut angezogen. Vom Alter her schätzte ich ihn auf zwischen Anfang vierzig und Ende sechzig.

Empfohlen worden ist mir van Kooten von Corine. Corine ist die, mit der ich immer Tennis spiele.

Nach einem Doppel mit Vanessa und Milou hatte ich ihr gebeichtet, dass ich beim Psychosozialen Dienst die Fliege gemacht hätte.

Das verstand sie sofort: «Mensch, Mädchen, das ist doch auch nichts für dich. Das ist erste Hilfe für Minderbemittelte. Geh doch zu Beau.»

«Bo?»

«Beau van Kooten, kennst du den etwa nicht? Ein himmlischer Therapeut! Patty geht zu ihm und Pia, und Loretta ist meiner Meinung nach auch jahrelang bei ihm gewesen. Er ist ein richtiger Schatz, echt.»

Ich wurde gleich ein bisschen aufgeregt. «Aber meinst du denn, dass ich so ohne weiteres zu ihm gehen kann? Ich meine: Hat so jemand denn Zeit für mich?» Ich sah Corine gespannt an.

Sie legte ihre Sonnenbrille auf den Tisch und nahm erst mal einen genüsslichen Schluck von ihrer Bloody Mary. «Bei Beau ist das ganz simpel, Schatz. Du brauchst nur mit deiner Gold Card zu wedeln.»

«Das ist nicht dein Ernst.»

«Aber natürlich. Und pro forma sagst du noch dazu, dass du schwer depressiv bist und das Leben für dich keinen Sinn mehr hat. Lass deine Wimperntusche verlaufen, und mit Beau ist alles geritzt.»

So hatte ich Corine noch nie reden hören. Ich traute mich nicht zu fragen, ob sie denn auch bei Beau gewesen war.

Sie kniff die Augen zusammen. «Bist du jetzt etwa geschockt? Das will ich doch wohl nicht hoffen.» Zufrieden begutachtete sie ihre pastellblau lackierten Fingernägel.

Corine geht zu Loes. Das weiß ich genau, weil sie die Adresse von mir hat. Loes ist meine Maniküre.

«Bist du jetzt eigentlich schon geschieden?» Corine kann so was immer so sachlich fragen.

«Noch nicht», räumte ich zögernd ein.

Sie seufzte. «Ich versteh ja nach wie vor nicht, wieso du dich von ihm trennen willst. Du kriegst von ihm doch alles, was du haben willst. Alles.»

«Hast du die Telefonnummer von diesem Beau?», fragte ich.

Sie fing plötzlich an zu kichern: «Musst du nicht vielleicht mal pinkeln?» Bei Corine weiß man nie. Sie kann so schnell vom einen zum nächsten springen, dass ich manchmal nicht mehr mitkomme.

«Ich *muss* zwar nicht pinkeln, aber ich *könnte*», sagte ich wahrheitsgemäß. Eine richtige Frau kann jederzeit Urin produzieren, und wenn es nur drei Tröpfchen sind.

«Dann geh mal drinnen im Clubhaus auf die Toilette. Die ganz linke musst du nehmen. Da hat Pia seinen Namen und seine Telefonnummer neben dem Wasserkasten an die Wand geschrieben. Mit Eyeliner. Max Factor. In der Hinsicht ist sie richtig billig.»

Ich nahm Stift und Terminkalender aus meiner Tasche und ging wie ein Roboter ins Clubhaus. Manchmal empfiehlt es sich, einfach zu handeln, ohne zu denken.

Corine hatte nicht gelogen. Nur hatte sie zu erwähnen vergessen, dass Pia auch ein Hakenkreuz neben den Wasserkasten gemalt hatte. Total gerade, und das ist mit Eyeliner gar nicht so einfach. Außerdem stand da noch

PIA HATES BEAU, ADOLF WAS A BETTER FUCK

Ich versuchte diese Mitteilung zu ignorieren und schrieb mir nur die Telefonnummer ab.

***

Beau van Kooten hat ein tolles Büro. Alles Jan des Bouvrie. Erstaunlicher Stilmix.

Die Sitzecke wirkt nicht zuletzt dank des authentisch anmutenden offenen Kamins einladend und *comfy*. Dagegen strahlt der verchromte Schreibtisch kühle Sachlichkeit aus. Er ist bis auf den darauf stehenden Computer völlig leer. Das ist vielleicht ein komisches Ding! Er ist durchsichtig. Wahrscheinlich hat Jan ihn speziell für van Kooten entworfen.

Beau sah, was ich für Stielaugen machte: «Wie findest du meinen iMac? Hab ich gerade neu. Putziges Spielzeug, nicht?»

Ich wusste nicht, was ein iMac ist. Als Schmusetier erschien er mir aber nicht gerade brauchbar. Im Gegensatz zu van Kooten. Beau hatte ein auffällig glattes Kinn.

«Mit was rasieren Sie sich?»

«Bitte?»

 Ich schlug die Hand vor den Mund. «Mir ist nur aufgefallen, dass

Ihr Kinn … ich meine, mein Mann, mein … ähm, Fast-Exmann, Harry, also der hat sehr empfindliche Haut, und der hasst es, sich zu rasieren. Darum hab ich ihm irgendwann so einen hypermodernen Rasierapparat gekauft. Einen Ladyshave. Wegen der empfindlichen Haut, verstehen Sie, nicht, dass Harry eine Lady ist, denn Harry ist …» Himmelherrgott, was redete ich denn da für einen Stuss zusammen? Ich hatte mich überhaupt nicht im Griff. Was sollte Herr van Kooten bloß von mir denken?

«Bist du sehr nervös?» Beau van Kooten nickte mir freundlich zu.

Großer Gott, der durchschaut ja total, was bei mir abgeht. Corine hatte Recht, das ist ein echt guter Psychiater.

«Komm, lass dich mal in aller Ruhe in der Sitzecke nieder, und ich bin dann gleich bei dir.»

Van Kooten hatte eine elegante Brille mit ganz schmaler Fassung. Man sah kaum, dass mein neuer Therapeut eine Brille trug. Er ging in aller Gemütsruhe zu seinem Schreibtisch und nahm ein vergoldetes Zigarettenetui aus der Schublade. «Du hast doch hoffentlich nichts dagegen, wenn ich rauche?», sagte er.

«N-nein», stotterte ich. «Zu irgendwas müssen Reinigungen ja gut sein, sag ich immer.»

«Ich rauche Marlboro Light, das macht vielleicht auch noch einen Unterschied.»

Ich lachte viel zu laut.

Van Kooten lächelte. «Ich hätte Lust auf einen Kaffee, du auch?» Ohne meine Antwort abzuwarten, ging er zur Espressomaschine, die auf seiner Bar stand.

Ich war mir nicht ganz sicher, aber ich hatte den Eindruck, dass er mich abzulenken versuchte.

Ehe er ans Kaffeemachen ging, putzte er seine Brille. Mit einem Kleenex. Es hatte den Anschein, als sei seine Praxis von Kleenex gesponsert worden, denn überall standen die Schachteln von denen rum. Oder des Bouvrie hatte einen Deal mit denen gemacht, und nun hatte van Kooten das Zeug notgedrungen am Hals. Ja, das hielt ich für sehr wahrscheinlich. Van Kooten schien mir nämlich nicht der Typ, der sich freiwillig so verschwenderisch mit derart hässlichen Schachteln umgeben würde.

«Darf ich raten? Café au lait mit einem Stückchen Süßstoff.»

Unglaublich. Auf Anhieb richtig.

«Ja, gern», antwortete ich strahlend.

Nachdem er den Kaffee vor mich hingestellt hatte, sah van Kooten mich ernst an: «Wie wunderschön dein Gesicht ist, wenn mal kurz die Sonne durchbricht. Ich sehe viel Kummer in deinen Augen.»

Da hatte ich sofort einen Kloß im Hals und nahm schnell einen Schluck von meinem Kaffee. Glühend heiß, genauso wie er zu sein hatte.

Van Kooten tippte sich kurz mit dem Zeigefinger an die Nase. «Lea … Darf ich Lea sagen?»

«Natürlich, so heiß ich. Na ja, eigentlich heiß ich Helena. Helena Helma Maria, geboren und aufgewachsen in Amsterdam …» O nein, nicht schon wieder! Ich hielt schnell den Mund.

«Helena von Troja», sagte er feierlich. «Eine wundervolle Frau. Um sie wurde ein Krieg geführt, wusstest du das?»

Ich stellte mich dumm. Das mache ich bei Männern oft. Nicht nur bei Harry, auch bei Intellektuellen. Die finden Kindfrauen nämlich total geil. «Ach ja, Herr van Kooten, schrecklich, nicht? Wenn ich an die Bilder denke! Ich konnte mir das schon gar nicht mehr ansehen. Als sie das Konto eingerichtet haben, hab ich gleich was überwiesen. Und ich fand das ja auch ungeheuer sympathisch von den ganzen Stars, dass sie uneigennützig mitgemacht haben. Fanden Sie das nicht auch?»

Van Kooten strich seine linke Augenbraue glatt: «Gewiss, gewiss. Tja, wollen wir dann mal anfangen, Lea?»

Ich nickte.

Van Kooten erhob sich und ging zu seinem Schreibtisch.

Ich wusste nicht so recht, ob ich ihm folgen sollte.

«Zuallererst möchte ich dir sagen, dass ich nichts auf Papier notiere. Ich verlasse mich ganz auf den Knaben hier.» Er klopfte auf seinen iMac. «Ich bin der Psychiater, aber das hier ist mein Gehirn. Und wir werden mit diesem Gehirn zusammenarbeiten.»

Mir fuhr der Schrecken in alle Glieder. «Sie meinen doch wohl nicht, dass ich ...»

Van Kooten nickte mir beruhigend zu. «Wir machen das gemeinsam. Du und ich. Ich setze mich neben dich. Ich bleibe bei dir. Aber du bedienst die Tasten. Auf die Weise kannst du mein Gehirn optimal nutzen.»

Ich rang die Hände: «Muss das wirklich sein, Herr van Kooten? Ich hab 'n bisschen Bammel vor Computern.»

«Fabelhaft! Das ist dann die erste Angst, über die ich dir hinweghelfen kann, Lea. Komm, setz dich zu mir.» Er saß schon an seinem Schreibtisch und klopfte nun auf den leeren Stuhl neben sich. Jetzt erst fiel mir auf, dass zwei Stühle auf derselben Schreibtischseite standen. Der leere Stuhl stand direkt vor dem iMac.

Unsicher nahm ich Platz. Der Bildschirm war schwarz.

«Wir beginnen ganz von vorn», sagte van Kooten munter. «Mach den Computer mal an.»

Ich suchte mir die größte Taste auf der Tastatur aus und drückte drauf. Es tat sich nichts. «Ist er kaputt? Hab ich ihn kaputtgemacht?! Ach, du Schreck, das hatte ich schon befürchtet.»

Van Kooten legte mir die Hand auf die Schulter. «Da unten am Bildschirm ist die Ein-/Aus-Taste, siehst du? Probier es mal damit.»

Ich seufzte erleichtert auf und drückte schnell auf die Taste.

«Das war schon der erste Lernschritt», sagte van Kooten. «Wenn eine unerwartete Situation eintritt, brauchst du nicht gleich in Panik zu geraten. Analysier zunächst mal das Problem. Bring es auf seinen Kern, in diesem Fall das Suchen der richtigen Taste. Drück nicht auf die erstbeste Taste, die du siehst, sondern schau dir die Symbole an. Ein Kreis mit einem vertikalen Strich in der Mitte ist das allgemein gültige Zeichen für Ein/Aus. Das findest du auch auf dem Staubsauger oder der Kaffeemaschine.»

«Sie kennen sich aber wirklich auf allen Gebieten aus, Herr van Kooten!»

Er lachte bescheiden, aber er hatte Recht. An meinem Staubsauger sind zwei große Tasten. Mit der einen rollt man das Kabel auf, auf der ist ein Stecker abgebildet, und auf der anderen ist ein Kreis mit einem senkrechten Strich drin. Das hab ich neulich noch meiner Philippina erklärt.

«Wenn du dich auf den Kern konzentrierst beziehungsweise auf das richtige Symbol, dann siehst du die Taste, auf die du drücken musst, um den Computer anzustellen, ganz von allein.»

«Wenn Sie das sagen, klingt es so einfach.»

«Die meisten Probleme sind einfach zu lösen, wenn du sie auf den Kern bringst. Glaub mir, das gilt für alle Arten von Problemen, große wie kleine.»

Ich entspannte mich.

Der Bildschirm war ockergelb geworden. Und es waren alle möglichen kleinen Bildchen drauf.

Van Kooten zeigte auf ein kleines graues Gerät, das neben dem Computer auf einer viereckigen Unterlage lag.

«Das ist die Maus. Hast du schon mal mit einer Maus gearbeitet?»

Ich schüttelte den Kopf.

«Leg mal die rechte Hand darauf.»

Die Maus passte genau in meine Hand.

Van Kooten legte seine Hand auf die meine. Eine schlanke, aber kräftige Männerhand. Ohne Trauring. «Wenn du die Maus bewegst, bewegt sich der Pfeil auf dem Bildschirm. Siehst du?» Van Kooten schob meine Hand hin und her. Der kleine Pfeil auf dem Bildschirm folgte unseren Bewegungen. «Wenn du etwas machen willst, zum Beispiel ein Spiel spielen oder ein Programm starten, dann gehst du mit der Maus darauf – und klick!»

Das klang ganz einfach.

«Siehst du das Zeichen da oben in der linken Ecke? Geh da mal hin, versuch das mal anzuklicken.» Van Kooten ließ meine Hand los.

Ich verschob den Pfeil und klickte.

Auf dem Bildschirm passierte alles Mögliche. Ich sah ein Rechteck erscheinen, das immer größer wurde.

«Gut, Lea! Du hast das richtige Programm geöffnet.»

«Und jetzt?»

«Jetzt stellen wir die Verbindung zum Internet her. Weißt du, was das ist?»

«Nicht so genau. Aber wir haben das zu Hause auch. Harry meinte, dass wir das haben müssten, weil alle es haben.»

Van Kooten schmunzelte. «Hat Harry dir erklärt, was Internet ist?»

«Nein. Oder vielleicht doch. Aber dann hab ich nicht zugehört.»

«Weißt du, ob er eine Homepage hat?»

«Was ist das?»

«Das ist eine Seite, auf die du Texte und Bilder gibst, sodass jeder, der Internet hat, sehen kann, wer du bist.»

Ich kicherte: «Ja, ich glaube, dass Harry die hat. Er hat mal ein Ferienfoto von mir, oben ohne, in den Computer getan. Er sagte, dass mich jetzt die ganze Welt nackt sehen könnte.»

«Hast du die Adresse von eurer Homepage?» Van Kooten zog einen Notizblock aus seiner Schublade.

«Adresse? Da müsste ich Harry kurz anrufen.»

«Nein, lass nur. Ein andermal.» Van Kooten legte den Block wieder zurück. «Jetzt wollen wir mal die Verbindung zum Internet herstellen. Du musst dir das so vorstellen, dass Millionen von Menschen auf der ganzen Welt Informationen ins Netz eingespeist haben. Das können Fotos sein, Texte oder sogar irgendetwas zum Anhören. Sobald wir eingeloggt sind, haben wir Zugang zu all diesen Informationen.»

«Fantastisch», sagte ich. Verträumt blickte ich auf meine Hand. Wann würde er die seine wieder darauf legen?

Van Kooten übernahm jetzt die Maus. Er klickte ein paar Mal.

Ich hörte eine Reihe von Fieptönen und dann ein langes, schrilles Pfeifen.

«Die Verbindung läuft übers Telefon. Ah, guck mal, es hat geklappt. Jetzt sind wir drin.»

«Ha, das sind ja Sie!» Auf dem Bildschirm erschien ein großes Foto von van Kooten. Er sah sehr distinguiert aus in seinem schwarzen Anzug und dem weißen Oberhemd. Unter dem Foto standen Adresse und Telefonnummer der Praxis.

«Das ist meine Homepage», sagte van Kooten stolz. «Von da aus fange ich immer an. Da unten siehst du den Zähler. Ich hatte schon 1368 Besucher.»

«Besucher?»

«So nennt man Leute, die sich deine Seite ansehen.»

«Sie sind jetzt also bei sich selbst zu Besuch?»

«So könnte man es nennen, ja.»

«Zählt das auch?»

«Ja. Aber das macht nichts.»

«Nein. Natürlich nicht.»

«Wollen wir ein bisschen weitersurfen?»

Ich nickte.

«Das hier sind meine *bookmarks,* die Adressen im Internet, wo ich regelmäßig reinschaue. Durch Anklicken kann ich eine auswählen.»

Van Kooten klickte, und kurz darauf war der Bildschirm knallblau. Links war ein gelber Rand. In der rechten oberen Ecke war ein Bild von einer Büste. Es war der Kopf eines Mannes. Er hatte was von diesem alten griechischen Knacker, von dem Birgit immer Bücher las. Sie hatte ein Poster von ihm über ihrem Bett hängen. In meinem Zimmer hing der Six-Million-Dollar-Man. Den fand *ich* knackig.

«Das ist eine hervorragende Site», sagte van Kooten.

«Eine was?»

«Eine Site ist ein Ort im Internet. Dank der Mental Health Site haben schon viele meiner Patienten wieder aus dem Irrgarten herausgefunden, den der menschliche Geist nun einmal darstellt.»

«Toll. Ich wusste gar nicht, dass es so was gibt.»

«Erwarte keine Wunder, Lea. Den größten Teil der Arbeit wirst du selbst übernehmen müssen.»

«Das hatte ich schon befürchtet.»

Van Kooten lächelte: «Mit vereinten Kräften werden wir das schon schaffen. Davon bin ich fest überzeugt.»

Wenn der gewusst hätte! Er hatte mich nicht in meiner Zwangsjacke gesehen. Gott sei Dank nicht. Andererseits, wenn er in dem Moment da gewesen wäre, wäre es vielleicht nie so weit gekommen. Er hätte mich zur Ruhe gemahnt. Wenn einer das gekonnt hätte, dann er.

«Sollen wir?»

«Legen Sie los.»

«Du beantwortest zuerst eine Reihe einfacher Fragen. Danach erstellt der Computer die Diagnose.»

Van Kooten klickte ein paar Mal. «Hier musst du deinen Namen eingeben. Tipp ihn mal über die Tastatur ein.»

Es war lange her, dass ich etwas getippt hatte. Ich suchte mich dumm und dusselig, bis ich die Buchstaben gefunden hatte. «Sie denken auch, ich könnte alles, Herr van Kooten.»

«Du kannst viel mehr, als du denkst, Lea.»

Mit Zwei-Finger-Suchsystem, die Zungenspitze rausgestreckt, gab ich meinen Namen ein: Lea Meyer-Cornelissen.

«Und da dein Alter», zeigte van Kooten.

Ich zögerte kurz. Ob der Computer wohl checken konnte, wie alt ich wirklich war? Ich gab 29 ein.

Van Kooten murmelte irgendwas von Jugend, Schönheit und gerade erblüht.

«Was jetzt?»

«Du musst noch anklicken, ob du *male* oder *female* bist.»

Das war leicht.

«Jetzt möchte der Computer wissen, unter welcher Störung du leidest. Hier steht eine Auflistung denkbarer Beschwerden.»

Ich sah die Liste flüchtig durch: Essstörungen, Persönlichkeitsstörungen, Befindlichkeitsstörungen, Schizophrenie …

«Wenn du den untersten Punkt anklickst, berücksichtigt der Computer sämtliche Möglichkeiten», sagte van Kooten hilfsbereit.

Sieben Störungen auf einen Streich. Tolle Sache. «Ein paar davon können wir von vornherein ausschließen», sagte ich.

«Und das wären?»

«Essstörungen, Persönlichkeitsstörungen.»

«Halt, halt, nicht zu schnell. Woher soll ich wissen, dass du die nicht hast?»

«Ich ess kein ganzes Päckchen Butter, ich menstruiere noch, und ich kotz nie nach einem Menü mit drei Gängen.»

«Gut, du hast keine Essstörung.»

«Verrückt bin ich auch nicht. Und ganz sicher nicht schizophren.»

«Niemand behauptet, dass du verrückt bist. Aber es gibt einen Grund dafür, dass du hier bist.»

Ich wandte den Blick von ihm ab.

«Ich weiß, dass du nicht gern darüber redest», sagte er sanft. «Deswegen versuche ich es ja über den Computer. Um es dir zu erleichtern.»

«Es ist einfach so, dass ich seit der Geburt von Harry junior, wie soll ich sagen, ein bisschen durcheinander bin …»

«Aha.» Mehr sagte er nicht. Er ging zweifellos davon aus, dass ich die Stille jetzt mit Einzelheiten zu meiner Entgleisung anreichern würde.

 «Man hat mich ins Krankenhaus eingeliefert.»

«Hm.»

«Zwangsweise.»

«Aha.»

«Ich war in einer Isolierzelle.»

Ich erwartete wieder ein «hm», aber van Kooten sagte: «Ach, je. War das wirklich nötig?»

«Was weiß ich. Ich hab später den Bericht gelesen, und da stand drin, dass man mich einige Stunden gesondert behandelt hat. Na, von Behandlung war da keine Rede, denn ich war ganz allein in dieser Zelle. Kein Mensch hat sich um mich gekümmert. Da konnte ich noch so oft auf die Klingel drücken.»

«Die Klingel?»

«Ja, da war eine Klingel. Zumindest war da ein Schalter neben der Tür, und ich nahm an, dass das eine Klingel war. Beim ersten Mal ist schon jemand gekommen. Eine Krankenschwester, nehm ich an. Sie hatte allerdings keinen weißen Kittel an, sondern normale Kleidung, das war ein bisschen verwirrend. Sie guckte kurz durchs Guckloch, machte die Tür aber nicht auf. Ich war eingesperrt. Danach hab ich ganz lange und ganz oft auf die Klingel gedrückt, aber sie ist nicht mehr wiedergekommen.»

Van Kooten sah auf seine Armbanduhr. «Ich finde, dass wir für heute genug getan haben, findest du nicht?» Er erhob sich.

«Ich glaube auch.»

«Nimmst du Medikamente?»

«Ja.»

«Hast du noch genügend?»

«Ja.»

«Schön, dann seh ich dich nächste Woche wieder.»

«Selbe Zeit, selbes Leid», flachste ich noch.

Van Kooten öffnete die Tür. «Auf Wiedersehen, Lea.»

Shit.

Während ich durch den Flur hinausging, holte van Kooten die nächste Patientin aus dem Wartezimmer. Ich wagte nicht, mich umzudrehen. Sie begrüßten einander herzlich, hörte ich. Die Frau lachte hoch und gurrend. Die hatte bestimmt keine ernstliche Störung. Eine Schande eigentlich, dass sie Beau in Beschlag zu nehmen wagte.

Meinen Beau.

6

2. März 1966
Deiner Schwester ähnelst du überhaupt nicht, aber wem dann? Die meisten sagen, Opa Cornelissen, aber das kann ich nicht feststellen. In den ersten Tagen warst du ganz artig. Hast gleich gierig getrunken, das hat dir geschmeckt.

Harry lackierte mir gerade die Zehennägel, als irgendwas bei mir sprang. Mir wurde warm und feucht zwischen den Beinen.

«Harry, Liebling. Bitte nicht erschrecken. Ich glaub, meine Fruchtblase ist soeben gesprungen.»

«Sooooeeeeben!» Er parodierte Juliana nach der Krönung von Beatrix.

«Ja, gerade, vor ein paar Sekunden. Bin ich froh, dass wir Schonbezüge auf dem Sofa haben!»

Harry nahm sich meine rechte große Zehe vor. «Obwohl mir noch immer nicht ganz einleuchtet, wieso du alles überzogen hast, sogar die Sessel. Meine Mutter fand, dass sich bei diesem Plastikzeugs die Hitze so staut. Was, sagtest du, ist mit deiner Fruchtblase?»

«Sie ist geplatzt.»

«Und was bedeutet das?»

«Dass jetzt Fruchtwasser aus meiner Vagina sickert.»

«Igitt. Warum sagst du das denn nicht gleich?» Harry schraubte das Nagellackfläschchen zu.

«Soll ich ein Handtuch holen?»

«Nein, Schatz, ich trag eine Slipeinlage. Machst du meinen rechten Fuß bitte noch eben fertig?»

Harry schraubte das Fläschchen wieder auf. «Bist du dir sicher? Musst du nicht erst den Arzt anrufen?»

«Das mach ich dann nachher schon. Beim ersten Kind kann sich die Geburt über Tage hinziehen. Und ich will Machteld nicht mit nur halbwegs lackierten Nägeln unter die Augen treten.»

Harry nahm meinen Fuß, brachte die Wattebäuschchen an und machte weiter. «Oje, Lea, ist es jetzt wirklich so weit?»

«Ja, Schatz. Pass auf, du kleckerst.»

Als der Lack trocken war, rief ich Machteld an, um ihr zu sagen, dass meine Fruchtblase geplatzt sei.

«Schön. Was für eine Farbe?»

Ich fragte mich, wie sie das wissen konnte. «Lachsrosa», sagte ich zögernd.

«*Lachsrosa* Fruchtwasser?»

«Ach, das Fruchtwasser! Keine Ahnung, welche Farbe es hat.»

«Guck mal kurz nach, ja? Wenn es braun ist, ist es nicht gut.»

«Braun, wieso denn braun? Harry ist doch weiß.»

Machteld seufzte. «Wenn es braun ist, hat das Baby ins Fruchtwasser gemacht. Dann ist ihm irgendwie unwohl gewesen, und du musst ins Krankenhaus.»

«Aber du hast doch gesagt, dass es zu Hause ginge!»

«Im Prinzip schon, aber nicht, wenn du mekoniumhaltiges Fruchtwasser hast.» Was für komplizierte Wörter sie auf einmal gebrauchte. Und dieser schulmeisterliche Ton plötzlich. Ich fand sie gar nicht mehr so nett.

«Okay, ich guck mal nach. Einen Augenblick. Ich leg dich mal kurz aufs Kreuz, Machteld.» Ich ging aufs Klo und guckte in meine Unterhose. Dann rannte ich schnell zu Machteld zurück. Ich flüsterte, um Harry nicht zu beunruhigen. «O Gott, Machteld, da ist Blut drin. Das Kind blutet. Wir müssen sofort ins Krankenhaus.»

«Nein, ein bisschen Blut ist normal. Das kommt vom Schleimpfropf.»

«Schleimpfropf?»

«Das ist der Pfropf, der deinen Muttermund verschlossen hat. Der ist jetzt auch raus.»

Ich war neun Monate und zwölf Tage mit einem Schleimpfropf rumgelaufen, ohne was davon zu wissen. «Und wie geht's jetzt weiter?»

«Kann ich dir nicht genau sagen. Abwarten, bis die Wehen einsetzen. Ruf mich an, wenn sie alle fünf Minuten kommen, nicht eher.» Sie legte auf.

Ich setzte mich zu Harry aufs Sofa. «Wir müssen die Wehen abwarten, sagt Machteld.»

«Und was sollen wir bis dahin machen?»

«Nichts, einfach nur warten.»

«Spürst du schon was?»

«Nein.»

«Weißt du, worauf ich Lust hätte?», sagte Harry zwanzig Minuten später, während ich in der *Libelle* blätterte. «Auf 'nen Pornofilm.»

Da war ich aber doch erstaunt.

«Das haben wir seit Ewigkeiten nicht mehr gemacht. Uns so 'n richtigen guten Porno reinziehn. Wir nehmen auch deinen Lieblingsfilm, mit den Tirolern.»

Ich grinste. Das war wirklich lange her.

Harry legte den Kopf schief: *«Bitte!»*

«Gut, Schatz, leg die Kassette schon mal ein. Ich hol was zu trinken. Und ich glaub, wir haben noch Chipitos, magst du welche?»

Er nickte und rieb sich vergnügt die Hände.

Wir brauchten nicht lange, um in die Geschichte reinzukommen.

Bambis Geburtstag handelt von einer österreichischen Serviererin namens Bambi. Sie arbeitet in einem Wirtshaus. Eines Tages kommt eine Horde grölender Männer in das Wirtshaus. Sie tragen Lederhosen und haben offenbar eine gemeinsame Unternehmung hinter sich. Was für eine, wird nicht so ganz deutlich, aber es muss etwas gewesen sein, was Männer in Fahrt bringt und durstig macht.

Bambi serviert ihnen mächtige Krüge Bier, und das kann sie echt gut, denn sie hat bestimmt sechs gleichzeitig auf dem Tablett. Die Männer grapschen ihr währenddessen unters Dirndl und machen anzügliche Bemerkungen über ihre prallen Brüste im eng geschnürten Mieder. Einer der Männer zieht an dem Band, das das Mieder zusammenhält, und Bambis Brüste kullern heraus.

Ich beneide Bambi ein bisschen um ihre Arbeit, bei der sie so was alles erlebt. Als ich jung war, habe ich als Kassiererin in einem Dirk van den Broek-Supermarkt gearbeitet, und da ist mir so was nie passiert.

Irgendwann gehen die Männer dann mit Bambi nach draußen in den Wald. Sie legt sich kichernd auf den Boden, und die Männer fallen allesamt über sie her. Einer nach dem anderen legt sein Alpenhorn zwischen Bambis Berge.

Harry hat inzwischen seinen großen Harry aus der Hose geholt.

«O Schatz, ich hab Lust auf dich», sage ich.

«Jetzt nicht, Lea.»

«Das sagst du schon seit Monaten.»

«Es wär bestimmt nicht gut für das Kleine.»

«Machteld sagt aber, dass es nicht schadet.»

«Egal, ich tu's trotzdem nicht.»

«Wenigstens das Kurzprogramm.»

«Mach's dir doch selber.» Harry schenkte mir kaum einen Blick. Er war zu sehr mit seinem großen Harry beschäftigt.

Also streichelte ich mich selber. Ich stöhnte leise.

Harry brummte.

Dann kam die Szene, die uns beide besonders anmacht. Ein Mann mit rotem Bart bumst die Serviererin von hinten, während ein anderer ihr sein Ding in den Mund steckt. Die restlichen Männer stehen drumherum und wichsen.

Ich stöhnte. Ich war kurz davor.

Ich stöhnte lauter.

Ich schrie.

Ich schrie aus vollem Hals.

«Mensch, Lea, bist du geil! Macht dich das *so* an?»

«Neeeiiin!»

«Schrei doch nicht so. War ja nur 'ne Frage.»

Ich keuchte. Es dauerte ein Weilchen, ehe ich etwas entgegnen konnte. «Ich hatte eine Wehe. Das tat furchtbar weh.»

«Ach, du bist gar nicht gekommen?»

«Nein, ich bin nicht gekommen. Verdammt, Harry, ich hatte eine Wehe!»

Harry guckte immer noch mit einem Auge zum Video. Der Mann mit dem roten Bart spritzte über Bambis Rücken ab. «Aber, Schatz, ich bin doch gleich so weit. Sonst schlafft er ab.»

«Ich geb dir fünf Minuten.»

Während Harry seine Pistole entlud, ging ich im Zimmer auf und ab. Die Wehe tat scheußlich weh.

«Sorry, aber das musste ich eben noch zu Ende bringen.» Harry hantierte mit einem Taschentuch herum.

«Ja, ja. Mach den Fernseher jetzt mal aus.»

«Du siehst blass aus. Geht es dir nicht gut?»

«Nein, nicht besonders. Ich hab Krämpfe. Ich glaub, jetzt kommt wieder eine Wehe.»

Kaum gesagt, und es war auch schon so weit. Ich krallte mich an einem Sessel fest.

«Oh, tut das weh. Das tut so weh! O Harry, ich muss irgendwas dagegen machen. Hecheln oder so.»

Harry hatte sich neben mich gestellt und rieb mir den Rücken. «Dann hechel doch, Liebling.»

«Ich hab das Lied vergessen», sagte ich halb weinend. «Man soll das nach einem Lied machen, einem alten Kinderlied.»

«Backe, backe Kuchen?»

Ich schüttelte den Kopf.

«Heidschi, bumbeidschi?»

Mein Kopfschütteln wurde heftiger.

«Ein Männlein steht im Walde?»

Ich seufzte tief auf. Die Wehe war vorüber. «Nein, das auch nicht.»

«Wie geht's?»

«Beschissen.»

«Ich finde, du solltest Machteld anrufen. Die Wehen sind doch ganz dicht hintereinander gekommen. Dann kannst du auch gleich nach dem Lied fragen.»

Ich rief Machteld an. Die Hebmadame reagierte verärgert, weil ich erst zwei Wehen gehabt hatte. Während ich mit ihr sprach, kam die nächste. «Machteld, ich geb dir Harry.»

Ächzend überstand ich die Wehe. Offiziell nennt man das «auffangen», aber davon konnte bei mir keine Rede sein. Solche wahnsinnigen Schmerzen gedachte ich nicht aufzufangen.

Ich hörte Harry was von Hänschen klein sagen.

Ach ja, das war's. Zuerst tief einatmen, mit kurzen Stößen *Hänschen-klein-ging-al-lein* ausatmen, und wieder nach Luft schnappen.

Ich versuchte es. Beim Yoga war mir das so einfach vorgekommen. Aber da hatte man ja auch nichts weiter gespürt. Da hechelte man einfach so ein bisschen vor sich hin. Jetzt wollte ich aber überhaupt nicht hecheln. Ich wollte diese Schmerzen nicht, ich wollte nicht hecheln. Ich wollte nur, dass das aufhörte.

Harry hatte aufgelegt. «Wir sollen in einer Stunde nochmal anrufen. Wenn es so weitergeht, kommt sie her.»

«Na, ist ja super! Da bin ich Machteld aber unheimlich dankbar.»

Harry nahm seine Armbanduhr ab und legte sie auf den Tisch.

Dann holte er Papier und einen Stift aus dem Sekretär. «Du brauchst nicht in Panik zu geraten. Ich werde die Wehen genauestens registrieren.»

«Ich bin nicht in Panik. Ich bin genervt. Es tut verdammt weh, wusstest du das?»

«Tja, Schatz, so ist die Natur. Das gehört dazu.»

Ich hätte Harry am liebsten eine reingehauen. *Die Natur!*

Die Wehen nahmen stetig zu. Alle zwei Minuten kam ich schier um vor Schmerzen. Manchmal waren die Pausen dazwischen etwas länger. Aber dann tat die darauf folgende Wehe so hundsgemein weh, dass ich am liebsten Vasen durchs Zimmer gepfeffert hätte.

«Verfluchte Scheiße, Harry, das ist nicht mehr normal. Ruf Machteld an und sag, dass sie auf der Stelle kommen soll.»

Harry rief an.

Siebzehn Wehen später war Machteld da. Eine Art Hocker in der Hand, betrat sie das Zimmer. Die Ruhe selbst. «Ihr wohnt ja vielleicht abgelegen. Ich hab mich zweimal verfahren.»

«Macht nichts, Machteld. Möchtest du was trinken?», fragte Harry.

«Ein Glas Mineralwasser gern.»

«Ein Mineralwasser. Kommt sofort. Was hast du denn da mitgebracht?»

«Einen Gebärhocker. Da kann sich Lea bei der Geburt draufsetzen.»

«*Setzen?* Muss sie denn nicht liegen? Ich hab vier Kästen Bier leer getrunken, damit wir das Bett erhöhen konnten.»

Machteld lachte. «Sie darf sich auch hinlegen. Aber im Sitzen kann man besser pressen. Ist doch logisch, kacken tut man ja auch im Sitzen. Oder hast du das etwa schon mal im Liegen gemacht?»

Harry dachte kurz nach und schüttelte den Kopf. «Nein, das ist sehr lange her.»

«Pressen ist so ähnlich wie kacken. Im Sitzen kannst du die Schwerkraft ausnutzen.»

«Logo», sagte Harry. Er ging zur Hausbar.

Jetzt wandte Machteld sich mir zu. «Wie geht's?»

«Schlecht. Hast du ein Betäubungsmittel dabei?»

«Komm, komm, Lea, es geht doch gerade erst los. Soll ich mal nachsehen, wie weit du schon bist?» Sie hatte sich das Haar zum Pferdeschwanz zusammengebunden und trug eine Brille. Mir fiel auf, dass sie wesentlich dicker war als beim letzten Mal, als ich sie gesehen hatte.

Machteld strich sich lächelnd über den Bauch. «Kannst du es sehen? Noch sieben Wochen, dann ist es so weit. Irene ist im siebten Himmel.»

Ich konnte ihr nicht antworten, denn ich hatte eine Wehe.

Harry gab Machteld ihr Mineralwasser. «Junge, Junge, zwei schwangere Frauen im Haus. Wenn du jetzt auch Wehen kriegst, hab ich ein Problem.»

Langsam kam ich wieder zu mir. «Irene? Die arbeitet doch auch in der Praxis, nicht?»

Machteld nickte. «Ja. Und wir leben zusammen. Das Kindchen hier bekommt zwei Mütter.»

Mir wurde plötzlich übel. Speiübel. Ich rannte aufs Klo und übergab mich. Gleich darauf kam eine Wehe. Ich stützte mich an der Wand ab und hechelte. «Häns-chen-klein-hat-Scheiss-am-Bein.»

Machteld saß auf dem Sofa, als ich ins Wohnzimmer zurückkam. Harry stand am Büfett.

Machteld stellte ihr Mineralwasser weg. «Musstest du dich übergeben? Das ist ganz normal. Dein Körper entleert sich, bevor die Geburt so richtig losgeht. Du kannst auch Durchfall bekommen.»

 «Jippi!»

«Leg dich mal kurz hier hin, dann taste ich deinen Muttermund ab.» Sie zeigte auf die Chaiselongue.

Hilfe, jetzt war es so weit. Davor hatte mir immer gegraust. Und das ausgerechnet jetzt, wo ich wusste, dass Machteld es mit Frauen trieb. Ob ihr so eine intime Untersuchung auch Spaß machte?

Machteld zog sich einen Gummihandschuh an. «Hast du eine Einmalunterlage?»

«Bitte?»

«Du musst auf irgendwas liegen, deine Fruchtblase ist doch schon geplatzt, oder?»

«Ach, ja. Ja, die hab ich gekauft.»

Einmal, als ich zur Kontrolluntersuchung bei Machteld gewesen war, hatte sie mir eine Liste mitgegeben, was ich alles für eine Hausgeburt brauchte. Völlig perplex hatte ich das Sprechzimmer verlassen. Wo zum Teufel sollte ich eine Nabelklemme und sterile Gazetupfer herkriegen? Und wozu diese «Holzklötze»? Wieso brachte Machteld ihren Kram nicht selber mit? Oder tat sie das nur bei Bedürftigen?

«Hast du auch so 'ne Liste gekriegt?», hatte ich im Wartezimmer eine Hochschwangere in Blümchenkleid gefragt.

Sie hatte genickt. Sie habe das alles in der Apotheke gekauft. Die Holzklötze bräuchte man, um das Bett zu erhöhen, damit Machteld besser drankomme. Die könne man beim Häuslichen Pflegedienst bekommen. Wenn man da Mitglied sei jedenfalls. «Aber du kannst auch Bierkästen dafür nehmen.»

«Bierkästen?»

«Ja, einfach leere Bierkästen drunterstellen. Heineken oder Amstel, ganz egal.»

Ich zog meine Umstandsleggings aus und legte mich auf die Chaiselongue. Harry brachte die Unterlage. Sie war quadratisch, ungefähr fünfzig mal fünfzig Zentimeter. Die Oberseite war aus saugfähigem Material und ähnelte einer dünnen Papierwindel. Die Unterseite war aus grünem Plastik.

«Heb mal den Po an.» Geübt schob Machteld mir die Unterlage drunter. «Und jetzt den Slip ausziehen.»

Ich wand mich aus meiner Unterhose. Meine Monatsbinde war mit Fruchtwasser vollgesogen. Inzwischen war noch mehr Blut drin. Ich faltete die Unterhose zusammen, um Machteld den Anblick meiner Ausscheidungen zu ersparen, und legte das Ganze auf den Boden.

Dann spreizte ich die Beine.

«Noch etwas weiter auseinander bitte.»

Machteld fuhr mit der Hand zwischen meine Beine und drückte mir zwei Finger in die Scheide.

«Wart noch mal eben, Machteld, da kommt wieder eine Wehe.» Das war keine Ausrede.

Machteld zog ihre Hand zurück.

Ich rollte mich auf die Seite und krümmte mich. Kein Mensch hatte mir gesagt, dass es einen solchen Schmerzpegel gab. Ich stöhnte.

«Ganz ruhig. Atme ganz ruhig ein und aus. Gut so. Das machst du gut.» Machteld flüsterte auf mich ein und strich mir mit der Hand über den Rücken. Mit der Hand ohne Handschuh. Man merkte, dass sie das schon öfter gemacht hatte. «Und jetzt leg dich mal wieder auf den Rücken», sagte sie, als die Wehe vorüber war.

Willenlos ließ ich die Knie seitwärts sinken. Wenn Machteld mich abtasten musste, dann hatte das eben zu geschehen. Ich suchte Harrys Blick. Harry war weg.

«Das Becken kippen.»

Ich machte die Augen zu.

Wieder schoben sich Machtelds Finger in mich hinein. «Es könnte kurz wehtun, wenn ich den Muttermund abtaste, wie weit er schon geöffnet ist.»

Machteld wühlte in mir herum.

«Versuch dich zu entspannen, Lea.» Wieder diese sanfte Stimme.

Ich wusste nicht, wie ich mich entspannen sollte. Es tat weh. Ich starrte an die Decke. Mein Mann war spurlos verschwunden. Mein Becken war gekippt. Eine schwangere Lesbe tastete meinen Muttermund ab. Ich hatte mich schon mal besser gefühlt.

«Das wär's.» Ihre Finger glitten aus mir heraus.

Ich ließ die Hüften fallen und entspannte mich.

«Drei Zentimeter.» Machteld zog sich den Handschuh aus.

«Drei?! Drei Zentimeter?»

Machteld trank ihr Glas aus. «Ja, Mädchen, es ist dein erstes.» Sie zog eine Holztröte aus ihrer Tasche. «Noch mal kurz das Herzchen abhören.» Die Tröte wurde auf meinen Bauch gedrückt. Machteld legte das Ohr daran. «Schön. Sehr schön. Dem Baby geht es gut.»

Harry kam ins Zimmer zurück.

«Wo bist du gewesen?»

«Ich dachte, ich hätte das Faxgerät gehört. Wie sieht's aus?»

«Es geht überhaupt nicht voran. Erst drei Zentimeter Eröffnung.»

«Hört sich wirklich nicht rasant an. Was jetzt?» Harry sah Machteld fragend an.

«Wenn es in dem Tempo weitergeht, ist die Geburt heute Nacht oder im ungünstigsten Fall morgen früh. Ich fahr jetzt nach Hause und ess erst mal was. Falls es unverhofft schneller gehen sollte, kannst du mich anrufen.»

Ich bekam eine Wehe.

«Musst du wirklich nach Hause?», fragte Harry, während ich das Kissen zerquetschte.

«Es hat keinen Sinn hier zu bleiben. Ich kann nichts für sie tun.» Sie packte die Tröte in ihre Tasche.

«Und wenn ich uns was vom Chinesen hol? Ich muss ja auch was essen, und Lea wird sich heut Abend ja wohl nicht mehr in die Küche stellen, schätz ich. Hahaha!»

Das macht sie nie, dachte ich. Die will doch in ihr eigenes kleines Nest. Zu Irene in den siebten Himmel.

«Keine schlechte Idee», sagte Machteld. «Irene isst heute Abend bei ihrer Mutter, also was das betrifft …»

Harrys Gesicht erhellte sich. «Super. Ich ess nicht gern allein. Was möchtest du haben? Eine Frühlingsrolle, *Nasi, Fu Yong Hay?*»

«Bring mir mal Haifischflossensuppe und *Nasi Rames* mit.»

«Du möchtest ja sicher nichts, oder?», fragte Harry mich.

«Na ja …»

«Was Chinesisches kommt für dich absolut nicht infrage», sagte Machteld strikt. «Viel zu fett. Da kriegst du bei der Geburt Probleme. Du darfst nur was leicht Verdauliches essen. Ein Stückchen Traubenzucker. Oder einen Cracker mit Marmelade.»

Harry steckte sein Portemonnaie in die Gesäßtasche. «Ich geh dann mal kurz. Hältst du die Stellung, Machteld?»

Eine gute Stunde später war er wieder da.

Machteld hatte inzwischen drei Anrufe getätigt. Irene würde den Katzen zu fressen geben, und mit der Arthrose ihrer Schwiegermutter ging es etwas besser. Patientin A. aus H. brauchte sich keine Sorgen wegen ihrer angeschwollenen Fußgelenke zu machen. G. konnte ruhig mit dem Auto von einer Geburtstagsfeier nach Hause fahren. Bei einer Wehe alle halbe Stunde war das kein Problem.

Harry hatte zwei gefüllte Plastiktragetaschen dabei. Allein schon vom Geruch wurde mir kotzübel.

Ich forderte die beiden auf, zum Essen in die Küche zu gehen.

«Sind eigentlich *alle* Frauen so unausstehlich, wenn sie kurz vor der Geburt stehen?», fragte Harry, während er auf den Flur hinausging.

Was Machteld darauf antwortete, konnte ich nicht verstehen.

Ich legte mich auf die Chaiselongue und sah auf die Uhr. Erst nach zwölf Minuten hatte ich die nächste Wehe: Stärke vier auf der Lea-Skala. Die Lea-Skala reichte zu diesem Zeitpunkt noch bis maximal zehn.

Ich ging in die Küche.

Harry brach gerade ein Stück *Krupuk* für Machteld ab.

«Sag mal, ist es normal, dass die Wehen von Zeit zu Zeit abnehmen?»

«Wie meinst du das?», fragte Machteld mit vollem Mund.

«Na ja, sie tun nicht mehr so weh. Und die Pausen dazwischen sind länger.»

Sie nahm einen Schluck Wasser. «Wie viel länger?»

«Sie kommen alle Viertelstunde.»

«O Mädchen, wie schade. Du warst schon so gut in Gang gekommen.»

Harry tat sich noch etwas Reis auf den Teller und kippte reichlich Satésoße drüber. «Du auch noch was?»

«Gern. Ich hab schon lange nicht mehr so 'n leckeres Saté gegessen», sagte Machteld.

Harry nickte: «Hab ich's dir nicht gesagt? So gute Chinesen sind dünn gesät. Man muss zwar 'ne ziemliche Ecke fahren, aber das lohnt sich dann auch.»

«Dann lass uns das Kind mal Tong Fa nennen!», sagte ich.

«Sehr witzig, Lee.»

«*Witzig?!* Verdammt, das ist doch wohl die Höhe! Ich bin hier schier am Krepieren, und du fährst bis zu Tong Fa. Dabei ist Lun Tin direkt um die Ecke. Aber nein, das Saté von Lun Tin ist nicht gut genug für den Herrn. O nein! Für Herrn Meyer ist nur das Beste gut genug.»

Harry blieb völlig ungerührt: «Machteld hatte gesagt, ich könnte ruhig fahren. Es würde sich sowieso noch 'ne Weile hinziehen.»

Machteld nickte.

Die blöde Kuh. «Kaum dass du weg warst, haben die Wehen nachgelassen. Herzlichen Dank, Harry.» Ich kehrte ihnen den Rücken und marschierte aus der Küche. Ich konnte ihre Visagen nicht mehr sehen. Außerdem machte sich wieder eine Wehe bemerkbar.

Nach dem Saté-Zwischenfall fuhr Machteld nach Hause. Sie werde sich schlafen legen, sagte sie, und ich solle auch versuchen, mich ein bisschen auszuruhen. Wenn ich das Gefühl hätte, dass es wieder vorangehe, könne ich anrufen.

7

12. März 1966
Mit der Taufe haben wir gewartet, bis ich mitkonnte. Heute war es dann so weit. Du hast nicht geweint, sondern ganz ruhig geschlafen. Nur einmal hast du ein bisschen geblinzelt. Und als dir das Wasser über den Kopf lief, hast du es dir mit deinen kleinen Händchen ganz eigensinnig weggewischt.

Nachdem ich Machteld rausgelassen hatte, suchte ich Harry. Er saß im Badezimmer auf dem Klo.

«Tut mir Leid, dass ich dich so angeblafft hab.»

«Schon gut.»

«Die Wehen machen mich verrückt. Alles tut mir weh. Der Rücken, der Bauch. Und Machteld lässt sich das chinesische Essen mit dir schmecken, tut aber ansonsten gar nichts.»

«Sie *kann* nichts tun, Lea. Keiner kann was tun.»

Ich suchte Halt am Waschbecken und hechelte eine Wehe weg.

Harry rieb sich über den Magen. «Für mich ist es auch nicht einfach, Lea.»

«Das», keuchte ich, «möchte ich jetzt nicht hören. Ich möchte, dass du bei mir bleibst. Dass du mich unterstützt. Und nicht deinen Faxverkehr checkst oder in der Weltgeschichte herumgurkst, um das beste Saté weit und breit zu besorgen.»

«Dann kann ich morgen früh wohl nicht mal kurz ins Büro?»

«Nein, du kannst morgen früh nicht ins Büro. Tut mir furchtbar Leid. Ich werde mir heute Nacht alle Mühe geben, aber ich glaube nicht, dass es was wird.»

«Okay, okay, dann ruf ich die Jungs nachher kurz an.»

«Prima.»

Er erhob sich, wischte sich den Hintern ab und spülte. Als er seine Hose wieder anhatte, kam er zu mir und nahm mich in die Arme. Mein Bauch war im Weg. Ich hasste diesen Bauch. Das Kind bewegte sich. Es war noch quietschfidel. Im Gegensatz zu mir.

Harry streichelte mir übers Haar. «Halt noch ein bisschen durch, Mädchen. Ich bleib bei dir.»

Die Wehen kamen und gingen. Den ganzen Abend lang. Pro forma ging ich um halb zehn ins Bett.

Um halb elf erfüllte sich Machtelds Prophezeiung. Ich kriegte Durchfall. Nach drei intensiven Klosessions war ich restlos entschlackt.

Die Wehen kamen und gingen. Die ganze Nacht lang. Mein werter Ehemann zog sich um kurz nach zwölf ins Gästezimmer zurück. Er hielt es nicht für nötig, jeden einzelnen Millimeter der Eröffnung live mitzuerleben. Ich wälzte mich von einer Seite auf die andere und hechelte. Um vier Uhr stand ich wieder auf, ging in Harrys Arbeitszimmer und griff zum *Guinness Buch der Rekorde*. Wie lange konnte so eine Geburt wohl maximal dauern? Darüber fand ich leider nichts. Dass es in Neuguinea einen Mann mit siebzehn Zentimeter langen Ohrläppchen gab, die er in Kinnhöhe verknoten konnte, verbuchte ich dennoch als wissenswerte Besonderheit.

Um sechs Uhr stand ich endgültig auf. In dieser Nacht hatte ein Wort für mich einen ungewöhnlich positiven Beiklang erhalten. Ich rief Machteld an. Sie klang verschlafen.

«Machteld.»

«Machteld, hier Lea Meyer. Ich möchte einen Kaiserschnitt.»

Am anderen Ende der Leitung blieb es eine Weile still. «Wie war die Nacht?»

«Mies. Mir reicht's. Das Kapitel will ich jetzt beenden. So schnell wie möglich.»

«Wann haben die Wehen noch gleich eingesetzt?»

«Gestern Nachmittag, gegen vier.»

«Du hast sie also noch keine vierundzwanzig Stunden?» Sie gähnte. «Hör zu, Lea, es ist besser, der Natur ihren Lauf zu lassen. Es wäre eine Schande einzugreifen, wenn dein Körper es auch alleine schafft.»

Der Natur. «Meiner Meinung nach schafft mein Körper es aber nicht. Er hat das noch nie gemacht. Er weiß nicht, wie das geht.»

«Das denken alle Frauen. Glaub mir, du bist bestens dafür gerüstet, ein Kind zur Welt zu bringen. Wie sieht es mit den Wehen aus?»

«Die kommen und gehen. Alle sieben, acht Minuten.»

«Noch kein Pressdrang?»

«Nein.»

«Gut. Ich komme im Laufe des Vormittags. Falls es plötzlich schnell gehen sollte, musst du anrufen.»

Ich legte auf und tappte ins Gästezimmer.

«Harry! Aufstehen.»

Er schreckte hoch. «Bin ich schon Vater?»

«Nein.»

Harry sah auf den Wecker. «Lea, es ist erst zehn nach sechs.»

«Ja, und?»

«Ich brauch nicht zur Arbeit. Hättest du mich nicht noch ein Weilchen schlafen lassen können?»

«Nein. Du hast die ganze Nacht geschlafen. Ich hab kein Auge zugetan. Nachher kommt Machteld und fuhrwerkt hier wieder rum. Ich möchte, dass du aufstehst.»

Er schlug die Bettdecke zurück. «Gut, gut. Wie geht's dir?»

«Wie seh ich aus?»

«Ehrlich?»

«Ja.»

«Dick. Bleich. Dunkle Ringe unter den Augen. Griesgrämig.»

«Hab ich dir schon mal gesagt, dass ich dich aus tiefstem Herzen hasse, Herr Meyer?»

Harry zog mich aufs Gästebett und kniff mir in den Hintern. «Mein ungeduldiges kleines Meckerlieschen. Heute wirst du Mutter.»

Als Machteld um halb zwölf eintraf, lag die Einmalunterlage schon auf der Chaiselongue. Ich vermutete, dass das Fruchtwasser alle war, denn ich leckte kaum noch.

Gegen eine Tasse Tee hatte Machteld nichts einzuwenden.

Harry ging welchen machen, ich legte mich hin.

Becken kippen, Beine breit, Finger rein – ich begann mich daran zu gewöhnen.

«Wie lief es heute Morgen?»

«Geht so. Unregelmäßige Wehen. Mal 'ne halbe Stunde lang nichts, dann zwei innerhalb von zehn Minuten.»

Machteld zog die Finger zurück.

«Und, wie ist der Stand?»

«Vier Zentimeter.»

«Vier? Das ist unmöglich. Ich hatte die ganze Nacht lang Schmerzen. Fühl nochmal.»

«Ich hab schon gründlich getastet. Die Wehentätigkeit nimmt nicht so recht zu. Ich hör nochmal die Herztöne ab.»

Machteld drückte das Ohr an ihre Tröte. «Dem Kleinen scheint's da drinnen zu gefallen, so, wie es sich anhört.»

Harry kam mit dem Tee herein. «Und?»

«Vier Zentimeter. Wenn das so weitergeht, haben wir Ende nächster Woche noch kein Kind.» Ich stemmte mich hoch.

«Komm, Lea, sei nicht so negativ.» Machteld wieder.

«Was heißt hier negativ? Wer hat denn hier zwanzig Stunden lang gehechelt für lausige vier Zentimeter? Das wird nichts, Machteld, ich hab's ja schon immer gesagt. Ich bin kein Gebärhockertyp. Ich will einen Kaiserschnitt. Einen hübschen kleinen Schnitt, so, dass er auch im Bikini nicht zu sehen ist, und fertig.»

 Machteld streifte sich den Handschuh ab und legte die Tröte in ihre Tasche zurück. «Ein Kaiserschnitt ist ein schwerer medizinischer Eingriff. Das ist eine Operation …»

«Himmlisch! Ich kann die Vollnarkose gar nicht erwarten.»

«Man kann dir auch eine Spritze in den Rücken geben. Dann bist du bei Bewusstsein, wenn das Kind geholt wird.»

«Besten Dank, aber ich möchte das Kind erst sehen, wenn sie mich wieder ordentlich zugenäht haben.»

Machteld schüttelte ungeduldig den Kopf. «Hör zu, Lea, vorerst besteht nicht der geringste Grund, bei dir einen Kaiserschnitt zu machen. Nicht der geringste. Dass die Eröffnung nicht vorangeht, ist zwar unerfreulich, aber nicht besorgniserregend. Ich schlage vor, dass wir noch eine Weile abwarten. Sollten die Wehen nicht mehr in Gang kommen, fahren wir ins Krankenhaus, um die Geburt einzuleiten.»

«Einzuleiten? Was bedeutet das?», fragte Harry. Er stellte das Tablett auf den Couchtisch.

«Das bedeutet, dass Lea eine Infusion mit einem wehenstimulierenden Mittel bekommt.»

Ich fühlte eine Wehe kommen. Keine besonders starke. Ich tat, als müsste ich niesen.

Machteld fiel darauf rein.

«Wär vielleicht keine schlechte Idee, ins Krankenhaus zu fahren. Das zieht sich jetzt schon so lange hin», sagte Harry.

«Es besteht nicht der geringste Grund, voreilige Entscheidungen zu treffen. Dem Kind geht es gut. Lea geht es gut. Eine Fahrt ins Krankenhaus könnte den ganzen Prozess beeinträchtigen. Ich schlage vor, dass wir erst mal hier bleiben, bis ich ein Bild davon gewonnen habe, wie stark die Wehen sind. Und danach beschließen wir dann, was wir machen.»

«Kannst du damit leben, Lea?»

«Ja.»

«Schön», sagte Machteld. «Dann können wir in Ruhe Tee trinken.» Sie nahm einen Stapel undefinierbarer Papiere aus ihrer Tasche und begann irgendwas darin einzutragen.

Harry rief in seinem Büro an.

Wir tranken Tee.

Ich hatte ein paar Wehen, die ich aber mannhaft unterdrückte. Ich wollte weg. Weg von zu Hause. Meine Laura-Ashley-Einrichtung stand einer zügigen Entbindung im Wege, das war offensichtlich. Ich kam einfach nicht in die richtige Stimmung. Dazu brauchte ich weiße Kittel. Hin- und herrennende Schwestern. Profis, die mir die Stirn abtupfen würden.

Machteld fragte alle Viertelstunde, wie es aussehe.

Ich murmelte was von leichten Krämpfen.

Nach anderthalb Stunden sagte Machteld: «Es hat tatsächlich den Anschein, als hätten die Wehen aufgehört.» Sie klang enttäuscht.

Ich war erleichtert. Endlich tat sich was.

Machteld telefonierte mit dem Krankenhaus. Als sie den Hörer auflegte, fragte sie: «Hast du ein Köfferchen bereitgestellt?»

Ach ja, das Köfferchen.

Es ist unglaublich, was du alles bereitzustellen hast, wenn du ein Kind kriegst. Die Sachen für die Hausgeburt, die Sachen für den Fall, dass du doch im Krankenhaus landest, und natürlich die Sachen für das Neugeborene selbst: von der Wiege bis zum Bettchen, von MaxiCosi bis MaxiTaxi, vom Strampler bis zur Wärmflasche, vom Bettzeug bis zur Wickelunterlage. Und dann gibt es die Sachen, die partout *nicht* bereitgestellt werden dürfen: bloß keine gebrauchte Kindermatratze, da plötzlicher Kindstod, bloß kein Federbett, da plötzlicher Kindstod, bloß kein Kissen, da plötzlicher Kindstod, bloß keine allzu luftdicht ausgekleidete Wiege, da plötzlicher Kindstod – und um Himmels willen kein Laufgitter mit Stäben, zwischen die ein Babykopf passen könnte.

Mein Korbköfferchen mit Krankenhausgeburtsutensilien stand in der Diele.

«Soll ich das tragen, Schatz?», fragte Harry.

 «Geht schon. Hol du schon mal den Wagen aus der Garage.»

«Mein Auto steht um die Ecke. Soll ich vor euch herfahren?», fragte Machteld.

«Okidoki», sagte Harry – wahrscheinlich der einzige Mann in ganz Westeuropa, der diesen Ausdruck noch verwendet.

Ich bekam eine Wehe und stützte mich möglichst unauffällig an der Wand ab. Die andere Hand presste ich um den Griff meines Köfferchens.

«Bis gleich», sagte Machteld.

Harry fuhr den Wagen vor. Er stieg aus und half mir beim Einsteigen. Harry bleibt unter allen Umständen Gentleman.

Machteld stand mit ihrem Fiat Panda schon vor der Einfahrt. Sie winkte fröhlich und fuhr los. Wir folgten ihr. Machtelds rechtes Bremslicht war kaputt. Das mußte ich ihr nachher sagen.

Es war bewölkt. Meine Nachbarin ging mit ihrem Jack Russell Gassi. Der Friseur hatte wegen des Trauerfalls noch geschlossen. Mit beiden hätte ich gern getauscht. Ein Hund ist was Nettes und ein Trauerfall nichts, über das man nicht hinwegkäme.

«Mann, fährt die einen Umweg», schimpfte Harry.

Nicht lange danach tauchte das Krankenhaus vor uns auf.

8

2. Mai 1966
Heute Nachmittag sind wir zur Vorsorgeuntersuchung gewesen. Du wiegst jetzt 10 Pfund und 120 Gramm. Das ist beachtlich. Du hast aber ziemlich geweint, vor allem als du die Pockenimpfung bekommen hast. Ist ja auch nicht angenehm, Kindchen, aber notwendig. Falls du später mal auswanderst, hast du die Impfung wenigstens schon hinter dir.

Ich möchte mal ein paar Takte zu meinen Brüsten sagen. Ich habe zwei. Die linke ist etwas kleiner als die rechte. Ich mag meine Brüste. Nichts ist so beruhigend wie ein kurzer Blick in das Tal des Entzückens. Das Tal ist fast so geil wie die Brüste selbst.

Andere Frauen haben auch Brüste. Bei denen nenne ich sie lieber «Titten». Ich gucke mir gerne Titten an. Nackte Titten, Titten in einem winzigen Bikini, Hängetitten und natürlich auch künstlich aufgemöbelte Titten. Die sind echt super. Stoßfest, knitterfrei, und die Brustwarze sitzt genau da, wo sie hingehört, nämlich in der Mitte, und baumelt nicht irgendwo untendran. Ich finde solche künstlichen Titten supergeil. Eigentlich alle Titten, wenn ich ehrlich bin.

Priscilla, eine Kollegin von Harry, die hat vielleicht Bomber!

Vorigen Sommer haben wir zur Feier der Fertigstellung unserer neuen Einfahrt eine Grillparty gegeben. Dazu hatte Harry auch Priscilla eingeladen. Sie trug ein weißes Baumwolltop, durch das sich ihre Brustwarzen bohrten, als wollten sie Kontakt mit mir aufnehmen. Wirklich.

Nach vier Weißwein sagte Priscilla: «Was starrst du denn die ganze Zeit auf meine Titten, Lee?»

«Ich kann nicht anders. Sie gucken mich ja auch an.» Wo wir nun schon mal beim Thema waren, traute ich mich auch zu fragen: «Sind sie echt?»

Priscilla nahm die Schultern zurück, sodass sie noch stärker vorstanden. «*Natürlich* sind sie echt. Mutter Natur hat ihr Bestes gegeben. Wo hast du denn gestanden, als es ans Verteilen ging? Ganz vorn, bei den Cups zum Üben?» Sie lachte laut.

Alle glotzten mir plötzlich auf den Busen.

«Ich hab 75 B», flüsterte ich.

«Du und Cup B? Unmöglich. Ich hab in 'nem Wäschegeschäft gearbeitet, Kindchen. Neun von zehn Frauen ziehen mit Cup B ab, obwohl vier von ihnen A bräuchten und drei C. Glaub mir, du bist A. Aber mach dir nichts draus. Es soll Männer geben, die auf so 'n Sektschalenformat total abfahren. 'ne Kinderhand ist ja auch schnell gefüllt.»

Harry stellte seine Halbliterdose Heineken-Bier auf dem Rasen ab, umarmte mich von hinten und knetete meine Brüste. Na ja, das glaubte er jedenfalls. Er knetete nämlich vor allem die Füllung meines WonderBra. «Was hör ich da, deine Möpschen passen in 'ne Sektschale? Wollen wir das mal ausprobieren?»

«Nicht jetzt, Liebling.»

«Hast du mal den Bleistifttest gemacht?», fragte Priscilla.

«Nein», log ich und wurde feuerrot.

Ich lüge so gut wie nie. Ich kann das gar nicht. Daran ist meine Mutter schuld. Knallhart gelogen habe ich zum letzten Mal mit fünf. Meine Mutter war mit mir ins Gemüsegeschäft gegangen. Auf einem Regal neben der Ladentheke stand ein Karton Donald-Duck-Kaugummis. Meine Schwester und ich durften nie naschen. Süßigkeiten waren schlecht. Aber die Donald-Duck-Kaugummis sahen so nett und unschuldig aus. Auf dem bunten Einwickelpapier waren

Walt-Disney-Figuren abgebildet. Ein Kaugummi kostete fünf Cent. Ohne dass irgendwer es sah, nahm ich mir eins. Mit Onkel Dagobert drauf. Während meine Mutter bedient wurde, wickelte ich es aus und steckte es schnell in den Mund.

Zu Hause rief meine Mutter mich dann zu sich. «Was hast du da im Mund?»

«Kaugummi.»

«Woher hast du das?»

«Das hab ich von einer Frau gekriegt.»

«Was für einer Frau?»

«Der Frau unten.»

«Du lügst.»

Unten putzte zwar gerade eine Frau die Schaufensterscheiben, aber die hatte mir nichts zu Naschen angeboten.

«Nein, Mam, das stimmt wirklich.»

«Du darfst deine Mutter nicht anlügen.»

«Ich lüge nicht, Mam, wirklich.»

So zog sich das noch eine Weile hin. Meine Mutter war davon überzeugt, dass ich flunkerte, und ich blieb bei meiner Geschichte.

Am Ende ging sie mit mir ins Schlafzimmer und griff zum Teppichklopfer. «Woher hast du das Kaugummi?»

«Ich hab's geschenkt gekriegt. Von der Frau. Ich hab's nicht gestohlen.»

Sie setzte sich aufs Bett und legte mich übers Knie. Ich weiß nicht, wie oft sie mir mit dem Teppichklopfer auf den Po schlug. «Woher hast du das Kaugummi?»

«Geschenkt gekriegt.» Ich glaube, da weinte ich schon ein bisschen. Aber ich wollte es immer noch nicht zugeben. Ich wollte, dass sie mir glaubte.

Das tat sie nicht. Vielmehr zog sie mir Hose und Unterhose aus und drosch weiter auf mich ein. Wohl nicht heftiger als vorher, aber jetzt tat es viel mehr weh. Ich hielt die Hände vor meinen Po, um die Schläge abzufangen, aber das tat auch weh, und meine Mutter schob meine Hände immer wieder weg.

Während mir die Tränen über die Wangen kullerten, gab ich schließlich zu, dass ich gelogen hatte. Da erst hörte sie auf, mich zu schlagen.

Nur zögernd wagte ich sie anzusehen.

Der verbissene Zug um ihren Mund löste sich, und ihre Miene wurde milder. «Du darfst niemals lügen, Lea. Und schon gar nicht gegenüber deiner Mutter.»

Ich hatte den Bleistifttest sehr wohl gemacht. Ich machte ihn sogar jede Woche. Heute könnte ich ein ganzes Federmäppchen drunterklemmen – seit ich ein Kind geboren habe, ist alles zu spät. Meine Mädchen lassen den Kopf hängen.

Ich hätte mir eigentlich denken können, dass mir das blühte. Stand ja alles in *Niederkommen & Aufstehen.*

Niederkommen & Aufstehen ist hier bei uns so was wie die Bibel für Schwangere. Früher oder später kriegt jede schwangere Frau das Buch in die Hand gedrückt. Geschrieben wurde es von Jetske, Else, Hilda, Lilet, Aafke, Margot, Miriam und Hetty. Muss ich noch mehr sagen? Was *in deinem Leib* vor sich geht und welche *seelischen* Veränderungen du durchmachst, wenn du ein Baby erwartest, das kannst du hier bis zum Erbrechen nachlesen. Gespickt ist das Ganze mit Schwarzweißfotos aus den siebziger Jahren. Nichts als ungeschminkte Schreckschrauben mit strähnigen Haaren und Brille. Sie tragen vorzugsweise karierte Gewänder und stellen mit ungeheurer Penetranz ihre kugelrunden Wampen zur Schau. Manche sind schon *aufgestanden* und drücken das Geworfene mit seligem Lächeln an ihre nackten Zitzen. Geil ist was anderes.

Am Ende des Buches wird unter der Überschrift: «So war es bei uns» von jeder einzelnen Autorin geschildert, wie die Geburt bei ihr verlaufen ist. Und da gibt dann auch noch eins der Babys den Löffel ab. Jesse hieß der Kleine. Er war mongoloid. Sentimentaler kann man so was nicht beschreiben. Seine Mutter nennt ihn Jesse Wunder Herzchen. Ich würde ja so ein halbes Herz nicht gerade Wunderherzchen nennen. Zehn Seiten lang tagebucht die Mutter über ihr sterbendes Kind. Sie hat Visionen von einem krähenden Knirps, der in einem kunterbunten Pullover auf einem Rasen sitzt. Während er die letzten Atemzüge tut, segelt sie mit ihm über einer Wiese dahin. Dann singt sie ihm etwas vor und schleppt ihn noch eine Weile mit sich rum. Sie verlässt das Krankenhaus mit einer leeren Babytrage, begleitet von ihrem Mann Juul, Sohn Jisk und Freundin Ysk. Also wenn man solche Namen um sich hat, fordert man Probleme doch geradezu heraus!

Mein *Niederkommen & Aufstehen* hatte ich aus vierter Hand. Die Seiten über Jesse waren total verschmiert und vollgekleckert. Die Vorbesitzerinnen müssen die reinsten Hormonfässer gewesen sein. Bei denen fängt es gleich an zu lecken, wenn sie so was lesen. Bei mir nicht. Mich möbelte so was eher auf. Anderen erging es also noch schlimmer. Da machten sie diesen ganzen Heckmeck mit und waren am Ende doch noch die Dummen. Das würde mir nicht passieren. Ich würde garantiert keinen Mongolen zur Welt bringen! Harry hatte in Belgien eine Fruchtwasserpunktion für mich gedeichselt. Da gönnt man nämlich auch Frauen unter sechsunddreißig ein gesundes Kind.

Sage und schreibe *ein* Absatz in *Niederkommen & Aufstehen* ist den Brüsten gewidmet. Mit dazugehöriger Zeichnung. Sechs Brüste in Seitenansicht. Die Brust eines Kindes, eines heranwachsenden Mädchens, einer erwachsenen Frau, einer schwangeren Frau, einer stillenden Frau und einer Frau nach der Menopause. Über letztere, die den Namen Brust eigentlich schon gar nicht mehr verdient, haben Corine und ich uns halb totgelacht. Corine ist die, mit der ich immer Tennis spiele.

«Stell dir vor, du müsstest mit solchen Beuteln rumlaufen!», gickste sie.

Da hatte ich noch keine Ahnung, dass mir genau das passieren würde. Dass deine Titten nach dem Werfen plötzlich erheblich leerer sein können als vorher. Ich brauchte gar nicht bis zur Menopause zu warten. Bei mir ging das auch ohne. Wieso das ausgerechnet mir passieren musste, will mir bis heute nicht in den Kopf. Ausgerechnet mir, die ihre Fassade immer so gut instandgehalten hat. Mir, die eine Mutter mit Cup E hat. Und eine Schwiegermutter, die immer noch Cup D ausfüllt, obwohl sie ihre Menopause schon vor fünfzig Jahren hatte. Ihr Vorbau ist zwar voller Runzeln und Altersflecken, aber ein ansehnliches Dekolleté kriegt sie trotzdem noch hin. Und macht es auch. Für wen, weiß kein Schwanz – mein Schwiegervater guckt längst woandershin –, aber sie tut es.

In einem muss ich *Niederkommen & Aufstehen* allerdings Recht geben: Deine Brustwarzen werden während der Schwangerschaft dunkler. Ich habe das mit Grausen gelesen. Aber sie verfärben sich tatsächlich. Braun werden sie und bleiben es auch. Für den Rest meines Lebens. Harry nennt sie meine «Negernippel».

Ich trauere meinen rosa Knöpfchen von früher nach.

Und ich trauere meinen kecken Mädchen nach. Jeden Tag.

9

4. Mai 1966
Fieber hast du von der Pockenimpfung nicht bekommen, aber du hast viel geweint, auch nachts. Unter deinem rechten Ärmchen sind die Drüsen ein bisschen angeschwollen, da ist es ganz dick. Das kommt von der Spritze. Das tut weh, aber es muss sich von allein wieder geben.

Ich saß in einem Rollstuhl. Harry schob mich.

«Geradeaus bis zum Ende des Flurs und dann links», zeigte Machteld.

«Wo willst *du* denn eigentlich entbinden?», fragte ich.

«Wir sind uns noch nicht ganz einig. Irene wäre es am liebsten, wenn ich es im Krankenhaus mache. Sicherheitshalber. Aber ich träume von einer großen Badewanne und vielen Kerzen und Angehörigen um mich herum.»

«Angehörige?»

«Na ja, zumindest unsere Mütter. Damit das Baby gleich eine Zusammengehörigkeit zwischen den Generationen spürt. Ich hab letzte Woche gerade was über die Geburt bei Delphinen gelesen. Scheint sehr intensiv zu sein.»

Harry nickte. «Ich bin neulich noch 'nem Delphin begegnet, der bei so 'ner Session in Ohnmacht gefallen ist. Konnte kein Blut sehen. Hahaha!»

Machteld reagierte nicht. «Hier ist es.» Sie stieß eine schwere Tür auf.

Wir gingen hinein.

Das Zimmer war geräumig und weiß. Und es stand ein Bett mit Beinstützen darin. So langsam sah es tatsächlich nach einer richtigen Geburt aus.

Machteld führte vor, wie man das Licht dimmen konnte. «Du kannst das Radio anmachen, wenn du magst. Ich seh mal zu, dass du eine Infusion bekommst. Bin gleich wieder da.»

«Hast du noch viele Wehen?», fragte Harry, als Machteld weg war.

«Vorhin noch eine. Aber nicht mehr so stark.»

Machteld kam mit einer blonden Krankenschwester zurück, die einen Infusionsständer hereinrollte.

«Hallo, ich bin Anita», stellte sich die Schwester vor. Sie gab Harry und mir die Hand. «Ich werde bei der Entbindung assistieren.»

Ich schaute hinter sie. «Wo ist der Arzt?»

Anita deutete mit einem Kopfnicken auf Machteld.

«Es kommt kein Arzt», erklärte Machteld. «Die Entbindung mache nach wie vor ich. Ein Gynäkologe kommt nur hinzu, wenn irgendein Eingriff notwendig wird. Wir legen dir jetzt eine Infusion an. Dann kommen die Wehen mit Sicherheit in Gang.» Sie wies aufs Bett. «Leg dich schon mal hin.»

Ich zog Schuhe und Hose aus und kletterte auf das Bett.

Anita nahm meinen Arm und suchte nach einer geeigneten Ader.

Harry sah interessiert zu. «Ist doch erstaunlich, dass sich das alles so machen lässt», sagte er. «Sie spritzen ein Mittelchen und du bekommst Wehen.»

Anita lächelte. «Liegen Sie bequem?», fragte sie.

«Ja.» Ich lehnte mich zurück.

Harry ging Kaffee holen. Anita legte Utensilien für die Entbindung zurecht. Machteld setzte sich an einen kleinen Tisch und holte wieder ihre Papiere hervor.

Die Infusion tat, was sie zu tun hatte. Nach einer Dreiviertelstunde hatte ich mordsmäßige Wehen.

Harry, Machteld und Anita schauten zufrieden zu, wie ich alle paar Minuten schier umkam vor Schmerzen.

«Jetzt geht's richtig los, was?», fragte Harry Machteld.

«Und ob. Wenn die Eröffnung gut vorangeht, seid ihr in ein paar Stunden zu dritt.»

Harry öffnete seine Tasche und zog seine Videokamera heraus.

«Oh, du filmst das Ganze? Wie schön, Liebling! Ich dachte, du hättest nur den Fotoapparat mitgenommen.»

Harry runzelte die Stirn. «Hast du Make-up dabei?»

«In meiner Kosmetiktasche, wieso? Ich hab mich doch heute Morgen geschminkt.»

«Du siehst ziemlich blass aus.» Harry nahm die Kosmetiktasche aus meinem Köfferchen. «Vielleicht solltest du ein bisschen nachbessern.»

Ich guckte in den Spiegel. Harry hatte Recht, ich sah erbärmlich aus. Um Abhilfe zu schaffen, schmierte ich mir eine Lage flüssiges Make-up ins Gesicht und legte Rouge auf. Ich war noch damit beschäftigt – die Wangen einsaugen und leicht über die Wangenknochen streichen –, da kam eine Wehe. Ich umklammerte den Pinsel, bis sie vorüber war. Danach tuschte ich mir die Wimpern und malte mir die Lippen an.

Harry machte die Kamera an. «Was geht jetzt in Ihnen vor, Frau Meyer?»

«Hauptsächlich Wehen», antwortete ich kichernd.

«Und wie ist es dazu gekommen?»

«Na ja, mein Mann – Harry Meyer, Sie kennen ihn ja – hat mich geschwängert und dann wurde ich ziemlich dick und –»

«*Ziemlich* ungnädig», ergänzte Harry.

«Gar nicht wahr! Es war schwer, aber jetzt ist es ja bald vorbei.»

Harry richtete die Kamera auf Anita. «Und wen haben wir hier?»

Anita wurde rot.

Harry ließ das Objektiv langsam über ihren Körper wandern. «Name! Alter! Maße!» Hinter der Kamera bildet Harry sich gerne ein, er sei Paul Verhoeven.

Machteld brachte ihren Pferdeschwanz in Ordnung.

Verlegen sagte Anita, dass sie van Dam heiße und dreiundzwanzig Jahre alt sei.

Ich bekam eine Wehe.

Sofort drehte Harry sich zu mir um. Im Flüsterton kommentierte er: «Wir sind jetzt Zeugen eines einzigartigen biologischen Prozesses. Lea öffnet sich. Nach der Grimasse zu schließen, die sie gerade schneidet, ist das wohl nicht so einfach. Aha, und jetzt hechelt sie. Hecheln ist eine spezielle Atemtechnik, die von weiblichen Vertretern der Gattung Mensch ausschließlich bei Wehen angewandt wird. Wehen sind heftige Krämpfe. Sie können sehr schmerzhaft sein. Dank der Wehen –»

«Halt die Klappe.»

Harry machte einen kleinen Schritt zurück. «Es ist unverkennbar, dass die Frau hier jetzt mit Wehen zu kämpfen hat. Sie schlägt um sich. Ich muss mich und die Kamera in Sicherheit bringen. Ende Take eins.»

«Geht es?», fragte Anita. Sie bot mir einen feuchten Waschlappen an.

Dankbar tupfte ich mir die Stirn ab. Ich war noch gar nicht richtig zu mir gekommen, als es schon wieder so weit war. Ich krümmte mich und stöhnte. Machteld stand neben dem Bett. Ich fasste nach ihrem Arm. «Es tut so weh, Machteld. Oh, es tut so weh!» Kam dieses weinerliche Quengelstimmchen wirklich von mir?

Machteld machte meine Hand los. «Hör auf! Du kneifst mich.»

Sie winkte Harry herbei. «Hier, reagier dich an deinem Mann ab.»

Harry griff zum Waschlappen, der auf die Bettdecke geglitten war, und wollte ihn mir auf die Stirn legen.

Ich schlug seine Hand weg. «Noch nicht, du Idiot!»

Abwartend hielt Harry den Waschlappen in Bereitschaft.

Ich seufzte tief auf. Die Wehe war vorüber.

«Möchtest du jetzt den Waschlappen?», fragte Harry.

«Nein.»

«Soll ich dir den Rücken massieren?»

«Nein.»

«Kann ich irgendetwas anderes für dich tun?»

«Nein. Du hast schon genug angerichtet. Besten Dank.»

«Möchtest du, dass ich gehe?»

«Nein.»

Er zuckte die Achseln und sah Machteld an. Du siehst, ich gebe mir wirklich die größte Mühe, sagte sein Blick.

Ich konnte Harrys Gegenwart kaum noch ertragen. Aber ich erlaubte ihm auch nicht zu gehen. Er sollte sehen, was ich durchzustehen hatte, um sein Kind zur Welt zu bringen.

«Hättest du was dagegen, wenn ich filme?», fragte Harry.

Die nächste Wehe brach über mich herein. Ich konzentrierte mich. Wieder so ein Scheißding von der schlimmsten Sorte. Stärke vierzehn auf der Lea-Skala. Warum hatte mir das keiner gesagt? Ich wollte weinen, aber das ging nicht. Es tat viel zu weh. Ich hoffte, dass ich ohnmächtig würde. Das Bewusstsein verlieren. Bis alles vorüber war. «Machteld», flüsterte ich, «ich möchte eine Betäubung.»

Machteld schüttelte den Kopf. «Das ist nicht nötig, Lea, du machst das prima. Wirklich, du bist auf dem besten Wege.»

«Auf dem besten Wege zu sterben, ja! Bitte gib mir was. Gib mir was gegen die Schmerzen.»

«Ich kann dir nichts geben.»

«Doch. Ich will Lachgas. Oder 'ne Vollnarkose. Oder beides.»

«Kommt gar nicht infrage. Du musst bald pressen, und da möchte ich, dass du ganz bei der Sache bist.»

«Ich flehe dich an.» Ich hatte noch nie jemanden angefleht. Machteld war die Erste.

Es ließ sie kalt. Sie war nicht zu erweichen.

«Beiß die Zähne zusammen, Mädchen», sagte Harry, «jetzt kommen die letzten Hürden.»

Dafür wollte ich ihn fertig machen. Das schrie nach einer vernichtenden Retourkutsche. Aber keine Chance. Ich bekam wieder eine Wehe. Und noch eine. Und dann folgten gleich fünf der Kategorie unerträglich Schlag auf Schlag. Ich probierte verschiedene Stellungen aus: auf allen vieren, auf der Seite, auf dem Rücken, mit erhobenen Beinen Rad fahrend. Es half alles nichts.

Anita sah mir mitleidig zu.

Harry wurde immer stiller.

Machteld zog sich die Handschuhe an. «Ich taste mal den Muttermund ab.» Sie zog mir den Slip aus.

Ich spreizte die Beine. *Nur zu, Machteld, tu dir keinen Zwang an. Und zieh das Kind bitte auch gleich raus, ja?*

Machtelds Finger in meiner Möse. Ich würde sie noch mal vermissen. *Na, wie sieht's aus, Schatz, wie rollen die Kugeln?*

«Acht Zentimeter.» Machteld nickte mir zu. «Siehst du!»

Anita und Harry lachten sich an.

Ich hasste sie. Dieser Optimismus war völlig fehl am Platz. Noch zwei Zentimeter. Noch wer weiß wie viele Wehen. Da kam schon wieder eine.

Häns-chen-klein-ging-al-lein.

Nach der Wehe nahm Harry meine Hand. «Geht's noch, Liebling? Ich find's furchtbar, dass du solche Schmerzen hast.»

«Weißt du, was ich nicht kapier?», sagte ich keuchend. «Wie kann man bloß so blöd sein und sein Kind Hänschen nennen?»

«Die letzten Zentimeter können ganz schnell gehen», sagte Machteld. «Nicht mehr lange, und du darfst pressen.»

«Können wir nicht mal 'ne kurze Pause machen? Ich hab Durst.»

Anita holte mir einen Becher Wasser.

«Hast du schon Pressdrang?», fragte Machteld nach zwanzig Minuten.

«Ich glaub nicht.»

«Ich fühl mal eben nach.» Sie kannte sich ja inzwischen in mir aus. «Die Eröffnung ist fast vollständig. Nur noch ein kleiner Rand. Den massier ich dir schon weg. Entspann dich, Lea.»

Harry zoomte, während Machteld ihre Innenarbeiten ausführte.

«Bei der nächsten Wehe darfst du versuchen zu pressen. Verspürst du schon den Drang dazu?»

«Nein. Ich bin müde.» Der einzige Drang, den ich verspürte, war aufzustehen, das Krankenhaus zu verlassen und nie mehr wiederzukommen.

«Kopf hoch», sagte Harry, «das sind die letzten Hürden.»

«Wenn du das noch *einmal* sagst!»

Da war eine Wehe.

«Zieh die Knie an», ordnete Machteld an. «Und pressen.»

Meine Beine zitterten. Ich sog die Lungen voll Luft und presste. «Es tut weh», sagte ich böse.

«Halt dich an ihnen fest, dann kannst du größeren Druck ausüben», sagte Machteld. «Press gegen die Schmerzen an.»

Die hatte leicht reden. Aber ich hatte keine andere Wahl. Ich tankte Luft nach und presste nochmal. Die Wehe nahm überhaupt kein Ende. Ich hechelte lieber wieder.

«Hör zu, Lea», sagte Machteld, «es kommt darauf an, dass du die gesamte Wehe nutzt. Jetzt hast du das letzte Stück verschenkt. Du musst bis zum Ende durchpressen.»

Ich hasse es, wenn andere mir sagen, was ich zu tun habe. Es waren ja schließlich *meine* Wehen und nicht ihre. Und da war es auch meine Sache, inwieweit ich sie auszunutzen wünschte.

Anita gab mir einen frischen Waschlappen. «Haben Sie was zum Anziehen für das Kleine dabei?», fragte sie.

Ich zeigte auf den Koffer. Da hatte ich einen weißen Anzug mit blauen Kaninchen drauf reingetan. Ich durfte nicht vergessen, dem

Baby zu erzählen, dass Kaninchen in Wirklichkeit weiß oder braun oder gefleckt sind. «Ach, übrigens, dein rechtes Bremslicht ist kaputt, Machteld.»

Wieder eine Wehe. Ich presste, was das Zeug hielt. Das Kind musste jetzt endlich raus.

«Tut sich schon was?», fragte ich anschließend.

«Ich seh noch nichts», sagte Harry und legte die Kamera beiseite.

«Vielleicht sollte sie mal den Gebärhocker ausprobieren», schlug Machteld vor.

Der Druck auf meinen Unterleib nahm zu. «Da kommt wieder eine!», rief ich. Sofort hatte ich die ungeteilte Aufmerksamkeit.

Harry schnappte sich schnell seine Kamera.

Ich nahm meine Lieblingsstellung ein und holte tief Luft.

Machteld guckte mir zwischen die Beine.

Harry ging in die Hocke, damit er alles gut draufbekam.

Fehlanzeige. Ich ließ die Beine wieder sinken. «Sorry, falscher Alarm.» Leicht geniert trank ich einen Schluck Wasser. «Dürfte ich ein bisschen Traubenzucker haben?», fragte ich.

Schweigend reichte Harry mir die Packung. Ich hatte den Traubenzucker eigens für die Entbindung gekauft. Er stand auf Machtelds Liste, gleich hinter der Nabelklemme.

«Möchtest du auf den Hocker?», fragte Machteld.

Ich sah zu Harry, der schon mit dem Gebärhocker durchs Entbindungszimmer trabte. «Wenn du dich hierher setzt, hab ich gutes Licht.»

Ehe ich vom Bett runterkonnte, kam noch eine Wehe. Ich presste wie eine Besessene.

«Komm, schnell!», rief Machteld Harry zu. «Man sieht schon die Haare.»

Seufzend ließ ich mich aufs Kissen zurückfallen.

«Och, schon wieder weg», sagte Harry enttäuscht. Und zu mir: «Alles wieder dicht.»

«Aber jetzt geht's voran», sagte Machteld. Da irrte sie sich.

Mühsam rollte ich mich aus dem Bett. Anita schob den Infusionsständer. Ich ließ mich auf dem Gebärhocker nieder. Er sah so ähnlich aus wie ein Tritt, nur dass er vorn ein großes Loch hatte.

«Könntest du noch ein kleines bisschen weiter nach links?», bat Harry, während er einen der Vorhänge aufzog.

Ich rückte mitsamt Hocker zur Seite. «Mensch, ist das Ding niedrig.»

«Probier's doch einfach mal aus», sagte Machteld. «Du wirst sehen, dass es funktioniert. Setzt du dich hinter Lea, Harry? Dann kannst du sie stützen.»

«Wie soll ich denn dann filmen?»

«Soll ich ein Stück aufnehmen?», erbot sich Anita.

Harry sah sie forschend an. «Das ist eine ganz teure Kamera, Mädchen. Ich geb sie nicht gern aus der Hand.»

«Quatsch nicht, Harry, gib der Kleinen die Kamera.»

«Hast du schon mal 'ne Videokamera bedient?»

Anita nickte.

«Also, hier ist die Record-Taste. Und das hier ist die Zoom-Funktion. Wenn du hier durch den Sucher guckst, siehst du genau den Rahmen –»

Routiniert übernahm Anita die Kamera. «Haben Sie einen neuen Akku dabei? Der hier ist beinah alle.»

«Wieso?»

«Die Batterieanzeige blinkt. Hatten Sie das noch nicht gesehen?»

«Nein. Die muss gerade erst angegangen sein», brummelte Harry.

Während er in seiner Tasche herumwühlte, hatte ich eine Wehe. Da niemand auf mich achtete, hechelte ich sie klammheimlich weg. Kurze Verschnaufpause.

Aber dann wurde es ernst.

Harry setzte sich hinter mich.

 Machteld ließ sich schwerfällig vor mir nieder. «Press mal», sagte sie aufs Geratewohl. Ihr dicker Bauch versperrte ihr die Sicht auf mein Epizentrum.

«Musst du nicht erst ein Kissen drunterlegen? Sonst knallt es ja gleich mit dem Kopf auf den Fußboden, wenn es rauskommt.»

«Nicht nötig, ich fang es schon auf», sagte Machteld.

Eifrig presste ich drauflos. Die von Machteld so gepriesene Schwerkraft schien das Kind jedoch unbeeindruckt zu lassen. Wir bekamen nicht mehr zu sehen als ein kleines Büschel Haare.

Machteld hatte zu einem Spiegel gegriffen. «Guck mal, Lea, das stimuliert. Da weißt du dann, wozu du das Ganze machst.»

Ich guckte. Meine Möse war wie aufgebläht. Alles war geweitet und geschwollen. Meine Schamlippen neuen Stils erinnerten mich an die Ohrläppchen von diesem Mann aus Neuguinea. Sie waren blutverschmiert. Ich hätte mich auch ruhig noch rasieren können. Wenn ich aus Leibeskräften presste, tat sich eine klitzekleine Öffnung mit nassem, schwarzem Haar darin auf, das Ganze nicht größer als eine 25-Cent-Münze. Das war alles. Und dafür hatte ich bei Prénatal den halben Laden leer gekauft? Eine Streichholzschachtel hätte völlig ausgereicht.

Sobald ich aufhörte zu pressen, verschwand das Büschel Haare wieder. Es wurde einfach wieder zurückgeschoben, und die Tore schlossen sich. Das wunderte mich nicht. Meine kleine Schleuse war nun mal auf Einbahnverkehr eingestellt. Bisher hatte da noch keiner freiwillig rausgewollt.

Mit einem Auge in den Spiegel schielend, presste ich weiter. Harry massierte mir den Rücken. Anita brachte mir einen Waschlappen nach dem anderen. Der Traubenzucker fand bei allen Anwesenden reißende Abnahme, doch was immer auch geschah, ein Kind wurde nicht geboren. Aus den fünfundzwanzig Cent wollte kein Gulden werden.

Machteld hörte die Herztöne ab. «Es geht ihm noch gut, aber mir dauert das allmählich zu lange. Leg dich mal wieder aufs Bett, dann helf ich ein bisschen nach.»

Ich hatte keine Ahnung, was sie damit meinte, bis ich die Schere sah.

«Ein Schnitt genügt, du wirst sehen. Und ich mach's während einer Wehe, dann spürst du nichts davon.»

Mir schlug das Herz bis zum Hals. Machteld wollte das Ganze aufschneiden. Da hörte der Spaß aber auf. Damit war ich nicht einverstanden. Bei welcher Instanz konnte ich Beschwerde einlegen? Ich sah Harry flehend an.

«Lass Machteld mal machen. Sie weiß schon, was sie tut.»

Schlotternd legte ich mich aufs Bett.

Da war die Wehe. Es gab kein Entkommen mehr. Ich spreizte die Beine. Machteld setzte die Schere an. Kalter Stahl an meiner warmen Muschi. Sie schnitt so fest zu, als müsste sie ein dickes Stück Pappe durchschneiden.

«Au! Au! Verdammt!»

«Schon passiert, beruhig dich. Du darfst jetzt pressen.»

Press doch selbst, du blöde Zicke! Sagte ich das, oder dachte ich es nur?

Ich presste.

Ich presste, denn ich wollte es lossein.

Ich wollte das Kind nicht mehr im Leib haben. Es musste da raus. Ab durch die Mitte! Mach dich selbständig!

Ich lechzte danach, dass da was flutschte. Aber da flutschte nichts.

Machteld machte ein besorgtes Gesicht. Sie wartete noch ein paar Presswehen ab und hörte alle naslang die Herztöne ab. Harry und Anita spornten mich zwar weiterhin an, doch so richtig überzeugt klangen sie nicht mehr. Uns allen hier im Entbindungszimmer schien mit einem Mal klar zu sein, dass sich dieses Kind vorläufig nicht blicken zu lassen gedachte.

«Da stimmt irgendwas nicht», murmelte Machteld. «Vielleicht liegt es nicht richtig … Ist bei der Drehung im Becken irgendwas schief gelaufen …»

«Kannst du nicht nochmal schneiden?»

«HARRY!»

«Vielleicht kann Machteld es ja dann drehen.»

Machteld schüttelte den Kopf.

«Leute», krächzte ich, «macht jetzt bitte Schluss damit. Ich hab's ja von Anfang an gesagt. Gebt mir 'n Kaiserschnitt. Schneidet mich auf und näht mich wieder zu.»

Machteld schüttelte den Kopf: «Das fällt nicht in meine Zuständigkeit.» Sie wandte sich an Anita: «Ist ein Gynäkologe im Haus?»

«Ich glaube, Doktor Kallenbach hat Dienst. Ich seh mal eben nach.» Anita verließ das Zimmer.

«Tut mir Leid, aber ich kann nichts mehr für euch tun. Ich überlasse dich jetzt Doktor Kallenbach», sagte Machteld.

Ich sank in die Kissen zurück. Endlich ein richtiger Arzt an meinem Bett. Vielleicht wurde doch noch alles gut.

10

19. Mai 1966
Du bekommst pro Tag 1 Esslöffel Orangensaft und 5 Fläschchen mit Kindermehl.

Harry lief die Wände des Entbindungszimmers ab.

«Was treibst du denn da, Schatz?»

«Ich such 'ne Steckdose für mein Akku-Ladegerät. Die Dinger sind ja so schnell leer. Nicht, dass ich nachher keinen Strom habe.»

Die Tür ging auf, und Anita kam herein. Ein Mann hinter ihr hielt ihr die Tür auf. Er trug einen weißen Kittel. Als er näher kam, blieb mir fast das Herz stehen. George Clooney! Mein Gynäkologe sah genauso aus wie dieser schnucklige Typ aus *Emergency Room*. Der gleiche Schlafzimmerblick. Die gleichen dunklen Augenbrauen. Unglaublich! Gab es Gott also doch?

Clooney schüttelte mir die Hand.

«Frau Meyer, ich bin Maurice Kallenbach. Wie geht es Ihnen?»

Ich wurde mir plötzlich bewusst, dass ich keinen Slip anhatte und meine Vagina aufgeschnitten war. So gut es ging, schlug ich die Beine übereinander und zeigte ihm mein strahlendstes Lächeln. War ich froh, dass ich mich geschminkt hatte! «Sagen Sie ruhig Lea. Sonst komm ich mir so alt vor.»

Harry kam zu uns ans Bett.

Kallenbach gab ihm die Hand.

«Ihr Gesicht kommt mir bekannt vor», sagte Harry.

Kallenbach rieb sich nachdenklich das Kinn. «Ja, ich überlege auch gerade.»

Ich verstand gar nichts mehr. Im Cast von *Emergency Room* gab's doch keinen, der Harry ähnlich sah! Das hätte ich gewusst.

Plötzlich hob Kallenbach den Zeigefinger. «Der Kennemer!»

«Ach ja, natürlich, da hab ich dich so oft gesehen. Ich hab dich nur in dem Kittel nicht gleich erkannt.»

Ich seufzte. Der Kennemer Golf und Country Club. Maurice war also Golfliebhaber. Das enttäuschte mich ein bisschen. Ich stellte ihn mir eher in einem zu kleinen Kanu vor, mit dem er durch einen wilden Fluss flitzte. Na ja, vielleicht spielte er auch nur nebenher Golf.

Während Machteld Kallenbach ins Bild setzte, bekam ich eine Wehe.

«Pressen Sie ruhig», sagte Anita.

Ich schielte mit einem Auge zu Maurice und presste. Er stellte sich ans Bett und legte kurz seine Hand auf die meine. War seine so kalt oder meine so warm? Dann ging er zum Fußende und guckte mir zwischen die Beine. Er zog sich Handschuhe an.

Ohne zu fragen, drang er mit den Fingern in mich ein. «Press weiter», sagte er.

Ich presste.

Als die Wehe vorüber war, zog er die Hand zurück und sagte zu Anita, dass sie den Vakuumextraktor holen solle. «Wir wollen mal ein bisschen nachhelfen», sagte er zur Verdeutlichung.

Anita wiegte sich beim Gehen plötzlich auffällig in den Hüften. Mit professionellem Lächeln spielte sie mit der Saugglocke.

Harry reagierte, als hätte er beim *Glücksrad* gewonnen. Mit brennendem Interesse zoomte er auf das Gerät ein. «Tolles Ding», sagte er anerkennend zu Kallenbach.

«Ja, damit hab ich schon so einige kleine Harlemmer an Land gezogen.»

Sie lachten.

«Leg jetzt bitte mal die Beine auf die Stützen. Und rutsch mal ein bisschen weiter zu mir herunter», sagte Kallenbach. «Hast du schon eine Wehe?» Er hielt die Schere bereit.

Die Wehe kam, und Kallenbach schnitt. Es tat weh, aber ich traute mich nicht zu schreien. Ich wollte nicht, dass er mich für ordinär hielt.

«Beine etwas weiter auseinander», sagte Kallenbach und schob mir die Saugglocke rein. «Bei der nächsten Wehe drücken», sagte er zu Anita.

Anita nickte und stellte sich seitlich am Bett auf.

Da war die Wehe.

Anita beugte sich über mich und drückte wie verrückt auf meinen Bauch.

«Pressen!», rief Kallenbach.

Harry fing die gesamte Szene von der Tür aus ein.

Ich verspürte eine Art Schlürfen in mir drin. Und dann machte es plopp! Die Saugglocke schoss heraus.

Kallenbach fluchte und schob die Glocke wieder rein.

Anita drückte aufs Neue, ich presste – und wieder machte es plopp!

Kallenbach runzelte die Stirn. «Das Köpfchen ist wahrscheinlich schon zu stark verformt. Die Glocke fasst nicht.»

Anita gab meinen Bauch frei.

Machteld hörte die Herztöne ab. «Es hält sich gut.»

«Ich will es noch ein letztes Mal versuchen», sagte Kallenbach.

Was *ich* wollte, kümmerte keinen. *Meine* Herztöne wurden nicht abgehört. Ob *ich* mich gut hielt, war völlig nebensächlich.

Unsanft schob Kallenbach die Saugglocke in mich rein. «Pressen!», kommandierte er und gab Anita ein Zeichen. Sie warf sich wie eine Blöde auf meinen Bauch.

Mir schossen die Tränen in die Augen. Noch nie war meine Liebe zu einem Mann so schnell abgekühlt.

«Die sitzt», konstatierte Kallenbach triumphierend.

Ich presste.

Die Glocke sog.

Plopp!

 Die Glocke war wieder abgegangen. Das spürte ich. Gleichzeitig stieg mir ein altbekannter Geruch in die Nase. Kacke. Meine Kacke. Oder genauer gesagt, mein Durchfall. Er rann mir an den Pobacken runter. Es stank entsetzlich.

«Anita», sagte Kallenbach nur.

Er roch es auch. Klar. Alle rochen es. Und alle sahen es.

Anstandslos wischte mir die dreiundzwanzigjährige Blondine den Hintern ab.

«Das wird nichts», sagte Kallenbach. «Wir müssen anders vorgehen. Bist du damit einverstanden, dass ich ein paar Kollegen zusehen lasse?»

«Bitte?» Ich hörte kaum, was er sagte. Alles tat mir weh. Mein Bauch, meine Möse. Ich zitterte am ganzen Körper.

«Zwei Famulanten. Ist lehrreich für sie.»

Im gleichen Augenblick klopfte es leise an der Tür. Ein junges Bürschlein mit Kassenbrille und zipfeligen Haaren erschien auf der Bildfläche. Unter seinem weißen Kittel trug er ein Holzfällerhemd.

Fragend sah er Doktor Kallenbach an.

Der signalisierte ihm, dass er reinkommen könne.

Dem jungen Bürschlein auf dem Fuße folgte eine junge Asiatin. Ihre langen schwarzen Haare waren zu einem strengen Knoten hochgesteckt.

Kallenbach flüsterte den beiden etwas zu. Sie lauschten mit ernsten Gesichtern und schielten von Zeit zu Zeit verstohlen zu mir herüber.

Harry kam zu mir ans Bett. «Geht's noch?»

«Nein. Bring mich von hier weg. Ich will nach Hause.»

«Halt durch, Liebling. Es ist für unser Kind.»

«Für *dein* Kind, meinst du wohl, du wolltest es doch unbedingt!»

«Lea, bitte. Nicht hier.»

Kallenbach und seine Jünger bauten sich um mein Bett herum auf.

«Ich will das nicht», sagte ich.

Kallenbach zog die Augenbrauen hoch.

«Ich will die Typen nicht dabeihaben.»

Machteld warf sich für Kallenbach in die Bresche. «Angehende Mediziner sollten möglichst viele Entbindungen zu sehen bekommen, Lea. Vor allem solche, bei denen es Komplikationen gibt. Das ist wichtig für sie.»

«Lad sie doch zu deiner eigenen Entbindung ein. Oder sollen sie von mir aus Reality TV gucken.» Ich schloss die Augen. Gemurmel. Als ich die Augen wieder aufmachte, waren Pat und Patachon verschwunden.

Kallenbach war auch weg.

«Ich geb Ihnen schon mal eine Betäubung», sagte Anita. Sie hatte eine Spritze in der Hand.

«Wieso? Krieg ich jetzt 'n Kaiserschnitt?»

Anita antwortete nicht darauf. «Machen Sie bitte mal die Beine auseinander.» Sie stach mir die Spritze zwischen die Beine. Ich spürte, wie sie in mich eindrang. Tiefer und tiefer. Dann holte Anita noch eine Spritze. Wieder so ein langer, gemeiner Stich.

Kallenbach kam ins Zimmer zurück, zwei Frauen und einen jungen Mann im Schlepptau.

Ich machte den Mund auf.

Er kam mir zuvor. «Das sind Pflegekräfte. Sie werden mir assistieren. Klar?»

Der junge Mann – «Hallo, ich bin Koen» – hatte ein Metallinstrument bei sich. Es sah aus wie ein Küchenutensil von Familie Riese.

Ich nahm mein letztes bisschen Kraft zusammen, rappelte mich hoch und nahm die Beine von den Stützen. «So, das wär's, ich geh jetzt nach Hause. Nett, dass ihr da wart. Vielen Dank, tschüs und auf Wiedersehen.»

«Komm, beruhig dich, Lea.» Harry. Er hielt mich davon ab, vom Bett herunterzusteigen.

«Siehst du das Ding da?! Weißt du, was Kallenbach damit vorhat?!»

«Das wird er uns jetzt gleich sagen, nicht wahr, Maurice?»

Kallenbach verschränkte die Arme: «Das Kind muss *jetzt* heraus, Lea. Ich habe keine andere Wahl. Es zieht sich schon viel zu lange hin.»

«Die Zange ist viel zu groß. Ich weiß ja nicht, was du so gewöhnt bist, aber meine ist klein und eng. Und das soll sie auch bleiben.»

«Lass mich nochmal kurz die Herztöne abhören.» Machteld.

Unwillig ließ ich sie machen.

«Der Herzschlag wird schwächer. Ihm ist nicht mehr wohl.»

«Na, so ein Zufall.»

«Lea», Harry klang erschrocken, «unserem Kind geht es nicht gut. Unser Kind hat jetzt Vorrang. Der Meinung bist du doch wohl auch, nicht?»

«Unser Kind hätte schon vor vierundzwanzig Stunden geboren werden können! Wenn *sie*» – ich zeigte wütend auf Machteld – «mir einen Kaiserschnitt gegönnt hätte!»

«Genug jetzt», sagte Kallenbach schroff. «Leg die Beine wieder auf die Stützen. Umso schneller ist es vorbei.» Er griff zur Schere.

Ich dachte, ich drehe durch. «Willst du etwa schon wieder an mir rumschnippeln? Verdammt, das ist jetzt das wer weiß wievielte Mal. Was soll das werden, ein Stern?»

Anita lief zur Tür und machte sie zu.

Die anderen Helfer verhielten sich mucksmäuschenstill.

«Möchtest du lieber aufreißen?» Kallenbach hatte kein Mitleid. Er wartete nicht mal eine Wehe ab.

Er schnitt.

Er schnitt noch einmal.

Koen reichte ihm die Zange.

Harry wurde käsebleich.

Ich stieß ihn an. «Deine Kamera!»

«Meinst du wirklich?», fragte er zögernd.

«Nimm deine Kamera und film diese Zange!» *Beweismaterial.*

«Ich führe die Löffel einzeln nacheinander ein», sagte Kallenbach zu Harry.

Ich versuchte im Geiste, meinen Unterleib vom Rest meines Körpers abzuspalten. Es gelang mir nicht. Ich dachte an meine Mutter, die bei drei Geburten nicht den kleinsten Riss abbekommen hatte: *Du musst es mit nasser Watte betupfen. Das haben sie bei mir gemacht. Nass halten, immer nass halten, dann geht es reibungslos.*

Dann kam der Schmerz. Ich wurde aufgerissen. Der erste Löffel der Zange musste in mich rein.

Ich hörte jemanden schreien. Ganz schrill und ganz laut.

***

Mein Inneres wurde aufgerissen. Weiter und weiter.

«Ich lege die Zange jetzt um das Köpfchen ...»

«Kneif zu!», schrie ich. Das war mein heiliger Ernst. Von mir aus konnte er das Köpfchen zerquetschen. Zu Brei zerquetschen und rausziehen.

Kallenbach stemmte sich mit dem Fuß an der unteren Bettkante ab. «Pressen!», rief er.

Zwei Schwestern warfen sich auf meinen Bauch.

Kallenbach ruckte an der Zange.

Wieder der Kotgeruch. Gullygestank machte sich im Entbindungszimmer breit. Ein unverhoffter Triumph. Jetzt durften sie alle meine Kacke riechen.

Ein zweiter wüster Ruck von Kallenbach.

Die Zange bewegte sich aus mir heraus. Es klemmte etwas drin. Etwas Blaues und Blutiges. Das sich nicht bewegte.

Ich schloss die Augen.

Es war tot.

Ich lebte.

Es war gut so.

Das Baby oder ich – das Baby hatte dran glauben müssen.

11

21. Mai 1966
Den Orangensaft habe ich gestrichen. Du findest ihn so eklig, dass ich ihn nicht in dich hineinbekomme. Ich werde es nochmal probieren, wenn du etwas größer bist. Bald ist Sommer, da bekommst du dann sowieso ausreichend Vitamin C.

Ich wollte Harry rufen, brachte aber keinen Ton heraus. Ich wollte ihm sagen, dass ich keine Beerdigung wollte. Sie sollten es ruhig wegwerfen. Wir würden nach Hause gehen. Wir würden diese Episode so schnell wie möglich vergessen und uns einen Goldfisch kaufen.

Irgendwer legte mir das Kind auf den Bauch.

Ich wollte es wegschieben.

Ängstlich suchte ich Harrys Blick.

Aber der bekam nichts davon mit. Er stand am Bett und guckte auf das Baby. Und das mit einem Ausdruck in den Augen, der mir ganz unbekannt war.

«Dein Sohn ist wohlauf», sagte Machteld.

Verstohlen linste ich nach dem Wesen auf meinem Bauch. Der Schreck fuhr mir durch alle Glieder. Es war verunstaltet. Der Kopf war ganz länglich und dunkelviolett. Und die Zange hatte Abdrücke im Gesicht hinterlassen. Zu beiden Seiten der Augenhöhlen sah ich tiefe Kerben. «Wie schrecklich», flüsterte ich. «Das ist doch kein Leben für das Kind. Gebt ihm um Himmels willen eine Spritze.»

«Das renkt sich alles wieder ein», sagte Kallenbach. «In ein paar Tagen ist nichts mehr davon zu sehen.»

Das kannst du deiner Großmutter weismachen.

«Wenn du jetzt noch eine Wehe hast, darfst du ein letztes Mal pressen – für die Plazenta.» Kallenbach gab einer der Schwestern ein Zeichen.

Sie legte das kleine Scheusal ein Stückchen höher hinauf und begann mir auf den Bauch zu drücken.

Der Schmerz war so heftig und unerwartet, dass ich bewusstlos wurde. Ganz langsam ging das Licht aus. Himmlisch!

«Lea, Lea!», drang es von ganz weit her an mein Ohr. Machteld schlug mir auf die Wange. «Bleib bei uns! Noch einmal pressen.»

Lasst mich doch, lasst mich doch in Ruhe.

«Komm schon, Lea, dann ist es auch wirklich vorbei.» Harry.

Ich verspürte so etwas Ähnliches wie eine Wehe und presste.

«Na also», sagte Kallenbach und hielt einen Klumpen blutiges Fleisch in die Höhe. «Hiervon hat dein Sohn gelebt.»

Ich wandte das Gesicht ab.

«Wie soll er denn heißen?», fragte Anita, die dabei war, ein Armbändchen für ihn zu machen.

«Harry», sagte Harry schnell. «Harry junior. Genau wie ich.»

Anita lächelte. «Wie nett. Man hört ja kaum noch, dass Söhne nach ihren Vätern benannt werden.»

«Möchtest du die Nabelschnur durchschneiden?», fragte Kallenbach Harry.

«Klar!» Stolzgeschwellt reichte er Anita die Videokamera. Harry junior gab wimmernde Laute von sich.

«Ist das normal?», fragte Harry besorgt.

Es war normal.

Kallenbach gab Harry eine Schere.

Harry zögerte. «Spürt er was davon?»

«Nicht das Geringste», versicherte ihm Maurice lächelnd.

Die Zungenspitze zwischen den Lippen, schnitt Harry seinen Sohn von der Plazenta ab.

Danach nahm Machteld das Baby auf und wickelte es in ein Tuch: «Ich nehm ihn mal kurz mit», sagte sie zu mir. «Dann kann der Kinderarzt ihn sich ansehen.»

Mir war es recht. Einen Check-up hatte die Missgeburt bitter nötig.

«Noch eine Betäubung bitte, Anita», sagte Kallenbach, «dann kann ich nähen.»

O Gott, auch das noch. «Kann ich nicht 'ne Vollnarkose bekommen?», fragte ich. Ich schlotterte wie blöde, und es überlief mich heiß und kalt. Allein schon beim Gedanken an meinen Unterleib tat mir alles weh.

«Nicht nötig, das ist im Nu geschehen», sagte Kallenbach kurz.

Anita gab mir die Betäubungsspritze.

Kallenbach ging weg und kehrte mit einer Stopfnadel und verschiedenen Sorten Garn zurück. Andächtig begutachtete er den Schaden. Dann rief er die Schwestern und den Pfleger herbei und zeigte mit dem Finger, was zu geschehen hatte. «Hier kommen resorbierbare Fäden hin und da Klammern.»

Ich begann mich daran zu gewöhnen, dass man mich nicht ansah, sondern mir nur zwischen die Beine starrte.

Kallenbach stellte einen Hocker ans Bett und setzte sich. Dann fädelte er einen Faden ein, stach die Nadel in meine Möse, zog den Faden durch und stach wieder zu.

Harry kam zu mir: «Halt durch, Lea, es ist gleich vorbei.»

Ich packte ihn beim Kragen und zog ihn zu mir herunter. «Du hast Recht. Es ist vorbei. Ich werde Maurice bitten, den Laden gleich ganz zuzunähen. Du kommst da nie wieder rein. Und es kommt auch nie wieder was raus. Kapiert?»

Harry antwortete nicht.

«Wärst du so lieb und würdest der Frau deines Golffreundes den Gefallen tun, Maurice? Wie nach einer Beschneidung: einfach den ganzen Laden zunähen und nur eine kleine Öffnung zum Pinkeln freilassen. Ideal!»

Keiner sagte was.

Kallenbach räusperte sich und nähte weiter.

«Können die Damen auch alles gut sehen?», fragte ich die Schwestern. «So sieht eure Dose nach einer Entbindung aus. Total zerfranst. Toll, was?»

«Reg dich doch nicht so auf, Lea», sagte Harry.

«Ich will aber, wenn's erlaubt ist! Du hast leicht reden. Dein Schwanz ist ja noch ganz. Und der von Maurice bestimmt auch.»

Die Schwestern schlugen die Augen nieder.

«Lea! Hör auf!» Harry war böse.

«Koste es aus, Maurice. Nimm dir heut Abend deine Frau vor, und denk dabei bloß nicht an mich.»

«Wenn sie so weitermacht, kannst du dir einen anderen Arzt suchen, der das hier zum Abschluss bringt», sagte Kallenbach kühl zu meinem Mann.

«Herzlichen Glückwunsch, er ist völlig in Ordnung.» Machteld kam herein. Sie schob einen durchsichtigen Behälter vor sich her, in dem ein kleines Bündel lag.

«Ein strammer Junge von fast acht Pfund. Würdest du ihn bitte baden und anziehen, Anita?»

Harry lief zu dem Behälter. Er strich Junior über die Härchen. «Bist du auch vorsichtig?», sagte er zu Anita.

«Natürlich, Herr Meyer. Und herzlichen Glückwunsch!»

«Danke.»

«Ihnen auch, Frau Meyer.»

Harry kniete sich neben mein Bett. «Hast du gehört? Du hast das großartig gemacht. Wir haben einen hübschen, gesunden Sohn. Noch ein bisschen die Zähne zusammenbeißen, aber morgen geht's nach Hause. Zu dritt.»

Ich konnte fast nicht sprechen. Kallenbach hatte mit dem Klammern angefangen. «Und … was wird dann … aus uns?»

«Wie meinst du das?»

«Aus uns beiden. Na ja, Kurzprogramm, volles Programm, du weißt schon.»

«Das wird schon wieder. Du bist bestimmt bald wieder wie neu.»

«Und … *Au!* … bis dahin?»

«Bis dahin wird Junior dich schon auf andere Gedanken bringen. Weißt du, dass mein Vater kleine Nikes für ihn gekauft hat?»

«Wie süß.»

«Siehst du's auch schon vor dir, Pa, Junior und ich im Park?» Harry kicherte. «Wird der Junge verwöhnt werden …!»

«Mm.»

Harrys Geplapper lenkte ab. Nur deshalb ertrug ich es.

«Shit! Ich hab sie noch nicht mal angerufen. Das hatte ich versprochen.» Er zog sein Handy aus der Innentasche seines Sakkos. «Hallo, Ma, ich bin's. Du bist Oma.»

«…»

«Es ist ein Sohn. Er heißt Harry. Alles gut gegangen. Ist das nicht super?»

«…»

«Warte mal kurz, Mam.» Er legte die Hand aufs Mikrofon. «Dauert es noch lange?», fragte er Kallenbach, der gerade auf der Höhe meines Anus beschäftigt war.

«Ein paar Minütchen.»

«Sie möchten furchtbar gern vorbeikommen, Lea. Sie haben heute schon ein paar Mal versucht, uns zu erreichen. Sie sind völlig aus dem Häuschen.» Er sah mich flehend an.

Ich seufzte.

«In Ordnung, Ma, dann kommt mal. Aber Pa soll vorsichtig fahren, ja?» Harry beendete das Gespräch.

«Rufst du meine Mutter bitte auch an?»

«Klar.»

«Bitte sie doch zu kommen.»

Vielleicht fühl ich mich weniger allein, wenn sie da ist.

Kallenbach war fertig. Endlich. «Der größte Teil des Nahtmaterials löst sich von allein auf. Der Rest muss in einer Woche entfernt werden.»

«Muss ich dafür ins Krankenhaus?»

«Nein, das macht Ihr Geburtshelfer.»

«Wann darf ich nach Hause?»

«Wenn alles gut geht, morgen früh. Die Schwester wird Sie jetzt waschen. Danach werden Sie in Ihr Zimmer gebracht. Mein Kollege, Doktor Dijkstra, wird morgen früh noch kurz nach Ihnen sehen.» Kallenbach gab mir die Hand. «Ich gehe dann jetzt. Herzlichen Glückwunsch zu Ihrem Sohn.» Er schüttelte Harry die Hand und klopfte ihm kurz auf die Schulter. «Viel Glück, Junge. Mach's gut.»

«Vielen Dank für alles. Hast du meine Karte?», fragte Harry.

Kallenbach schüttelte den Kopf.

Harry fischte eine Visitenkarte aus seiner Tasche und gab sie ihm.

Kallenbach verließ den Raum.

Ich versuchte mich auf die Seite zu legen, aber das ging nicht. «Wann kommt meine Mutter?»

«Sie kommt nicht.» Harry nahm seine Kamera vom Tisch und begann Junior zu filmen.

«Wieso nicht?»

«Sie sagte, sie würde nicht herfinden.» Meine Mutter fährt nur Strecken, die sie kennt. Bei Umleitungen gerät sie in Panik.

«Aber sie kann sich doch ein Taxi nehmen!»

«Hab ich auch gesagt.» Er ging rückwärts.

Anita sah schmunzelnd zu.

«Und, hast du schon ein Taxi bestellt?»

«War nicht nötig. Sie sagte, sie würde morgen vorbeikommen. Wenn wir wieder zu Hause sind.»

Zum ersten Mal seit Juniors Geburt trieb es mir Tränen in die Augen.

«Ich geh schon mal zum Haupteingang. Pa und Ma kommen bestimmt gleich.»

«Soll ich Sie ein bisschen frisch machen?», fragte Anita.

«Ja, gern.» Ich wandte das Gesicht ab. Sie sollte nicht sehen, dass ich weinte.

«Ist er nicht goldig, wie er daliegt? Ein richtiger kleiner Wonneproppen. Und wie sich Ihr Mann freut. Ich hab noch nie so einen stolzen Vater gesehen!»

12

30. Mai 1966
Wir haben dir zwei Stoffkätzchen in die Wiege gestellt, die du immer ganz lieb anlachst, wenn wir dich schlafen legen. Du lachst viel, wenn du gut gegessen hast. Richtig goldig bist du dann.

«Herz-li-chen Glück-wunsch!» Ma Meyer kam als Erste ins Zimmer gestürmt. Sie hatte einen riesigen Strauß Rosen im Arm. Lose Rosen. Ohne Papier oder Zellophan drumherum, nicht mal zusammengebunden waren sie. Sie kippte mir die ganze Ladung aufs Bett. «Sind sie nicht bildschön? Aus unserem Garten. Frischer geht es nicht.»

«Vielen Dank. Besorgst du bitte eine Vase, Harry?»

«Du kannst dich auch drauflegen. Dann bist du auf Rosen gebettet!» Pa Meyer lachte schallend.

Ich schob die Rosen beiseite und ritzte mir dabei die Hände.

Pa legte mir kurz den Arm um die Schultern. «Herzlichen Glückwunsch. Du hast es schwer gehabt, hab ich gehört …»

«Es ist immer schwer, das weiß doch jeder», sagte meine Schwiegermutter. «Ach Gottchen, ist *das* das Baby?» Sie lief um mein Bett herum und steckte den Kopf in Harrys Glaskasten. «Ach, ist der *klein!* Und so zerknittert …»

«Das kommt von der Zange», sagte Harry. Er nahm die Rosen vom Bett.

Schwiegermama begann auf Junior einzureden, als hätte sie nicht alle Tassen im Schrank. «Hallo, kleiner Mann, hier ist deine Omi. Haben sie dich mit der Zange rausgezogen? Konnte deine Mama das nicht alleine? Oder hattest du noch keine Lust auf die böse große Welt? Brauchst dir keine Sorgen zu machen. Es wird schon alles wieder gut. Nicht?» Letzteres war an mich gerichtet.

«Doktor Kallenbach meint ja.»

«Was, *Kallenbach* hat die Entbindung gemacht?»

«Ja.»

«Oh, das ist doch aber ein *fantastischer* Frauenarzt! Da hast du Glück gehabt. Mich hat er von meinem Myom befreit. Ein richtiger Schatz, dieser Mann. Und so gut aussehend.»

«Lea ist sehr müde», sagte Harry. Er rief eine Schwester und gab ihr die Rosen mit. «Ihr könnt nicht allzu lange bleiben.»

«Ja, natürlich. Aber wir *mussten* ihn einfach sehen. Unseren ersten Enkel! Gib ihnen doch die Nikes, *dear*», sagte Ma.

Pa Meyer zückte die kleinen Schühchen.

Harry nahm sie entgegen und hielt sie über Juniors Kasten: «Guck mal, Harry, die hast du von Oma und Opa gekriegt. Was sagt man da?»

Junior sagte nichts. Er machte nicht mal die Augen auf.

«Danke, Oma und Opa», sagte Harry mit Piepsstimmchen.

Noch keine zwei Stunden alt und Junior hatte bereits einen sagenhaften Einfluss auf seine Umgebung. Die Leute verwandelten sich auf der Stelle in Volltrottel.

Harry begleitete seine Eltern hinaus.

Er kam zurück, um mir mitzuteilen, dass er jetzt nach Hause fahren werde. Seufzend ließ er sich auf meiner Bettkante nieder. «Ich bin total kaputt, weißt du. Rückenschmerzen, Kopfschmerzen, mir tut alles weh.»

«Armer Schatz.»

Er lief zu Harry junior. «Tschüs, Sohnemann. Papa geht jetzt schlafen. Papa geht in die Heia.»

«Red doch normal mit dem Kind.»

«Hast du gehört, Harry? Mama ist ein bisschen böse auf Papa. Mama muss auch heia machen.»

«Mama kann aber nicht heia machen, weil Junior die ganze Zeit rumquäkt.»

«Ja, er hat wahrscheinlich Kopfschmerzen, hat die Schwester gesagt. Von der Zange.» Harry machte ein besorgtes Gesicht.

Mir kam eine Idee. «Sag mal, Schatz, kannst du Junior nicht schon mit nach Hause nehmen?»

«Wieso?»

«Na, wieso wohl? Ich fühl mich wie gerädert. Das wär die letzte Gelegenheit, mal eine Nacht durchzuschlafen.»

«Also ich weiß nicht …»

Ich drückte auf den Klingelknopf.

Wenige Sekunden später steckte eine Schwester den Kopf zur Tür herein.

«Kann mein Mann unser Kind schon mal mitnehmen?»

Die Schwester kam ins Zimmer. Sie war erstaunt. «Das ist nicht üblich. Aber das Baby darf heute Nacht bei Ihnen bleiben, wir bringen es nicht auf die Station.»

«Eben deswegen. Er macht so viel Krach, dass ich bestimmt nicht schlafen kann.»

«Dann schlage ich vor, dass wir ihn doch auf die Station bringen. Er hat es sehr schwer gehabt, da sollte er jetzt lieber nicht herumtransportiert werden.»

Harry suchte seine Videosachen zusammen und verabschiedete sich ausgiebig von Junior. Ich bekam einen flüchtigen Kuss.

«Bringen Sie ihn dann jetzt auf die Station?», fragte ich die Schwester, als Harry weg war.

«Wenn Sie möchten.»

«Gern.»

Sie sah mich prüfend an.

«Es war ein schwerer Tag», erklärte ich. «Eine Zangengeburt.»

«Ich weiß. Ein ziemlicher Dämpfer, hm?»

«Ja, ziemlich.»

 «Meine Schwester hat das auch mitgemacht, soll ja psychische

Ursachen haben, heißt es, dass man das Kind nicht loslassen will, bei meiner Schwester ist alles aufgerissen, sie musste mit achtzehn Stichen genäht werden, ich hab ja auch zwei Kinder, aber die sind nur so herausgeflutscht, kein Schnitt, kein Riss, rein gar nichts – sie guckte in Harrys Glaskasten und zog die Decke zurecht – ich hab mein zweites selbst beim Einwohnermeldeamt eintragen lassen, der Beamte hat vielleicht Augen gemacht, na, kein Vergleich mit meiner Schwester, die musste wochenlang auf 'nem Schwimmring sitzen ...»

Der Schwimmring stand nicht auf Machtelds Liste. Da war ich mir sicher.

«... und dann hatte sie auch noch Ärger mit einem der Fäden, der hätte rausgemusst, aber ihr Arzt hat ihn übersehen, und da hat sich alles entzündet, fürchterlich, der Eiter lief nur so raus, da müssen Sie gut aufpassen, dass sie Ihnen auch ja alle Fäden ziehen, wie viele haben Sie denn ...»

«Also gezählt hab ich sie ni –»

«... ich würde nachfragen, wenn ich Sie wäre, meine Schwester hatte solche Beschwerden ...» – Sie schob Harry in seinem Behälter von meinem Bett weg. «Sag mal auf Wiedersehen zu Mama.»

Junior wimmerte.

«Hätten Sie vielleicht eine Schlaftablette für mich?» Mein Körper war zwar zerschlagen, aber mein Geist war wach. Hellwach. Ich konnte an nichts anderes mehr denken als an Machteld und an Kallenbach.

Machteld, wie sie in mir herumgefuhrwerkt hatte. Machteld mit der Schere. Kallenbach mit der Schere. Kallenbach mit der Sauglocke. Kallenbach mit der Zange. Kallenbach mit der Nadel ...

«Natürlich. Bring ich gleich.»

Endlich war ich allein. Ich schloss die Augen.

Welche Ruhe.

Die Tür ging auf. Eine Schwester rollte ein Bett herein. Darin lag eine total verzückt dreinblickende Frau. Eine zweite Schwester schob einen durchsichtigen Behälter ins Zimmer.

Scheiße. Wieso hab ich kein Einzelzimmer? Ich hab Harry noch so darum gebeten.

Die Frau hob die Hand.

Ich nickte höflich.

Das Baby in dem Glaskasten fing an zu weinen.

Die eine Schwester kam zu mir herüber. «Wo ist denn Ihr Söhnchen?», fragte sie.

«Eine Kollegin von Ihnen bringt ihn auf die Station. Ich hatte eine schwere Geburt und möchte jetzt schlafen.»

«Die Frau hier ist auch gerade entbunden worden. Sie möchte ihr Töchterchen gern bei sich behalten. Macht es Ihnen etwas aus?»

«Ja, eigentlich schon.» Es war heraus, ehe ich's mir verkneifen konnte.

«Tja, wenn Sie es wirklich nicht möchten, bringen wir ihr Baby auch auf die Station.»

Die Frau sah flehend zu mir herüber.

Ich ignorierte sie. «Tut mir Leid», sagte ich zur Schwester, «aber womöglich quäkt das Kind die ganze Nacht.»

«Wie Sie wollen.»

Die Schwester ging zu dem anderen Bett, um die schlechte Nachricht zu überbringen. Die Frau fing an zu weinen. Ich hätte mich am liebsten umgedreht, lag aber wie versteinert da und sah mir die Szene an. Die Mutter nahm ihre Tochter aus dem Behälter, drückte sie an sich, streichelte ihr über die Härchen und küsste sie von oben bis unten.

Endlich nahm die Schwester ihr das Kind ab und legte es in den Glaskasten zurück. Beide Schwestern gingen mit dem Baby hinaus.

Ich räusperte mich. «Tut mir Leid. Ich hatte eine sehr schwere Geburt.»

Die Frau musste ein paar Mal schlucken. «Ja, das sagte die Schwester.»

«Wie ist es bei Ihnen gelaufen?» Das interessierte mich zwar nicht die Bohne, aber ich wollte, dass sie aufhörte zu weinen.

«Ich hab Viola zu Hause geboren. Aber die Plazenta kam nicht richtig raus. Sie war nicht ganz. Daher musste ich dann doch noch ins Krankenhaus. Zur Ausschabung.»

«Ach, du Schreck.»

«Die Ausschabung wurde unter Vollnarkose gemacht. Davor hatte ich eine Heidenangst. Aber zum Glück ist alles gut gegangen. Morgen darf ich nach Hause.»

Die Schwester kam mit meiner Tablette herein. «Möchten Sie auch eine Schlaftablette?», fragte sie die Mutter von Viola.

«Nein, danke, ich bin nicht so für Tabletten.»

Ich nahm die Pille dankbar an. Da, wo ich genäht worden war, zog und brannte es. Je eher ich weg war, desto besser.

Die Mutter von Viola wandte mir den Rücken zu, griff zum Telefon, das neben ihrem Bett hing, und rief einen nach dem anderen an. Jeder ihrer Freundinnen musste sie haarklein erzählen, wie toll die Geburt verlaufen und was für ein schnuckliges Baby Viola sei. «Sie hat so ein hübsches Gesichtchen. So vollkommen. Und die Fingerchen! Wie kleine Krabben. Mit *winzigen* Nägelchen. Ihre Augen sind blau, und ab und zu sieht sie mich forschend an, als wollte sie sagen: Bist du jetzt meine Mama? Es ist wirklich ein Wunder. Ich hätte nicht gedacht, dass es so toll sein würde …»

Ich drehte mich auf die Seite. Wie schnell würde die Tablette wohl wirken? Ich konnte mir ja in Gedanken ein Schlaflied singen. Das habe ich als Kind auch manchmal gemacht.

Schlaf, Lealein, schlaf
Der Vater hüt' die Schaf

Es half nicht. Vielleicht sollte ich lieber «Wenn-ich-mir-wünschen-könnte-was-ich-mir-wünschen-würde» spielen. Das war mit sieben mein Lieblingsspiel vor dem Einschlafen gewesen. Ich hatte dabei mit geschlossenen Augen auf dem Rücken in meinem Klappbett gelegen und mir vorgestellt, dass ich eine besondere Gabe hätte.

Als Erstes wünschte ich mir, dass alle Kranken gesund würden. Dann, dass alle Toten wieder lebendig würden. Oder besser nur die zu früh Gestorbenen (durch Unfall, Krankheit oder Krieg), denn sonst, so schwante mir, hätte es allzu weitreichende Folgen gehabt. Blinde sollten selbstverständlich wieder sehen können – ob sie wollten oder nicht – und Taube wieder hören. Die Lahmen könnten wieder laufen, die Armen würden reich, kurz und gut: Für alle würde das Leben zur reinen Freude werden. Zu meinen eigenen Wünschen – eine Barbie-Puppe, Reitstunden – kam ich meistens gar nicht mehr. Bis dahin war ich dann schon eingeschlafen.

Wenn ich mir wünschen könnte, was ich mir wünschen würde, dann wünschte ich mir, dass ich nie ein Kind zur Welt gebracht hätte. Ein klarer, schlichter Wunsch.

13

5. Juni 1966
Du bist ein liebes Mädchen, und ich hoffe, dass wir alle viel Spaß und Freude miteinander haben werden. Deine Schwester Birgit ist ganz vernarrt in dich. Sie würde dich am liebsten den ganzen Tag knuddeln.

Ich hatte eine glückliche Kindheit.

Meine Mutter war Hausfrau. Sie hatte oft Kopfschmerzen. Mein Vater war Buchhalter. Außerdem setzte er sich für die Erhaltung des Großen Kolbenwasserkäfers ein. Er machte vieles, was die meisten Väter nicht machen. Und das, was Väter im Allgemeinen machen, machte er überwiegend nicht. Wie zum Beispiel viel Geld verdienen. Mich lieb haben. Oder sich samstags das Sportstudio ansehen.

Mein Vater starb, als ich dreizehn war. Das ist jetzt fast zwanzig Jahre her, aber ich kann mich noch gut daran erinnern.

Es war ein Samstagvormittag wie alle anderen. Meine Schwester Birgit und ich lagen noch im Bett. Ich halb wach, Birgit bestimmt eher im Koma. Sie hatte die vorigen Nächte mit drei Deutschen durchgemacht, die sie in ihren Ferien aufgegabelt hatte.

Es klingelte an der Haustür. Meine Mutter nahm den Hörer der Sprechanlage ab und sagte: «Gut, kommen Sie herauf.»

Neugierig stieg ich aus dem Bett und zog meine Hausschuhe an. Es klingelte noch einmal. Als ich auf den Flur hinausging, öffnete meine Mutter gerade die Wohnungstür. Ich lief die Treppe hinunter. Auf halber Höhe blieb ich stehen.

Zwei Polizeibeamte waren hereingekommen, ein Mann und

eine Frau. Ich sah, dass meine Mutter sich fester in ihren Morgenmantel wickelte, damit man ihren Busen nicht sah. Die Polizistin sagte, dass sie eine unangenehme Nachricht hätten und meine Mutter sich lieber setzen solle. Dann gingen alle drei ins Wohnzimmer, meine Mutter vorneweg. Meine Mutter setzte sich in ihren Sessel, die Polizeibeamten nahmen nebeneinander auf dem Sofa Platz. Jetzt ergriff der Mann das Wort. Ich begriff, dass mein Vater tot war.

Ich ging wieder nach oben, in Birgits Zimmer.

Wenn man Birgit ganz schnell in ganz schlechte Laune bringen wollte, brauchte man sie nur am Samstagmorgen ungebeten zu wecken. Ich zögerte nicht eine Sekunde, rüttelte sie an der Schulter und erzählte ihr, dass Papa tot sei. Sie war sofort hellwach. Wir sahen uns an. Mit aufleuchtenden Augen.

«Er ist also tot?», sagte Birgit.

«Mausetot», sagte ich. «Rutsch mal 'n Stück.»

Ich kroch zu ihr unter die Bettdecke. Normalerweise wäre sie dafür nicht zu haben gewesen, aber an diesem Tag war alles anders.

«Wir müssen ihn begraben», sagte sie.

Ich nickte.

«Und wir müssen eine Todesanzeige in die Zeitung setzen lassen.»

Ach, ja. Ich räusperte mich. «Mit großer Freude ...» Ich konnte den Satz nicht zu Ende bringen, so sehr musste ich über meinen eigenen Witz lachen.

Birgit fing auch an zu kichern.

«Mit großer Freude ...», versuchte ich es noch einmal.

«... und Dankbarkeit ...», ergänzte sie.

«... mit großer Freude und tiefer Dankbarkeit geben wir das Dahinscheiden von Kees Johannes Maria Cornelissen bekannt.»

Da mussten wir alle beide furchtbar lachen. Mit so langen Schluchzern. Wir kriegten uns gar nicht mehr ein. Ich musste mir den Bauch halten, weil es schon regelrecht wehtat. «Hör auf, hör auf!», rief ich, ohne zu wissen, womit sie denn aufhören sollte.

Meine Mutter war immer noch unten. Sie hatte den Polizisten Kaffee gekocht. Unser Lachen sei im Wohnzimmer gut zu hören gewesen, erzählte sie später. Sie habe sich für uns geschämt. «Das sind die Nerven», hatte sie zur Entschuldigung gesagt, während sie mit zitternden Händen die Kaffeetassen hingestellt hatte.

***

Es scheint so, als wären manche Menschen toter als andere. Mein Vater zum Beispiel ist wesentlich toter als Präsident Kennedy. Wenn ich eine Hitliste der totesten Leute zusammenstellen sollte, würde er ziemlich weit oben stehen. Der Mann ist einfach völlig von der Bildfläche verschwunden. Im wahrsten Sinne des Wortes. Nirgendwo hängt ein Foto von ihm an der Wand. Kein Mensch erinnert an seinen Todestag. Ich vermute, dass niemand ihn vermisst.

Es soll ja irgendwie nicht so toll sein, wenn man einen toten Vater hat. Aber das kann ich nicht nachvollziehen. Auf mein Leben hat sich der frühe Tod meines Vaters nämlich kaum ausgewirkt. Höchstens in der Hinsicht, dass es bei uns zu Hause gemütlicher wurde. In der Schule bin ich problemlos versetzt worden. Und ich habe meinen Abschluss gemacht. Auch das Leben meiner Mutter hat sich, nachdem mein Vater gestorben war, kaum verändert. Ihre schon ziemlich zerrüttete Ehe war damit nach zwanzig Jahren endlich vorbei. Ein glatter Gewinn, obwohl meine Mutter diesen unverhofften Glücksfall bis heute nicht so richtig hat auskosten wollen.

Warum meine Mutter meinen Vater 1957 geheiratet hat, ist mir ein Rätsel. Das gilt umgekehrt übrigens genauso. Aber «Rätsel» ist noch viel zu gelinde ausgedrückt. Mir ist schlicht unbegreiflich, was sie überhaupt je zusammengeführt hat. Es spottet aller Gesetzmäßigkeiten. Egal, wie man es betrachtet und zu erklären versucht – und ich habe es versucht –, man kann eigentlich nur eine Schlussfolgerung ziehen: Dass es nicht den geringsten Grund für ihr Zusammensein gab. Weder einen wirtschaftlichen noch einen biologischen, soziologischen oder was auch immer für einen. Wenn es auf diesem Planeten je zwei Menschen gegeben hat, die sich unbedingt aus dem Weg hätten gehen müssen, dann sie. Ich habe diesen Doppelblindversuch vom ersten Rang aus verfolgt und sehe, wenn ich an meine Eltern denke, immer nur zwei einander gegenüberstehende Menschen, die sich anschreien.

Meine Schwester behauptet, dass es irgendwann mal anders zwischen ihnen war. Als Birgit klein war, muss es wohl vorgekommen sein, dass sich meine Eltern zusammen aufs Bett legten. Um miteinander zu reden. Sonntagnachmittags, nach einem Gläschen Likör. Ihre Kleider behielten sie an. In Birgits Augen war das der Gipfel der Intimität. Diesen Irrglauben hat sie, fürchte ich, bis heute nicht ganz abgelegt.

Ich habe nie etwas Intimes zwischen meinem Vater und meiner Mutter gesehen. Normalerweise finden Kinder es ja wohl peinlich, wenn sich ihre Eltern vor ihren Augen küssen. Ich hätte es total gut gefunden.

Aber meine Eltern hassten sich. Das stand für mich immer felsenfest. Ich habe so viele Streitereien zwischen ihnen mitbekommen, dass ich mich an eine einzelne gar nicht erinnern kann. Na ja, bis auf die wegen dem Sessel. Das war wirklich ein Hammer.

Zehn war ich damals. Meine Mutter hatte einen Fernsehsessel aus weißem Leder gekauft. So einen, mit dem man sich drehen kann. Ein richtiges Ungetüm. Er stand mitten im Wohnzimmer, als mein Vater nach Hause kam.

«Was ist denn das?», knurrte er.

Meine Mutter stemmte die Hände in die Hüften. «Ein Sessel. Für mich.»

«Was hat das Mistding gekostet?»

«Du wirst deswegen auf keine einzige Scheibe Brot verzichten müssen.»

Mein Vater ging um den Sessel herum. «Was für ein scheußliches Ding! Wirklich potthässlich. Wie konntest du den nur kaufen?»

«*Du* brauchst ja nicht drin zu sitzen. Es ist *mein* Sessel.»

«Ach, ja? Und wer hat ihn bezahlt?»

Birgit und ich saßen am Ofen und lasen Asterix und Obelix. Wir hörten die Stimme meiner Mutter immer höher und schriller werden. Mein Vater stänkerte und stänkerte. Meine Mutter giftete zurück. So lief das immer ab.

«... du gönnst mir den Sessel nicht? Darf ich nicht *einmal* was für mich haben? Ist das schon zu viel verlangt?»

Was mein Vater entgegnete, verstand ich nicht. Aber meine Mutter rannte daraufhin in die Küche. Sie kam mit einem großen Messer zurück. Es hatte eine lange, gezackte Klinge.

Birgit und ich hörten auf zu lesen. Ich hielt den Finger auf das Bild, bei dem ich stehen geblieben war.

Meine Mutter lief zu dem Sessel. Mit hoch erhobenem Messer schrie sie: «Ist das dein letztes Wort, Kees? Du meinst also, dass deine Frau keinen eigenen Sessel haben darf?»

Ich kann mich nicht erinnern, was mein Vater machte. Ich habe nur auf meine Mutter geachtet.

Sie stach auf den Sessel ein. Richtig hysterisch. Wenn meine Mutter hysterisch ist, reckt sie das Kinn hoch, sodass die Sehnen an ihrem Hals ganz fest angespannt sind, und beißt sich mit der unteren Zahnreihe auf die Oberlippe. Mit so einem Mund stach sie auf den Sessel ein.

Dann ließ sie urplötzlich vom Sessel ab und fuchtelte meinem Vater mit dem Messer unter der Nase herum. Ihr Knoten hatte sich gelöst, und die Haare hingen ihr wild ums Gesicht. «Erstich mich doch!», kreischte sie. «Los, erstich mich doch! Das ist es doch, was du willst, hab ich Recht?» Um es ihm leichter zu machen, setzte sie die Messerspitze schon mal an ihre Brust.

Mein Vater drehte sich um und verließ das Zimmer.

Meine Mutter ließ das Messer sinken.

Birgit las weiter.

Ich stand auf und inspizierte den Sessel. «Gar nicht so schlimm, Mam.»

***

Meine Mutter und ich gingen jeden Samstag zusammen einkaufen. Auf dem Rückweg vom Supermarkt nahmen wir das ganze Leben durch.

«Ich versteh nicht, wieso du noch bei ihm bleibst.»

«Ich weiß, Lea, aber was soll ich denn machen?»

«Dich scheiden lassen, ganz einfach.»

«Ja, und dann?»

«Dann sind wir ihn wenigstens los.»

Ob sie nun meinen Rat beherzigt oder selbst eingesehen hat, dass es nicht mehr ging, weiß ich nicht. Auf alle Fälle bin ich an die Decke gesprungen, als meine Mutter mir im Sommer 1979 sagte, dass sie die Scheidung einreichen werde.

Einige Samstage später kam der Dämpfer. Wir waren wieder mal auf dem Rückweg vom Supermarkt. Ich kurvte übermütig mit dem Einkaufsroller herum, den bestimmt in ganz Amsterdam-West keiner so gekonnt über den Gehsteig manövrieren konnte wie ich.

«Dein Vater und ich werden es nochmal miteinander versuchen.»

«*Was?!*»

«Er hat versprochen sich zu bessern. Er hat mich angefleht, ihm noch einmal eine Chance zu geben.»

«Und darauf bist du reingefallen?»

«Seit er das vorige Woche gesagt hat, gibt er sich wirklich die größte Mühe. Hast du das noch nicht bemerkt?»

«Dass er schleimt, ja, *das* hab ich bemerkt. Aber glaubst du wirklich, dass er das durchhält? Ich nehm ihm das nicht ab.»

Ich hatte Recht. Er hielt es nicht durch. Und da gab meine Mutter es auch auf. Sie reichte dann doch noch die Scheidung ein.

Mein Vater sperrte sich dagegen. Er unterschrieb nicht ein einziges Formular. Die Ehe wurde trotzdem aufgelöst. Mein Vater sollte sich eine andere Wohnung suchen.

Aber dazu ist es nicht mehr gekommen. Zwei Wochen nach der Scheidung war er tot.

***

Ich bin nicht zur Beerdigung gegangen. Mir sei nicht wohl, habe ich gesagt. Das war gelogen. Ich fühlte mich nämlich pudelwohl, mir war nur nicht nach einer Beerdigung. Schon gar nicht nach der von meinem Vater. Während meine Mutter, meine Schwester und der Rest der Verwandtschaft meinem Vater die letzte Ehre erwiesen, habe ich Spaghetti gegessen.

Dazu hatten mich Yvonne und Peter eingeladen. Das war ein junges Paar mit kleinen Kindern, das ein paar Eingänge weiter wohnte.

Peter machte den Kleinen jeden Bissen Spaghetti mit irgendeinem Gag schmackhaft. Er war Schauspieler und liebte Slapsticks. Ich fand ihn ungeheuer witzig.

«Na, du bist mir ja vielleicht eine», sagte er zu mir, als wir beim Apfelmus angelangt waren. «Dein Vater wird begraben, und du sitzt hier ganz fröhlich und lachst.»

Ich empfand keine Trauer. Damals nicht, eine Woche später nicht, und auch heute noch nicht. Ich habe nicht einen einzigen Tag um ihn getrauert. Nein, jetzt wo der blöde Sack tot war, ging das Fest erst richtig los.

Man sieht ja manchmal Fotos von Menschen nach dem Krieg. Sie sind befreit, haben das aber irgendwie noch nicht so richtig erfasst. Hohläugig starren sie vor sich hin. Lachen tun sie nicht. Meine Mutter hat so was Hohläugiges, seit mein Vater tot ist. Ich dagegen lache. Ich lache mich kaputt. Wirklich.

14

10. Juni 1966
Wenn ich mit dir rede, antwortest du mir schon auf deine Art. Du gibst dann so kleine Gurgellaute von dir. Das finden wir alle köstlich.

«Hast du Biotex-Fleckensalz im Haus?», fragte Joke. Joke war mir als Haushaltshilfe für die erste Zeit nach der Entbindung zur Verfügung gestellt worden.

Ich lag wieder in meinem eigenen Bett, ein altes T-Shirt von Harry an. Mein Unterleib war Matsch, mein Bauch mit blauen Flecken übersät.

«Im Schrank unter der Spüle, wieso?»

«Da setzt du dich nachher mal schön rein.»

«Bitte?»

«Das ist gut für die Nähte. Es reinigt. Dann entzündet sich's nicht.»

Joke lief die Treppe runter.

Mit dem Hintern in Fleckensalz. Was musste ich mir noch alles gefallen lassen? In den vergangenen achtundvierzig Stunden war mein Leben eine einzige Aneinanderreihung von Demütigungen gewesen. Die halbe Medizinerschaft von Haarlem hatte meine Möse gesehen. Oder besser gesagt, die halbe Medizinerschaft von Haarlem war bis zum Ellenbogen in ihr drin gewesen.

Am Morgen nach der Geburt hatte ich nicht pinkeln können. Mein Sperrbezirk war derart empfindlich gewesen, dass ich mich nicht traute.

«Sie gehen mir nicht nach Hause, ehe Sie nicht Wasser gelassen haben», sagte die Schwester und gab mir eine Kanne Wasser. «Gießen Sie das mal drüber, wenn Sie dabei sind. Das müssen Sie in den kommenden Tagen ohnehin tun. Immer gut spülen, wenn Sie Wasser lassen. Um Entzündungen vorzubeugen.»

Ich eierte wieder zum Klo zurück und kauerte mich über die Schüssel. An sitzen war nicht zu denken. Ich ließ mir das kalte Wasser über die Möse laufen, aber das war auch alles, was lief. Ich spülte und verließ die Toilette.

Sie wartete im Flur auf mich. «Haben Sie Wasser gelassen?»

Ich musste mich an der Wand abstützen. «Ich glaube schon», log ich.

«Sie flunkern.»

Ich wurde feuerrot.

«Viel Wasser trinken und es nachher noch einmal versuchen. Und dann will ich es sehen.»

Es war ihr ernst. Zwanzig Minuten später kam sie mich abholen.

Arm in Arm zuckelten wir zur Toilette.

«Lassen Sie die Tür ruhig offen.»

Ich ließ meine Krankenhausunterhose runter. So ein lächerliches Elastikteil. Aber wenigstens verrutschte die dicke Windeleinlage darin nicht. Ich hatte drei drin.

Mensch, hab ich geblutet!

«Ich hol Ihnen gleich saubere Einlagen», sagte die Schwester. Aber zuerst Wasser lassen.»

Ich schloss die Augen, ließ das Wasser über meine Vagina laufen und konzentrierte mich. Ich musste ganz dringend, aber traute ich mich auch?

«Na los, es wird schon nicht wehtun.»

Wo hab ich das nur schon mal gehört?

Die ersten Tröpfchen kamen. Es brannte, war aber nicht so schlimm, wie ich befürchtet hatte. Ich ließ es strömen. Es musste sein.

«*Gut* so.»

Joke kam rein. «Ich hab dir ein Bad eingelassen.» Sie half mir aus dem Bett.

Das war keineswegs Luxus, denn ich krümmte mich vor Schmerzen. Wie eine alte Frau schleppte ich mich ins Badezimmer.

In der Badewanne stand nur eine Pfütze Wasser.

«Lass dich kurz drin runter. In ein paar Minuten ist alles vorbei», sagte Joke aufmunternd. Sie zog mir die Unterhose aus. «Mensch, Mädchen, du blutest ja noch ganz schön.»

«Ich weiß.»

Sie half mir aus Harrys T-Shirt. Sie half mir in die Badewanne.

Das Biotex brannte in meiner Möse.

«Geht's?»

«Ist auszuhalten ...»

«In ein paar Tagen wird es schmerzhafter sein. Dann fangen die Wunden erst so richtig an zu heilen.»

Diese erfreulichen Aussichten vor Augen, hievte ich mich wieder aus der Badewanne.

«Möchtest du dich ein bisschen nach unten setzen?»

«Ich kann nicht sitzen. Ich möchte liegen.»

Joke half mir ins Bett zurück. «Hattest du seit der Entbindung schon Stuhlgang?»

«Nein.»

«Dann kriegst du nachher Pflaumen. Und Gewürzkuchen. Stuhlgang muss sein.»

Stuhlgang bedeutet pressen. Pressen bedeutet Schmerzen. Lea würde bis auf weiteres nicht pressen.

«Soll ich Klein Harry mal eben holen?»

«Wozu? Er schläft doch.»

«Wenn du stillen möchtest, müssen wir ihn jetzt anlegen.»

«Ich bin mir nicht sicher, ob ich stillen möchte.»

Harry kam herein. «*Natürlich* stillst du. Das ist das Beste für das Baby. Nicht?»

Joke nickte.

Kurz darauf lag Harry junior bei mir im Bett. Er sah immer noch abscheulich aus.

«Ist er nicht hübsch?», sagte Joke. Das war wohl ein Standardsatz aus dem Lehrbuch für Haushaltshilfen am Wochenbett. Seite 1:

SAGEN SIE IMMER, DAS BABY SEI HÜBSCH.
MAG ES AUCH EIN GNOM MIT WASSERKOPF
UND/ODER HASENSCHARTE SEIN.

Und wie lautete wohl die Standardantwort der Mütter?

JA, ICH BIN GANZ VERLIEBT.

Ich brachte es nicht über die Lippen.

«Zieh mal dein T-Shirt hoch.» Joke hatte einen nassen Waschlappen in der Hand.

Harry pfiff bewundernd: «Das sieht aber appetitlich aus, Spatz.»

Endlich mal was Erfreuliches. Bis dahin war Harry total auf seinen Nachkommen fixiert gewesen.

Joke fuhr mir mit dem kalten Waschlappen über die eine Brustwarze. «Sie ist noch ein bisschen eingezogen.» Dann drückte sie Harry junior mit dem Gesicht an meine Brust. «Mal sehen, ob er anbeißt.»

Er biss an. Er sog. Er sog mir die ganze gottverdammte Titte aus. Mit einem Mal tat es gemein weh. Als würden Nadeln in meine Brustwarze gestochen.

«Es kann einen Moment schmerzhaft sein. Wenn die Milch einschießt», erklärte Joke.

«Nimm ihn weg.»

«Das geht gleich vorüber.»

«Nimm ihn weg!» Ich versuchte mir Klein Harry von der Brust zu ziehen, aber das gelang nicht.

«Er hat noch nicht genug getrunken», sagte Joke.

«Ist mir egal! Nimm ihn weg!»

Joke steckte ihm ihren kleinen Finger in den Mundwinkel. Er ließ los. Schnell zog ich mir das T-Shirt wieder runter.

Junior fing an zu weinen.

Harry wurde böse. «Was soll denn das, Lea? Er hat doch Hunger.»

Joke nahm Junior hoch und tröstete ihn. «Möchtest du es später noch einmal versuchen?», fragte sie freundlich.

«Nein.»

«Was heißt hier ‹nein›? Mein Kind muss was zu essen haben!»

«Misch du dich da nicht ein, Harry.»

«Bist du dir sicher?», fragte Joke.

Ja, ich war mir plötzlich ganz sicher. Harry junior bekam die Flasche. Er hatte genug Schaden angerichtet. Seinetwegen konnte ich schon mein Sexleben begraben. Jetzt sollte er mir nicht auch noch die Titten ruinieren. Ich hatte von Frauen gehört, die so klaffende Schrunden gekriegt hatten, dass die Brustwarze praktisch nur noch an einem dünnen Faden hing. Nein, ohne mich!

«Dann mach ich ihm mal ein Fläschchen», sagte Joke. «Was hast du im Haus?»

«Fläschchen schon, aber keine Babynahrung.»

«Macht nichts, ich hab eine Probepackung dabei. Könntest du dann vielleicht später kurz in den Supermarkt gehen und eine Dose Babynahrung holen?» Sie sah Harry fragend an.

Der nickte.

«Nimmst du Junior mit?», bat ich Joke. «Dann kann ich mich ein bisschen ausruhen.» Ich war völlig geschafft.

«Möchtest du ihm denn nicht sein Fläschchen geben?»

«Lass das mal Harry machen.»

Harrys Miene hellte sich sofort auf.

Sie gingen aus dem Zimmer.

Endlich allein.

Ich schloss die Augen. Ich wollte schlafen. Aber es ging nicht. Ich hörte Joke und Harry reden. Ich hörte das Telefon klingeln. Ich hörte den Staubsauger. Ich hörte die Waschmaschine. Ich roch die Blumen. Harrys Kollegen hatten mir einen Riesenstrauß geschickt, den Joke mir ans Bett gestellt hatte. Von Harrys Bruder war ein Glückwunschtelegramm gekommen. Die Nachbarn hatten uns einen großen Storch aus Holz in den Garten gestellt. Er trug eine Windel im Schnabel, in der eine Puppe saß. Alle schienen sich riesig über Klein Harry zu freuen. Da kam ich nicht drum herum.

Freu dich, Lea, du hast ein gesundes Kind
Freu dich, alles ist gut gegangen
Freu dich, dein Mann ist ganz vernarrt in den Kleinen
Freu dich, deine Schwiegereltern sind überglücklich

Das musste irgendeine Logik haben. Es musste einen Grund dafür geben, dass alle fanden, ich müsse mich freuen. Frau kriegt Kind: Möse ruiniert, Kind völlig intakt. Frau ihrer Weiblichkeit und ihrer Figur beraubt, Prämie: ein Kind. Ein Junge. Der wieder andere Frauen schwängern kann. Auf dass die wiederum Kinder bekommen und ihre Weiblichkeit verlieren.

So ist die Natur. Das sind uralte Gesetzmäßigkeiten. Das Alte muss dem Neuen weichen. Wenn junges Laub kommt, fällt das alte ab. *Die Natur.*

Ich war noch zu jung. Wieso sollte ich dem Neuen weichen? Ich war doch in meiner Blütezeit. Auf meinem Höhepunkt.

Ich drehte mich auf die andere Seite und dachte an Beatrix. Bei den Frauen vom Königshaus ist ein Kaiserschnitt Standard, hatte mir meine Mutter erzählt. Weil das Risiko, dass Mutter oder Kind irgendetwas zustößt, dabei am geringsten ist.

Trix' Möse war also noch intakt. Trotzdem war Claus depressiv. Das reimte sich irgendwie nicht. War Trix etwa so blöd gewesen, sich für eine natürliche Geburt zu entscheiden? Hatte Trix, unsere Königin, womöglich Bekanntschaft mit der Zange gemacht? Und hatte Claus das gesehen? Großer Gott, der Mann war doch so sensibel, das musste für den doch eine Katastrophe gewesen sein. Vielleicht hatte das bei ihm ja einen Akt à la van Gogh ausgelöst. Hatte er sich danach aus purer Ohnmacht und fehlgeleiteter Solidarität ein Stückchen vom Schniedel abgeschnitten … Das hätte vieles erklärt. Sogar die endlose Jagd ihres ältesten Sohnes auf langbeinige Blondinen.

Maria hatte unbefleckt empfangen. Sie brachte ihr Kind in einem Stall zur Welt. Ihr Sohn Jesus predigte die Liebe. Er endete am Kreuz.

Er predigte die Liebe und endete am Kreuz. Noch nie war mir die tiefere Bedeutung dieses Umstands so sehr bewusst geworden. Das war SEINE BOTSCHAFT. Liebe führt zu Leid. *Keine Liebe, kein Leid.* So simpel war das. Jesus wollte, dass seine Generation die letzte sein würde. Eine Generation, die weder liebte noch litt. Die in vollkommenem Frieden lebte und starb. Ein wundervolles Finale. Ganz in seinem Sinne zu leben und zu sterben. Beende das Leiden, mach selbst den Anfang. Kein Mensch hatte verstanden, was er meinte. Außer mir. Ich verstand es. Ich sollte seine Botschaft verkündigen. Deshalb war das alles passiert. Ich war auserwählt.

Mit einem Mal musste ich hemmungslos schluchzen. Dann hätte Junior vielleicht ganz normal herausgekonnt. Und die Zange wäre gar nicht notwendig gewesen. Aber ich hatte erst leiden müssen, um die Botschaft verstehen zu können. Das Opfer war groß: meine Möse. *Meine Möse war der* BOTSCHAFT *geopfert worden …*

Joke kam mit einem Schälchen Obst herein. «Hier, das wird dir gut tun.»

Mit bebenden Händen nahm ich das Schälchen entgegen.

«Harry hat sein Fläschchen ganz ausgetrunken. Einen Hunger hatte das Kerlchen! Und du? Geht es einigermaßen?»

Ich sah sie an. *Ob Joke von der Botschaft weiß?*

«Dein Mann hat ihm das Fläschchen gegeben. Das sah echt süß aus! So 'n großer Mann mit so 'm kleinen Baby. Wirklich goldig.»

Nein, sie weiß wohl nichts.

«Soll ich mal nach den Nähten sehen?»

Ich stellte das Obst auf den Nachttisch.

Joke zog mir die Unterhose aus.

Ich spreizte die Beine.

Sie guckte sich alles genauestens an. «Sieht gut aus.»

Ich würde genesen. Das war's! Auf *natürlichem* Wege! Dass ich das nicht schon früher begriffen hatte! Ich hatte das Kind auf natürlichem Wege zur Welt gebracht und würde auf natürlichem Wege genesen. Es würde eine rasche Genesung sein. Meine Weiblichkeit würde restlos wiederhergestellt werden. Ich würde so jungfräulich werden wie Maria. Ärzte würden von einem Wunder sprechen. Das würde meine Belohnung sein. Ich lächelte. Zum ersten Mal seit Harrys Geburt war ich glücklich. Alles würde gut werden. Davon war ich jetzt überzeugt.

Joke zog mir die Unterhose wieder hoch. «Deine Mutter hat angerufen. Sie kommt heute Nachmittag vorbei.»

Ich schlug die Augen nieder. *Ich darf mir nichts anmerken lassen.* «Schön.»

«Und eine Corine hat angerufen. Ob du sie zurückrufen könntest.»

«Corine ist die, mit der ich immer Tennis spiele.»

«Ach, du spielst Tennis? Toll. Wo?»

«Hier in Aerdenhout.»

«Ich spiel Korbball.»

«Auch nicht schlecht.»

«Schon seit dreizehn Jahren beim selben Verein. Unheimlich nette Leute. Ich hab da auch meinen Mann kennen gelernt.»

Ich sah auf meine Armbanduhr. «Wann genau kommt denn meine Mutter?»

«Um drei. Soll ich dir das Telefon herbringen?»

«Nein, lass. Ich möchte mich noch ein bisschen ausruhen.»

Joke ließ mich allein. Ein Glück. Ihr Geplapper störte mich. Ich musste nachdenken. Je mehr ich nachdachte, desto mehr würde ich begreifen. Spannend war das. Es machte mich ganz aufgeregt. Auf einmal sah und begriff ich viel mehr. Das große Ganze, den tieferen Zusammenhang. Es war eine Offenbarung. Offen-baren. Ge-bären. Geburt. Meine Geburt. Die Erlösung durch die Zange.

Ich griff zu meinem Obst und sah *Niederkommen & Aufstehen* auf dem Nachttisch liegen.

Ich studierte die Angaben zum Inhalt.

Schwangerschaft
Emotionen
Schmerzen

Da ging's um mich! Eilig las ich weiter.

Übungen
Mutterschaft
Eingriffe
Hausgeburt
Wehen
Sex

Das traf alles auf mich zu. Hatte ich alles mitgemacht.

Erfahrungen
Stillen
Arbeiten

Arbeiten? Sollte ich etwa arbeiten? *Ich?*

Natürlich musste ich arbeiten. Aber im übertragenen Sinne. An mir selbst musste ich arbeiten, geistig, um zu größerer Tiefe zu gelangen.

2. erweiterte und überarbeitete Auflage

Das war knifflig. Wahrscheinlich ein Ablenkungsmanöver, damit normale Leser keinen Verdacht schöpften. Das Buch war ein zweites Mal erweitert und überarbeitet worden, doch die BOTSCHAFT blieb dieselbe. Das musste es sein.

Contact Verlag

O Gott! Mich durchrieselte ein Schauer. *Kontakt!* Sie suchen *Kontakt zu mir.*

Acht Frauen hatten das Buch geschrieben. Acht Frauen. Ein Hexenring! Die Frauen hatten total abartige Namen: Jetske Spanjer, Aafke Gorter, Hetty Hagens, Lilet Poortman … Pseudonyme! Wieso war mir das bisher nicht aufgefallen? Diese Frauen existierten in Wirklichkeit gar nicht. Die Namen waren erfunden, um das Buch glaubwürdig zu machen.

Lilith, I hear you!

Und wie jetzt weiter?

Ich klappte das Buch zu und erschrak.

Auf der Rückseite war ein Foto. Acht Frauen lachten mich an. *Na, hast du's endlich kapiert?* schienen sie zu sagen. *Willkommen, Lea!*

Ich sah mir die Frauen eine nach der anderen an. Ein paar von ihnen kamen mir bekannt vor. Und plötzlich fiel es mir wie Schuppen von den Augen. Die eine sah genau wie Birgit aus. Sie hatten meine Schwester daruntergemogelt! Das war aber wirklich sehr aufmerksam von ihnen. Sie wussten, dass ich das entdecken würde. Und dass ich es begreifen würde.

Meine Wangen glühten. Ich stieß immer weiter zum Kern des Ganzen vor. Zur Letzten Wahrheit. Ich würde des Rätsels Lösung finden. Blieb mir noch genügend Zeit? Ich sah auf meine Armbanduhr. Zweiundzwanzig nach zwei.

Harry kam herein. «Und wie sieht's hier aus?»

«Ganz gut.»

«Joke sagte, dass du sehr müde bist. Dass du viel Ruhe brauchst.»

Okay, Joke!

«Ja.» Ich war seit Ewigkeiten nicht mehr so energiegeladen gewesen, aber das brauchte ich Harry ja nicht auf die Nase zu binden.

«Ich hab Harry sein Fläschchen gegeben. Er schläft jetzt.»

«Schön.»

Harry legte mir den *Telegraaf* aufs Bett. «Tut mir Leid, dass ich vorhin so böse geworden bin. Ich kann ja verstehen, dass du nicht stillen möchtest. Du hast's schwer gehabt. Musst dich erst wieder erholen.»

Das hast du ihm ja gut eingetrichtert, Joke.

«Freut mich, dass du das verstehst.»

«Ich geh jetzt gleich zur Druckerei.»

«Wollen wir mit dem Verschicken der Karten nicht noch ein bisschen warten?»

«Wieso?»

Aufschub. Ich brauche Aufschub. Ich muss noch etwas Zeit herausschinden. Ich brauche mehr Zeit.

«Ich hab noch keine Lust auf Besuch. Die genähten Stellen tun noch so weh, ich kann ja nicht mal sitzen.»

«Meinst du wirklich? Jetzt haben wir Joke noch. Nächste Woche nicht mehr.»

«Trotzdem wär's mir lieber.»

«Na, gut.» Harry ging.

«Machst du bitte die Tür zu?»

Er hatte die Zeitung bei mir auf dem Bett liegen lassen. Ob ich darin den nächsten Hinweis finden würde? Wahrscheinlich schon, aber wo? Ich dachte nach. *Bei den Geburtsanzeigen, wo sonst.*

Ich schlug die entsprechende Seite auf. Nicht ein einziges Kind war geboren worden. Es war lediglich geheiratet und gestorben worden.

Aber dann entdeckte ich es plötzlich. Mich überlief eine Gänsehaut.

Höret und sehet:
Blinde sehen wieder
Lahme gehen
Aussätzige werden gereinigt
Taube hören
Tote werden auferweckt
und den Armen wird
die gute Botschaft verkündigt …

Meine Wünsche! Die Wünsche, die ich als Kind im Stillen gehegt hatte! Ich war auf der richtigen Fährte.

… Am Montag, dem 9. März 1998, gegen Mitternacht,
sahen die blinden Augen von

PATER LEO BOS

ein helles Licht, und seine tauben Ohren hörten eine sanfte Stimme, die ihn rief. Auf diese gute Botschaft hin ging der Gelähmte getrost zu seinem Herrn, da er sich gereinigt und gestärkt wusste durch die Letzte Ölung und andere Sakramente …

Leo Bos. *Leo und Lea.* Er hatte das Licht gesehen. Ich auch. Eine sanfte Stimme hatte ich zwar nicht gehört, aber das kam vielleicht noch.

… Pater Bos wurde am 3. Januar 1900 in Ilpendam geboren. Am 24. Juni 1929 wurde er in Vieteringen zum Priester geweiht. Von 1929 bis 1964 arbeitete er als beseelter Missionar auf Sri Lanka …

Ein Mann mit einer Mission. Shit, man musste ganz schön zwischen den Zeilen lesen. Waren seine und meine Mission womöglich identisch?

... Von 1942 bis 1945 war er jedoch in einem Lager der Japaner auf Celebes interniert, wo er mit seinem Humor vielen ihr Los erleichterte. Von 1964 bis 1981 dann war er Seelsorger in einem deutschen Altenheim. Mit Beginn seines Ruhestands kehrte er schließlich nach Ilpendam zurück ...

Mit Humor vielen ihr Los erleichtern. Das war eine Option, und was für eine Option! Aber wie? Ich sollte vielleicht Stand-up Comedian werden. Oder Klinik-Clown.

... 1983 zog er ins Seniorenzentrum «Der Horizont» in Amsterdam ein, wo er es trotz seiner körperlichen Gebrechen verstanden hat, bis zu seinem Ende immer auf der Höhe der Zeit und ganz er selbst zu bleiben ...

Ganz man selbst bleiben. Ein eindeutiger Hinweis. Keiner darf etwas merken. Bleib du selbst und arbeite an deiner Mission.

... Er war eine markante Persönlichkeit: geistreich und schlagfertig, empfindsam und doch geradeheraus, willensstark in allen seinen Werken, im Leiden und Beten ...

Verdammt, der Mann war ein Heiliger! Sollte ich mich daran messen? Wieso ich, wieso war ich auserwählt worden?

... Unser geliebter Bruder, Onkel und Mitbruder hat bis zu seinem letzten Atemzug im festen Glauben zu Jesus Christus gelebt, der ihn nun, so dürfen wir versichert sein, zu sich genommen hat, ins Haus Gottes, seines Vaters ...

Ich tupfte mir eine Träne aus dem Augenwinkel. Leo war im Haus Gottes, auf Gottes Schoß sozusagen. Wie wundervoll für ihn! Das hatte er gut hingekriegt ...!

... Wir werden seinen aufgezehrten Leib am 13. März nach der Totenmesse, die um 12.00 Uhr in der Kapelle des Altenzentrums «Der Horizont» zu Amsterdam gehalten wird,

auf dem Noorderfriedhof in Amsterdam der Erde anvertrauen …

Die Erde gibt, die Erde nimmt. Sie würden ihn einbuddeln. Nicht traurig sein, Lea, der Körper ist nur eine Hülle.

… Ab 14. 00 Uhr kann in der Kapelle vom dort aufgebahrten Pater Bos Abschied genommen werden.
Im Namen der Familie
C. Zange
Damstraat 14
1377 AB Ilpendam

C. Zange! Nicht gerade subtil, dieser Wink. Klare Sache, das war die einzige Gelegenheit für mich, Leo kennen zu lernen. *Morgen ist er aufgebahrt. Ich kann zu ihm. Er kann mir weiterhelfen. Er ist ein Vorgänger. Er hat keine Frau, keine Kinder. Er hat verstanden, worauf Jesus hinauswollte …*

Ein leises Klopfen an der Tür. Joke kam herein. «Deine Mutter ist unten.»

Ich faltete die Zeitung zusammen. «Kommt sie nicht rauf?»

«Sie hat Klein Harry auf dem Schoß. Ich hab ihr eine Tasse Tee gemacht. Und ihren Zwieback mit Anisstreuseln hat sie auch schon bekommen.»

«Wo ist Harry?»

«Der ist zur Druckerei gegangen.»

Ich überlegte fieberhaft. *Tu's einfach. Darauf kommt es jetzt an. Es darf nur keiner was merken. Nach außen hin bin ich die Tochter meiner Mutter und die Frau von Harry. Nicht die Frau mit einer Mission. Ich muss eine gute Tochter sein. Und eine gute Ehefrau. Hm, aber was macht man als gute Tochter?*

«Möchtest du auch eine Tasse Tee?», fragte Joke.

Das ist es. Tee trinken. Eine gute Tochter trinkt Tee mit ihrer Mutter. «Ja.»

«Möchtest du ihn unten trinken oder hier oben?»

«Ich komm nach unten. Dann seh ich Klein Harry auch noch kurz.» Dieser Zusatz war brillant.

Joke nickte zufrieden. «Soll ich dir die Treppe runterhelfen?»

«Gern.»

Meine Mutter saß im Wohnzimmer. Harry lag bäuchlings auf ihrem Busen, den Kopf an ihrer Schulter. Sie drückte ihn an sich und rieb ihm über den Rücken.

Ich ging zu ihr. «Hallo, Mam.»

«Tag, Lea. Herzlichen Glückwunsch.»

«Danke.»

«So hab ich dich früher auch immer gehalten. Stundenlang konntest du so liegen bleiben.»

Ich lächelte.

«Warum gibt er solche eigenartigen Piepslaute von sich?» Sie machte ein besorgtes Gesicht.

«Er hat Kopfschmerzen. Von der Zange.»

«Ach, je. Wie schrecklich das arme Kind gelitten hat.»

«Ja, schrecklich.»

Das Leiden wird bald vorüber sein. Ich bin dazu da, das Leiden zu beenden.

Harry kam herein, einen Karton und eine Tragetasche in den Händen. «Hier sind die Karten. Und ich hab eine Überraschung für dich.» Er zog ein flaches Päckchen aus der Tasche. Ein Schwimmring. «Mit dem könntest du trotz allem sitzen, hat Joke gesagt.»

«Das ist sehr lieb, danke.»

Joke pustete den Schwimmring gleich auf. Er war weiß und mit fröhlichen gelben Sonnen übersät. Das Symbol des Lichts, und das gleich mehrfach. Wunderbar. Ich faltete die Hände und sprach im Stillen ein kurzes Dankgebet.

Dann setzte ich mich auf den Schwimmring und trank Tee mit meiner Mutter.

15

22. Juni 1966
Wenn du so gegen Mitternacht zum letzten Mal was bekommst, darfst du immer kurz zu Papa ins Bett. Das gefällt dir. Dann liegst du immer mit großen Augen da und guckst dir alles an.

Nachts hatte ich das Haus für mich allein. Ich saß im Lotussitz auf dem Fußboden, den Schwimmring unter dem Hintern. Die Stille war himmlisch. Ich presste die Hände an die Schläfen und ließ meinen Gedanken freien Lauf.

Nur Klein Harry behinderte mich. Der wollte partout um drei Uhr nachts ein Fläschchen. Es brachte nichts, ihm stattdessen um zwölf eine doppelte Ration zu verabreichen. Dann spuckte er und hatte trotzdem drei Stunden später wieder Hunger.

Es wäre ganz einfach, mit Harry eine Generation zu beenden. Da brauchte ich gar nicht groß nachzuhelfen. Keine Flasche, kein Harry. So einfach war das. Ich konnte mit gutem Beispiel vorangehen. Ein gutes Beispiel erleichterte die Nachahmung.

Was hatte ich nicht alles vor! Harry war da nicht mehr als ein kleines Rädchen. Zuerst musste ich zu Leo. Seine Todesanzeige hatte ich mir aus der Zeitung herausgerissen. Was sie zu bedeuten hatte, lag klar auf der Hand. Auf der Rückseite des Zeitungsausschnitts war ein Foto von einer dunkelhaarigen Ballerina, die auf einem Klappstuhl saß. Sie streckte dem Publikum die Zunge heraus. Ihre Ähnlichkeit mit mir war unübersehbar. Das war ich. Auch ich würde etwas tun, womit keiner gerechnet hatte. Ich würde die Vorstellung meines Lebens geben …

Am nächsten Morgen entdeckte ich zwei nasse Flecken auf meinem T-Shirt. Meine Brüste leckten. Sie waren warm und hart. Es fühlte sich an, als seien dicke Knoten drin. Ich zog das Shirt aus. An meinen Brustwarzen hingen weiße Tropfen. Stand in der Bibel nicht etwas von «Titten wie Trauben»? Wenn ich gegen die Brust drückte, spritzte es im Strahl heraus.

Bewahr es auf. Es wird dir noch zupass kommen.

Ich ging nach unten und nahm eine Tupperware-Rührschüssel aus dem Schrank. Dahinein drückte ich eine Pfütze Muttermilch aus meinen Brüsten. Dann zog ich das Eiswürfelschälchen aus dem Gefrierfach, entfernte ein paar Eiswürfel und goss die Milch hinein. Vier Würfel füllten sich. Ich schob das Schälchen versteckt ganz hinten ins Gefrierfach zurück.

Klein Harry weinte. Er hatte Hunger. Schon wieder. Ich kochte Wasser auf und gab es in die Flasche. Ein gestrichener Löffel Babynahrung auf dreißig Milliliter. Die Löffel zählen. Weil ich so schnell durcheinander kam, zählte ich laut.

«Eins …

… und das sind zwei …

… drei … und vier.»

Stöpsel drauf. Schütteln. Flasche unter fließendem Wasser abkühlen.

Ich brachte Harry die Flasche. «Dein Sohn möchte was essen.»

Er gähnte: «Warum machst du das denn nicht schnell?»

Ich zog die Vorhänge auf. «Jetzt bist du noch da. Übrigens, wann gehst du eigentlich wieder ins Büro?»

«Weiß nicht. Herrje, der brüllt aber.»

«Das tut er schon seit zehn Minuten.»

«Dann gib dem Kind doch sein Fläschchen.» Harry richtete sich auf.

«Du bist dran, ich hab's heute Nacht gemacht.»

Als Joke kam, erzählte ich ihr von meinen Brüsten. Dass sie wehtäten und spannten.

«Du hast einen Milchstau, Mädchen.»

«Und was jetzt?»

«Da kann man nicht viel machen. Klein Harry trinken lassen, aber das möchtest du ja nicht. Das muss sich von allein wieder legen. Hast du Slipeinlagen im Haus?»

«Ja.»

«Ich leg dir ein paar in den Kühlschrank. Wenn sie schön kalt sind, tust du sie dir in einem Plastikbeutel in den BH. Das lindert.»

Ich legte mich ins Bett und dachte an meine Mutter.

Meine Mutter hat lange Zeit Beutelchen mit Steinen im BH getragen. Mit Edelsteinen. Die sind nämlich heilkräftig. Amethyste gegen dies, Tigeraugen gegen jenes. Sie gab eine Hand voll Steine in einen Stoffbeutel, nähte ihn zu und tat ihn in ihren BH, unter die Brust. Sie pries die Heilwirkung der Steine in den höchsten Tönen. Jeder musste welche haben. Ich auch. Mir hängte sie einen Aquamarin um, weil ich es immer so leicht auf den Bronchien kriege.

Als die Steinzeit ihren Zenit überschritten hatte, lernte meine Mutter Doktor Vogel kennen. Auf dessen Empfehlung hin hat sie dann monatelang nachts mit Kartoffelschalen und zerdrückten Kohlblättern auf dem Leib geschlafen. Und tagsüber trank sie literweise Brennnesseltee. Das sollte Wunder auf die Blase wirken.

Um auf Nummer Sicher zu gehen, gurgelte sie auch noch dreimal täglich mit Molkosan. Was Ekligeres und Widerlicheres als das Zeug ist mir nie untergekommen.

Nachdem mein Vater tot war, hat sich meine Mutter alles reingezogen, was gerade auf dem alternativen Markt kursierte. Tarot, I Ging, Reiki, Astrologie, Numerologie, Hypnose, Reinkarnation. Je weniger überprüfbar die Theorie, desto heiliger ihre Überzeugung, dass sie damit nun den Sinn des Lebens beim Schwanz gepackt hatte.

Weil sie glaubte, dass sie eine alte Seele sei, wollte sie sich hypnotisieren lassen. Aber das funktionierte nie, sooft sie es auch versuchte. Mich dagegen hatte der Reiki-Meister, den sie zu uns eingeladen hatte, binnen drei Minuten in Trance versetzt. Und mühelos schnurrte ich mit meinen siebzehn Jahren zwei frühere Leben herunter: eines in Irland, wo ich Bäuerin war, und eines in Frankreich, wo ich Sekretär – also ein Mann – am Hofe Louis des soundsovielten war.

Meine Mutter hat eifrig alles mitgeschrieben. Besonders hingerissen war sie von meiner Beschreibung des Sterbebettes meines Ehemanns in Irland.

«War es nicht schlimm für dich, dass er starb?»

«Nein», sagte ich wahrheitsgetreu. «Das machte mir nicht so viel aus. Er war ja alt und alle.»

Meine Mutter blieb eisern auf der Suche nach etwas, das sie früher einmal gewusst hatte. Ihr hatte sich nämlich einmal der Sinn des Lebens eröffnet. Im Frühjahr 1972 war das gewesen, in einem Moment, da sie überhaupt nicht auf so was gefasst war.

Sie hängte nämlich gerade die Wäsche auf.

«Aus heiterem Himmel wusste ich es plötzlich. Es war ganz simpel. Das muss ich Kees erzählen, dachte ich noch.» Kees war mein Vater. «Aber als ich es aufschreiben wollte, hatte ich es schon vergessen.»

Ich kicherte.

Es ist so einfach, Mam. Ja, es ist schon fast ein Witz, wenn du erst mal den Schlüssel gefunden hast. Unser Leben bekommt erst einen Sinn, wenn wir es beizeiten beenden. Darüber hinaus ist alles möglich.

Auf dem Fenstersims saß ein kleiner Vogel.

Ob das Doktor Vogel war, reinkarniert als Spatz?

«Hallo, Doktor!», rief ich für alle Fälle und winkte ihm zu.

Er antwortete nicht. Er flog auch nicht weg. Was sollte mir der kleine Vogel sagen?

LEO!

Natürlich! Ich muss heute zu Leo. Meinem Freund. Meinem Hirten. Das wird ein feierlicher Tag.

Harry kam herein. «Alles in Ordnung?»

«Ja.»

«Ich dachte, ich hätte dich rufen hören.»

«Ich hab ferngesehen. Ein Quiz. Ich wusste mehr als die Kandidaten.»

Harry blickte zum Fernseher. Der Bildschirm war schwarz. «Ich hab ihn gerade ausgeschaltet.» Harry setzte sich zu mir auf die Bettkante. «Lea, würde es dir etwas ausmachen, wenn ich heute ins Geschäft gehe? Die Jungs haben angerufen.»

Perfekt! Es musste so sein.

«Nein, geh ruhig, Schatz.»

«Meinst du wirklich? Es wär nämlich schon ganz gut. Ich hatte nur befürchtet, dass dir das stinken würde.»

«Nein, nein. Joke ist ja hier. Du kannst den ganzen Tag ins Büro gehen.»

Er kicherte. «Da kann ich gleich die obligatorische Runde Zwieback mit Anisstreuseln schmeißen.»

Eine Viertelstunde später war Harry weg.

Ich rief Joke. «Wo ist Klein Harry?»

«Im Bett.» Sie ging zum Fenster, öffnete es und klopfte ihr Staubtuch aus. «Ich wollte ihn eigentlich baden, aber er schläft gerade so fest.»

«Du kannst dir für den Rest des Tages frei nehmen.»

«Ja?» Sie machte das Fenster wieder zu.

«Meine Mutter kommt nachher. Möchte mal einen Tag mit ihrem Enkel haben. Du kennst das ja.»

«Meinst du wirklich, dass ich weg kann? Soll ich noch was einkaufen?»

«Nicht nötig. Meine Mutter bringt Lasagne mit.»

Joke fischte ihre Uhr aus dem Dekolleté. «Ich muss aber vorher noch deine Temperatur messen. Wann kommt sie?»

«In einer Stunde.»

«Gut, dann mach ich dir auch noch schnell ein Biotexbad. Hast du schon Stuhlgang gehabt?»

Ich schüttelte den Kopf.

«Du musst, Lea. Wenn du noch länger damit wartest, kann das schlimmer werden als deine Entbindung.»

Die Biotextunke tat weh. Es brannte wie verrückt. Ich hielt es nicht länger als drei Sekunden aus.

Aber Joke drückte mich immer wieder runter. «Komm, Lea, halt noch ein kleines bisschen durch.»

Warum musste ich schon wieder leiden? Ich hatte doch nun wirklich genug gelitten. Genug, um die BOTSCHAFT zu begreifen. Wenn Joke nur endlich ginge. Sie hatte unten das Radio angemacht. Ich konnte den Song, den sie gerade brachten, Wort für Wort verstehen:

I'd go down on my knees
Kiss the ground that you walk on
If I could just hold you again …

Es war erhebend, machte mich aber auch traurig. Ich wollte auch auf die Knie, aber vor wem? Vor Ihm, vor Klein Harry, vor Groß Harry, vor Leo? Ich wusste es nicht mehr.

Joke störte mich aus meiner Sinniererei auf. Ich wischte mir schnell eine Träne von der Wange.

«Ach, Mädchen», sagte Joke, «musst du jetzt weinen? Das hab ich schon erwartet. Wochenbetttränen. Die kommen meistens am dritten Tag.» Sie half mir aus der Badewanne. «Lass sie nur laufen, das macht nichts.»

Ich trocknete mich ab, zog einen Jogginganzug an und legte mich aufs Bett.

«Soll ich bei dir bleiben, bis deine Mutter da ist?»

«Nein, lass nur. Ist nicht nötig. Es geht schon wieder. Würdest du bitte noch das Radio ausmachen?»

«Klar. Bis morgen dann, ja?»

«Bis morgen.» Ich blieb auf dem Bett liegen.

Joke lief die Treppe hinunter.

Das Radio ging aus. Mitten in einer Werbung für Monatsbinden. Ich befühlte meine Brüste. Sie taten immer noch weh.

Die Haustür schlug zu.

Es war still im Haus. Mühsam richtete ich mich auf. Ich hatte eine Menge zu tun.

BITTE! ICH GEBE DIR AUCH KRAFT.

Ich griff zu dem Zeitungsausschnitt mit der Anzeige. Nach Amsterdam musste ich. Ich zog Turnschuhe an und ging nach unten.

Als ich nach meinen Autoschlüsseln suchte, hörte ich Geschrei. *Klein Harry.*

NIMM IHN MIT. ES IST EINE REISE, DIE AUCH ER ZU MACHEN HAT.

Ich ging wieder nach oben, ins Kinderzimmer. Da lag Harry. Er hatte den Anzug mit den blauen Kaninchen an.

DER WIRD LEO BESTIMMT GEFALLEN.

Ich nahm Harry aus der Wiege und trug ihn die Treppe hinunter. In der Diele stand sein MaxiCosi. Mit zitternden Händen legte ich Harry hinein. Warum hörte er nicht auf zu weinen?

DER SCHNULLER.

Mensch, war ich froh über die Hinweise. Ohne sie wäre ich völlig aufgeschmissen gewesen. Ich holte den Schnuller von oben. Als ich zum dritten Mal die Treppe runterging, war ich völlig ausgepumpt. Ich lehnte mich an die Wand.

DER PATER WARTET AUF DICH. NUR HEUTE.

Ich nahm MaxiCosi und Schwimmring und ging zu meinem Auto.

Es schien Ewigkeiten her, seit ich zum letzten Mal am Steuer gesessen hatte. Mein Gott, war das ein Verkehr! Harry spuckte seinen

Schnuller aus und fing wieder an zu weinen. Wütend schlug er mit seinen Fäustchen. Er hatte wohl Bauchkrämpfe oder so was.

Zweimal verfranzte ich mich. Harry brüllte immer noch, als ich endlich bei der Kapelle war und den Wagen abstellte. Vielleicht hatte er Hunger. Aber eine Flasche hatte ich nicht dabei. Da musste er eben ein Weilchen im Auto warten.

Ich drehte den Rückspiegel zu mir hin. O Gott, sah ich käsig aus! Ich hätte mich ruhig ein bisschen anmalen können.

LEO MAG ES, WENN DU LACHST.

Ich lächelte. Der erste Teil meines Auftrags war so gut wie erfüllt: Lea und Leo würden zusammen sein. Der Rest ergab sich von selbst.

Ich steckte Harry seinen Schnuller in den Mund und schloss den Wagen ab. Direkt hinter einem alten Mann im Regenmantel betrat ich die Kapelle. Der Mann hängte seinen Mantel an die Garderobe. Ich hatte nichts abzulegen.

Es war voll. Im Vorraum standen Leute in Grüppchen zusammen und warteten. Sie unterhielten sich in gedämpfter Lautstärke. Ich ging an ihnen vorbei, ohne zu grüßen.

Guck mal, da ist Lea
Dass die es wagt, hierher zu kommen
Lea ist da
Hast du gesehen?

Sie redeten, über mich. Allesamt. Ich stiftete Verwirrung. Sie hatten nicht mit mir gerechnet.

Irgendwer zupfte mich am Ärmel. «Sie müssen sich hinten anstellen.» Bohrende kleine Äuglein hinter einer Eulenbrille. Was ging sie das an?

«Ich bin mit Leo verabredet.»

«Sind Sie eine nahe Verwandte?»

Ich ging weiter. Aus Leos Zimmer kam leise Klaviermusik. Ich öffnete die Tür. In dem Raum waren zwei Frauen. Die eine schnäuzte sich geräuschvoll die Nase, die andere betete. Ich ignorierte die beiden und lief zum Sarg. Um ihn herum brannten hohe weiße Kerzen.

Puste eine aus.

Ich kicherte. Leo war ein Scherzkeks. Ich pustete eine Kerze aus.

«Was tun Sie denn da?», sagte die Frau, die sich geschnäuzt hatte?

Die, die gebetet hatte, sah verstört auf.

«Leos letzter Wunsch», flüsterte ich. Ich guckte in den zur Hälfte offenen Sarg. Ein grauer alter Mann mit eingefallenem Gesicht. Er hatte eine große Nase.

Wie die Nase des Mannes, so sein Johannes.

Leo zwinkerte mir zu.

Die schniefende Frau zündete die ausgepustete Kerze wieder an.

«Wer sind Sie?», fragte die andere.

Ach, wie gut, dass niemand weiß,
dass ich Rumpelstilzchen heiß.

«Was guckt ihr denn so bedröppelt? Das hätte Leo aber nicht gewollt. *Wein, Weib und Gesang,* meine Damen.»

«Sie ist betrunken», zischelte die Schniefnase.

«Ich hole jemanden», sagte die andere und ging hinaus.

Meine Liaison mit Leo würde von kurzer Dauer sein.

Ich zog die graue Decke vom Sargdeckel und klopfte dreimal auf das Holz. Wenn du noch etwas zu sagen hast, dann tu es jetzt.

Du hast die Botschaft richtig verstanden. Beende das Leiden, mach selbst den Anfang. Du weisst, was du zu tun hast.

Ich danke dir. Hasta la vista, Baby. Und gute Reise.

Küsschen!

Na, darauf hätte ich ja auch von allein kommen können. Ganz schön blöd. Leo durfte doch nicht ungeküsst ins Grab. Ich beugte mich über den Sarg und drückte die Lippen auf den kalten Mund.

Zungenkuss!

Da gibt man ihnen den kleinen Finger …

Ich versuchte die Zunge zwischen seine steifen Lippen zu schieben. Das war gar nicht so einfach.

«Aufhören!» Mit zwei Schritten war Schniefnase bei mir.

Von der Tür her dröhnte eine tiefe Männerstimme im Befehlston: «Kommen Sie bitte mit!»

Great. Ein Gorilla in Uniform.

«Ich geh ja schon.»

Mühsam richtete ich mich wieder auf. Meine Nähte zogen.

Drei Augenpaare verfolgten argwöhnisch jede meiner Bewegungen. Diese Leute waren Fremde. Es brach mir das Herz, dass ich Leo bei ihnen zurücklassen musste. Ich hauchte ihm eine Kusshand zu.

«Sehen Sie? Das habe ich gemeint», sagte die zweite Frau.

Ich nahm die Schultern zurück und ging auf den Gorilla zu – statt Haaren hatte er ein Namensschild auf der Brust. «*Move over, J. K.*»

Jan Krabbendam war offenbar hoch erfreut über das Kommando, denn er machte sofort einen Schritt zur Seite.

Im Vorraum wich eine größere Gruppe auseinander, um mich durchzulassen.

Selig die Unwissenden.

Ich verließ die Kapelle und ging zum Parkplatz. An meinem Wagen stand ein surinamisches Ehepaar. Ich wusste zwar nicht, ob es wirklich ein Ehepaar war, aber ich hielt es für sehr wahrscheinlich. Sie sahen mir nicht nach einer Gelegenheitsformation aus. Die Frau spähte besorgt durch das Fenster. Harry lag in seiner Babyschale und kreischte wie am Spieß. Ich zog die Wagenschlüssel aus der Tasche meiner Jogginghose.

«Ist das Ihr Kind?», fragte der Mann mit kaum unterdrückter Wut.

«*Nicht eure Kinder sind sie*», antwortete ich lächelnd.

«Wir haben die Polizei alarmiert. Das ist ja eine Schande.»

Ich machte die Tür auf und setzte mich ans Lenkrad. Hier drinnen miefte es entsetzlich. Harry hatte die Windeln voll gemacht. Ich startete den Motor. Die Frau rief irgendetwas, das ich nicht verstand. Der Mann schüttelte missbilligend den Kopf.

Ich fuhr vom Parkplatz hinunter. Harry plärrte unaufhörlich.

MACH SEINEM LEIDEN EIN ENDE.

In Höhe der Autobahnauffahrt packten mich Zweifel. Sollte ich lieber einen anderen Weg nehmen? Ich musste unberechenbar bleiben. Sie durften mich nicht finden.

Ich kicherte. *Ich nehme denselben Weg. Damit rechnen sie nie und nimmer.*

Zu Hause stellte ich den MaxiCosi im Flur ab und ging in die Küche.

Die Muttermilch war gefroren. Ich tat die Würfel in eine Flasche und taute sie in der Mikrowelle auf.

Sein Letztes Abendmahl.

Ich ließ Harry im MaxiCosi liegen, während ich ihm die Flasche gab. Er trank gierig.

Sein Gesicht war ganz rot und verquollen. Ich versuchte mich in ihm wieder zu finden. Aber da war nichts, was ich erkannte. Er sah einfach aus wie ein Baby. Er war austauschbar. Er war der Anfang des Kreislaufs. Und er musste auch dessen Ende sein. Seinetwegen war alles in die Binsen gegangen. Ich musste wieder von vorne anfangen. Die Zeit würde zurückgedreht werden. Deshalb stand die Zeit jetzt still. In diesem luftleeren Raum konnte alles wiederhergestellt werden. Heute Abend würden Groß Harry und ich ins Bett gehen, und wenn wir wieder aufwachten, würde die Zeitung auf die Fußmatte fallen, und wir hätten nicht 1998, sondern 1997.

Die Flasche war leer. Harry hatte sie bis auf den letzten Tropfen ausgetrunken.

 ER KOMMT AUS DEM WASSER. ER MUSS INS WASSER ZURÜCK.

Ich hob das Baby aus dem MaxiCosi und ging mit ihm nach oben. Ich ließ ihm ein Bad ein. Mit dem Ellenbogen, so, wie Joke es mir beigebracht hatte, fühlte ich, ob das Wasser auch nicht zu heiß war. «Wenn er unruhig ist, kannst du ihn baden. Das mag er», hatte sie gesagt.

Ich legte Harry auf die Wickelkommode und zog ihm seine Sachen aus. Seine Windel war total vollgekackt. Die grüngelbe Kacke hing ihm auch am Rücken.

Vorsichtig ließ ich ihn in die Wanne gleiten. Sein Köpfchen ruhte in meiner linken Hand. Seine blauen Augen sahen mich neugierig an.

TAUF IHN.

Mit der rechten Hand goss ich ihm ein bisschen Wasser über die Stirn. «Im Namen des Vaters, des Sohnes und des Heiligen Geistes …»

Harry fing an zu jammern.

LASS IHN LOS.

Ich zog die Hände weg. Harry tauchte unter. Ich drehte mich um und verließ das Badezimmer.

16

24. Juni 1966
Du bekommst jetzt schon seit etwa zwei Wochen braune Bohnen mit Apfelmus zu Mittag. Aber ohne Zucker isst du das nicht. Da bekommst du es dann eben mit Zucker, denn du musst es essen, weil es gut für dich ist. Den ersten Löffel findest du immer ausgesprochen eklig. Da ziehst du dann ein so ulkiges Gesicht, dass ich immer lachen muss.

Ich erschrak über den Knall. Der Topf der Farnpflanze lag zertrümmert zu meinen Füßen.

Der Marmorständer, auf dem er gestanden hatte, schwankte, blieb aber stehen.

Harry!

Ich hatte ihn vergessen! Er lag noch in der Badewanne! Wie hatte ich ihn nur vergessen können? Sie hatten Recht, ich war eine schlechte Mutter.

Ich rannte zurück und zog Harry aus dem Wasser. Er gab keinen Mucks von sich. Ich klopfte ihm auf den Rücken und schüttelte ihn. Da hustete er Wasser aus und fing an zu weinen.

Ich hörte jemanden die Treppe heraufkommen.

Mein Mann. Mit wehendem Mantel. «Was ist?»

Ich sah ihn ängstlich an. «Ich weiß nicht.»

«Hast du ihn gebadet?»

«Ja.»

«Warum trocknest du ihn dann nicht ab? Er weint. Was stehst du denn so da?»

Harry zog ein Badehandtuch vom Halter und nahm mir Junior

ab. «Schschsch, kleiner Mann.» Er wickelte seinen Sohn in das Handtuch und drückte ihn an sich. «Wo ist Joke?», fragte er.

«Die hab ich nach Hause geschickt.»

«Wieso denn das?»

«Ich wollte mal ein Weilchen allein sein.»

«In deinem Zustand? Das geht doch nicht.» Er seufzte. «Du bist so schrecklich eigensinnig. Hättest du denn nicht warten können, bis ich da bin, um ihn zu baden?»

«Ich muss mich kurz hinlegen», sagte ich. Harry folgte mir ins Schlafzimmer. Er legte Junior neben mir aufs Bett. «Bleib da mal eben bei Mama, dann hol ich deine Sachen und eine Windel.»

«Harry?»

«Ja?»

«Ich hab Angst.»

«Angst? Wovor?» Er zog seinen Mantel aus.

«Mir geht's nicht gut.» Harry legte seinen Mantel über den Stuhl.

«In welcher Hinsicht?»

«Ich schlaf schlecht.»

«Wegen der Nähte?»

«Ja. Auch.»

«Und weswegen noch?»

PASS AUF, WAS DU SAGST.

«Ich weiß nicht.»

«Vielleicht solltest du mal zu unserem Hausarzt gehen. Du bist seit der Entbindung nicht mehr du selbst.»

«Ist das nicht komisch? Alle gehen davon aus, dass ich im siebten Himmel bin. Sie denken überhaupt nicht mehr daran, was ich durchgemacht habe.»

Harry setzte sich zu mir aufs Bett und legte den Arm um mich. «Ich hab's nicht vergessen. Ich war ja dabei, weißt du noch?»

Ein solches Maß an liebevoller Zuwendung war einfach zu viel für mich. Ich brach in Tränen aus.

Harry zog mich an sich. «Armes kleines Mädchen ...»

Das gab mir den Rest. Wenn mich einer «armes kleines Mädchen» nennt, bin ich hin und weg. Ich heulte wie ein Schlosshund.

Als ich mir an Harrys Oberhemd die Tränen abtrocknete, schnupperte ich eben rasch unter seinen Achseln. Da roch es am meisten nach Harry. «Das ist lange her», seufzte ich.

Harry ging nicht darauf ein. «Guck dir das an», sagte er stattdessen mit zärtlichem Blick auf Junior.

Ich warf einen kurzen Blick zur Seite. Junior war in dem Handtuch eingeschlafen. Wie konnte Harry dieses bleiche Totenköpfchen nur so interessant finden? Interessanter als seine Frau? Und warum diese Zärtlichkeit? Ich konnte nichts Anrührendes an ihm finden. Er war ein Gnom. Und ein Eindringling.

Ich streichelte Harrys Brust und ließ meine Hand immer weiter nach unten wandern. Ich knetete seinen Schritt.

Keine Reaktion.

«Macht dein kleiner Harry auch gerade ein Nickerchen?»

«Lea.» Seine Stimme klang, als könnte er es nicht fassen.

«Was?»

«Unser Sohn liegt hier.»

«Der schläft.»

«Du hast gerade entbunden.»

«Aber *du* doch nicht!» Ich machte seinen Gürtel auf.

Harry hielt meine Hände fest.

«Lass mich doch.»

«Ich hab aber keine Lust.»

«Was sagst du?»

«Du hast es doch gehört.»

Mijnheer hat keine Lust. Schöne Bescherung. Wieder eine Illusion im Eimer. Hatte man mir nicht versprochen, dass Männer immer nur das eine wollen, und das jederzeit? Dass sie alle fünf Sekunden daran denken? Deswegen bin ich doch verdammt noch mal hetero geworden.

«Findest du mich nicht mehr attraktiv?» Es tat mir auf der Stelle Leid, dass ich das gefragt hatte.

Natürlich findet er mich nicht mehr attraktiv. Das bin ich ja auch nicht. Mein Bauch ist eine schwabblige weiße Masse, meine Taille ist nicht mehr zu erkennen, und meine Möse besteht aus einer Ansammlung von Narben, die notdürftig von Fäden zusammengehalten werden. Ich laufe im Jogginganzug rum, meine Haare sind strähnig und fettig. Das würde mich nie und nimmer geil machen. Wieso sollte es bei Harry anders sein?

«Mir ist einfach nicht danach.»

«Wollen wir zusammen duschen?»

Harry stand auf. «Ich hol eine Windel. Sonst macht er noch ins Bett. Soll ich dann gleich mal beim Hausarzt anrufen?»

«Beim Hausarzt?»

«Ja, für dich, darüber haben wir doch gerade gesprochen.»

«Ach ja. In Ordnung.»

Er ging aus dem Zimmer und kam mit einer Windel und einem Schlafanzug zurück. Geschickt wickelte er die Pampers um Juniors zu klein geratenen Po.

Das Kind schlief auch weiter, als ihm der Schlafanzug angezogen wurde.

«Soll ich ihn in seine Wiege legen?»

«Ja, tu das.»

Er nahm Junior behutsam auf und trug ihn aus dem Zimmer.

«Möchtest du etwas trinken?», fragte er kurz darauf und blieb dabei in der Türöffnung stehen.

«Nein. Komm, leg dich doch mal kurz zu mir aufs Bett.»

Er zögerte.

«Nur ganz kurz», bettelte ich.

«Na gut.»

Er legte sich neben mich und verschränkte die Arme unter dem Kopf.

Ich kuschelte mich an ihn. Und automatisch – ich konnte wirklich nichts dafür – glitt meine Hand zu der Stelle, wo ich eine beeindruckende Erektion anzutreffen hoffte.

Er hat sich fortgepflanzt. Sein Werk ist vollbracht.

Ich tat, was ich konnte, aber sein kleiner Harry blieb nur ein schlapper Abklatsch dessen, was er in Potenz war.

«Lässt du dir dann auch gleich einen Termin beim Hausarzt geben?»

«Wieso?», fragte Harry.

Ich kniff sachte hinein. «Er tut's nicht mehr.»

«Kannst du denn wirklich an nichts anderes denken?»

«An was sollte ich denn denken?»

«An unser Kind. An die Zukunft.» Er schob mich weg und stand auf. «Ich bring die Geburtsanzeigen zum Briefkasten.»

Zum dritten Mal verließ er das Zimmer.

Ich blieb allein zurück.

Er wandte sich von mir ab. Das ging in die Hose.

DU MUSST GESUND WERDEN.

Ihr habt Recht. Ich muss gesund werden.

17

24. Juni 1966
Du bist wieder geimpft worden, diesmal gegen vier Sachen gleichzeitig: Keuchhusten, Tetanus, Polio und Diphtherie. Alle sehr wichtig.

Ich saß im Wartezimmer und starrte an die Wand. Es war voll. Vor allem alte Leute und Hausfrauen waren da. Zwei Patienten hatte man speziell für mich hingesetzt. Bei dieser Japanerin mit dem Lappen vor dem Mund war das mehr als offensichtlich.

Und neben mir saß ein Mann mit Säugling in einer Babytrage. Die hatte er sich vor den Bauch gebunden. Der Herr Doktor wollte wohl testen, wie ich darauf reagierte. Als mich Frau Doktor hineinrief, lächelte ich dem Mann und seinem Würmchen zu. Ich hatte das Spiel total durchschaut.

Im Sprechzimmer faltete ich die Hände im Schoß und wich dem Doktorblick weitmöglichst aus.

«Ihr Mann hat angerufen, weil er sich Sorgen um Sie macht, Frau Meyer.»

Ich nickte.

«Sie hatten eine schwere Entbindung, hörte ich?»

«Ja.»

«Sie haben sich noch nicht ganz davon erholt?»

«Nein.»

«Sind die Fäden schon gezogen?»

Ich schüttelte den Kopf.

«Haben Sie noch große Beschwerden?»

«Ja.»

«Und Sie schlafen schlecht, wenn ich es recht verstanden habe?»

«Stimmt.»

Wenn die wüsste. Ich schlafe überhaupt nicht. Nicht eine Sekunde. Ich muss hellwach bleiben. Ich darf nicht eindämmern. Das könnte ich auch gar nicht. Mein Kopf ist viel zu klar, mein Geist viel zu aktiv. Scharf. Scharf wie eine Klinge. Messerscharf, superscharf. Scharfsinnig.

«Und das sind Ihre hauptsächlichen Beschwerden?»

«Ich denke schon, ja.»

«Sind Sie sehr müde?»

«Ja.»

«Sie haben bei der Entbindung viel Blut verloren. Wir sollten Ihr Blut vielleicht einmal auf seinen Eisengehalt hin untersuchen.»

Ich nickte.

«Das wird meine Assistentin dann nachher gleich machen.» Es war einen Moment still. Ich spielte mit dem Verschluss meines Armbandes.

«Ihr Mann sagte, Sie machten irgendwie so einen gehetzten Eindruck. So unruhig. Sind Sie das?»

Ich zuckte die Achseln.

«Was würden Sie davon halten, wenn ich Ihnen etwas Beruhigendes verschreibe? Damit Sie besser schlafen können?» Sie nahm Rezeptblock und Stift. «Ich kann Ihnen ein Schlafmittel verschreiben, aber wir könnten es auch erst mit etwas Leichterem versuchen.»

«Hm, ich weiß nicht. Vielleicht zuerst mal das Leichtere?»

«Ja, der Meinung bin ich auch. Ich stelle Ihnen ein Rezept für Passiflora aus. Das sind homöopathische Tropfen, die eine beruhigende Wirkung haben.» Sie schrieb das Rezept und gab es mir. «Ich hoffe, dass Sie damit besser schlafen. Wenn irgendetwas sein sollte, können Sie mich jederzeit anrufen.»

«Gut. Vielen Dank, Frau Doktor.»

Sie brachte mich zu ihrer Helferin. «Würdest du bitte den Hb-Gehalt von Frau Meyer prüfen?»

Die Arzthelferin nickte. Sie hatte blonde Haare und dicke Titten. Ein Klon von Dolly Parton. Die stand auf *meiner* Seite. Garantiert.

Frau Doktor ließ uns allein.

«Das geht ganz schnell», sagte Dolly freundlich. «Setzen Sie sich.»

ALLES BESTENS. KEEP COOL.

Sie stach mir in den Finger und fing einen Tropfen Blut auf, den sie auf ein Glasplättchen strich. «Sie haben keine Blutarmut», teilte sie mir kurz darauf mit.

«Wie hoch war der Wert?»

«Sieben Komma acht.»

Gegen Ende meiner Schwangerschaft hatte Machteld mir Eisentabletten verordnet. Ich bekam Verstopfung davon, und mein Stuhl wurde pechschwarz, aber es hatte offenbar geholfen.

«Sieben Komma acht», wiederholte ich zufrieden, «da kann ich mich nicht beklagen.»

«Haben Sie gerade entbunden?»

SEI AUF DER HUT.

«Ja.»

«Was ist es denn geworden?»

«Ein Junge.»

«Ach, wie schön, ein Bübchen. Ich habe auch zwei kleine Jungen.»

Ich guckte auf ihre Titten. *Ja, ja, zwei Jungen. Das glaub ich gern.*

«Na, dann noch herzlichen Glückwunsch», blökte Dolly.

«Danke.»

«Ich geb Frau Doktor Bescheid, dass alles in Ordnung ist.»

Ich erhob mich.

«Vergessen Sie Ihr Rezept nicht.»

«Ach nein. Danke.»

Ich ging zu meinem Wagen. Als ich schon den Schlüssel ins Zündschloss stecken wollte, überlegte ich es mir anders. Ich würde zu Fuß gehen. Das war ein gutes Ablenkungsmanöver. Also stieg ich wieder aus und steckte das Rezept in meine Manteltasche. Auf dem ganzen Weg behielt ich die Hand darauf – das Rezept durfte auf keinen Fall verloren gehen, es war Beweismaterial.

Die Apotheke war gerammelt voll. Ich erschrak über die vielen Menschen. Hinter der Ladentheke lief das Personal hastig hin und her. Ein Telefon klingelte. Eine Dauergewellte in weißem Kittel nahm ab. Sie hatte ein Bündel Papiere in der Hand und blickte um sich, während sie in gedämpftem Ton in die Muschel sprach.

DA GEHT ES UM DICH! FRAU DOKTOR WARNT SIE VOR DIR. SIE HABEN DICH DURCHSCHAUT.

Verdammt, ich muss mich beeilen. Das Netz zieht sich immer enger zu.

Ungeduldig wartete ich darauf, dass ich an die Reihe kam. Es dauerte zu lange. Viel zu lange.

«Was kann ich für Sie tun?» Die Frage wurde von einem geschniegelten jungen Mann mit dunklem Haar und Brille gestellt. Er trug einen mit Blau abgesetzten grauen Collegepullover.

Die Dauergewellte beendete das Telefongespräch. Sie blickte ganz kurz in meine Richtung und setzte sich dann an den Computer. Sichtlich entnervt betätigte sie ein paar Tasten.

DEINE DATEN. SIE SUCHT DEINE DATEN.

Es funktionierte nicht. Sie schüttelte den Kopf und rief einen Kollegen.

Ich grinste breit. Offenbar eine Störung.

Ich bringe das System durcheinander. Wohin ich auch komme, spielen die Computer verrückt.

DAS IST SCHON SEIT JAHREN SO. HAST DU DAS NOCH NIE GEMERKT? DU BIST EIN STÖRSENDER.

«Sie sind an der Reihe!», hakte der bebrillte junge Mann nach.

Mit zitternden Händen schob ich ihm das Rezept hin. «Das hätte ich gern.»

«Einen Augenblick bitte.» Er ging zu einem Schrank und kam mit einer Packung zurück. «Das Medikament ist nicht verschreibungspflichtig und wird nicht von der Krankenkasse übernommen. Sie müssen die Tropfen also selbst bezahlen. Sieben fünfundneunzig, bitte.»

«Zuerst das Rezept», sagte ich.

«Pardon?»

«Ich möchte eine Kopie von dem Rezept.»

«Aber das brauchen Sie doch gar nicht. Die Gebrauchsanweisung ist in der Packung. Darin finden Sie die genaue Dosierung.»

«Ich brauche eine Kopie vom Rezept.» Ich betonte jede Silbe einzeln.

«Es tut mir Leid, aber wir haben gerade sehr viel zu tun. Ich habe keine Zeit, Ihnen eine Kopie zu machen.»

«Keine Kopie, keine Tropfen», sagte ich kategorisch.

Der junge Mann blickte fragend zu seiner Kollegin, der Dauergewellten.

Ich bekam es mit der Angst zu tun. Es konnte jeden Augenblick zu spät sein. Ich musste jetzt Dampf machen.

«Ich verlange eine Kopie! Ich habe ein Recht auf eine Kopie!» Meine Stimme überschlug sich.

Der Bebrillte entfernte sich.

Irgendwer stieß mir seinen Ellenbogen in die Seite. «Wenn ich Sie wäre, würde ich die Tropfen nehmen und basta.»

Ich wurde rot bis über beide Ohren. *Ivo Niehe!* «Sind Sie's wirklich?»

Seine Lippen verzogen sich zu einem sphinxhaften Lächeln.

Für einen Moment dachte ich, er würde mich küssen.

«Bitte sehr!» Der bebrillte junge Mann wedelte mit einer DIN-A4-Seite. «Ihre Kopie und Ihre Tropfen.»

Ich gab ihm zehn Gulden. «Stimmt so.»

Es war frisch draußen, aber das störte mich nicht. Mit flatternden Mantelschößen rannte ich zu meinem Wagen zurück. Ich musste kichern. Es war geglückt! Ich hatte sie alle hinters Licht geführt!

18

24. Juni 1966
Du darfst jetzt auch püriertes Gemüse essen. Damit fange ich an, wenn du die Impfung gut überstanden hast. Bin gespannt, wie du darauf reagierst. Das schreib ich dann wieder auf. Bis zum nächsten Mal also, Madamchen.

Joke war am Staubsaugen, als ich nach Hause kam. Sie hatte dabei Skyradio an.

Als sie mich sah, machte sie mit dem Fuß den Staubsauger aus. «Hallo, Lea, wie war's beim Arzt?»

«Gut. Ich hab Tropfen bekommen.» Ich ging zum Wohnzimmerschrank und zog eine Schublade auf. Ich musste das Rezept verstecken.

Die Gelben Seiten, das ist ein gutes Versteck. Da gucken sie bestimmt nicht nach. Wohin soll ich das Rezept legen? Zu P wie Passiflora? Nein, das ist zu nahe liegend. L wie Lea geht auch nicht. Und das H liegt erst recht auf der Hand.

«Wie heißt du mit Nachnamen, Joke?»

Joke hatte den Staubsauger wieder angemacht.

«*Joke!*» Ich zog den Stecker aus der Steckdose.

«Ja?»

«Wie ist dein Nachname?»

«Smit.»

Ich steckte den Stecker wieder rein.

Das S. Das erraten sie nie.

Ich schob die Rezeptkopie zwischen die Seiten mit der Rubrik *Sanitärtechnik* und prägte mir das fest ein.

Das Heulen des Staubsaugers ging mir auf die Nerven. Joke kniete vor der Chaiselongue.

Ich tippte ihr auf die Schulter. «Ich mach ihn aus, okay?»

«Ist irgendwas?»

«Die Ärztin hat gesagt, dass ich Ruhe brauche. Ich leg mich ein bisschen hin und möchte nicht gestört werden. Könntest du bitte ein andermal saugen?»

«Klar.»

Ich hängte meinen Mantel auf und nahm das Passiflora aus der Tasche.

«Dein Sohn schläft», teilte Joke mir ungefragt mit. «Dein Mann hat ihm das Fläschchen gegeben, und danach haben sie zusammen gebadet.» Sie grinste. «Ein hübsches Gespann, die zwei.»

«Drehst du das Radio bitte ein bisschen leiser?»

Ich legte den Telefonhörer neben den Apparat.

Ruhe. Ich muss zur Ruhe kommen. Die Hausärztin hatte Recht.

Ich ging die Treppe hinauf. Harry war in seinem Arbeitszimmer. Ich erzählte ihm, wie es beim Arzt gewesen war. Im Badezimmer tat ich zehn Tropfen Passiflora in ein Glas Wasser und trank es mit großen Schlucken aus.

Passi Flora. Passion is my middle name.

Ich legte mich aufs Bett und wartete auf Entspannung.

Es klingelte.

JETZT KOMMEN SIE DICH HOLEN!

Ich fuhr hoch und sauste zur Treppe. *Nicht aufmachen, Joke!*, wollte ich rufen, aber ich brachte keinen Laut hervor.

Joke war schon an der Tür und machte auf. Draußen stand ein Mann, den ich nicht kannte.

Das sind sie. Sie haben mich gefunden.

Joke redete mit dem Mann. Wenn sie mich nur nicht verriet. «Vielen Dank», sagte sie schließlich und machte die Tür wieder zu. Sie schaute zu mir rauf.

«Wer war das?», fragte ich.

«Du hast das Licht angelassen. Wo sind deine Schlüssel? Dann mach ich es schnell aus.»

Ich habe das Licht angelassen. Schon wieder ein Zeichen. Ich habe das Licht geschaut. Es darf nicht verlöschen. Aber wie sollte ich das hinkriegen? Ich kratzte mich an der Wange. Da war ich überfragt.

«Brauchst dich nicht mehr zu bemühen. Ich seh sie schon», sagte Joke.

Ich ging in mein Zimmer zurück und machte sorgsam die Tür hinter mir zu.

WIR KÖNNEN DEN KONTAKT INTENSIVIEREN. ABER NUR ÜBER DIE RICHTIGEN KANÄLE.

Kanäle? Manchmal verstand ich nur Bahnhof.

MACH DIE AUGEN AUF.

Mach die Augen auf? Verdammt, das tu ich doch schon die ganze Zeit. Müsst ihr euch denn immer so kryptisch ausdrücken? Könnt ihr nicht wenigstens einmal ganz normal sagen, was ihr meint?

Ich ließ den Blick durchs Schlafzimmer schweifen. Da war nichts Besonderes zu sehen. Die Vorhänge waren zu. Der Fernseher war aus.

Der Fernseher!

NA ENDLICH, BIST DOCH NICHT AUF DEN KOPF GEFALLEN.

Ich schnappte mir die Fernbedienung vom Nachttisch und schaltete ihn an.

HERZLICH WILLKOMMEN BEI DAS IST DEIN LEBEN. ZAPPET UND IHR WERDET FINDEN.

Unglaublich. Sie sandten Botschaften über das Fernsehen. Wohin ich auch zappte, auf jedem Kanal lief gerade eine Sendung, die speziell für mich bestimmt war. Für was sollte ich mich entscheiden? Sämtliche Informationen waren gleichermaßen interessant.

 Pippi Langstrumpf schaute zu mir rein.

Pippi!

Und Annika.

Thomas.

Herr Nilsson.

Großer Onkel.

Kindheitserinnerungen. Logisch, damit anzufangen. Pippi, das Mädchen mit den übernatürlichen Kräften, das sich ganz allein durchschlägt.

PIPPI = LEA. LEA = PIPPI

Stehen Annika und Thomas für Joke und Harry? Nein, es geht um früher.

ANNIKA = BIRGIT. THOMAS = DAS BRÜDERCHEN, DAS NOCH HÄTTE KOMMEN SOLLEN.

Konzentriert verfolgte ich das Geschehen auf dem Bildschirm.

Pippi hatte Thomas und Annika zu Besuch. Sie wollten auf den Dachboden. Laut Pippi spukte es dort. Annika machte sich schon vorher fast in die Hose. Aber als sie dann oben waren, ließ sich kein Gespenst blicken. Klar, sagte Pippi, die hätten ja auch gerade ihre Gespensterjahreshauptversammlung.

PIPPI HATTE VOR NIEMANDEM ANGST.

PIPPI LACHT ÜBER GESPENSTER, ANNIKA FINDET SIE ZUM GRUSELN.

LEA LACHT ÜBER DIE VERGANGENHEIT, BIRGIT FINDET SIE ZUM GRUSELN.

Ich muss ihr beweisen, dass sie nicht zum Gruseln ist. Das ist meine Aufgabe. Ich muss die Gespenster vertreiben. Die Spinnweben wegpusten. Ich bin die Kleinste, aber auch die Klügste. Die Lustigste und die Mutigste. Das alles muss ich sein. Das ist schon immer so gewesen.

Ein leises Klopfen an der Tür. Harry. «Schläfst du?»

Er kam herein. «Helfen die Tropfen?»

«Nicht besonders.»

Pippi winkte mir vom Bildschirm aus zu.

He, Pippi Langstrumpf,
tralleri trallera trallehoppsassa!!

Die Musik war so laut, dass ich Harry kaum verstehen konnte. Ich versuchte den Fernseher abzustellen. «Würdest du bitte den Fernseher ausmachen, die Fernbedienung geht nicht.»

Verdutzt guckte Harry zum Bildschirm. «Der ist doch schon aus!»

Ich erschrak.

Harry kann Pippi nicht sehen. Aber ich sehe sie. Ich sehe sie immer noch. Würdet ihr sie bitte abstellen? Ich weiß nicht, wie das geht.

DU KANNST SIE SELBST ABSTELLEN. VERSUCH'S MAL.

Ich wandte den Blick vom Fernseher ab.

«Bist du auch ganz okay?» Harry klang besorgt.

Junior fing an zu weinen.

«Ich geh schon», sagte Harry.

Passiflora.

Ich rannte ins Badezimmer, nahm das Fläschchen, schraubte es auf und schüttete mir die Tropfen direkt auf die Zunge.

Bitter im Mund ist dem Herzen gesund.

Ich kicherte. *«This won't do the trick, honey»*, sagte ich zu meinem Spiegelbild. Selbst wenn ich mir drei Fläschchen homöopathische Ruhe hinter die Binde goss, würde mir allerhöchstens übel davon werden. Ich sah mich an, studierte mein Gesicht mit weit aufgerissenen Augen. Mir kroch eine Gänsehaut über die Arme. Jeden Moment konnte etwas passieren. Und ich wusste auch, was. Wenn ich die Augen schließen und wieder öffnen würde, hätte ich jemand anderen vor mir.

WEN MÖCHTEST DU SEHEN? WEM MÖCHTEST DU BEGEGNEN?

Niemand! Niemand, *hörst du? Keine Teufel, keine Geister und AUF KEINEN FALL MEINEN VATER. Das will ich nicht. Heb dir die Scherze für andere auf.*

Ich presste die Augen zu und tastete mich aus dem Badezimmer. Im Schlafzimmer zog ich den Stecker des Fernsehers raus. Zögernd hob ich den Kopf. Der Bildschirm war schwarz. Ich zog mich aus, kroch ins Bett und zog mir die Decke über den Kopf.

Pippi hat Angst, seid ihr jetzt zufrieden?

***

Ich blieb den ganzen Tag in meinem Zimmer. Harry brachte mir was zu essen herauf. Steak und Bratkartoffeln.

Ich nahm drei Häppchen und spülte den Rest im Klo runter.

DU MUSST WEITERMACHEN. DEINE MISSION IST NOCH NICHT VOLLBRACHT.

Als Harry zu mir ins Bett schlüpfte, stellte ich mich schlafend. Ich wartete, bis ich seine regelmäßigen Atemzüge hörte, und schlich mich aus dem Bett.

BEHEB DEN GRÖSSTEN FEHLER.

Ich ging in Juniors Zimmer. Er schlief in seiner Wiege.

ER MUSS WEG. DANN ERST KANNST DU VON VORNE ANFANGEN.

Er wog so gut wie nichts. Er roch nach Baby. Ich würde alle Sachen waschen müssen, damit keiner mehr riechen konnte, dass es ihn gegeben hatte. Ich drückte ihn an mich. Bloß nicht fallen lassen. Dann würde er aufwachen und weinen.

ER GEHÖRT DER VERGANGENHEIT AN. SORG DAFÜR, DASS ER DORTHIN KOMMT.

Die Aufträge wurden immer komplizierter. Wo sollte ich die Vergangenheit finden?

PIPPI.

Auf dem Dachboden! Bei den Gespenstern!

Mühsam schleppte ich mich die Treppe rauf.

Auf dem Dachboden war es dunkel.

GEDULD. DEINE AUGEN MÜSSEN SICH ERST DARAN GEWÖHNEN.

In einer Ecke standen meine Kartons. Die Kartons, die ich schon mein ganzes Leben lang mit mir herumschleppte. Darin waren Schulsachen, Tagebücher, Schwimmabzeichen. Mein Poesiealbum.

Ich machte einen Karton auf. Wenn ich ein paar Mappen beiseite schob, konnte Junior prima darin liegen.

Nur ein bisschen hart war es.

Also zog ich mein Nachthemd aus und legte es in den Karton. Dann wickelte ich Junior darin ein. Er schlief weiter. Ich tat den Deckel auf den Karton.

GEH INS BETT ZURÜCK.

Ich ging nach unten.

Zuerst aufs Klo. Zum ersten Mal seit der Entbindung musste ich kacken. Ängstlich hockte ich mich hin, machte die Augen fest zu und übte möglichst wenig Druck aus. Ganz langsam glitt die Wurst aus mir heraus. Es tat gar nicht weh. Ich schaute in die Schüssel. Schmal, glatt und hellbraun.

SIEHST DU. DAS IST DEINE BELOHNUNG. ALLES WIRD WIEDER NORMAL.

Froh und zufrieden kroch ich ins Bett zurück.

Aber ich konnte nicht einschlafen. Mir war zu kalt, und ich war zu aufgedreht.

Die Mission ist so gut wie vollbracht. Jetzt kann ich getreu Seinem Wort leben. Ich werde die Liebe predigen. Wie Jesus. Wie Leo.

Lächelnd malte ich mir meine Zukunft aus. Es gab zwei Möglichkeiten. Erstens: Man würde mich als den neuen Jesus anerkennen, und ich würde zu Weltruhm gelangen. Zweitens: Man würde mich nicht als den neuen Jesus anerkennen und … Seufzend schwang ich die Beine über die Bettkante. Erst mal schnell ein T-Shirt holen.

Als ich die Schranktür aufmachte, passierte es.

Ein Baby fiel herunter. Ich sah es ganz genau.

Es hatte ein weißes Mützchen auf und einen weißen Strampelanzug an. Es lag auf dem Rücken und breitete die Arme weit aus. Und es fiel und fiel.

WIR LASSEN IHN JETZT STERBEN.

Ich will es nicht sehen. Ich will nicht Zeuge davon werden. Schluss damit!

Mit lautem Knall schmiss ich die Schranktür zu.

Harry schreckte hoch. «Was ist?»

Ich starrte ihn abwesend an.

«Wieso bist du nackt? Was treibst du da?»

Das Baby war weg.

Harry kam zu mir und legte den Arm um mich. «Du bist ja ganz kalt, Schatz. Komm, leg dich ins Bett. Hast du schlecht geträumt?»

Ich nickte. Das war es. *Ein böser Traum.* Der Traum war vorbei. Morgen würde alles wieder gut sein.

Ich legte mich hin, in Fötushaltung.

Harry deckte mich zu.

Ich wollte weinen, aber es gelang mir nicht. Da tat ich dann eben so als ob und ahmte Plärrlaute nach. *«Bäää! Bäääää ...!»*

Ich steckte mir den Daumen in den Mund. Als Kind hatte ich lange am Daumen gelutscht. So lange, dass ich später eine Zahnspange brauchte.

Eifrig nuckelte ich an meinem Daumen.

Harry strich mir über die Stirn. «Soll ich den Arzt anrufen, Lea?»

NEIN!

«Nein!» Ich nahm den Daumen aus dem Mund.

Harry zögerte. «Was ist nur mit dir los, du benimmst dich so merkwürdig.»

«Nichts», sagte ich mit Kinderstimmchen. «Ich hab gar nichts. Ich will jetzt heia machen. Machst du auch heia?»

Er schüttelte den Kopf, erhob sich und ging aus dem Zimmer.

HALT DURCH. ES LÄUFT BESTENS.

Irgendwo im Hintergrund hörte ich einen Fluch.

Keine zwei Sekunden später kam Harry ins Zimmer gesaust. «Wo ist Junior?!»

«Wer?», fragte ich.

«Unser Kind, wo ist unser Kind?»

Das läuft nicht nach Plan. Harry hätte noch nicht nachsehen dürfen. Noch hat er Junior ja nicht vergessen. So weit ist es erst morgen früh.

ZEIT HERAUSSCHINDEN.

«Liegt er denn nicht unten in seiner Wippe?»

Ohne zu antworten, rannte Harry die Treppe runter.

ÜBERNIMM JUNIORS ROLLE.

Ich nahm wieder die Fötushaltung ein und plärrte.

Unten hörte ich Türen aufgehen und zuschlagen. Kurz danach wieder Harrys Schritte auf der Treppe.

«Bäääää! Bäääã ...!»

Meine Jammerlaute rührten ihn nicht. Unsanft zog er mir die Bettdecke weg. «Hör auf damit, verdammt! Wo ist Harry?»

«Hier steht er doch», sagte ich kichernd.

Wütend schüttelte er mich durch. «Was hast du mit meinem Sohn gemacht? Wo ist er?» Er ließ mich los.

Ich strich mir mit dem Finger an der Nase lang wie Wickie der Wikinger, wenn er sich eine List ausdenken muss: Finger an der rechten Nasenseite lang, unter der Nase durch und an der linken Nasenseite lang. «Wo würdest du ein Baby verstecken: in der Biotonne oder im Restmüll?»

Harry wurde kreideweiß. «Das darf nicht wahr sein», flüsterte er und rannte erneut die Treppe runter.

Abermals kehrte er ohne Baby zurück. Er tat mir Leid. Zwar führte kein Weg daran vorbei, aber er wirkte so furchtbar verzweifelt. Als fände er es wirklich schlimm, dass er sein Kind los war.

«Ich frage dich jetzt zum letzten Mal, sonst ruf ich die Polizei. Wo ist Junior?»

«Das darf ich nicht sagen.»

«Wer sagt das?»

Ich legte einen Finger an die Lippen. «Das ist ein Geheimnis. Ein großes Geheimnis. Kommst du zu mir ins Bett, Schatz? Dann gehen wir jetzt schön schlafen.»

Harry schlug die Hände vors Gesicht und stöhnte.

Ein perfektes Drama. Sie haben an alle Elemente gedacht: der junge Vater, die Wut, die Ohnmacht, der Kummer …

Tröstend strich ich ihm übers Bein. «Schsch, Liebling, es wird alles wieder gut.»

Harry holte tief Luft.

«Komm, leg dich zu mir! Dann sing ich dir ein Schlaflied.»

«Still!» Harry drehte den Kopf zur Seite.

Ich hörte es auch, auch wenn ich nicht wollte. *Babygeschrei.*

Harry lief in den Flur hinaus.

Angespannt lauschte er, woher die Laute kamen.

«Er ist auf dem Dachboden!» Er stürmte die Treppe rauf.

Wenig später war er wieder da. Mit Junior im Arm. Allem Anschein nach war das Kind quicklebendig.

«Er lag in einem Karton! Warum? Was hat er dir getan?»

DIE GEKRÄNKTE UNSCHULD.

Ich zog die Augenbrauen so hoch, wie ich konnte. «Ich weiß es nicht. Ich weiß nicht, wie er da hingekommen ist. Wirklich nicht.»

«Er hätte ersticken können! Er hätte tot sein können!» Harry redete eher mit sich selbst als mit mir. Er küsste das Kind und murmelte: «Papa gibt dir jetzt ein Fläschchen. Auf den Schreck.» Er wollte das Zimmer verlassen.

«Nein!» Ich stieg aus dem Bett. «Gib ihn mir.» Ich fasste Harry an der Schulter.

«Finger weg!» Harry riss sich los.

Im einen Arm hielt er Junior, mit dem anderen schob er mich

weg. «Leg dich ins Bett! Und bleib da!» Das schreiende Kind an die Brust gedrückt, rannte er die Treppe runter.

Ich lief ihm nach.

ÜBERZEUG IHN.

«Hör doch mal, Harry. Wenn wir ihn heute wegtun, ist morgen alles wieder gut.»

Ohne mir zu antworten, ging Harry ins Wohnzimmer.

Ich versuchte ihm das Kind zu entreißen.

Da holte er aus. Seine Faust traf mich direkt neben dem Ohr.

Ich erschrak. *Schmerz.*

Er schlug mich noch einmal. *Er hat mich noch nie geschlagen.*

«Setz dich hin!» Harry zeigte aufs Sofa. «Und sei still!» Er griff zum Telefonhörer.

Ich konnte dem Gespräch nicht folgen.

Harry legte auf. «Er kommt.»

«Wer?»

«Der Hausarzt.»

HALT DICH ZURÜCK.

«Hör zu, Lea, ich bring Junior jetzt ins Bett. Du bleibst *hier.* Du rührst ihn nicht mehr an! *Kapiert?*»

Ich zog die Nase hoch. Sie lief und lief. Und ich hatte kein Taschentuch.

Harry sah auf seine Armbanduhr. «Du gehst jetzt erst noch ein bisschen schlafen, kleiner Mann. Und nachher kriegst du dann dein Fläschchen.»

Ich blieb allein zurück. Nackt. Allein.

Es war dunkel. Harry hatte nur die kleine Lampe neben dem Telefon angeknipst.

Sie konnten jeden Augenblick da sein.

MACH, DASS DU WEGKOMMST.

Ich ging zur Treppe und lief nach oben. Harry kam aus dem Kinderzimmer und versperrte mir den Weg.

«Du sollst unten bleiben!»

«Ich will ins Bett.»

«Du bleibst da.»

«Mir ist kalt. Ich möchte mich hinlegen.»

Harry sah mich schweigend an.

«Bitte, bitte, darf ich jetzt ins Bett?»

«Nein. Gleich kommt der Arzt. Ich möchte, dass du unten bleibst.»

TU, WAS DEIN MANN SAGT.

«Kommst du auch nach unten?», fragte ich leise.

«Ja. Ich bring dir deinen Bademantel.»

Ich ging wieder nach unten. Wieso hatte Harry den Arzt angerufen? So fest hatte er doch gar nicht zugeschlagen.

Bibbernd ging ich im Wohnzimmer auf und ab.

Harry kam runter und gab mir meinen Bademantel. Er machte das Licht an.

Ich legte mich aufs Sofa und schloss die Augen.

Harry schenkte sich ein Glas Whisky ein. Er sagte nichts.

Die Türklingel.

Harry trank sein Glas in einem Zug aus und stellte es auf dem Büfett ab. «Bleib hier!», sagte er.

FLÜCHTEN IST JETZT NICHT MEHR MÖGLICH.

Ich wüsste schon wie.

Wie ein Hase flitzte ich die Treppe rauf, machte einen Hechtsprung ins Bett, zog mir die Decke bis zum Kinn und tat, als schliefe ich. Sie konnten mir nichts anhaben. Rein gar nichts.

Stimmen. Unten.

«Lee-aa!» Harry rief mich. Vom Fuß der Treppe aus. «Sie ist nach oben gegangen», sagte er.

Gepolter.

«Hier ist sie.» Harry.

Sie kamen ins Schlafzimmer. Ich blinzelte unter halb geschlossenen Lidern hervor und sah meinen Hausarzt.

Doktor Boon hatte ganz zerzauste Haare, und er trug Jeans und eine Skijacke. Er stellte seine Arzttasche auf den Fußboden und hockte sich vor mein Bett. «Wie geht es Ihnen, Frau Meyer?»

YOU HAVE THE RIGHT TO REMAIN SILENT.

Ich schwieg.

«Ihr Mann hat mich angerufen. Er macht sich große Sorgen.»

«*Große Sorgen*», sagte ich betont gekünstelt. «Na, da muss es ja wohl was Ernstes sein, wenn Harry sich *große Sorgen* macht, nicht wahr?»

«Wie fühlen Sie sich?»

«Ausgezeichnet!»

«Sie fühlen sich ausgezeichnet?»

«Ja.»

«Sie haben keinerlei Beschwerden?»

«Nein. Höchstens von den Nähten. Wollen Sie sich die vielleicht mal ansehen?»

«Nein, ich möchte nur mit Ihnen reden.»

«Na, dann los. Ist doch nett, so 'n kleines Pläuschchen.»

«Sie sind heute Morgen bei uns in der Praxis gewesen, bei meiner Frau.»

«Stimmt.»

«Da haben Sie sich nicht so gut gefühlt.»

«Nein, aber ich hab *fan-tas-tische* Tropfen bekommen! Ein wahres Wundermittel. Gut, dass du mich daran erinnerst, ich werd gleich ein paar davon nehmen.» Ich richtete mich auf.

Harry und der Hausarzt sahen sich an, hielten mich aber nicht zurück.

BEHERRSCH DICH. NICHT ZU DICK AUFTRAGEN.

Pfeifend ging ich ins Badezimmer. Ohne in den Spiegel zu sehen, griff ich zu den Tropfen. Ich tat zehn in ein Glas Wasser und trank es aus. Pfeifend ging ich wieder zurück.

Doktor Boon saß jetzt auf der Bettkante.

Ich setzte mich neben ihn.

Er sah mich mit ernster Miene an. «Sagen Sie mal ganz ehrlich. Wie fühlen Sie sich im Moment?»

«Gut. Besonders jetzt, wo ich meine Tropfen genommen habe.»

«Gut. Sie fühlen sich gut. In Ihrer eigenen Wirklichkeit, meinen Sie.»

Ich lachte. «Hast du gehört, Harry? Ich fühl mich in meiner eigenen Wirklichkeit gut. Ist doch voll irre, was?»

Harry schwieg.

«Es gibt nämlich verschiedene Wirklichkeiten, wissen Sie», sagte der Hausarzt.

«Ach ja?», fragte ich interessiert. «Wie viele hast du denn: drei, vier, fünf? Da könnten wir ja vielleicht Quartett spielen!»

Er seufzte. «Ich meine damit, dass man die Wirklichkeit auf unterschiedliche Weise erleben kann.»

Ich gähnte.

Es blieb eine Weile still.

Ich sah auf den Radiowecker. 02:15. «Du meine Güte, so spät ist es schon? Ich glaub, jetzt muss ich aber schlafen.»

Doktor Boon wandte sich an Harry. «Ich werde nicht schlau daraus. Ich rufe lieber den Krisendienst an.»

Ich legte den kleinen Finger an den Mund und den Daumen ans Ohr und sagte mit tiefer Stimme: «Hallo, Krisendienst! *Großalarm!* FRAU GEHT SCHLAFEN!»

Keiner lachte.

Der Hausarzt zog sein Handy aus der Tasche und verließ das Zimmer.

«Hast du mein Nachthemd gesehen?», fragte ich Harry.

«Das liegt auf dem Dachboden.»

Ich ging auf den Flur hinaus, zeigte dem telefonierenden Hausarzt im Vorübergehen den erhobenen Daumen und ging die Treppe zum Dachboden rauf.

19

25. Juni 1966
Morgen fahren wir für einen Monat nach Bakkum, da könnt ihr Meer und Seeluft genießen. Bis jetzt bist du noch nicht so viel an der frischen Luft gewesen, wie ich es gern gehabt hätte.

Mein Nachthemd lag im Karton. Ich zog den Bademantel aus und das Nachthemd an. Es war herrlich still auf dem Dachboden. Wahrscheinlich war das hier der sicherste Ort im ganzen Haus. In sicherer Höhe. An der Wand lehnte eine alte Matratze. Ich kippte sie runter und zog sie über den Fußboden. Im hinteren Teil des Dachbodens stand ein Nussbaumtisch. Darunter schob ich die Matratze und legte mich hin. Es lag sich gut hier, aber mir fehlte was zum Zudecken. Ich erinnerte mich, dass noch irgendwo ein alter Duschvorhang liegen musste, den Harry über die Chaiselongue gebreitet hatte, als er die Wohnzimmerdecke gestrichen hatte. Ich kroch wieder unter dem Tisch hervor, fand den Vorhang, nahm ihn mit und zog ihn über mich. Er bedeckte mich zwar, war aber nicht sonderlich warm. Mein Bademantel lag noch auf dem Fußboden. Abermals verließ ich meine Hütte, nahm den Bademantel und breitete ihn über den Vorhang. Jetzt hatte ich ein richtiges Bett.

Ich presste die Augen zu.

SIE WERDEN BALD KOMMEN. DANN MUSST DU SCHLAFEN. WIE EIN MURMELTIER.

Ich atmete tief ein und aus und versuchte meinen Körper Stück für Stück zu entspannen. Zuerst die Zehen, dann den Rest meiner Füße, die Knöchel, die Schienbeine …

Ich hörte Doktor Boon unten auf dem Treppenabsatz mit Harry reden. «Wie geht es dem Baby?»

«Soweit ich feststellen kann, gut.»

«Ist sie mit ihm allein gewesen?»

«Ja. Sie hatte den Kleinen in einen Karton gelegt.»

«Soll ich ihn sicherheitshalber kurz untersuchen?»

«Ja, tun Sie das.»

Es war eine Weile still.

Harry kam nach oben. «Lea, wo steckst du?»

Ich rührte mich nicht.

Aber er entdeckte mich trotzdem. «Was treibst du denn da jetzt wieder?»

«Ich versuche zu schlafen. Mit dir und diesem Doktor in der Nähe ist das ja unmöglich.»

«Es kommt gleich noch ein Arzt.»

«*Noch* einer? Aber nur zu. Lass die Puppen tanzen.»

«Hör auf mit den blöden Witzen.»

«Wieso?»

«Ja, verstehst du denn nicht? Das ist eine ernste Situation. Du hast unser Kind in Gefahr gebracht. Es hätte Gott weiß was passieren können.»

«Was du nicht sagst. Gott wusste, was hätte passieren können. Und was hat Gott *gemacht?* Gott hat Harry geschickt. Harry, *of all people!* Und als wenn das noch nicht genug gewesen wäre, hat er auch noch Madame Passiflora und den Großen Tropfenkönig geschickt, allseits berühmt für ihre Behandlung von geistigen Auswüchsen im terminalen Stadium. Und jetzt, jetzt schickt der Liebe Herrgott den Krisendienst. Gott behüte.»

Gottverdammich …

Gott

verdamm

mich.

Ob Er das tat? Warum sollte er? Ich hatte doch alles richtig gemacht!

Harry rieb sich die Augen. «Ich geh nach unten.»

Er ließ mich allein.

Jetzt hörte ich nur noch das Summen des Heizungskessels. Ich knabberte an meinen Fingernägeln. Irgendetwas fehlte noch. Irgendetwas fehlte noch zu meinem Glück. «Harry!»

Stille.

«Haaarrry!»

Stille.

«Haaaaaarrryyyy!»

Eilig kam er die Treppe heraufgerannt. «Was ist?»

«Hast du eine Zigarette für mich?»

«Waas?»

«I need a smoke.»

«Du rauchst doch gar nicht.»

«Ich hab gerade angefangen.»

«Komm zuerst unter dem Tisch vor.»

«Wo ist Doktor Boon?»

«Unten.»

Es klingelte an der Haustür.

«Das wird der Krisendienst sein.» Harry lief zur Treppe.

«Ob die Zigaretten haben?»

«Hör mit deinen Zigaretten auf. Kommst du mit nach unten oder möchtest du sie hier empfangen?»

«Kommen sie denn meinetwegen?»

«Ja, sie kommen *deinetwegen.*»

«Hm. Das wird 'ne schöne Kletterei für den Krisendienst.»

Harry ging die Treppe runter.

Kurz darauf war er wieder da, einen Mann mit gelb kariertem Jackett im Schlepptau. Er hatte eine Halbglatze und verdächtig viel

Ähnlichkeit mit Bassie dem Clown, nur ohne Schminke. Dicke Ränder unter den Augen. Brille an einem Band auf der Brust.

DAS IST EIN TEST. DER IST KEIN RICHTIGER ARZT.

«Sie liegt da», sagte Harry, als wollte er sich dafür entschuldigen.

«Na, dann schau'n wir mal», sagte der Pseudo-Doc. Er hockte sich vor meine Hütte.

Ich streckte die Hand aus: «Der Krisendienst, *I presume?*»

Sollte ihn meine *late-night*-Spitzfindigkeit beeindruckt haben, so ließ er sich das nicht anmerken. Eine kühle Hand schüttelte die meine. «In der Tat. Ich bin Dieter van Vliet. Und Sie sind –»

«Es nicht.»

«Bitte?»

«Sie sind Dieter van Vliet, und ich bin es nicht.»

Er zog die Augenbrauen hoch. «Sie wollen mir nicht Ihren Namen sagen?»

«Doch, doch. Ist das ein Muss?»

«Ein Kann.»

«Ich bin Lea Meyer.»

«Sie haben gerade erst ein Kind geboren?»

«Ja.»

«Einen Jungen oder ein Mädchen?»

«Ein Mädchen.»

«Soweit ich verstanden hatte, haben sie aber einen kleinen Sohn.»

«Warum fragen Sie dann?»

Er öffnete den Mund und machte ihn wieder zu.

Es war einen Augenblick still.

Bassie räusperte sich. «Wie alt ist ihr Söhnchen jetzt?»

«Ein paar Tage.» Erschrocken sah ich zu Harry: «Wo ist Junior?»

«Er liegt im Bett.»

«Hat er sein Nachtfläschchen schon bekommen?»

«Ja, das hab ich ihm gerade gegeben.»

«Da bin ich aber froh. Ich habe schon befürchtet, ich hätte es vergessen. Man muss ja an so vieles denken, wenn man ein Baby hat, Dieter, du machst dir keine Vorstellung.»

«Warum liegen Sie hier auf dem Dachboden, Frau Meyer?»

«Weil ich müde bin.»

«Sollten Sie sich da nicht besser ins Bett legen?»

«Unser Hausarzt hat mich wach gehalten. Er ist unten. Der redet in einem fort. Hast du ihn schon kennen gelernt?»

«Ja.»

«Ein hinreißender junger Mann, findest du nicht auch? Bei dem hab ich schon jede Menge Abstriche machen lassen, das kannst du dir sicher vorstellen. Harry! Wo sind deine Manieren? Hast du Dieter noch gar nichts zu trinken angeboten?»

«Ich möchte nichts, danke.» Er räusperte sich. «Warum haben Sie Ihr Söhnchen in einen Karton gesteckt?»

«Hast du 'ne Zigarette für mich?»

«Ich möchte zuerst eine Antwort auf meine Frage.»

«Wenn ich rauche, fällt mir das Reden leichter.»

Dieter zog ein Päckchen Caballero aus seiner Innentasche.

Mit Filter – Gott sei Dank! Ich zog mir eine Zigarette heraus.

Dieter gab mir Feuer.

Ich inhalierte nicht tief, das konnte ich gar nicht. Stattdessen paffte ich den beiden Herren große Rauchwolken entgegen.

Harry hustete und wedelte mit den Händen.

Dieter zuckte nicht mit der Wimper. «Sie wollten mir erzählen, warum Sie Ihren Sohn in einen Karton gesteckt haben.»

«Das habe ich nicht getan.»

«Ihr Mann behauptet das aber.»

«Und das glauben Sie so einfach?»

«Warum sollte er lügen?»

«Weil er mich anschwärzen will.» Ich funkelte Harry böse an. «Gib's ruhig zu. Seit Junior da ist, willst du mich loswerden.»

«Wie kommst du denn darauf?»

«Für dich heißt es nur noch Junior hier und Junior da. Ich existiere gar nicht mehr. Ich hab ausgedient. Du hast mich benutzt, und jetzt bist du fertig mit mir.»

«Wo hast du nur diesen Unsinn her?»

«Weißt du, was sie mit mir gemacht haben, Dieter?»

Er schüttelte den Kopf.

«Sie haben mir die Möse aufgeschnitten. Mit einer riesigen Schere. Konnten gar nicht mehr aufhören mit der Schnippelei. Schnipp-schnipp-schnipp, und futsch war Leas Möse! Und dann haben sie Zangen reingestopft, um das Kind rauszuziehen. Mit gigantischen Löffeln, so große hast du bestimmt noch nie gesehen. Und was hat Harry gemacht? Gar nichts! Harry war *glücklich*. Oh, oh, oh, wie war er froh! Er konnte gar nicht schnell genug seine Mutter anrufen. Und weißt du, was er zu ihr gesagt hat? ‹*Alles gut gelaufen, Mam, komm mal schnell und sieh's dir an.*›» Aufgebracht zog ich an meiner Zigarette und blies Harry den Rauch ins Gesicht. «Und weißt du, was sich seine Mutter angesehen hat? Das Kind. Alle hatten sie nur Augen für das Kind. Harry sah nach dem Kind, sein Vater sah nach dem Kind, meine Mutter sah nach dem Kind, Joke sah nach dem Kind. Oh, oh, oh, was war das doch für ein allerliebstes Kind …!» Ich schlug Bademantel und Duschvorhang beiseite. «Soll ich dir mal was zeigen, Dieter?» Ich legte die brennende Zigarette auf den Fußboden, zog mein Nachthemd hoch und schob die Unterhose runter. Da war eine Einlage drin, weil ich immer noch blutete. Ich spreizte die Beine. «Siehst du das? Siehst du diese Möse? Kaputt. Total hin. Finito.»

Dieter wandte den Blick ab. «Ziehen Sie sich ruhig wieder an, Frau Meyer.» Er nahm die Zigarette und gab sie meinem Mann. Harry drückte sie auf dem Fußboden aus.

«Du guckst ja gar nicht hin. Traust du dich nicht? Hast du noch nie 'ne kaputte Möse gesehen?»

«Ich bin kein Gynäkologe.»

«Ach, nein, Dieter ist vom Krisendienst, stimmt ja. *Mayday, mayday,* große Mösenkrise im Hause Meyer!» Ich machte die Beine noch weiter auseinander. «Siehst du die Nähte, Dieter? Hast du schon die Fäden gezählt? Acht sind es. Acht. Und jeden einzelnen hat Doktor Kallenbach vernäht. Ein fantastischer Arzt, dieser Kallenbach! Meiner Schwiegermutter hat er das Myom weggeschnitten. Wenn mich nicht alles täuscht, hat sie es uns zu Weihnachten kredenzt, in Sauce Bearnaise. Danach leckt man sich die Finger! Nein, kein böses Wort über Doktor Kallenbach.»

«Lea, zieh dich an», sagte Harry. Er kam zu mir und versuchte mir die Unterhose hochzuziehen.

Ich trat seine Hände weg. «Fass mich nicht an! Können ruhig alle sehen, was mit meiner Möse passiert ist: Hol mal den anderen Komiker von unten rauf, da kann der sich das auch gleich angucken.»

«Frau Meyer –», setzte Dieter an.

«Seine Frau hat mir Tropfen gegeben, weißt du. *Fabelhafte* Tropfen! Passiflora! Vielleicht solltest du sie mir mal eben in den Arsch tröpfeln, denn bis jetzt tut sich noch nicht viel. Aber ich hab den Beweis! Er ist in den *Gelben Seiten* unter S wie *Sanitärtechnik*, da liegt nämlich das Rezept. Harry, hol Dieter mal das Rezept von meinen Tropfen! Dieter ist vom Krisendienst. Dieter muss das Rezept sehen!» Ich konnte gar nicht mehr aufhören zu schreien. Es war himmlisch.

Dieter beriet sich mit Harry. Sie taten ganz ernst.

«Ich erwäge, Sie einzuweisen, Frau Meyer.»

«*Erst* gucken wir uns das Rezept für meine Tropfen an.»

«Frau Meyer, hören Sie, was ich sage?»

«Laut und deutlich, Dieter. Kommt alles einwandfrei an. Hörst du mich auch?»

«Ja, ich höre Sie, Frau Meyer.»

Ich ging mit dem Gesicht ganz nah an das seine heran. «Aber verstehst du mich auch?»

«Ich denke schon, dass ich Sie verstehe.»

 Dieter hatte blassblaue Augen. Er trug harte Kontaktlinsen.

TRAU IHM NICHT. TRAU NIEMANDEM.

«Ich schlage vor, dass Sie ins Krankenhaus gehen. Um zur Ruhe zu kommen.»

Ich kratzte mich an der Nase. Dann nahm ich einen imaginären Stift und schrieb einen Text auf den Fußboden. Es dauerte eine Weile, bis ich fertig war. «Weißt du, was hier steht, Dieter?»

«Nein.»

«Lies mal mit. Hier steht:

Lieber Dieter,
Es gibt zwei Arten von Ideen. Gute Ideen und schlechte Ideen. Zu meinem großen Bedauern muss ich dir mitteilen, dass deine Idee zu letzteren gehört.
Mit freundlichem Gruß
hochachtungsvoll
Lea Meyer

Siehst du?»

«Heißt das, dass Sie mit der Einweisung nicht einverstanden sind?»

«Du bist ein *unheimlich* schlaues Kerlchen, van Vlietenstein. Darfst mich gern zitieren, wenn du deinem Chef gegenüber mal wieder was zum Vorweisen brauchst.»

«Ich halte es auch für besser, wenn du ins Krankenhaus gehst», sagte Harry plötzlich. «Da stimme ich ganz mit Herrn van Vliet überein.»

Ich ignorierte ihn und deckte mich wieder mit Duschvorhang und Bademantel zu. «Noch irgendwelche Fragen oder Anmerkungen, Dieter?»

«Es wär mir lieb, wenn Sie freiwillig mitgingen, Frau Meyer.»

«Wirklich keine Fragen mehr? Dann erkläre ich die Sitzung hiermit für geschlossen. Ich erwarte das Protokoll morgen in meinem Postfach.» Letzteres sagte ich zu Harry.

Dieter nahm Harry beiseite und hielt einen langen Sermon.

Harry nickte nur. *Die Flasche.*

Dieter zog ein vorsintflutliches Motorola hervor. Es wimmelte hier wirklich von telefonierenden Ärzten.

Während Dieter die Nummer eintippte, tauchte der zerzauste Lockenkopf von van Boon in der Treppenöffnung auf.

«Doktor Boon!», rief ich.

Er sagte etwas zu Harry und tat, als ob er mich nicht hörte.

«Doktor Boon! Huhu!»

Dieter legte die Hand auf sein freies Ohr und entfernte sich von mir.

«Hallo, Boon, bist du taub?»

Er kam zu meiner Hütte.

«Wie geht es meinem kleinen Mann?»

«Wen meinen Sie?»

«Harry junior natürlich. Wie geht es meinem Kleinen?»

«Gut.»

«Freut mich. Freut mich sehr.»

Boon steckte die Hände in die Hosentaschen und nahm sie wieder raus. Er sah über seine Schulter nach hinten.

Dieter telefonierte immer noch.

«Hat mein Mann Ihnen schon etwas zu trinken angeboten?»

«Äh, ja.»

«Schön. Würden Sie Junior dann bitte kurz herholen?»

Boon erschrak. «Das geht nicht. Er … äh … er schläft.»

«Macht nichts, er schläft immer ganz fest.»

«Trotzdem sollte er jetzt lieber in seinem Bett bleiben.»

«Harry!»

«Ja?»

«Holst du Junior bitte mal kurz her, Schatz?»

Harry sah zu Doktor Boon. Doktor Boon schüttelte den Kopf.

«Wir lassen ihn besser schlafen, Lea.»

Keiner wollte mein Baby holen. Das war nicht fair. «Juu-nie-oor!», rief ich. «Komm mal zu deiner Mama, mein kleiner Mausemann! Mama ist auf dem Dachboden und Papa auch. Komm mal schnell!»

Einen Moment lang war es totenstill.

«Ha, guckt mal, da kommt er ja …» Ich zeigte zur Treppenöffnung.

Doktor Boon und Harry drehten sich gleichzeitig um.

«Reingefallen!» Ich lachte schallend. «Ihr Armleuchter. Das Kind ist drei Tage alt. Es kann sich noch nicht mal auf den Bauch drehen.»

Dieter hatte zu Ende telefoniert. Er wandte sich an die beiden anderen Herren.

Da ich dem Gespräch nicht folgen konnte, schrieb ich noch ein paar Briefe auf den Fußboden. Es waren sehr schöne Briefe, aber leider war ich die Einzige, die sie lesen konnte.

Ich war gerade mitten in einem Satz, als plötzlich Dieter vor mir stand. Ich sah nicht zu ihm hoch.

«Der Krankenwagen ist bald hier, Lea. Ich möchte Ihnen ein Beruhigungsmittel geben.»

«Ssst! Ich schreibe.»

Er ging in die Hocke.

Mein Stift blieb in der Schwebe.

Dieter hatte eine weiße Tablette in der einen und ein Glas Wasser in der anderen Hand. Wo er das beides so schnell hergeholt hatte, war mir ein Rätsel. «Würden Sie die bitte einnehmen?»

Sie wollen mir Pillen geben, schrieb ich. *Was meinst du, Leo, muss ich sie nehmen?*

Es würde bestimmt eine Woche dauern, ehe ich eine Antwort erhielt. Von wegen heute versandt, morgen zugestellt!

«Wir halten es für das Beste, wenn Sie diese Pille jetzt schon mal schlucken.»

«Hast du noch 'ne Zigarette?»

Harry kam zu mir. «Los, Lea, jetzt schluck die Pille. Das ist gut für dich.»

«Hau ab, du scheinheiliger Arsch! Seit wann kümmert's dich, ob irgendwas gut für mich ist?»

Harry wollte etwas entgegnen, aber Dieter signalisierte ihm, dass er lieber still sein sollte.

Es klingelte wieder mal an der Haustür.

«Donnerwetter, das ging aber schnell.» Dieter klang überrascht.

Harry ging nach unten, um aufzumachen. Er kam mit meiner Mutter wieder. Sie hatte nicht mal den Mantel ausgezogen. Ihr Blick irrte nervös hin und her. Dieter und Doktor Boon gaben ihr die Hand.

«Hallo, Mam, was machst du denn hier? Hast du meinen Brief bekommen?»

Zögernd kam sie zu mir herüber. «Harry hat mich angerufen. Wie geht es dir?»

«Ausgezeichnet. Wenn nur die Typen hier nicht so 'n dämlichen Aufstand machen würden. Ich darf Junior nicht sehen. Ich soll Pillen schlucken. Alles dummes Gewäsch. Könntest *du* Junior bitte kurz herholen?»

«Er schläft gerade so schön, Lea, ich hab gerade zu ihm reingeschaut.»

«Ach, schade.»

«Hast du Fieber?» Sie kniete sich hin und fühlte meine Stirn. «Nein, ich glaube nicht.»

Harry stellte sich neben sie. «Der Doktor ist der Meinung, dass Lea eine Pille schlucken sollte, um ein bisschen ruhiger zu werden.»

Meine Mutter nickte verständnisvoll. «Ich würde es lieber tun, Lea.»

«Wen hast du noch alles angerufen, du Waschlappen? War wohl wieder mal zu viel für dich allein, was?»

«Jetzt nimm doch die Tablette», sagte meine Mutter.

«Dieter!», schrie ich.

Er unterbrach sofort sein Gespräch mit Doktor Boon und kam zu mir.

«Hier im Raum sind alle der Meinung, dass ich deine Pille einnehmen soll.»

Dieter hatte immer noch das Glas Wasser in der Hand.

«Dann mal her damit.»

Bassie strahlte. «Sehr vernünftig, Lea.» Er gab mir die Pille.

Ich nahm die längliche weiße Tablette in die flache Hand und studierte sie ausgiebig.

Alle Anwesenden sahen atemlos zu.

Ich nahm die Pille zwischen Daumen und Zeigefinger, hielt sie ganz nah vor mein Gesicht und drehte sie.

«Man erzählt sich ja viel Gutes über dich», sagte ich zu der Tablette, «aber mein Opa hat immer gesagt: Sehen geht vor glauben …»

«Sie hat ihren Opa gar nicht gekannt», flüsterte meine Mutter.

«… wenn du also wirklich so was Besonderes bist, kannst du bestimmt auch fliegen.»

Beim letzten Wort holte ich aus und schleuderte die Pille in hohem Bogen von mir. Sie flog über alle Anwesenden hinweg und verschwand in der Treppenöffnung. Ich hörte sie ein paar Mal auftippen, dann war es still. «Applaus für die fliegende Wunderpille!» Ich war die Einzige, die klatschte.

Harry wandte sich verärgert an Dieter. «Wo bleibt denn der Krankenwagen?»

«Sie sind unterwegs.»

Doktor Boon lief die Treppe runter. «Ich hab sie!», hörte ich ihn rufen.

«Doktor Boon ist gerade erst Vater geworden», sagte ich zu meiner Mutter.

«Ach, ja?»

«Von Zwillingen.» Ich machte mich wieder an meine Luftpost. Was anderes konnte man hier ja nicht machen.

Dieter und Harry unterhielten sich in gedämpftem Ton.

Doktor Boon kam zurück. Meine Mutter gratulierte ihm zu den

Zwillingen. Sein Gesicht verfinsterte sich. «Meine Frau kann keine Kinder bekommen. Dank künstlicher Befruchtung war sie mit Zwillingen schwanger, aber wir haben sie in der siebten Woche verloren.»

Es klingelte.

Harry lief nach unten.

Er kam mit einem Mann und einer Frau in dunkelblauer Uniform zurück. Dieter schüttelte ihnen die Hand.

Nach einem kurzen Gespräch kam die Frau zu mir herüber. Sie hatte langes, dunkles Haar, einen geraden Pony und freundliche braune Augen. Sie kniete sich vor die Matratze. «Begleiten Sie uns, Frau Meyer?»

«Wer bist du?»

«O pardon, ich hatte mich nicht vorgestellt. Ich heiße Sandra.»

«Hast du mein Baby gesehen?», flüsterte ich.

«Nein, das hab ich nicht gesehen.»

«Sie sagen, es liegt unten und schläft, aber ich glaube ihnen nicht. Es ist bestimmt tot.» Ich brach in Schluchzen aus.

Sandra legte mir die Hand auf die Schulter. «Ihrem Baby fehlt nichts, wirklich nicht.»

Unter Tränen sah ich sie an: «Woher willst du denn das wissen? Du hast es doch gar nicht gesehen. Jeder lügt mich hier an. Ich werde andauernd für dumm verkauft. Keiner nimmt mich ernst, *keiner.* Auch du nicht.»

Sie strich mir über den Arm. «Doch, ich nehme Sie ernst, wirklich.»

«Hast du das mit meiner Möse schon gehört?»

«Nein –»

«Die hat mir der Arzt total demoliert. Sie macht mir solche Beschwerden. Aber keiner will sie sich ansehen!» Ich fing wieder an zu schreien. «Die Herren Doktoren hier können nichts als *telefonieren! Telefonieren, telefonieren* und noch mal *telefonieren!* Und reden! Oh, was haben sie nicht alles zu bereden! Aber keiner macht sich die Mühe, mal eben nach der Patientin zu sehen. Ich liege hier und *VER-RE-CKE VOR SCHMERZEN*!!!» Ich schlug Bademantel und Duschvorhang zur Seite und zog mein Nachthemd hoch.

«O Gott, jetzt geht das wieder los!» Harry.

Ich zerrte an meiner Unterhose.

Sandra legte dezidiert ihre Hand auf die meine und hielt mich zurück. «Lassen Sie nur, Lea, ich kann hier ohnehin nichts für Sie tun. Wir fahren ins Krankenhaus. Das ist der geeignete Ort, um gesund zu werden.»

«Meinst du?»

«Ganz sicher.»

Ich seufzte. Sie klang so überzeugt, diese Sandra. Und sie roch so gut. Nach Nivea. Aber trotzdem. Irgendwas stimmte nicht. Irgendwo war da ein Haken. «Und Junior? Was soll dann aus meinem Baby werden?»

«Junior ist in guten Händen. Machen Sie sich darüber mal keine Gedanken.»

«Ein Baby gehört zu seiner Mutter. Wo ist mein Baby? Ich hab es schon so lange nicht mehr gesehen. Es ist tot. Mein kleiner Mann ist tot!» Ich brach in Tränen aus und schluchzte laut auf. «Mein Baby, ich will mein Baby, meinen kleinen Harry!»

Sandra blickte sich verzweifelt um.

Ihr Kollege rückte an und hockte sich zu uns. «Wo liegt das Problem?» Der Typ hatte einen lang herabhängenden Schnurrbart und ein pockennarbiges Gesicht.

«Das ist mein Kollege, er heißt Ger», sagte Sandra eilig.

Ich fasste ihn mit beiden Händen am Arm. «Holst du mir bitte mein Baby, Ger? Sie sagen, dass es noch lebt. Aber auch wenn es tot ist. Ich muss mich doch von ihm verabschieden können!»

«Aber zuerst müssen Sie jetzt mal Ruhe geben. Sie schrei'n ja die ganze Nachbarschaft zusammen.» Breitestes Amsterdamer Platt. Kriegte man in Aerdenhout nicht oft zu hören.

«Versprochen. Ich werd mucksmäuschenstill sein, Ehrenwort.»

Ich räusperte mich. «Wenn ich zwei Minuten lang still gewesen bin, darf ich dann mein Baby sehen?»

Ger nickte.

Ich holte tief Luft und schloss den Mund. Wenn es sein muss, habe ich eine eiserne Selbstbeherrschung.

Im Geiste zählte ich die Sekunden. Ger sprach mit Sandra. Im Hintergrund war Gemurmel von den anderen Anwesenden zu hören. Ein ziemliches Gedränge hier auf dem Dachboden. Aber wenn Feuer ausbrach, konnte ich mich immer noch mit Pantomimik behelfen. Auf keinen Fall würde mir ein Wort über die Lippen kommen.

... hundertachtzehn, hundertneunzehn, hundertzwanzig. Meine zwei Minuten waren um. Strahlend sagte ich: «Siehst du, ich kann's! Holst du jetzt bitte mein Baby, Ger?»

«Moment, ich frag mal den Doktor.» Er ging zu Dieter.

Van Vliet warf einen kurzen Blick zu mir herüber und schüttelte den Kopf.

«Tut mir Leid, der Doktor erlaubt es nicht», richtete Ger mir aus.

Ich fing an zu weinen. Das war nicht fair. «Das ist nicht fair. Du hattest es versprochen.»

Sandra streichelte mir über den Arm. «Ich weiß. Aber er kann da nichts machen. Wir haben hier nicht das Sagen.»

Ich stieß ihre Hand weg. «Eine Mutter hat ein *Recht* auf ihr Baby! Wer will mir dieses Recht streitig machen? *Wer?* Ich will meinen kleinen Harry ... Junior, hörst du mich? Ich bin's, deine Mama! Ich hab dich lieb, mein kleiner Schatz, UND DU FEHLST MIR!» Ich schrie, so laut ich konnte. Wenn ich das durchhielt, würden sie mir Junior schon bringen. Mit Sicherheit.

Harry packte Dieter am Arm. «Kann sie ihn denn nicht kurz sehen? Nur ganz kurz, vielleicht beruhigt sie sich dann.»

Dieter blieb unerbittlich.

Ich nahm mein Klagelied wieder auf. «Keiner weiß, was ich

durchgemacht habe. Keiner! Kinder kommen unversehrt zur Welt, Mütter sind Wegwerfmaterial! Ich bin hin, mein Kind ist heil und jetzt soll ich weg! Was hab ich denn getan? Warum muss ich weg?!» Obwohl ich lauter und lauter schrie, ließ die Aufmerksamkeit meiner Zuhörerschaft spürbar nach. Auf einmal tat sich um mich herum so viel, dass ich gar nicht mehr richtig mitkam.

Ger verschwand.

Sandra stellte ihre Streichelei ein.

Ger kam mit einer Trage zurück, die er auf den Fußboden stellte.

Sandra hatte plötzlich eine Spritze in der Hand. «Könnt ihr sie bitte festhalten?», sagte sie.

Ger und Dieter knieten sich neben meine Matratze.

Wenn die glauben, dass ich mich so ohne weiteres geschlagen gebe, dann haben sie sich geirrt. Ich bin nämlich unheimlich stark, vor allem wenn man mir gegen meinen Willen eine Spritze verpassen will.

Aus Leibeskräften trat und schlug ich um mich. Ich kämpfte wie eine Löwin, aber die Übermacht war zu groß.

Ger und Dieter packten mich, drehten mich auf den Bauch und drückten mich auf die Matratze. Sandra schob mein Nachthemd hoch und zog mir die Unterhose runter.

Meine Mutter tat mir Leid. Dass sie nun auch noch mit ansehen musste, wie man ihre jüngste Tochter ruhig stellte …

Die Nadel fuhr in meine Pobacke.

Nach vollbrachter Tat drehten Ger und Dieter mich wieder auf den Rücken und legten mich auf die Trage. Gurte wurden festgezurrt.

Der Dachboden drehte sich um mich. Gesprächsfetzen drangen mir ans Ohr. Ger sagte zu Sandra etwas von steilen Treppen. Sie wollten mich abtransportieren.

Ich muss mich widersetzen.

Die Gurte saßen weniger fest, als ich gedacht hatte. Ich wand und drehte mich, ohne dass einer was davon mitbekam.

Mit einem Mal waren sie lose. Ich rollte mich zur Seite und von der Trage runter. Ich war frei – Lea Houdini hatte das Unmögliche möglich gemacht.

«O nein, guckt mal …» Meine Mutter entdeckte meinen Ausbruch als Erste.

Harry fluchte.

Die Freiheit war von kurzer Dauer. Starke Männerhände packten mich, legten mich auf die Trage zurück und schnürten mich fest, ganz stramm diesmal.

Ich konnte mich nicht mehr bewegen. Schreien ging auch nicht.

Meine Augenlider wurden schwer.

20

4. August 1966
So allmählich erholst du dich wieder Die Misere begann in der zweiten Woche in Bakkum. Du bekamst eine Darminfektion, und zwar so schlimm, dass ich nachts kaum zu schlafen wagte. Alles, was du gegessen hast, und das war nicht viel, kam sofort wieder unten rausgespritzt.

Ich sitze auf Papas Schultern. Er singt mir etwas vor. *Hoppe hoppe hoppe Reiter, wenn er fällt, dann schreit er.* Papa galoppiert durchs Zimmer. *Fällt er in den Graben, dann fressen ihn die Raben. Fällt er in den Sumpf, dann macht der Reiter plumps!* Er geht ganz schnell in die Hocke. Ich will lachen. Er bringt mich immer zum Lachen. Aber ich kriege keinen Laut heraus. Geht nicht. Mir ist ein bisschen übel. Nicht so doll, Papa! Nicht so hoppeln. Sonst fall ich noch runter. Kalter Wind. Kalt in meinem Gesicht. Warum liege ich auf dem Rücken? *Ganz ruhig, Lea. Ich bin bei dir.* Ich kenne die Stimme. Ich will was antworten. *Großmutter, was hast du für eine große Nase!* Ich habe einen trockenen Hals. Erst mal schlucken. Räder, ich liege auf Rädern. Die Räder drehen sich. Ich gleite. Von drinnen nach draußen. Von draußen nach drinnen. Immer geradeaus. Ein langer Flur. Mein Haar, irgendjemand streichelt mir übers Haar. Schneller fahren, los, los. Dies ist ein Notfall. Meine Möse. Ich verblute. Meine Möse muss unters Messer. Meine Möse muss schnellstens unters Messer. Das war Pfusch, Kallenbach. So eine junge Frau. Entstellt. Vom Leben gezeichnet. Kallenbach grinst. Große, gelbe Zähne. Wir machen es nachts. Davon braucht niemand was zu erfahren. Ich zittre …

Irgendwer zieht an mir. Ich soll aufstehen. Ich blinzle ins Licht. Neonröhren. Beine schlapp. Hand unter meiner Achsel. Ein Gesicht voller Krater, ganz nah. Hängeschnurrbart brummt. *Dorthin.* Ein kleines Büro. Ein Schreibtisch. Davor zwei Stühle. Eine Frau. Hinter dem Schreibtisch. Eine hochgestellte Dame. DIE GUTACHTERSTELLE DER ÄRZTEKAMMER! Sie sind also doch im Bilde …! Kallenbach wird nicht ungeschoren davonkommen …

Irgendwer drückt mich auf einen Stuhl. Da sitze ich nun. Vor dem Schreibtisch. Das Kinn auf der Brust. Mein Kopf ist zu schwer.

Ich schiele zur Seite. Na, so was. Da sitzt Harry. Mein Mann. Er redet mit der Dame. Sie notiert irgendwas. Jetzt sieht sie mich an. Wie lieb sie lächelt …

«Wie heißt ihr Söhnchen?»

«Maurice», sage ich.

Ich zwinkere Harry zu. Ich werde unser Kind niemals verraten, egal, was es mir angetan hat.

Irgendjemand hüstelt. Ein junger Typ mit Stoppelfrisur stellt sich neben den Schreibtisch. Er hat ein Sweatshirt an. Darauf steht in Großbuchstaben BULLDOG.

Die Dame nickt ihm zu.

Der Typ nickt zurück. Auch Harry nickt er zu.

Harry nickt zurück.

Mir wird schwindlig.

«Ich bring Sie jetzt in Ihr Zimmer.»

Jetzt nickt Harry mir zu. «Geh schon mal vor, ich komm gleich nach.»

Ich will auch nicken. Bin hier anscheinend auf einer Nickparty gelandet. Aber als ich meinen Kopf endlich in Gang kriege, ist es zu spät. Harry guckt schon nicht mehr.

Der junge Typ zieht mich hoch.

Wer er wohl ist? Bestimmt kein Arzt. Ein Pfleger vielleicht? Aber er hat keinen weißen Kittel an. Er trägt ein Sweatshirt mit BULLDOG drauf.

Ein Gang. Es ist schwer, mit ihm Schritt zu halten. Er bietet mir seinen Arm an.

Lauter Türen. Grüne Türen. Mit Nummern drauf.

Plötzlich bleibt der Typ stehen.

«Hier ist es.»

21

4. August 1966
Der Arzt ist zu uns auf den Campingplatz gekommen und hat dir Medikamente gegeben. Aber es schien nicht viel zu helfen. Du hast immer nur geweint, solche Bauchschmerzen hattest du. Eines Morgens hast du dann so gebrüllt, dass ich es nicht mehr ausgehalten habe und mit dir zu einem anderen Arzt gegangen bin. Der hat dir ein Zäpfchen gegeben. Und danach ist es dir dann langsam, aber sicher wieder besser gegangen.

Zimmer 214 war karg und wie geleckt. An der rechten Wand stand ein Bett mit dunkelblauer Tagesdecke. An der linken Wand standen ein Tisch und zwei Stühle. Die bordeauxroten Vorhänge waren zugezogen.

«Hier ist das Waschbecken und hier ein Schrank für Ihre Kleider.»

«Wo bleibt denn mein Mann?» Ich sah einen Fussel auf dem Teppichboden und stieß Bulldog an. «Hebst du das bitte mal auf.»

Er reagierte nicht. «Ihr Mann ist noch ein Weilchen beschäftigt. Aber er kommt dann nachher, um Ihnen auf Wiedersehen zu sagen. Gehen Sie ruhig schon mal ins Bett.»

Jetzt sah ich erst, dass ich mein Nachthemd anhatte. Vielleicht empfahl es sich wirklich, schlafen zu gehen. So eine Operation ist keine Kleinigkeit. Dafür muss man fit und ausgeruht sein.

Der junge Typ ließ mich allein.

Ich legte mich ins Bett.

Es war still. Niemand ließ sich blicken.

Ich stieg aus dem Bett und ging zur Tür.

Ich schaute den Gang auf und ab. Ich wusste nicht mehr, wo das kleine Büro war. Auf gut Glück ging ich nach links. Ich bog um eine Ecke und stand plötzlich einem Surinamer gegenüber. Er hatte einen Wischlappen am Stiel in der Hand und wischte gerade den Fußboden auf. Er trug eine weiße Uniform.

DU MUSST MIT IHM INS BETT. DU MUSST MIT DEM FEIND INS BETT.

Mir lief es kalt über den Rücken. Wirklich? Musste ich wirklich mit diesem Putzmann ins Bett? Ich hatte noch nie mit einem Farbigen gebumst.

Der Mann grinste mich an. Ich sah ein paar Goldzähne funkeln.

Ich hielt die Luft an.

Aber er rührte mich mit keinem Finger an, sondern wischte weiter.

«Wissen Sie, wo mein Mann ist?»

In aller Seelenruhe wrang er den Wischlappen im Seifenwasser aus. Dann stützte er sich auf den Besenstiel und zeigte mir, wie ich zu dem kleinen Büro kam.

Ich ging hinein.

Harry saß immer noch da und unterhielt sich mit der Dame. «Da bist du ja wieder», sagte er. Es klang nicht böse, sondern eher zärtlich.

Ohne etwas zu sagen, setzte ich mich neben ihn.

Harry und die Dame unterhielten sich weiter. Als sie fertig waren, kam der Bulldog-Typ wieder herein. Mit ihm und Harry ging ich in mein Zimmer zurück.

«Leg dich mal ins Bett», sagte Harry. «Wir sehen uns morgen.»

Er ging weg. Der junge Typ auch.

Ich versuchte zu schlafen, aber es ging nicht. Mal sehen, vielleicht saß Harry ja wieder in dem kleinen Büro. Ich wusste ja jetzt, wie ich dorthin kam.

Der Putzmann war verschwunden. Ich sah überhaupt niemanden mehr auf dem Gang. Und Harry war auch nicht in dem Büro. Wo er wohl steckte? Die Dame von der Ärztekammer war auch weg.

Aber der Bulldog-Typ war da. Vor ihm stand eine Tasse dampfender Tee. Er seufzte, als er mich sah. «Sie sollen doch in Ihrem Zimmer bleiben, Frau Meyer.»

Zum dritten Mal brachte er mich weg.

Irgendwie wollte es mir nicht gelingen, im Bett zu bleiben. Ich irrte durch die Gänge und landete am Ende wieder in dem kleinen Büro.

Dort hockte immer noch Bulldog und drehte Däumchen.

«Ich kann nicht schlafen», sagte ich.

«Soll ich Ihnen etwas warme Milch geben?» Er erhob sich.

«Nein. Ich möchte einen Gutenachtkuss.»

Er schüttelte den Kopf.

Ich ging zu ihm und hielt ihm das Gesicht entgegen.

«Sonst geh ich nicht schlafen. Ein Mädchen sollte nicht ungeküsst zu Bett gehen. Hat mein Opa immer gesagt.»

Stoppelkopf weigerte sich nach wie vor.

«Na, komm schon, du bist doch wohl keine Tunte!» Ich zog ihn an seinem Pullover zu mir heran und drückte die Lippen auf seinen Mund. Aber anstatt meinen Kuss zu erwidern, stieß er mich weg.

Das ist mir noch nie passiert. Ob er tatsächlich homo ist?

Bulldog packte mich unsanft beim Arm und zog mich mit.

Am Ende des Gangs war eine Tür und direkt dahinter noch eine. Er schob mich durch beide hindurch und ließ dann meinen Arm los. Ich öffnete den Mund, um etwas zu sagen. *Zu spät.* Die Tür schlug hinter mir zu.

Ich war allein.

Der Raum war klein, wesentlich kleiner als mein Zimmer. Die Wände waren kahl, der Fußboden aus Beton. Das Fenster ging auf einen Innenhof hinaus. Vorhänge gab es nicht. In einer Ecke, schräg unter dem Fenster, lag eine Matratze. An der Wand neben der Tür war ein weißer Knopf. Das musste eine Klingel sein. Die Tür hatte keine Klinke. Ich drückte gegen die Tür. Zu. Der Idiot hatte mich eingesperrt. Ein Missverständnis, das ich auf der Stelle ausräumen musste. Durch das Fensterchen in der Tür sah ich einen kleinen Vorraum. In dem stand nichts als ein Stuhl.

Die Vorhölle. Der Vorhof der Hölle. Du bist in der Hölle gelandet, Lea.

Ich drückte auf den Klingelknopf.

In dem Vorraum erschien eine Frau. Es war nicht die von der Ärztekammer. Die hier kannte ich nicht. Sie guckte durch das Fensterchen.

«Lass mich raus!»

Sie schüttelte den Kopf und verschwand.

Erneut drückte ich auf den Klingelknopf.

Niemand kam.

Ich drückte ganz oft und ganz lange.

Niemand reagierte.

VERSUCH ZU ENTKOMMEN.

Klar, ich musste ausbrechen, das war meine einzige Chance.

Ich ging zum Fenster. Das würde ich einschlagen und fliehen. In dem Raum war aber nichts, womit ich das Fenster hätte einschlagen können. Ich musste es mit bloßen Händen machen. Ich würde mich schneiden, es würde Blut fließen. Aber das war mir egal. Hauptsache, ich war gerettet.

Ich holte tief Luft, ballte die Hand zur Faust und schlug mit voller Wucht gegen die Scheibe.

Sie zerbrach nicht.

Ich machte die Augen zu und holte noch einmal aus.

Wieder nichts, außer dass meine Hand wehtat.

Ich nahm die Scheibe genauer unter die Lupe. Sie war aus Kunststoff.

Verdammter Mist, die haben wirklich an alles gedacht.

Okay, nur nicht in Panik geraten. Es muss einen Weg geben, wie ich hier rauskomme. Erst noch mal klingeln.

Ich hielt den Klingelknopf minutenlang gedrückt und wartete.

Der Vorraum blieb leer.

Da drehte ich mich um und besah mir die Zelle von oben bis unten. Kein Luftschlitz, kein Abfluss, kein gar nichts. Das Fenster war mit dicken Bolzen befestigt. Die würde ich mein Lebtag nicht aufbekommen.

Auf dem Fußboden standen drei Plastikbecher Wasser und drei Pappbehälter mit Krempe, die wie umgedrehte Hüte aussahen.

Drei Becher

Die heilige Zahl.

Die göttliche Dreieinigkeit.

Die Symbolik war offensichtlich. Ich musste etwas mit diesen Sachen anstellen, aber was?

REINIGE DICH.

Ich nahm einen der Becher und goss mir das Wasser über den Kopf. Mein Haar wurde nass, mein Nachthemd ebenso. Das war aber auch alles, was passierte.

Wütend kickte ich die beiden anderen Becher um.

Dann pinkelte ich in einen der Papphüte.

Toilettenpapier war nicht da. Meine Monatsbinde war schwer vor Blut. Eine saubere hatte ich nicht dabei.

Ich zog mir die Hose wieder hoch und guckte aus dem Fenster.

Auf dem Innenhof stand ein Baum. Seine Zweige bewegten sich sachte auf und ab. Winkte er mir zu? Ich presste die Nase an die Scheibe und winkte zurück. Mir kamen die Tränen. Wie gern wäre ich bei ihm gewesen … Ich hätte mich ganz und gar ausgezogen und ihn fest in die Arme genommen. Ich hätte ihn unter den Ästen gekitzelt und seinen Stamm mit Küssen bedeckt. Wir wären für immer zusammengeblieben. Wir hätten Regenwasser getrunken und uns vom Wind streicheln lassen.

DAS WASSER IST WEG. OHNE ETWAS ZU TRINKEN WIRST DU BALD STERBEN. DU WIRST HIER EINSAM UND ALLEIN ZU GRUNDE GEHEN. KEIN MENSCH WIRD DICH HIER HERAUSHOLEN.

Und Harry, wo ist Harry?

DER SITZT IN DER ZELLE NEBENAN. SIEHST DU IHN NICHT? SEIN WEISSES OBERHEMD HAT ER AN. ER HOCKT IN EINER ECKE DER ZELLE, DAS GESICHT IN DEN HÄNDEN VERGRABEN. SIE HABEN IHN GENAUSO EINGESPERRT WIE DICH.

Das Herz schlug mir bis zum Hals. Ich kniff die Augen zu und sah knallrote, blinkende Neonbuchstaben.

DON'T PANIC!

Da riss ich die Augen sofort wieder auf. Ich wollte das nicht. Ich wollte keine Zeichen mehr sehen.

DU HAST RECHT. PANIK IST JETZT HÖCHST ANGEBRACHT. DU BIST NÄMLICH RETTUNGSLOS VERLOREN. ES SEI DENN –

Es sei denn was?

ES GÄBE NOCH EINE MÖGLICHKEIT.

Welche?

TU, WAS DEIN GEFÜHL DIR EINGIBT.

Ich stellte mich mitten in die Zelle.

GUT SO.

Was jetzt?

DEIN KÖRPER KANN ZWAR DEN RAUM NICHT VERLASSEN, ABER DU KANNST DEINEN KÖRPER VERLASSEN.

Wie meinst du das?

TRITT MIT DEM HÖHEREN IN VERBINDUNG. DU KANNST ES. DU HAST DIE GABE.

Ich habe Angst.

TU ES!

Wie denn?

SAG LAUT, WAS DU WILLST.

«Ich will raus.»

LAUTER!

«Ich will raus!»

NOCH LAUTER!

«Ich will raus, ich will *raus,* ICH WILL RAUS, *ICH WILL RAUS!*» Immer lauter schrie ich. Ich bückte mich, umfasste meine Fußknöchel, richtete mich wieder auf und streckte die Hände zur Decke. «Ich will raus, ich will *raus,* ICH WILL RAUS, *ICH WILL RAUS!*» Ich schrie, bis ich heiser war.

Aber keiner hob mich hoch.

Ich trat nicht aus meinem Körper.

Ich blieb, wo ich war.

Da hörte ich auf zu schreien und atmete ein paar Mal tief ein und aus. Eigentlich war ich erleichtert. Denn wohin hätte ich gehen sollen, wenn ich aus mir herausgetreten wäre? Und hätte ich dann jemals in meinen eigenen Körper zurückgefunden? Vielleicht war das Ganze ja missglückt, weil ich es nicht aus voller Überzeugung wollte. Vielleicht war es an der Zeit, den Tatsachen ins Auge zu sehen. Ich würde in diesem Raum sterben, allein, ohne noch irgendwen zu sehen oder zu sprechen. Der Baum würde das letzte Bild auf meiner Netzhaut sein.

Auf ihn würde ich die Augen richten. Er würde mich trösten. Viel war es nicht, aber besser als gar nichts.

Ich legte mich auf die Matratze. Sie strahlte Behaglichkeit aus, als sei sie elektrisch beheizt. Aber ich konnte an den Seiten weder Kabel noch Stecker entdecken.

Ich zog die Decke über mich.

Und mit einem Mal spürte ich meine Müdigkeit.

22

4. August 1966
Als wir wieder zu Hause in Amsterdam waren, haben wir dich ordentlich hochpäppeln müssen, denn du warst ganz schön mitgenommen. Gut runtergegangen sind die Haferflocken, gekocht und durchs Sieb gedrückt, und allmählich hast du wieder ein bisschen Farbe bekommen.

«Lea? Schläfst du?»

Irgendjemand rüttelte an meiner Schulter.

«Lea, hörst du mich? Ich bin's.»

«Mam?»

Sie zog mir die Decke weg. «Augen auf. Es ist halb elf.» Das Gesicht meiner Mutter war ganz nah. Ihre Mundwinkel hingen herab. Wenn ich sie auf dem Kopf stehend gesehen hätte, hätte es ausgesehen, als lachte sie und hätte ganz kleine Schneidezähne.

Ich kicherte.

«Was ist, woran denkst du?»

«Hm? Ach, an nichts.» Ich richtete mich auf.

«Ich hab Unterhosen für dich gekauft. Damit du saubere hast. Birgit hat sie ausgesucht.»

«Birgit. Saubere Unterhosen von Birgit. Schön.»

«Nicht von Birgit, die Unterhosen sind von mir. Sie liegen in deinem Schrank. Die Blumen sind von Birgit.» Auf dem Tisch standen zwei Töpfe mit Krokussen. «Ich hab in der Küche Unterteller ausgeborgt. Nur dass du es weißt. Du musst sie täglich gießen. Nicht vergessen, ja?»

«Täglich gießen. Unterteller aus der Küche.»

Meine Mutter sah mich prüfend an. «Hast du schon was gegessen?»

«Seit wann?»

«Seit du hier bist, natürlich.»

«Weiß ich nicht.»

«Essen musst du aber, Lea.»

«Ja, Mam.»

«Ich soll dich also von Birgit grüßen. Ach ja, könntest du bitte die Zwiebeln für sie aufbewahren?»

«Was?»

«Wenn die Krokusse verblüht sind, bewahrst du dann bitte die Zwiebeln für Birgit auf? Sie möchte sie in ihrem Garten einpflanzen.»

Es gelang mir nicht, die Augen offen zu halten. Ich legte mich wieder hin. Müde war ich. So müde. Ich zog die Decke wieder über mich und drehte mich zur Wand.

Meine Mutter stützte sich vom Bett ab, um wieder hochzukommen. «Ich geh dann mal. Deine Unterhosen liegen im Schrank.»

***

Es war hell im Zimmer. Irgendjemand hatte die Vorhänge aufgezogen. Neben den Krokussen stand ein Tablett mit Essen. Ich stieg aus dem Bett. Auf dem Tablett lag ein weißer Zettel.

Frühstück – 214 – L. Meyer

Das Frühstück bestand aus einem Teller mit zwei Scheiben Mischbrot, zwei Scheiben in Klarsichtfolie eingeschweißtem Käse und irgendetwas in einer dunkelbraunen Terrine. Ich nahm den Deckel ab. In der Terrine war eine feste weiße Masse, deren Geruch ich nicht einordnen konnte.

MEHLBREI.

Aha, ein Appell an Kindheitserinnerungen. Mehlbrei für Lea. Wirklich schlau. Den isst sie bestimmt, hatten sie sich natürlich gedacht. Aber darauf fiel ich zum Glück nicht rein. Ich legte schnell wieder den Deckel auf die Terrine.

Dann nahm ich eine Scheibe Brot und hielt sie gegen das Licht. Auf den ersten Blick sah sie wie eine ganz normale Scheibe Mischbrot aus. Ich zupfte ein kleines Stückchen von der Kruste ab, steckte es in den Mund und begann wachsam zu kauen. Es schmeckte nach Brot. Genauer gesagt: nach Brotkruste. Hatten sie verdammt gut nachgemacht. Ich ging zum Waschbecken und spuckte es aus. Dann spülte ich mir mit Wasser gründlich den Mund aus, damit nicht das kleinste Restchen zurückblieb.

Den Käse rührte ich gar nicht erst an.

Schließlich war da noch eine Banane. Eine Banane ist eine Banane ist eine Banane. Die konnten sie doch wohl nicht kopiert haben, oder? Auch als ich sie geschält hatte, konnte ich nichts Verdächtiges entdecken. Nackt, gelb und krumm lag sie auf dem Tisch. Ich legte die schlaffe Schale obendrauf.

DU DARFST SIE ESSEN. ES IST KEINE VERBOTENE FRUCHT.

Nein, das ist zu riskant. Sie könnten ja auch was reingespritzt haben.

Es klopfte leise an der Tür.

«Augenblick!»

Ich stopfte die Banane in ihre Schale zurück und legte den Käse darüber. Dann schob ich das Tablett von mir weg.

«Herein.»

«Guten Tag, Frau Meyer.» Eine Frau betrat mein Zimmer. Sie gab mir die Hand und setzte sich neben mich.

Ich kannte sie irgendwoher.

Sie sah aus wie aus dem Ei gepellt. Hellblaues Kostüm, das blonde Haar zum Dutt hochgesteckt, die Fingernägel lackiert.

Ich blickte auf meine eigenen Fingernägel. Der lachsrosa Lack blätterte an allen Ecken ab.

«Wie fühlen Sie sich jetzt?» Sie legte ihren Notizblock aufgeschlagen auf den Tisch und zückte einen Stift.

Da fiel es mir plötzlich wieder ein. Heute Morgen. Sie hatte in dem Vorraum gestanden, als ich aus der Zelle rausdurfte.

Sie sah mich fragend an.

Ich nuschelte irgendwas vor mich hin.

Sie spielte kurz mit ihrem Stift, schrieb aber nichts auf. «Ihr Mann hat angerufen. Er kommt in Kürze.»

«Harry hat angerufen? Wirklich? Wann genau kommt er?»

«Um halb zwölf.»

«Darf ich dann nach Hause?»

«Nein, tut mir Leid. Noch nicht.» Sie zog etwas aus ihrer Tasche. «Ich habe mich gerade mit Doktor Posthumus beraten, und –»

«Wer ist das?»

«Das ist der Chefarzt, Sie haben ihn heute früh gesehen.»

«Ich hab heute früh so viele Leute gesehen.»

«Doktor Posthumus hat einen Bart.»

«Ach, *der.*» Ich fegte mit der Hand ein paar Krümel vom Tisch.

«Doktor Posthumus plädiert dafür, mit einer medikamentösen Behandlung zu beginnen.» Sie zeigte mir eine einzeln verpackte kleine weiße Pille und drückte sie aus der Verpackung heraus. «Es wär mir lieb, wenn Sie die einnehmen würden.»

«In Ordnung.» Ich nahm die Pille und legte sie auf den Tisch. «Dein Kostüm ist wirklich hinreißend. Die Farbe können nicht viele Frauen tragen. Donna Karan?»

«Äh, nein, es ist von C&A.»

«Kein Grund, sich zu schämen. Es ist *bildschön.* Ich hab zu Hause einen speziellen DKNY-Schrank, ich fahr total auf sie ab. Harry sagt von Zeit zu Zeit, dass ich ihn noch in den Ruin treibe –»

«Sie sollten ihr Medikament *jetzt* einnehmen, Frau Meyer.» Sie zeigte zum Waschbecken. «Möchten Sie ein Glas Wasser?»

«Nein, nein, geht schon.»

Ich wusste, was ich machen musste, ich hatte es ja oft genug im Fernsehen gesehen. Ich nahm die Pille in den Mund und schob sie unter die Zunge. Dann tat ich so, als schluckte ich sie runter.

Sie schien zufrieden, nahm Notizblock und Stift vom Tisch und erhob sich. «Ich geh dann wieder. Oder haben Sie noch Fragen?»

Ich schüttelte den Kopf.

«Wenn irgendetwas ist, können Sie jederzeit zu jemandem vom Pflegepersonal gehen, in dem kleinen Büro. Sie wissen, wo das ist?»

Ich nickte. Und ob ich das wusste.

Sie gab mir die Hand. «Auf Wiedersehen.»

Als sie zur Tür hinaus war, wartete ich noch zwanzig Sekunden, nahm dann die Pille aus dem Mund und spülte sie durch den Ausguss. Die leere Verpackung lag noch auf dem Tisch. Darauf klebte ein Etikett:

PIMOZID 2 MG.

Das sagte mir nichts. Aber ich würde es herausfinden, ich würde der Sache auf den Grund gehen. Die Verpackung versteckte ich in meinem Kleiderschrank. Wenn die Alte nochmal zurückkam, würde ich so tun, als hätte ich keine Ahnung, wo die geblieben war. Sie würde von Posthumus bestimmt eins aufs Dach kriegen, weil sie so dumm gewesen war, die Verpackung liegen zu lassen.

Ich spazierte im Zimmer im Kreis herum. Was anderes blieb mir ja nicht übrig. Ich musste warten. Warten, bis Harry kam. Warten auf den Doktor. Warten, bis der Bürgermeister befand, dass ich nach Hause durfte. Verflixt, mein ganzes Leben war auf Eis gelegt.

In Gedanken hörte ich Harrys Sekretärin flöten: *Einen kleinen Augenblick, ich stell Sie durch … Oh, er ist gerade in einer Besprechung, können Sie sich noch ein klein wenig gedulden?* Es rauschte in der Leitung.

Ich hatte Harry schon so oft gesagt, dass sie in solchen Fällen Musik laufen lassen sollten. Irgendwas mit Klavier oder so, oder André Rieu mit seinen Streichern, der würde sich als Zugpferd für die Immobilienbranche doch geradezu anbieten. Da hatte man dann womöglich das Glück, dass die Kunden auflegten, wenn man sie zu schnell durchstellte.

Um kurz vor halb zwölf klopfte es an der Tür. Harry. In jeder Hand eine Tragetasche von Albert Heijn.

«Was ist denn mit dir passiert?»

«Wieso?»

«Du siehst ja verboten aus.» Ich kicherte. «Man könnte dich glatt für 'n Penner halten. Dein Sakko! Hat die Reinigung Urlaub?» Ich strich ihm übers Kinn. «Und wann haben Sie sich zum letzten Mal rasiert, Mijnheer Meyer?»

Er stieß meine Hand weg.

«Gut, dass du da bist, Schatz. Ich habe gerade nachgedacht. Hast du schon eine Musik ausgesucht?»

Er stellte die Tragetaschen auf dem Bett ab.

«Fürs Büro, meine ich, wenn man in der Warteschleife hängt. Der Rieu wär doch was.»

Harry sah mich verständnislos an.

«Na, lass. Was hast du denn mitgebracht?» Ich beugte mich über die Tragetaschen.

«Hosen, Pullover, Slips und BHs», zählte Harry auf. «Joke hat mir geholfen. Sie wünscht dir gute Besserung.»

Er hatte keine Monatsbinden mitgebracht, sah ich.

«Ich hab noch was für dich», sagte Harry. Er zog eine zusammengerollte Zeitschrift aus der Innentasche seines Sakkos. Ich riss sie ihm aus den Fingern. *Vrij Nederland.*

VIOLA HOLT EINGELIEFERT: ENTZIEHUNGSKUR ODER VIERTES FACELIFTING?
BEATRIX LÄSST SICH'S AM LIEBSTEN VON HINTEN BESORGEN
HENNIE HUISMAN: «ICH BIN EINE ZANGENGEBURT. DAS ERKLÄRT ALLES.»

Ich schlug die Hand vor den Mund. «Meine Güte, Harry, hast du das gesehen? Woher wissen sie das alles? Das ist auf *uns* gemünzt. Ich lass mir's von dir am liebsten von hinten besorgen, das mit der

Zange stimmt auch, und man hat mich hier zwangsweise eingeliefert. Großer Gott!»

«Hast du hier eigentlich schon Medikamente bekommen?»

«Sssst!» Ich legte den Zeigefinger an die Lippen. Dann zog ich Harry in eine Ecke des Zimmers.

«Bleib hier stehen. Und nichts sagen.»

«Hätt ich doch bloß 'ne Modezeitschrift mitgebracht», murmelte Harry.

Ich nahm die leere Verpackung aus dem Schrank und versteckte sie unter meinem Nachthemd. Auf Zehenspitzen huschte ich zu Harry zurück. Ich stellte mich ganz nah an ihn heran.

«Siehst du das hier?» Ich zog die Verpackung unter meinem Nachthemd hervor.

«Warum flüsterst du?»

«Das wollte sie mir geben. Pimozid. Komischer Name für 'ne Tablette, findest du nicht?»

«Das ist die Verpackung, Lea, und wo ist der Inhalt?»

«Es saß ein kleines Zigeunermädchen weinend auf einem Stein. Weinend, weinend und ganz allein.»

«Lea, ich hab dich was gefragt!»

Ich zeigte zum Waschbecken. «Nicht Posthumus sagen. Ich hab das Kind mit dem Badewasser runtergespült.»

«Sieh mich an! Hast du diese Tablette geschluckt?»

Ich schüttelte den Kopf. «I wo! Ich trau denen nicht. Hier darf man keinem trauen. Weißt du, was sie heute Nacht mit mir gemacht haben?»

«Ja, das hat man mir erzählt.»

«Nimmst du mich bitte mit, Harry, bevor sie es wieder tun? Ich möchte nach Hause. Darf ich bitte nach Hause?»

Harry schlug die Augen nieder. «Tut mir Leid, aber du musst noch ein paar Tage bleiben.»

«Könntest du das nicht für mich regeln? Bitte!»

Er schüttelte den Kopf. «Komm, setz dich mal aufs Bett.»

Das tat ich.

Harry ließ sich vor mir auf die Knie nieder. Das hatte er zum letzten Mal gemacht, als er mich gefragt hatte, ob ich ihn heiraten wollte. «Lea, hör mir jetzt bitte mal gut zu.» Harry fasste meine beiden Hände. «Du musst wieder gesund werden. Und das geht nur hier. Hier wissen sie, welche Behandlung am besten für dich ist. Alle wollen nur das Beste für dich, ehrlich. Schluck um Himmels willen diese Medikamente. Desto eher bist du auch wieder zu Hause bei mir und Junior.»

«Meinst du?»

«Das mein ich nicht nur, das weiß ich. Einen anderen Weg gibt es nicht. Glaub mir.»

Mir juckte das Ohrläppchen. «Du findest also, ich sollte dieses Pimozid schlucken?»

«Unbedingt.» Er setzte sich neben mich. «Haben sie dir schon was von dem Gerichtsverfahren gesagt?»

«Nein. Die sagen mir hier gar nichts. Sie geben einem Pillen, sie legen einem Bananen hin, und ansonsten überlassen sie dich deinem Schicksal. Du ahnst ja gar nicht, wie es hier zugeht, Harry.»

«Jetzt mal ganz ruhig. Du darfst im Moment nicht von hier weg, weil du in Gewahrsam bist. Es wird dann demnächst eine Gerichtsverhandlung geben, bei der darüber entschieden wird, ob du bleiben musst oder nicht.»

«Eine Verhandlung, wo denn?»

«Hier im Krankenhaus.»

«Wirklich? Kommt der Richter meinetwegen hierher?»

«Ja, deinetwegen. Du bekommst einen Anwalt, und es wird auch ein Staatsanwalt dabei sein.»

Ich wühlte in den Tragetaschen. «Du meine Güte, Harry, eine Gerichtsverhandlung, da muss ich aber was Anständiges anziehen.» Ich zog ein paar Kleidungsstücke heraus. «Nein, das hier ist nichts, das kann man vergessen. Wann ist die Verhandlung?»

«Ich weiß es nicht genau, morgen oder übermorgen, glaub ich. Sie muss immer innerhalb weniger Tage stattfinden.»

Ich holte tief Luft. «Okay. Pass auf. Du fährst gleich nach Hause. Kennst du meinen Donna-Karan-Schrank?»

«Ja, den kenn ich», seufzte Harry.

«Gut. Also wenn du vor dem Schrank stehst und ihn aufmachst, siehst du auf dem zweiten oder dritten Bügel von rechts ein kurzes graues Jackett. Das ist genau das Richtige für so einen Anlass. Soll ich eine Bluse darunter anziehen oder eher ein legeres T-Shirt?»

«Fragst du mich das?»

Ich trommelte mit den Fingern auf den Nachttisch. «Ich entscheide mich für ein T-Shirt. Aber das dann schon mit meinem Choker von Cartier. Du weißt ja, der liegt in meiner Schmuckschublade.»

«Hältst du das für ratsam? Was, wenn sie ihn dir hier klauen?»

«Du kannst ihn ja zur Not nach der Verhandlung wieder mitnehmen, aber er ist ein Muss, sonst sieht das Ganze zu lumpig aus. Das T-Shirt findest du im Fach über der Kleiderstange, es ist weiß und hat kurze Ärmel. Und dann möchte ich noch diesen engen, langen, grauen Rock mit Schlitz. Der müsste neben dem Jackett hängen.»

Harry nahm Notizbuch und Stift aus seiner Innentasche und schrieb sich alles auf.

«In New York tragen die Frauen zu so 'nem Outfit ohne weiteres Turnschuhe, wusstest du das?»

Harry sagte nichts.

Ich war mir unschlüssig. «Nein. Das würde man hier nicht als *fashion statement* verstehen. Die würden denken: Die tickt nicht ganz richtig.»

«Also dann einfach deine schwarzen Pumps?», fragte Harry.

«Die silbergrauen von Miu Miu, Liebling, sie sind noch im Karton.»

Sobald Harry weg war, ging ich in das kleine Büro und bat um eine neue Tablette. Ich bekam sie und nahm sie gleich an Ort und Stelle ein. So konnte ich es mir nicht mehr anders überlegen.

Auf dem Rückweg begegnete ich einer mageren jungen Frau, die am Türrahmen ihres Zimmers lehnte. Sie hatte sich zwei Rattenschwänzchen mit fröhlichen Schleifen gebunden und trug einen grellbunten, weiten Pullover über Leggings und Wadenwärmern. «Hi», sagte sie und hielt mir die Tüte Marshmallows hin, die sie in der Hand hatte. «Willst du auch eins?»

Ich nahm eins. Neugierig linste ich über ihre Schulter. «Ist das dein Zimmer?»

«Ja, willst du's mal sehen?»

Sie nahm mich mit rein.

An der Wand hing ein Poster von einer halb nackten Mariah Carey. Die hatte ganz offensichtlich noch kein Kind geboren. Und wenn sie zweidimensional bleiben wollte, ließ sie es auch besser bleiben.

Auf dem Bett lagen Zierkissen und eine Tagesdecke mit Pferdekopf drauf.

«Bist du schon lange hier?», fragte ich.

«Ja, 'ne Weile.»

«Wie heißt du?»

«Cynthia. Und du?»

«Lea.»

«Schöner Name.»

«Danke. Deiner ist auch schön.»

«Möchtest du noch ein Marshmallow?»

«Nein, danke.»

Cynthia steckte sich gleich zwei auf einmal in den Mund. Während sie kaute, blinzelte sie ein paar Mal.

«Wollen wir uns ein bisschen aufs Bett legen?» Ich weiß nicht genau, wieso ich das fragte.

Wir legten uns hin, die Gesichter einander zugewandt.

Cynthia verdrückte ein Marshmallow nach dem anderen. Dabei wickelte sie immerzu eine Haarsträhne um den Finger. Sie hatte große blaue Augen mit langen Wimpern, und ihre Wangen waren ganz rosig.

«Wie alt bist du?», fragte ich.

«Dreiundzwanzig.»

Sie sah jünger aus, viel jünger. Sie wirkte noch wie ein Kind.

Zögernd streckte ich den Finger aus. Ihr Gesicht war bestimmt ganz weich.

«Mal eben nachsehen, wie spät es ist», murmelte Cynthia und drehte sich zu ihrem Nachttisch um. «*Yes!* Ich darf wieder.» Sie richtete sich blitzschnell auf und zog ein Päckchen Zigaretten aus ihrem rechten Wadenwärmer. «Willst du auch eine?»

«Ich rauch nicht.»

Sie steckte sich eine Zigarette in den Mund und lief zum Gang.

«He, Martin!», rief sie einem Mann zu, der gerade aus dem kleinen Büro kam. «Hast du mal Feuer?»

«Ist es denn schon so weit?»

«Ja!»

Ich erhob mich auch vom Bett. An der Innenseite von Cynthias Tür hing ein Blatt Papier. Es war mit violettem Filzstift beschrieben.

«Was ist das?»

«Das ist mein Stundenplan.»

Cynthia durfte zweimal pro Stunde eine Zigarette rauchen, dreimal am Tag Süßigkeiten essen und zweimal am Tag telefonieren.

«Haben sie dir das so vorgeschrieben?», fragte ich entrüstet.

«Nein, nein, das hab ich selbst gemacht. Willst du auch 'ne Zigarette?»

«Ich rauch nicht.»

«Noch ein Marshmallow dann?»

Ich schüttelte den Kopf.

Cynthia hibbelte vom einen Bein auf das andere. «Hast du Lust, ein Stück Rad zu fahren?»

«Darfst du denn nach draußen?»

«Auf den Hometrainern, mein ich.»

«In Ordnung.»

«Komm.» Sie zog mich mit.

«Na, Frau Meyer, haben Sie Bekanntschaft mit unserem Springinsfeld geschlossen?» Die mit dem Kostüm war auch gerade auf dem Gang.

Cynthia machte eine tiefe Verbeugung, als sie sie sah.

Die mit dem Kostüm lächelte.

«Toll, sie sind beide frei.» Die Zigarette noch im Mund, sprang Cynthia auf den einen Hometrainer und begann wie eine Irre in die Pedale zu treten. Ich versuchte auch so ein Ding zu besteigen, aber meine Nähte waren nicht elastisch genug.

«Na los, wo bleibst du denn?»

«Immer mit der Ruhe, ich hab schließlich gerade erst ein Kind gekriegt.»

Cynthia hörte sofort auf zu radeln. «Du hast ein Baby?»

«Ja.» Mir wurde plötzlich bewusst, dass Harry gar nichts von Junior gesagt hatte. Und dass ich auch nicht nach ihm gefragt hatte.

«Einen Jungen oder ein Mädchen?»

«Einen Jungen.»

Sie zog die Schultern hoch und klatschte entzückt in die Hände.

«Mensch, toll! Das stell ich mir echt gut vor. Ein Baby. Wo ist es?»

«Zu Hause, bei meinem Mann.»

«Ist er der Vater?»

«Ja, er ist der Vater.»

«Du hast also einen Mann und ein Baby.»

«Ich habe einen Mann und ein Baby», sagte ich langsam.

«Dann bist du ein Glückspilz, Lea.»

23

20. August 1966
Wir haben seit kurzem einen Fernseher, und du kannst schon unheimlich eigensinnig zugucken. Du sitzt dann mit einem Kissen im Rücken in deiner Wiege im Wohnzimmer, und wenn dir jemand die Sicht versperrt, schiebst du ihn weg.

Am Tag der Gerichtsverhandlung wurde ich mit steifen Kiefern wach. Unter- und Oberkiefer klemmten so fest aufeinander, dass ich nur monotones Genuschel von mir geben konnte.

Als Harry kam, drückte ich ihm einen Zettel in die Hand

Ich darf nicht sprechen!

«Wieso nicht, was ist los?»

«Aiwa wo.»

«Wer hat denn gesagt, dass du nicht sprechen darfst?»

Ich zeigte nach oben.

«Quatsch, Lea, da stimmt irgendwas nicht mit deinem Kiefer. Mach mal den Mund auf.»

Ich versuchte es.

Speichel lief mir übers Kinn.

«Ich hol jemanden.»

Harry kam mit Posthumus zurück. Der Herr Doktor hatte es eilig. Er gab mir nicht mal die Hand und würdigte mich kaum eines Blickes. Harry hatte ihn bestimmt bei irgendwas Wichtigem gestört. «Ihr Mann sagte, dass Sie Beschwerden mit dem Kiefer haben.»

Ich nickte.

Posthumus stellte sich vor mich hin. Er war mindestens zwei Köpfe größer als ich. «Sagen Sie mal etwas.»

«Oaaaa», sagte ich zittrig.

Er drückte meinen Unterkiefer hoch und ruckelte daran. «Noch einmal.»

«Oaaaa.»

Er gab mir links und rechts einen Klaps gegens Kinn.

«Oaaaa.» Meine Stimme hörte sich nach wie vor erbärmlich an.

«Klarer Fall», sagte Posthumus, drehte sich um und verließ das Zimmer.

Harry ging ihm nach.

«Mann, ist das ein arroganter Heini», schimpfte er, als er zurückkam. «Du hast einen Kaumuskelkrampf, Lea. Das ist eine Nebenwirkung der Medikamente. Aber sie haben mir was dagegen mitgegeben. Halt mal die Hand auf.» Harry legte mir eine Tablette in die Hand. «Nimm die gleich mal ein. Die musst du von jetzt an parallel zum Pimozid nehmen.»

Ich steckte die Pille in den Mund und schluckte sie runter.

«Lass mal sehen.»

Ich klappte den Unterkiefer so weit wie möglich nach unten.

«Zunge hoch.» Harry spähte in meinen Mund. «Du hast sie wirklich runtergeschluckt. Gut so! Sie wirkt schnell, haben sie gesagt.»

Ich nickte abwesend. Die Gerichtsverhandlung würde gleich anfangen, und ich musste mir noch mein Donna-Karan-Outfit anziehen. Zum Glück hatte Harry die Sachen mitgebracht – nur eine Strumpfhose hatte er vergessen.

Kurz darauf klackten meine Absätze durch den Gang. Harry ging schweigend neben mir her.

Die Tür vom Rauchraum, in dem das Ganze stattfinden sollte, war zu. Die mit dem Kostüm und die Oberschwester saßen mit dem Rücken zum Fenster und ihnen gegenüber ein kleiner, kahlköpfiger

Mann und noch zwei Frauen. Sie hatten Aktentaschen bei sich. Der Kahlkopf war wohl der Richter. Er hatte einen kleinen Stapel Papiere auf dem Schoß.

Ich holte tief Luft und ging hinein.

Alle erhoben sich.

Ich gab dem Richter die Hand.

«Paul Kramer, guten Morgen. Sie sind die Anwältin von Frau Meyer?»

«Üch wün wwau Wayü.»

Kramer war einen Moment verwirrt, fasste sich aber gleich wieder. «Sie sind Frau Meyer, natürlich. Angenehm. Und Sie sind …?»

«Ihr Mann, Harry Meyer.»

«Paul Kramer, angenehm.»

Ich gab allen Anwesenden die Hand.

Harry ebenso.

Die Oberschwester wies Harry und mir einen Stuhl zu. Alle setzten sich. Keiner sagte was.

Nach kurzer Zeit ging die Tür auf.

Agaath den Hartog, meine Anwältin, kam herein. Ich hatte sie am Tag davor kennen gelernt. Sie war eine gesetzte Frau in mittlerem Alter mit kurzem grauem Haar und großer Brille. «Sie haben ein bisschen Ähnlichkeit mit meiner Mutter», hatte ich gesagt.

Sie lächelte mir zu, stellte sich reihum vor und nahm auf dem noch freien Stuhl zu meiner Linken Platz.

Der Richter eröffnete die Verhandlung.

«Frau Helena Helma Maria Meyer-Cornelissen ist vor drei Tagen auf Anordnung des Bürgermeisters in Gewahrsam genommen worden. Wir haben hier darüber zu befinden, ob dieser Gewahrsam fortgesetzt werden muss oder nicht. Ist das klar?»

Kramers Augen waren auf mich gerichtet.

Ich nickte.

«Ehe ich meine Entscheidung fälle, werde ich alle Beteiligten hören, das heißt Frau Meyer, ihren Mann, ihren behandelnden Arzt und den Staatsanwalt.»

Erstaunt blickte ich zur Seite. Harry sollte auch gehört werden? Davon hatte er gar nichts gesagt. Ob er das wohl gewusst hatte?

«Dies ist die Staatsanwältin, Frau Hemmes, und dies ist die Protokollführerin, Frau van Tol. Ich möchte zunächst Frau Meyer selbst das Wort erteilen. Wie denken Sie über eine eventuelle Fortsetzung des Gewahrsams?»

Ich wischte mir übers Kinn. Manchmal merkte ich nämlich nicht, dass ich sabberte. «Üch, ühhh ...» *Warum höre ich mich ausgerechnet heute an wie ein Halbtrottel?* Ich versuchte Harrys Blick aufzufangen. Aber er starrte stur geradeaus.

Da klopfte mir jemand auf den Oberschenkel. «Mein Name ist Agaath den Hartog», sagte eine klare Stimme. «Frau Meyer hat mich gebeten, für sie zu sprechen.»

Das hatte ich ganz und gar nicht. Ich war nämlich leicht beleidigt gewesen, als ich ihre Bekanntschaft machte, weil ich eher einen gewieften Verteidiger vom Kaliber eines Moszkowicz erwartet hatte. *Das wird keine Tupperwareparty, Mevrouw den Hartog. Kommen Sie ruhig, aber halten Sie schön den Mund, ich werde denen schon was erzählen. Vielleicht können Sie ja noch was dabei lernen,* hatte ich gesagt. Da hatte ich noch keinen Kaumuskelkrampf gehabt.

«Frau Meyer ist der Meinung, dass der Gewahrsam so schnell wie möglich aufgehoben werden sollte. Dass es überhaupt dazu gekommen ist, war ein schwerer Schock für sie. Bekanntlich hat Frau Meyer kürzlich entbunden. Es handelte sich um eine Zangengeburt – ein schwerer Eingriff, den Frau Meyer als traumatisch erfahren hat.»

Ich nickte eifrig. Zum ersten Mal im Leben war ich froh, dass man mich nicht ernst genommen hatte. Meine Anwältin hatte echt Haare auf den Zähnen. Eine Wölfin im Schafspelz war sie.

«Frau Meyer räumt ein, dass sie seit der Geburt ein wenig verwirrt ist. Sie befindet sich zurzeit in Behandlung bei Frau Doktor

Mulder. Sie nimmt Medikamente ein, die gut anschlagen. Frau Meyer möchte am liebsten nach Hause, zu ihrem Mann und ihrem Kind, weil sie glaubt, dass eine völlige Genesung in vertrauter Umgebung am raschesten möglich ist.» Agaath den Hartog ließ eine kurze Stille eintreten. «Sollte die behandelnde Ärztin von Frau Meyer der Meinung sein, dass sie noch nicht ausreichend wiederhergestellt ist, um nach Hause zu können, ist Frau Meyer bereit, bis zum Ende der Behandlung auf freiwilliger Basis im Krankenhaus zu bleiben. Frau Meyer geht davon aus, dass dies im Höchstfall zwei Wochen in Anspruch nehmen dürfte, während sie bei einer Verlängerung des Gewahrsams noch mindestens drei Wochen bleiben müsste.»

Triumphierend blickte ich in die Runde. *Versucht dagegen erst mal was anzubringen, Jungs.*

«Ihr Standpunkt leuchtet ein», sagte Richter Kramer. «Ich erteile nun der behandelnden Ärztin, Frau Doktor Mulder, das Wort.»

Die mit dem Kostüm erhob sich. «Frau Meyer ist vor drei Tagen auf unsere Abteilung gekommen. Sie wurde nachts eingeliefert und verblieb eine Zeit lang in der Isolierzelle. Ich habe sie erst am nächsten Morgen erstmals gesehen und bin seither ihre behandelnde Ärztin ...»

Ich gähnte. Musste sie den Richter denn jetzt unbedingt mit solchen irrelevanten Informationen belästigen?

«... Zunächst wirkte Frau Meyer nicht kooperativ an ihrer Behandlung mit. Sie weigerte sich, mit Herrn Posthumus, Chefarzt der Psychiatrie, zu sprechen, als dieser sie aus der Isolierzelle holte. Wir begannen noch am gleichen Morgen mit der Medikation, doch Frau Meyer entschied sich eigenmächtig, die Tabletten nicht einzunehmen, ohne uns davon in Kenntnis zu setzen ...»

Woher weiß sie das? Harry! Das muss Harry ihr erzählt haben! Er ist der Einzige, der davon wusste. Warum hat er das getan?

«... Inzwischen hat Herr Meyer seine Frau überredet, die Medikamente doch einzunehmen, und soweit wir wissen, tut sie das auch ...»

Soweit wir wissen. Was ist denn das für ein verdammter Quatsch! Ich stieß meine Anwältin an.

Sie ergriff sofort das Wort. «Ich kann Ihnen versichern, Herr Richter, dass Frau Meyer ihre Medikamente gewissenhaft einnimmt. Wie Sie vielleicht bemerkt haben werden, hat sie zurzeit Artikulationsschwierigkeiten – eine typische Nebenwirkung von Pimozid, dem ihr verschriebenen Medikament. Doktor Mulder wird das bestätigen können.»

Ein meisterhafter Zug! Ich hätte meine Anwältin küssen können.

Doktor Mulder räusperte sich. «Wie ich schon sagte, hat es in der Tat den Anschein, dass Frau Meyer ihre Medikamente einnimmt. Das jedoch unserer Meinung nach noch nicht lange genug, um weiter reichende Schlussfolgerungen daraus ziehen zu können. Und da wir keine verlässlichen Prognosen anstellen können, wie der Gesundungsprozess von Frau Meyer verlaufen wird, erscheint es uns ratsam, auf Nummer Sicher zu gehen und den Gewahrsam fürs Erste aufrechtzuerhalten.»

Die Konfektionsschlampe lässt mich fallen. So ein Aas. Aber der Richter wird doch wohl durchschauen, wie fadenscheinig ihre Begründung ist. Wenn sie wirklich auf Nummer Sicher gehen will, sollte sie sich lieber selbst hinter Schloss und Riegel setzen.

Ich seufzte und legte die Hand auf Harrys Knie. Hoffentlich hatte er sich gut vorbereitet.

Harry machte eine ernste Miene.

Ich lächelte ihn an.

Er lächelte nicht zurück.

«Dann erteile ich jetzt dem Ehemann von Frau Meyer das Wort», sagte der Richter.

Harry rückte seine Krawatte zurecht. «Verehrte Anwesende. Als Erstes möchte ich diese Gelegenheit nutzen, um dem Krankenhaus, namentlich Doktor Mulder und dem gesamten Pflegepersonal, für die gute Betreuung zu danken, die sie meiner Frau bisher haben angedeihen lassen ...»

Doktor Mulder und die Oberschwester nickten ihm freundlich zu.

«… Meine Frau ist im Moment nicht im Stande, selbst das eine oder andere dazu zu sagen, aber ich bin überzeugt, dass sie diesbezüglich genauso empfindet wie ich. Ohne Sie alle wären wir nicht mit der Situation fertig geworden, wirklich nicht …»

Der Richter nickte nun ebenfalls.

Ich schnaubte.

Gleich fällt er noch vor ihnen auf die Knie und küsst ihnen die Füße.

«… Ich weiß, dass Lea am liebsten nach Hause möchte. Und das verstehe ich gut. Ich denke, alle Anwesenden werden das verstehen. Aber das allein genügt nicht. Wir müssen tun, was für Lea am besten ist. Ich meine es nur gut mit ihr, wir alle meinen es nur gut mit ihr. Lea fällt es zwar manchmal schwer, das zu glauben, aber es ist so …»

Ich erstarrte. Was, zum Teufel, hatte Harry vor?

«… Ich glaube, dass es in Leas Interesse wäre, wenn sie bliebe, wo sie ist. Sie hat durch ihre Anwältin mitgeteilt, dass sie die Behandlung im Krankenhaus gegebenenfalls auf freiwilliger Basis fortsetzen möchte, aber wenn ich ehrlich bin – und ich hoffe, das nimmst du mir nicht übel, Lea –, wage ich keine Garantie dafür zu übernehmen, dass sie das auch tun wird. So, wie ich meine Frau kenne, wird sie bei erster Gelegenheit ihre Koffer packen …»

Mir blieb die Spucke weg. Harry traute mir nicht mehr! Er wollte, dass ich im Krankenhaus blieb, weit weg von ihm und Junior. Weit weg von meinem Kind …

Die Staatsanwältin blickte mit hochgezogenen Augenbrauen zum Richter. Der Richter nickte.

Daraufhin ergriff die Staatsanwältin das Wort. «Darf ich Sie etwas fragen, Herr Meyer?»

«Natürlich, Euer Ehren.»

«Wenn ich Sie recht verstehe, sagen Sie, dass Sie fürchten, Ihre

Frau würde nach Hause kommen, sobald der Gewahrsam aufgehoben würde.»

«So ist es.»

«Warum fürchten Sie das?»

«So gern ich es auch wollte, ich kann sie nicht vierundzwanzig Stunden am Tag im Auge behalten. Das Baby braucht viel Zuwendung, es müssen Einkäufe gemacht werden, ich muss mich hin und wieder mal bei der Arbeit blicken lassen … und dann noch die Nächte …»

«Konkret gefragt: Glauben Sie, dass sie noch immer eine Gefahr für sich selbst und ihre Umgebung darstellt?»

«Das wäre sehr gut möglich.»

«Haben Sie bestimmte Gründe, die Sie zu dieser Annahme veranlassen?»

«Ja, vielleicht.»

«Und das wäre?»

«Es liegt in der Familie, wissen Sie. Ihr Vater hat Selbstmord begangen.»

Waas?! Ich riss den Kopf herum und starrte Harry an.

Harry tat, als sähe er mich nicht.

«War ihr Vater auch mal in der Psychiatrie?», fragte die Staatsanwältin.

Ich schüttelte langsam den Kopf.

«Soweit ich weiß, nicht», sagte Harry. «Allem Anschein nach war er manisch-depressiv, aber er hat sich nie einer Behandlung unterzogen.»

Ich wandte mich von ihm ab, verschränkte fest die Arme und senkte den Blick auf meinen Schoß. Schnaufend atmete ich ein und aus. Ich spürte, wie sich die Verkrampfung meiner Kiefer allmählich löste. Die Tablette begann zu wirken. Ich hätte jetzt etwas sagen können, tat es aber nicht. Ich durfte nicht reagieren. Jede Reaktion wäre die falsche.

Meine Anwältin räusperte sich. «Ich fürchte, wir schweifen ab,

Euer Ehren. Es geht hier um Lea Meyer. Die Geschichte ihres Vaters tut nichts zur Sache. Herr Meyer stellt allerlei Zusammenhänge her, die lediglich auf Gerüchten beruhen.»

Harry wurde feuerrot. «Ich wollte damit nur sagen, dass ich es nicht auf dem Gewissen haben möchte, wenn etwas schief läuft. Es geht mir um Leas Sicherheit. Und um die meines Sohnes. Sie hat ihn schon einmal in einen Karton gesteckt. Wer weiß, was sie noch alles vorhat.»

Du brauchst dir das nicht anzuhören, das muss nicht sein.

Ich machte Anstalten zu gehen.

Agaath den Hartog fasste meine Hand. «Bleiben Sie noch einen Moment sitzen, Lea», flüsterte sie eindringlich. «Bitte. Wir sind gleich fertig.»

«Ich verstehe Ihre Besorgnis, Herr Meyer», sagte der Richter, «und werde Ihre Worte bei meinem Urteil berücksichtigen. Ich möchte Sie jedoch darauf hinweisen, dass eine eventuelle Verlängerung des Gewahrsams für Sie lediglich eine befristete Erleichterung darstellen wird. Früher oder später werden Sie und Ihre Frau den Faden wieder aufnehmen müssen, gemeinsam mit Ihrem Sohn. Das geht nur, wenn eine Vertrauensbasis vorhanden ist. Vielleicht können Sie die kommende Zeit nutzen, um gemeinsam daran zu arbeiten.»

Wenn Harry so weitermacht, wird er höchstens noch an unserem Scheidungsverfahren zu arbeiten haben.

«Frau Hemmes, Sie haben das letzte Wort.»

«Ich werde mich kurz fassen.» Die Staatsanwältin erhob sich. «Frau Meyer wurde in psychiatrischen Gewahrsam genommen, weil sie unter anderem die Sorgfaltspflicht gegenüber ihrem neugeborenen Sohn vernachlässigt hatte und die Situation in besorgniserregender Weise außer Kontrolle geraten war. Nach der Zwangseinweisung hat es geraume Zeit gedauert, bis Frau Meyer die Notwendigkeit ihrer medikamentösen Behandlung einsah. Die Staatsanwaltschaft schließt sich aufgrund dieser schwerwiegenden

Umstände dem Standpunkt der behandelnden Ärztin an, dass der Gewahrsam aufrechterhalten bleiben sollte.»

Drei gegen eine. Meinem werten Gatten sei Dank. Harry der Verräter, Harry der Überläufer hat mein Todesurteil unterzeichnet.

Die Staatsanwältin setzte sich wieder.

«Ich verlese nun meinen Beschluss.» Aller Augen waren auf Richter Kramer gerichtet. Er nahm ein Blatt Papier von seinem Schoß. «Nach Anhörung der Betroffenen, deren Anwältin, der behandelnden Ärztin, des Ehemanns der Betroffenen und der Staatsanwältin ist die dringende Vermutung gegeben, dass die Patientin infolge einer Beeinträchtigung ihrer geistigen Zurechnungsfähigkeit eine unmittelbare Gefahr für sich selbst, für andere oder auch für die öffentliche Ordnung darstellt. Es erscheint somit notwendig, den Gewahrsam fortzusetzen, um diese Gefahr abzuwenden. Gemäß Artikel einundzwanzig, Absatz eins des Gesetzes über die Unterbringung in psychiatrischen Einrichtungen erteile ich hiermit die Ermächtigung zur Fortsetzung des Gewahrsams von Helena Helma Maria Cornelissen, geboren am ...»

24

5. Oktober 1968
Ich habe dich entsetzlich vernachlässigt. Aber nur, was dein Buch betrifft, hörst du, sonst nicht. Du wächst und gedeihst im Schoße unserer Familie und nimmst alles, wie es gerade kommt. Mit einem Jahr hattest du immer noch keinen einzigen Zahn im Mund. Der erste kam erst durch, als du 14 Monate alt warst.

«Lea, hör mir doch mal zu.»

Ich kickte meine Pumps von den Füßen. Harry war mir gefolgt, nachdem ich den Rauchraum verlassen hatte, obwohl ich ihm ins Gesicht gespuckt hatte, als der Richter sein Urteil verkündet hatte. Einen wundervollen, dicken Klacks Spucke mitten zwischen die Augen.

«Ich verstehe ja, dass du sauer bist, aber versetz dich doch mal in meine Lage. Hast du ein Taschentuch?»

Ich warf ihm meinen Rock vor die Füße.

Harry hob ihn auf und hängte ihn über den Stuhl.

«Du wolltest doch ein Taschentuch. *Hier!*» Ich nahm den Rock und riss ihn, beim Schlitz angefangen, mittendurch.»

«Oje, was hab ich denn da gemacht? Ich hab sie wohl nicht mehr alle! Nur gut, dass mein Mann mich hat einsperren lassen. Frauen, die Kleider kaputtmachen, stellen eine ernsthafte Gefahr für die öffentliche Ordnung dar.»

«Weißt du, was der Rock gekostet hat?»

«Ha! Jetzt erkenn ich dich wieder!» Ich zog das Jackett aus und ließ es fallen. Dann zog ich meine Unterhose aus.

«Wenn du so weitermachst, hol ich jemanden vom Personal.»

Ich hockte mich hin und pinkelte auf das Jackett.

Mit zwei Schritten war Harry bei mir und zog mich unsanft hoch.

«Hab ich auf den Fußboden gepinkelt? Oh, entschuldige, Schatz, das bin ich von der Isolierzelle her noch so gewöhnt. Da war nämlich kein Klo, weißt du, da musste ich auch einfach auf den Fußboden pissen.» Ich wischte mich mit dem Jackett ab und zog meine Unterhose wieder an. «Solltest du es mit deinen Freunden vom Krankenhaus nicht mal eben deichseln, dass Doktor Mulder mich noch ein paar Nächte in die Zelle steckt? Nur, um *auf Nummer Sicher* zu gehen?»

«Es ist besser so, glaub mir.»

«Besser? Ich bin die kommenden drei Wochen eingesperrt. In einer Anstalt, unter lauter Idioten. Und damit meine ich nicht die Patienten, sondern das Personal. Ich hab noch nie so viele Schwachköpfe auf einem Haufen gesehen. Weißt du, was sie mir gestern gegeben haben? Eine Informationsbroschüre über diese Abteilung.» Ich fischte das fotokopierte Faltblatt vom Tisch. «Möchtest du wissen, wie mein Tagesablauf aussieht?»

Harry machte eine abwehrende Gebärde.

«O doch, mein Herr! Du weißt doch so genau, was das Beste für Lea ist, oder? Dann sollst du es auch hören. Von halb acht bis Viertel nach acht habe ich *Gelegenheit zu frühstücken.* Von Viertel nach acht bis Viertel vor neun *Gelegenheit spazieren zu gehen.* Weißt du, wo ich spazieren gehen darf? Innerhalb der Abteilung. Der Rest des Krankenhauses ist Sperrgebiet. Vom hinteren Ende des Aufenthaltsraums bis zur Eingangstür sind es genau sechsundsiebzig Schritte. Das weiß ich, weil mein schizophrener Freund Enzo mir das erzählt hat. Er tut den ganzen Tag nichts anderes als zwischen da und dort hin- und herzulaufen. Seine Frau hat inzwischen einen andern, sein Kind darf er nicht sehen. Klar, dass unser Enzo da seine Freude am Spazierengehen hat, das verstehst du doch, oder?»

«Setz dich mal eben hin, Lea.»

«Ich bin noch nicht fertig. Von neun bis halb zwölf *Therapieprogramm.* Ich bin in keiner Therapie und darf stattdessen spazieren gehen! Von halb zwölf bis zwölf hat jeder *Gelegenheit spazieren zu gehen.*» Ich wedelte mit dem Faltblatt. «Glaubst du mir etwa nicht? Hier, sieh her, von halb fünf bis halb sechs: *Gelegenheit spazieren zu gehen (außer montags).* Dienstags und donnerstagnachmittags darfst du zwischen halb zwei und Viertel nach zwei Besuch empfangen. Falls kein Besuch kommt, ist das eine zusätzliche *Gelegenheit spazieren zu gehen!* Juchheisassajuchhe! Ab neun Uhr abends hat man *Gelegenheit ins Bett zu gehen.* Wenn du nicht schon verrückt bist, dann wirst du es hier auf alle Fälle.»

«Na, dein Kaumuskelkrampf ist offensichtlich behoben.» Harry löste seine Krawatte und setzte sich aufs Bett. «Du bist hier besser aufgehoben als zu Hause, glaub mir.»

«Wieso? Warum? Was hab ich denn verdammt noch mal verbrochen, dass ich nicht in meinem eigenen Bett Gelegenheit zum Schlafen bekomme?»

«Ja hast du denn vergessen, was alles passiert ist?»

Ich zog Jogginghose und Hausschuhe an. «Gibt mir mal kurz dein Handy.»

«Wozu?»

«Ich möchte meine Mutter anrufen.»

«Deine Mutter ist bei uns zu Hause. Sie passt auf Junior auf. Warum willst du sie anrufen?»

«Vielleicht könnte ich mich ja solange bei ihr einquartieren.»

«Spar dir die Mühe.»

«Wieso?»

«Du bist in Gewahrsam, du darfst hier nicht weg. Und selbst wenn du es dürftest, wäre sie die Letzte, die dich bei sich haben wollte.»

Ich zog die Augenbrauen hoch.

«Begreifst du es denn wirklich nicht? Deine Mutter hat eine Heidenangst vor dir. Sie hat gestern mit deiner Schwester und einer Tante von dir Familienrat gehalten, und dabei wurde einstimmig beschlossen, dass du so lange wie möglich hinter verschlossenen Türen bleiben solltest. Deine Mutter und deine Schwester sind gestern Abend bei mir gewesen und haben darauf gedrungen, dass du für mindestens ein Jahr in einer Anstalt untergebracht wirst. Um Junior würde sich deine Mutter unterdessen schon kümmern.»

Ich rieb mir die Augen. *Er lügt.*

«Setz dich doch um Himmels willen mal eben hin, du siehst ja aus, als wenn du jeden Moment aus den Latschen kippst. Isst du überhaupt was?»

Mechanisch zog ich mir den Stuhl heran.

Harry fuhr sich mit der Hand durch die Haare. «Zuerst wollte ich ja auch dafür plädieren, dass der Gewahrsam aufgehoben wird. Aber deine Mutter hat mich überredet, das nicht zu tun. Sie hat dauernd von deinem Vater geredet und gemeint, dass sie diesen Albtraum nicht noch einmal mitmachen will.»

«Ach. Sie ist also diejenige, die unter dem Ganzen leidet? Mich hat man eingesperrt, aber *sie* leidet!»

«Es ist nicht leicht für sie, Lea. Sie hat in der Psychiatrie gearbeitet und findet es daher umso schrecklicher, dich so zu sehen.»

«Es ist ein halbes Jahrhundert her, dass sie in der Psychiatrie gearbeitet hat. Und schon damals konnte sie es nicht ertragen. Sie erträgt überhaupt nichts! Egal, ob es sich um Blut, Schweißgeruch oder einen steifen Schwanz handelt, meine Mutter kriegt sofort das Kotzen. Sie ist der körperlichen Seite dieses Daseins nicht gewachsen …!»

«Ja, ja, ich weiß. Und du hast als Kind zu wenig Liebe bekommen. Das gilt doch für uns alle, Lea, so war das in der Zeit nun mal.»

«Himmelherrgott! Du solltest einen Fernkurs in Psychologie belegen!»

«Ich hab das getan, was mir für alle am besten erschien.»

«Für alle, ja. Außer für mich. Ich will dir mal eins sagen, Harry

Meyer. Was du mir bei dieser Gerichtsverhandlung angetan hast, das verzeih ich dir nie. Mann, tut es mir Leid, dass ich dir je was über meine Vergangenheit erzählt hab …!»

25

5. Oktober 1968
Sprechen konntest du auf deine Weise schon ganz gut. Ich habe immer verstanden, was du gesagt und gewollt hast. Mit 15 Monaten hast du deine ersten wackligen Schrittchen gemacht. Von da an warst du nicht mehr zu bremsen. Du konntest und du musstest jetzt laufen.

«Aha.»

Ich hatte Beau van Kooten erzählt, dass mein Vater tot sei.

«Selbstmord», fügte ich rasch hinzu.

«Ach», sagte Beau.

Bildete ich es mir nur ein oder leuchteten seine Augen einen Moment lang auf? Das wäre eine willkommene Abwechslung. Wenn ich jemandem vom Tod meines Vaters erzähle, läuft das immer nach festem Schema ab.

Wir fahren in Corines Alfa Romeo Cabrio auf dem Zeeweg nach Bloemendaal. Es ist ein wunderschöner Sommertag.

Corine fragt, was eigentlich mein Vater mache. Corine ist die, mit der ich immer Tennis spiele.

Ich antworte mit geschlossenen Augen. «Er ist tot, aber er war Buchhalter.»

Ersteres findet sie entschieden interessanter als Letzteres. Sie stellt das Radio leiser. «Tot? Oh, schon lange?»

«Rund zwanzig Jahre.»

«Ach je, so lange schon. Woran ist er denn gestorben?»

Jetzt wird die Unterhaltung gleich eine unerwartete Wendung

nehmen. Für Corine zumindest. Für mich ist das, was nun folgt, überaus vorhersehbar.

«Er hat Selbstmord begangen.»

Macht doch immer wieder Spaß, die Bombe einschlagen zu lassen. Bei den meisten sind die Väter ja an einer ordinären Krankheit oder Krebs gestorben. Die müssten auch mal die Selbstmordvariante ausprobieren. Garantiert ein Erfolg.

«Als ich dreizehn war.»

Damit erziele ich immer noch Zusatzeffekte.

Stille.

Corine steht für zirka drei Sekunden unter akutem Schock. Sie drosselt die Geschwindigkeit und wirft mir einen scheuen Seitenblick zu. Sie feuchtet sich die Lippen an.

Ich sehe sie denken: *Mein Gott, ihr Vater hat Selbstmord begangen! Hoffentlich fängt sie jetzt nicht an zu heulen ...*

Die Gute bereut bestimmt schon, dass sie mich das gefragt hat. Höchste Zeit für ein beruhigendes Lächeln. Ich setze das entsprechende Gesicht auf und lege ihr die Hand auf den nackten Oberschenkel. «Keine Angst, Corine, das klingt schlimmer, als es ist. Ich bin nicht traurig darüber. Mein Vater war ein widerlicher, autoritärer Knacker. Er hat uns alle jahrelang terrorisiert. Sein Tod war eigentlich eine Befreiung, verstehst du? Achtung!» Der Zeeweg macht hier eine scharfe Linkskurve.

«Hast du Geschwister?», fragte Beau.

«Eine ältere Schwester.»

«Wie heißt sie?»

«Birgit.»

«Birgit.» Beau wiederholte den Namen langsam, um ihn sich einzuprägen.

«Eigentlich hab ich zwei ältere Schwestern. Nach Birgit bekamen meine Eltern noch eine Tochter. Agnes. Sie ist zwei Stunden nach der Geburt an einem Herzfehler gestorben.»

«Du bist also die Jüngste.»

«Ja.»

«Wie war dein Verhältnis zu deinem Vater?»

Ich guckte aus dem Fenster. «Wollen Sie eine kurze oder eine lange Antwort?»

«Die, die dir am besten behagt.»

«Im Augenblick würde mir eine Tasse Kaffee am besten behagen, Herr van Kooten.» Ich lächelte ihn schelmisch an. «Eine Hand wäscht die andere, stimmt's?»

Van Kooten schien den Scherz nicht so ganz zu erfassen, erhob sich aber trotzdem.

Ich trank meinen Kaffee, während er mir dabei zusah. Ich nahm mir Zeit. Normalerweise war van Kooten immer ruhig und bedächtig, aber jetzt nahm ich zum ersten Mal so etwas wie leichte Aufgeregtheit bei ihm wahr.

«Wo waren wir noch mal stehen geblieben?», sagte ich nach etwa drei Minuten. Ich hatte Lust, meinen Seelenklempner ein bisschen zu ärgern.

«Beim Verhältnis zu deinem Vater.» Van Kootens Augenbrauen tanzten auf und ab.

Ich kratzte mich am Kinn. «Ach ja. Aber das ist so lange her. Ich würde lieber über mein Verhältnis zu Harry reden.»

«Harry?» Beau ließ sich in seinem Sessel zurückfallen.

«Mein Mann. Zwischen uns gibt es viele Spannungen.»

«Ach ja?» Er gab sich keine große Mühe, Interesse zu heucheln.

«Zuallererst ist da natürlich der Sex.»

Van Kooten richtete sich wieder auf.

«Wissen Sie, dass wir, seit Junior da ist, noch nicht ein einziges Mal gevögelt haben?»

Beau nickte. «Das kommt häufiger vor. Die meisten Frauen haben nach einem emotional so tief greifenden Ereignis wie der Geburt eines Kindes ein geringeres Bedürfnis nach Geschlechtsverkehr.»

«Sie verstehen mich falsch. Ich möchte schon, aber es geht nicht. Mein Unterleib ist seit der Geburt total im Eimer. Es tut unheimlich weh. Aber am allerschlimmsten ist, dass Harry es gar nicht zu vermissen scheint. Wissen Sie, was er sagt? *Nur schmusen find ich auch schön.*» Ich steckte mir den Finger in den Hals, als wollte ich mich übergeben. «Was raten Sie mir da?»

«Bist du schon bei einem Gynäkologen gewesen?»

«Klar. Der sagt, ich müsse Geduld haben. Es müsse heilen. Leicht gesagt. Manchmal platze ich beinahe, wenn Sie verstehen, was ich meine. Harry gönnt mir nicht mal das Kurzprogramm.»

«Das Kurzprogramm?»

«Fingern», sagte ich kichernd, «er will's mir nicht mal mit dem Finger besorgen.»

«Ah, so.»

«Na, finden Sie das nicht komisch?»

«Das ist unbegreiflich», pflichtete Beau mir bei. «Wie hältst du das nur aus?»

«Also ehrlich gesagt: Ich halte es nicht aus. Bei jedem Mann, der mir über den Weg läuft, denk ich gleich an Sex.»

«Tatsächlich?»

«Ja. Auch bei Ihnen. Am liebsten wär mir, wenn Sie mich aufs Kreuz legen, mir die Klamotten ausziehen und mich mal so richtig durchbumsen würden.»

«Wirklich?»

«Ich hab gehört, dass Ihre Zunge Wunder wirken kann, Herr van Kooten.»

Er schlug die Augen nieder. «Komm, komm, das ist maßlos übertrieben.»

«Loretta schwärmt nur so.»

«Loretta? Ach, ja natürlich. Die gute Loretta. Ein schwieriger Fall.»

«Sie haben alte Wunden geheilt, Herr van Kooten.»

«So sagt man.»

Ich ging zu ihm und kniete mich vor seinen Stuhl. «Heilen Sie auch mich. Ich tue alles, was Sie sagen. Heilen Sie mich, bitte.»

Van Kooten strich sich durchs Haar. «Ich weiß nicht, Lea, ich weiß nicht, ob du schon bereit bist.»

Ich knöpfte meine Bluse auf und gönnte ihm einen Blick auf meinen BH aus schwarzer Spitze. «Na, und ob ich bereit bin, mein kleiner Beau», sagte ich heiser.

Er sprang auf, zog mich zum Sofa und brachte mich sanft in die Rückenlage. Seine Hände schoben meinen Rock hoch. «Du kleine Verführerin, du machst mich ganz verrückt», stöhnte er, als er entdeckte, dass ich keinen Slip anhatte.

«Entschuldige, Schatz, das werde ich nie wieder tun.»

Mit bebenden Händen zerriss er mir die Strumpfhose.

«Bedien dich, Liebling», flüsterte ich.

Sein Kopf tauchte zwischen meine Beine.

Ich öffnete die Augen.

«Nein, Lea, das finde ich nicht komisch», sagte Beau, «auch für den Mann ist eine Geburt ein einschneidendes Ereignis. Aus dem intimsten Bereich seiner Frau wird ein Kind geboren. Der Anblick ist ein Schock. Es kann eine Weile dauern, bis Harry dich wieder als sexuelles Wesen auffassen kann.»

«Sie finden also auch, dass ich Geduld haben muss?»

«Dir bleibt nichts anderes übrig.»

Seufzend drehte ich die leere Kaffeetasse in meinen Händen. Geduld war nicht meine Stärke.

«Du hast eingangs gesagt, dass es zwischen Harry und dir viele Spannungen gibt. Sind da auch noch andere Dinge im Spiel? Außer dem Sex?»

Ich räusperte mich. «Eigentlich bin ich noch immer stinksauer auf ihn.»

 «Warum?»

«Er hat mich verraten. Seinetwegen musste ich drei Wochen im Krankenhaus bleiben. Er hat bei der Gerichtsverhandlung gesagt, dass mein Vater Selbstmord begangen habe. Dass mein Vater manisch-depressiv gewesen sei und das demnach in der Familie liege. Da waren meine Chancen, entlassen zu werden, natürlich gleich Null.»

«So, so.»

«Das ist doch eine Hundsgemeinheit, oder etwa nicht?»

«Kommt drauf an.» Van Kooten stand auf, um sich eine Zigarette zu holen. «Warum fühlte dein Mann sich dazu veranlasst, das zu sagen?»

«Meine Mutter hatte ihn bequatscht.»

«Deine Mutter?»

«Sie war davon überzeugt, dass ich mich nie wieder berappeln würde. Lea hinter Schloss und Riegel, das Baby zu ihr und fertig ist die Laube. Das war ihre Idee.»

Van Kooten blies einen Rauchkegel aus. «Und wie stehst du dazu?»

«Ach, ich kann es ihr nicht verübeln. Nach dem ganzen Terz mit meinem Vater ist es doch kein Wunder, dass sie den Horror gekriegt hat, als ich eingewiesen wurde.»

«Wenn ich ‹Mutter› sage, welches Wort fällt dir dann als Erstes dazu ein?»

Ich dachte kurz nach. «Dankbarkeit.»

Van Kooten sah mich nur an.

«Das soll ich jetzt bestimmt erklären, was?»

Er nickte.

«Wieso wollen Sie das eigentlich alles wissen?»

«Damit ich dir helfen kann, gesund zu werden.»

«Aber ich *bin* doch schon gesund?»

«Ich höre deiner Stimme Misstrauen an.»

Ich musste lachen. «Was Sie nicht alles hören, Herr van Kooten.»

Er breitete die Hände aus. «Hör zu, Lea. Du musst mir vertrauen, sonst hat das alles keinen Zweck. Sieh dich selbst mal als einen Baum …»

«Wie bitte?»

«Du bist ein Baum, aber wir wissen noch nicht, was für ein Baum. Hast du einen dicken, festen Stamm, oder bist du ein dünner Kümmerling? Vielleicht sieht deine Rinde hart und undurchdringlich aus, aber du bist von innen ganz weich – das kann ich von außen nicht sehen. Deine Wurzeln liegen in deiner Kindheit. Dort müssen wir anfangen.»

«Ich kann Ihnen versichern, dass ich von innen weich bin, Herr van Kooten.» Ich zwinkerte ihm zu.

Er sah es nicht, weil er gerade auf seine Armbanduhr blickte.

«Ich weiß, Lea. Du bist verletzlich. Ich möchte dir bis zum nächsten Mal eine Aufgabe mit auf den Weg geben. Denk mal gut über früher nach. Über die Beziehung zu deiner Mutter. Über deine Stellung in der Familie. Über deine Gefühle, als dein Vater starb.»

«Können Sie mir das mal eben aufschreiben?»

«Das behältst du schon.»

«Sind Sie sicher, dass das einen Sinn hat, Herr van Kooten? Ich meine: Ich lebe jetzt. Ich muss zusehen, dass es im jetzigen Leben weitergeht. Mit Harry und mit Junior.»

Van Kooten stand auf und legte mir seine Hand auf die Schulter. Die Wärme seiner Finger glühte nur so durch meine durchsichtige Bluse hindurch. Bei seinem festen, aber zärtlichen Griff krampfte sich gleich mein Bauch zusammen.

«Denk nach und komm dann wieder zu mir, Lea», sagte er sanft.

Ich würde immer wieder zu ihm kommen. Und sei es nur wegen dieser Hand auf meinem Körper. Liebend gern würde ich bis ans Ende meiner Tage über meine Kindheit reden. Für Beau. Mit Beau.

Meinem Beau.

26

20. Oktober 1968
Als du gut zweieinhalb Jahre alt warst, musste ich unbedingt mal raus. Die Wohnung beengte mich, und ich wollte mir selbst beweisen, dass ich auch noch was anderes konnte, als zu Hause die Kinder zu versorgen und so weiter.

Es war Spaziergangszeit. Ich ging ein Stück mit Enzo.

«Sieht so aus, als müsste ich noch ein Weilchen hier bleiben.»

«Nett», sagte er und grinste.

«Du hast ja ein ganz schönes Tempo drauf.»

«Immer.»

«Sitzt du auch mal still?»

«Ich versuch's, aber es gelingt mir nicht, außer wenn ich schlafe oder esse. Ist 'ne Nebenwirkung von den Medikamenten.» Enzo hatte ein dickes Buch unter dem Arm.

«Was ist das?»

«DSM Vier.»

Das sagte mir nichts.

«Ist dir das kein Begriff? Das DSM ist meine Bibel. Da steht alles drin.» Enzo tippte sich mit dem Zeigefinger an die Schläfe. «Alles, was sich in deinem Köpfchen abspielt, kannst du da drin finden.»

Er zeigte mir den Einband.

DIAGNOSTIC AND STATISTICAL MANUAL
OF MENTAL DISORDERS
FOURTH EDITION

«Wieso bist du eigentlich hier?», fragte Enzo.

«Ich hab geglaubt, dass ich der neue Jesus wär», antwortete ich und spürte, wie ich rot wurde.

Er lachte. «Kein Grund zur Besorgnis. Das denken wir hier alle. Eine ziemlich durchschnittliche Wahnvorstellung.»

Aus Enzos Mund klang das schon weit weniger schlimm.

«Weißt du, was ich schon mal gedacht habe?», sagte Enzo. «Dass Jesus auch gestört war. Dass es vielleicht vor ihm auch schon einen Jesus gegeben hat, den echten, sagen wir mal. Angenommen, unser Jesus, also der vom Jahre Null, hätte genau wie wir die Wahnvorstellung gehabt, er sei Jesus, nur dass er – im Gegensatz zu uns – seine Umgebung davon überzeugen konnte, dass das der Wahrheit entsprach, dann wäre der gestörte Jesus irrtümlich als der echte Jesus in die Geschichte eingegangen.»

«Mensch, Enzo, und das hast du dir ganz allein ausgedacht?»

Er nickte strahlend.

«Hut ab! Das lässt sich jetzt zwar nicht mehr checken, aber trotzdem. Möglich wär's. Sehr gut möglich. Und vielleicht hat es vor dem offiziellen Jesus nicht nur einen, sondern eine ganze Reihe anderer Jesusse gegeben.»

«Genau!», rief Enzo. «Wie es sie jetzt auch gibt.»

«Nur werden die jetzt nicht mehr anerkannt.»

«Nein, die landen in einer anderen Bibel.» Er hielt nochmal kurz sein DSM hoch.

Wir bogen um die Ecke.

«Ah, das Freifräulein geht wieder um», konstatierte Enzo.

Eine splitternackte Frau mit halblangem, grauem Haar stand im Gang. Das Einzige, was sie anhatte, war eine goldene Armbanduhr. «Weiß jemand von Ihnen, wie spät es ist?» Sie sprach sehr affektiert.

«Erledigst du das eben?», fragte Enzo und ging weiter.

«Wissen Sie vielleicht, wie spät es ist?», wiederholte das Freifräulein.

Es war das erste Mal, dass ich eine Frau dieses Alters nackt sah. War gar nicht mal so übel. Gut geformte Taille, Hüften und Brüste. Nur ihre Haut verriet, dass sie nicht mehr die Jüngste war. Ihr ganzer Körper war mit langen, dünnen Furchen überzogen, nirgendwo war sie mehr glatt.

«Sie haben eine gute Figur.»

Sie zeigte auf ihre Uhr. «Sie geht nach. Oder vor. Können Sie bitte mal nachsehen?»

Das war beim Freifräulein eine feste Gewohnheit, wie ich schon bald lernte. Sie lebte in der Vorstellung, dass mit ihrem Zeitempfinden irgendwas nicht stimmte. Dem war auch so, nur lag das nicht an ihrer Uhr.

«Lassen Sie mal sehen. Nein, die stimmt. Es ist Viertel vor zwei.»

«Halb zwei schon wieder?»

Ich nahm ihren Arm. «Soll ich Sie in Ihr Zimmer bringen, dann können Sie sich anziehen. Wo ist Ihr Zimmer?»

«In die Richtung.»

Das Zimmer vom Freifräulein lag noch hinter dem Büro.

Wir waren gerade auf Höhe von Zimmer Nummer 194, als sie sich plötzlich von mir losmachte und sich ganz nah an der Wand gegenüber den Türen entlangdrückte.

«Was soll denn das jetzt?»

Mit ängstlich geweiteten Augen nickte sie zu Zimmer 194 hin. Dort saß eine etwa fünfzigjährige Frau auf einem Stuhl in der Türöffnung. Sie hatte einen dunkelblauen Pullover, einen hellroten Faltenrock voller Flecken und Pantoffeln an.

«Guten Tag.» Ich nickte ihr freundlich zu.

«Vorsicht!», rief das Freifräulein. Aber es war schon zu spät.

Die Frau ging auf mich los und packte mich an der Kehle. Sie grub ihre Nägel in mein Fleisch und riss sie nach unten.

Ich schrie auf und versuchte mich zu befreien, aber sie war wahnsinnig stark.

«Frau Schreuder, nein!» Ein Pfleger kam herbeigerannt. Er zog die Frau von mir weg.

Ich hatte vier rote Striemen am Hals, die sich bis zum Dekolleté hinunterzogen. Aus zweien sickerte Blut.

«Hat Sie denn niemand gewarnt?», fragte der Pfleger.

Ich schüttelte den Kopf.

Er gab mir ein Papiertaschentuch. «Sie sollten sich lieber von ihr fern halten.» Er brachte Frau Schreuder zu ihrem Stuhl zurück.

«Ist es schon Zeit fürs Diner?» Das Freifräulein sah auf seine Armbanduhr.

«Nein. Ich bring Sie in Ihr Zimmer.»

Nachdem ich das Freifräulein abgeliefert hatte, musste ich wieder an Zimmer 194 vorbei. Einen anderen Weg gab es nicht. Der Pfleger war nirgendwo zu sehen. Frau Schreuder saß auf ihrem Stuhl und führte Selbstgespräche. Ich drückte mich mit dem Rücken an die Wand und schob mich ganz vorsichtig an ihr vorbei. Sobald sie mich sah, stand sie auf. Ich erstarrte. Sie schnellte auf mich zu.

«Aber wer wird denn, Frau Schreuder!»

Wie aus dem Nichts war Enzo plötzlich aufgetaucht. Er legte den Arm um sie. «Setzen Sie sich mal schön wieder hin.» Er führte sie zu ihrem Stuhl.

Ohne Protest ließ sie sich darauf nieder.

«Sie hat dich ja ganz schön erwischt», sagte Enzo, als wir weitergingen.

«Die ist ja gemeingefährlich. Die sollten sie einsperren.» Ich presste das Taschentuch an meinen Hals.

«Sie hat eigentlich gar keine bösen Absichten. Sie kann nur ihre Kräfte nicht dosieren. Das ist ihre Art der Kontaktaufnahme mit anderen Menschen.»

«Ja, ja, sie ist mir vor lauter Freude gleich um den Hals gefallen.»

«In gewisser Weise schon. Glaub mir, sie hat wirklich nichts Böses im Sinn.»

«Wie kommt es, dass sie dir nichts tut?»

«Sie kennt mich. Außerdem weiß ich, wie ich mit ihr umzugehen habe. Sie darf hin und wieder meine Hände drücken. So fest sie möchte, aber ohne zu kratzen. Das findet sie toll.»

Gegenüber den Hometrainern hing ein Münztelefon an der Wand.

TELEFONIEREN:
Auf der Station sind nur kurze Gespräche vom hiesigen Münztelefon aus möglich.

Nächtliche Telefonate sind *nicht* erlaubt. Für längere Telefonate stehen Ihnen während der Spaziergangszeiten die Fernsprecher in der Eingangshalle des Krankenhauses zur Verfügung.

«Hast du etwas Kleingeld für mich?»

Enzo zog eine Hand voll Münzen aus der Hosentasche.

«Danke, ich geb's dir morgen zurück.»

«Ich weiß ja, wo ich dich finde.» Er zwinkerte mir zu und ging weiter.

Ich rief zu Hause an und bekam meine eigene Stimme zu hören.

«Dies ist der Anrufbeantworter von Harry und Lea Meyer. Wir sind nicht da. Oder wir wollen jetzt nicht abnehmen. Sprechen Sie nach dem Piepston bitte Ihren Namen und Ihre Telefonnummer auf Band. Meistens rufen wir zurück.»

Ich legte auf und wählte Harrys Handynummer.

«Dies ist die Voicemail von Harry Meyer. Hinterlassen Sie bitte nach dem Piepston Ihre Nachricht. Vielen Dank.»

Ich rief bei Harry im Büro an.

«Guten Tag, Frau Meyer.» Kristel stotterte ein bisschen. Das tat sie sonst nie.

«Kann ich Harry kurz sprechen?»

«Harry, äh, ich meine, Herr Meyer ist nicht da.»

«Wissen Sie, wo er ist?»

«Mal eben im Terminkalender nachschauen. Ach ja, ich seh schon. Er ist in Amsterdam.»

«Bei einem Kunden?»

«Äh nein … er ist, äh … wissen Sie denn wirklich nicht, wo er ist?»

«Dann würd ich's ja nicht fragen. Wo ist er, Kristel? Lässt er wieder mal den ganzen YabYum-Club für sich tanzen?»

«Nein, nein, natürlich nicht. Er ist bei Ihrer Mutter.»

«Na, dann ruf ich ihn doch da an!» Ich verstand nicht, wieso Kristel so rumdruckste. Ich wählte die Nummer meiner Mutter.

«Cornelissen.»

«Hallo, Mam, ich bin's.»

«Tag, Lea.»

«Wie geht es dir?»

«Gut. Und dir?», fragte sie behutsam.

«So lala. Ist Harry bei dir?»

«Woher weißt du das?»

«Übersinnliche Eingebung. Kann ich Harry mal kurz sprechen?»

«Augenblick.»

Kurz bevor sie die Hand auf die Muschel legte, hörte ich ein vertrautes Geräusch.

«Harry.»

«Hallo, ich bin's. Ich wollte nur wissen, ob du heute noch kommst.»

«Das hatte ich nicht vor.»

«Ach.»

«Was erwartest du denn? Erst beschimpfst du mich wie verrückt, und dann willst du plötzlich wieder, dass ich vorbeikomme.»

«Ist Junior bei dir?»

«Ja.»

«Dachte ich's mir doch, dass ich ihn gehört habe. Was machst du eigentlich bei meiner Mutter?»

«Sie hat mir angeboten, auf Junior aufzupassen.»

«Ach?»

«Ich kann nicht länger vom Büro wegbleiben, Lea. Und nachts weint er oft, das geht einfach nicht.»

«Bleibt er denn auch über Nacht bei ihr?»

«Ja, vorläufig bleibt er bei deiner Mutter.»

«Hättest du das nicht kurz mit mir besprechen können?»

«Ich hatte keine andere Wahl.»

«Nein. Aber stell dir mal vor, du hättest eine Wahl. Da wüsstest du garantiert nicht, was du machen solltest.»

«Hier ist dein Kaffee, Junge», sagte meine Mutter ein bisschen zu laut.

«Ich leg jetzt auf, Lea.»

«Nicht so schnell. Wie steht es mit den Familienplänen, mich ein Jahr lang einsperren zu lassen?»

«Das werde ich ihnen schon ausreden.»

«Es ist also wirklich ihr Ernst?»

«Können wir das nicht ein andermal besprechen?»

«Lea!»

Meine Schwester riss Harry den Hörer aus der Hand.

«He, Lea. *Long time no speak.*»

«Tag, Birgit.»

«Was hör ich, du hast voll die Krise …?»

«Na ja, ich …»

«… Das hast du ja super getimt. Ich hab nämlich einen Osterbrunch organisiert, für alle. Hab extra Geschirr ausgeliehen. Das geht jetzt alles in die Binsen …»

«Tut mir wirklich furchtbar Leid, Birgit –»

«… Und 'ne Ostertischdecke hab ich auch gekauft. Wirklich sehr hübsch. Mit demselben Muster wie an der Oberkante von meinen Gardinen. Aber für solche Details hat ja außer mir keiner ein Auge. Ich mag so was. Na ja, dann brunchen Steef und ich jetzt eben allein. Auch nicht übel. Da haben wir die ganzen leckeren Sachen für uns allein.»

«Musst du heute nicht arbeiten?»

«Hab heute meinen *Freistellungstag*. Und da wollte ich mir mal kurz meinen Neffen ansehen. Mama hat ihm so 'n süßen Anzug gekauft! Knallrot mit Zipfelmütze. Echt gut. Er sieht aus wie ein kleiner Wichtel. Erinnerst du dich noch an das Märchenbuch, das wir früher hatten?»

«Hm.»

«Daran musst du dich doch noch erinnern! Das Märchenbuch! Denk mal kurz nach, Lea. Auf der rechten Seite vom vierten Märchen war ein Wichtel abgebildet. So 'n drolliges kleines Männlein mit roten Pausbacken. Er saß auf einem Baumstumpf. Und er hatte ein rotes Jäckchen an und eine Zipfelmütze auf. Genauso sieht Junior jetzt aus, ich schwör's dir.»

«Fein.»

«Wie steht's mit den Zwiebeln?»

«Bitte?»

«Meine Krokusse! Du hast sie doch hoffentlich inzwischen ausgepackt ...?»

Die Krokusse hingen auf halb sieben. Ich hatte sie auf die Heizung gestellt.

«... Sind sie nicht schön? Ich hab extra weiße ausgesucht, die sind einfach am schönsten. Viel schöner als gelbe oder lila. Das sind so harte Farben. Weiß passt auch am besten bei mir in den Garten. Wenn sie verblüht sind, musst du sie unten abschneiden, Lea ...»

«Mach ich.» Von wegen. Ich würde sie nachher gleich in den Mülleimer schmeißen.

«... Mein Garten ist eine Pracht. Du musst wirklich mal wieder kommen und ihn dir ansehen. Immer blüht irgendwas bei mir, das ganze Jahr über. Du rätst übrigens nie, was Junior gerade gegessen hat ...»

Cynthia kam angeschlendert. Sie hatte einen Lolly im Mund.

 «... Selbstgemachtes Apfelmus! Das hatte ich noch von vorigem

Jahr in der Tiefkühltruhe. Da hab ich doch so wahnsinnig viel Obst geerntet, weißt du noch …?»

«Harry hat Apfelmus gegessen?»

Cynthia setzte sich auf den Hometrainer. Sie winkte mir zu.

«Na, und wie! Mama hat allerdings erst ein bisschen Zucker reintun müssen, vorher wollte er's nicht.»

«Aber das darf er doch noch gar nicht essen!»

«Ach, die paar Löffelchen, das macht doch nichts. Du hättest mal sehen sollen, wie ihm das geschmeckt hat. Köstlich fand er das …»

«Ich leg jetzt auf, Birgit.»

«Okay. Mach's gut, Lee.»

«Magst du auch 'n Lolly?», fragte Cynthia.

«Nein, danke.» Ich streichelte den Sattel des anderen Hometrainers.

Cynthia warf mir einen Seitenblick zu. «Das hat sie bei mir auch gemacht.»

«Was sagst du?» Ich war mit meinen Gedanken noch bei Birgit.

Sie zeigte auf meinen Hals. «Frau Schreuder. Ich hatte auch solche Kratzer. Meine Mutter hat 'n Mordsschreck gekriegt, als sie mich besucht hat.»

«Ich krieg heute keinen Besuch.»

«Kommt dein Mann nicht?»

«Nein.»

«Er hat wohl viel mit dem Baby um die Ohren.»

Cynthia sprang vom Rad. «Kurz 'ne Zigarette rauchen. Magst du auch eine?»

Ich schüttelte den Kopf. Drei 25-Cent-Münzen hatte ich noch zum Telefonieren. Ich konnte versuchen, Corine zu erreichen. Ach, nein, hatte keinen Zweck, die war natürlich auf dem Tennisplatz. Corine ist nämlich die, mit der ich immer Tennis spiele.

Während der Besuchszeit sah ich mir im Aufenthaltsraum eine Folge von «Fashion Affairs» an. Danach spielte ich mit einem männlichen Mitpatienten – keine Ahnung, wie er hieß – fünf Runden Tischtennis. Drei der fünf Spiele gewann ich.

Gegen zehn, als die Besucher längst weg waren, kam eine Schwester mit einem Wagen voller Getränke. Das schien jeden Abend so zu gehen. Ich hatte es nur noch nicht mitbekommen, weil ich dann immer schon in meinem Zimmer war. Man konnte zwischen verschiedenen Erfrischungsgetränken, Obstsäften und grüner oder roter Limonade wählen.

Die Schwester schob den Wagen an den Tisch, an dem eine Hand voll Patienten saß. Darunter auch Herr Zevenhoven. Er war dement und konnte nicht mehr sprechen. Er hätte eigentlich in ein Pflegeheim gehört, aber es war nirgendwo etwas frei. Herr Zevenhoven tat keiner Fliege was zu Leide. Seine Klamotten stanken entsetzlich, der Schritt seiner Hose hatte dunkle Ringe, aber er lächelte den ganzen Tag.

«Seh'n Sie mal, Herr Zevenhoven, hier hab ich was zu trinken für Sie», sagte die Schwester. Sie hatte grüne Limonade für ihn eingeschenkt.

Ich nahm eine Dose Pepsi Max. *Maximum taste, no sugar.* Tolles Zeug, wenn man kalorienbewusst ist. Cola Light schmeckt dagegen nach Briefmarke.

«Woher wissen Sie eigentlich, dass er die grüne möchte?», fragte ich die Schwester.

«Das weiß ich nicht.»

«Haben Sie ihn denn nie gefragt?»

«Er sagt ja doch nichts.» Sie gab mir ein Glas für meine Pepsi.

«Mijnheer Zevenhoven!»

Der alte Herr sah mich freundlich an.

«Es gibt zwei Sorten Limonade. Rote und grüne.» Ich zeigte auf die Kannen. «Welche möchten Sie?»

Mit zittriger Hand zeigte er auf die rote.

«Na, dann sollen Sie auch die rote haben.» Ich schenkte ihm ein großes Glas davon ein. «Die grüne Plörre brauchen Sie nicht zu trinken.»

Zufrieden schlürfte Herr Zevenhoven sein Glas aus. Ein Viertel davon landete zwar auf seinem Pullover, aber was machte das schon.

Nachdem alle etwas getrunken hatten, kam der Wagen mit den Medikamenten. Die Schwester reichte jedem sein Schälchen Pillen. In meinem war Temazepan, mein Schlafmittel.

MEDIKATION:
Die gegebenenfalls einzunehmenden Medikamente gibt das Pflegepersonal zu *festen* Zeiten aus.

«Kann ich noch eine zusätzliche Schlaftablette bekommen?», bat Nora, eine griesgrämige, dickliche Frau, zu der ich kaum Kontakt hatte.

Ja, Nora konnte noch eine haben. «Und toi, toi, toi für morgen», sagte die Schwester, als sie den Wagen wegschob.

«Was ist denn morgen?», fragte ich.

Nora seufzte. «Da krieg ich Elektroschocks.»

Sofort sah ich Nora heftig zuckend auf einem Tisch liegen, eine seltsame Haube mit allen möglichen Kabeln dran auf dem Kopf. «Ich wusste gar nicht, dass die so was noch machen.»

«Sie versetzen mich vorher in Narkose, ich krieg also gar nichts davon mit.»

«Und hilft's denn?»

«Es kann helfen. Und ich hoffe es. Ich bin unheimlich depressiv. Ich will nicht mehr und würde am liebsten Schluss machen. Das Einzige, was ich noch tue, ist essen und schlafen. Ich hab auch Hunger. Ich könnte den ganzen Tag essen.»

«Du kriegst immer einen gesonderten Teller, nicht?»

Das war mir bei Tisch aufgefallen. Nora beschwerte sich regelmäßig, dass von den Portionen, die sie bekomme, kein Mensch leben könne. Und neben ihr stocherte Anorexie-Patientin Lidwien mit größtem Widerwillen in dem warmen Essen herum. Sie schob es eher hin und her, als dass sie davon aß, und sinnierte dabei über die glorreiche Zeit, da sie nicht mehr als ein Gläschen Babynahrung pro Tag zu sich genommen hatte.

> *MAHLZEITEN:*
> Sie werden gebeten, die Mahlzeiten möglichst alle zur gleichen Zeit zu beginnen und zu beenden. So haben Sie und Ihre Mitpatienten Gelegenheit, in Ruhe zu essen.

«Sie haben mich auf Diät gesetzt. Deshalb kriege ich feste Rationen. Aber es ist so wenig. Viel zu wenig für mich. Abend für Abend seh ich dieses dürre Gerippe am Tisch sitzen, das nichts essen will, aber immer ordentliche Portionen bekommt. Gebt mir doch ihr Essen, denk ich dann. Das ist nicht fair.»

> Die Zubereitung eigener Mahlzeiten in der Stationsküche ist *nicht* gestattet.

«Das war das letzte Mal, Leute, morgen geht's nach Hause», verkündete Theo und stellte sein Glas mit einem Knall auf den Tisch. Von Enzo hatte ich gehört, dass Theo Lehrer an einer Berufsfachschule war, wegen massiver Angstanfälle aber seit Ewigkeiten nicht mehr gearbeitet hatte. Ich schätzte Theo auf Mitte vierzig. Er trug immer graue Pullover, aus denen oben der Kragen eines karierten Oberhemds herausguckte.

«Das freut mich für Sie», sagte ich, weil sonst keiner was sagte.

«Mir graut's total davor. Sie sagen zwar, ich sei so weit, aber ich bezweifle das. Hoffentlich pack ich's.»

«Natürlich packen Sie's, warum denn nicht?»

«Was soll ich denn zu Hause? Da ist niemand. Ich bin schon ein paar Mal probehalber am Wochenende zu Hause gewesen. Mit keiner Menschenseele hab ich da gesprochen. Ich hätte vor lauter Elend die Wände hochgehen können.»

«Hätten Sie nicht jemanden zu sich einladen können?»

«Wen denn, wer wartet denn schon auf mich? Ich hab hier im Krankenhaus ein einziges Mal Besuch gehabt. Ein Kollege kam vorbei. Der hat die ganze Zeit nur von der Schule geredet. Von den Jungs, vom neuen Lehrplan. Dabei wusste der verdammt gut, dass ich nie mehr an die Schule zurückkommen würde. Aber das hat ihn nicht gehindert. Nach achtunddreißig Minuten hatte er dann nichts mehr zu sagen. Da ist er gegangen.»

Sie dürfen sich mit Ihren Besuchern nicht in die zentrale Eingangshalle des Krankenhauses setzen.
Pro Besucher ist *eine Tasse Kaffee* gestattet.
Es ist nicht gestattet, während der Besuchszeiten unnötigen Lärm in Form von Musik, Fernsehen u. dgl. zu machen.

«Trotzdem nett, dass er da war.»

Theo zuckte die Achseln.

«Freuen Sie sich denn überhaupt nicht, dass Sie nach Hause dürfen?»

«Lassen Sie mich raten: Sie möchten gern, dürfen aber nicht.»

Als ich nickte, lachte Theo auf: «Wer nicht nach Hause will, der muss. Wer keine Pillen will, muss sie schlucken. Wer mehr Pillen will, bekommt weniger. Wer im Bett liegen bleiben möchte, muss Laubsägearbeiten machen. Ich hab schon sechs von diesen bekloppten Bären gesägt. Sie sind in meinem Zimmer aufgereiht, fein säuberlich angepinselt und lackiert. Möchten Sie einen haben? Sonst bleib ich drauf sitzen. Das ist hier eine verkehrte Welt, wissen Sie. Das haut hinten und vorne nicht hin.»

Sollten Sie Beschwerden oder Probleme haben, dann erörtern Sie diese möglichst mit den Personen, die dafür zuständig sind. Also zum Beispiel der Oberschwester oder dem verantwortlichen Psychiater.

Zwei Tage später sprach Lidwien mich beim Frühstück an. «Hast du schon gehört? Cynthia geht weg.»

Ich erschrak.

«Sie wird verlegt. Sie packt gerade.»

Hastig schlang ich den Rest meines Brotes hinunter.

Lidwien verzog angewidert das Gesicht.

Ich lief zu Cynthias Zimmer. Die Tür stand offen. Cynthia stand barfuß auf ihrem Bett und nahm Mariah Carey von der Wand.

Mit einem Mal kam mir eine Idee. Ich rannte zum Ausgang. Neuerdings durfte ich nämlich die Station verlassen. *Für Mike, Hamid, Lea, Lidwien und Nora ist die Tür offen,* hatte die Schwester beim Gruppengespräch gesagt.

Ich ging in den kleinen Kiosk in der Haupteingangshalle und kaufte eine Tüte Weingummi für Cynthia. Und einen knalligen gasgefüllten Ballon. Er war herzförmig und mit roten Rosen bedruckt. Es gab auch einen mit Kaninchen drauf. Den musste ich morgen mal für Junior kaufen.

Ich flitzte auf die Station zurück. Zwei Sanitäter liefen gerade mit einer Trage durch den Gang. Ich musste Riesenschritte machen, um sie einzuholen. «Kommen Sie wegen Cynthia?», fragte ich keuchend.

«Wieso?» Der eine Sanitäter sah mich misstrauisch an.

«Eine junge Frau, sie wird heute verlegt. Kommen Sie sie holen?»

«Warum wollen Sie das wissen?»

«Könnten Sie nicht noch einen kleinen Moment warten? Ich möchte ihr noch etwas geben. Mich von ihr verabschieden …»

Der Sanitäter mit Hängeschnurrbart und pockennarbigem Gesicht lächelte. «Dann machen Sie mal schnell. Wir lassen uns noch etwas Zeit.»

Cynthia saß auf ihrem Bett und rauchte. Zu ihren Füßen standen ein paar Tragetaschen. Niemand war bei ihr.

«Hi, Lea», sagte sie matt.

«Du gehst weg, hm?»

«Ja.»

«Hier, das ist für dich.» Ich gab ihr die Tüte Weingummi und den Luftballon.

«Danke.» Sie erhob sich, ging zum Waschbecken und hielt ihre Zigarette unter den Wasserstrahl.

Ich stellte mich hinter sie und umarmte sie.

Cynthia drehte sich um und beugte sich zu mir. «Gibst du dem Baby 'n Kuss von mir?», flüsterte sie mir ins Ohr.

Ich nickte.

Schade, dass Cynthia Junior nie gesehen hat.

Einer der Sanitäter steckte den Kopf zur Tür herein.

Cynthia nahm ihre Taschen. Den Luftballon und das Weingummi behielt sie in der Hand.

«Wollen Sie auf die Trage?», fragte der Sanitäter.

Sie schüttelte den Kopf.

Gemeinsam mit den Sanitätern spazierte sie zum Ausgang.

Ich sah ihr nach und meine Augen füllten sich mit Tränen. Ich vermisste sie schon jetzt. Und ich vermisste Harry. Ich vermisste meine Männer.

27

20. Oktober 1968
Ich bin abends arbeiten gegangen, Tupperware vorführen und verkaufen. Du hast nicht viel davon mitbekommen, denn abends hast du ja geschlafen, und außerdem war Papa dann immer zu Hause, und ihr wart nie allein.

«Beau findet, dass ich mich mal mit meiner Vergangenheit auseinandersetzen sollte.»

Harry schnitt ein Stück von seinem Entrecote ab. Unsere Philippina war mit Junior oben.

«Welchen Teil deiner Vergangenheit meint er denn genau? Deine Jahre mit Eddylein-dem-alten-Schwein, deine Flittchen-Phase oder deine Stippvisiten an diversen Schulen?»

«*Muss* es denn immer gleich so grob sein, Harry?»

Er nahm einen Schluck Bier.

«Herr van Kooten meint natürlich meine Kindheit.»

«O ja. Schön bequem. Da kannst du dann rufen, dass Mami und Papi an allem schuld sind. Sind noch Pommes da?»

Ich guckte in die Tüte und schüttelte den Kopf.

«Warum holst du immer zu wenig?»

«Mecker nicht rum, Harry. Oder du kannst sie dir in Zukunft selber holen.»

Harry schob seinen Teller weg.

«Ich kapier nicht, wieso du dich mit deiner Vergangenheit beschäftigen willst. Sei doch froh, dass sie vorbei ist.»

«Vielleicht hab ich sie ja nicht richtig verarbeitet.»

«Was gibt's denn da zu ‹verarbeiten›? Du hast mir immer

erzählt, dass du heilfroh warst, als dein Vater Schluss gemacht hat.»

Ich seufzte. «Das stimmt ja auch. Aber Beau versteht was davon. Und wenn der sagt, dass ich es nicht richtig verarbeitet habe –»

«Weißt du, was ich machen würde? Ich würde noch eine zweite Meinung einholen.»

«Herrje, bist du misstrauisch, Harry. Das *macht* man doch nicht! Beau van Kooten ist ein renommierter Psychiater.»

«Als wenn der nicht auch mal daneben liegen könnte.»

«Du kennst Beau eben nicht. Er ist ein ganz besonderer Mensch. Er versteht mich. Fast ohne Worte.»

Harry erhob sich und warf seine Serviette auf den Tisch. «Wenn ihr euch so gut versteht, dann verschon mich doch mit dem Quatsch. Kannst ja mit deinem Beau nach Herzenslust in der Scheiße rühren.» Er ließ mich allein.

Mein Entrecote war kalt geworden. Ich legte es kurz in die Mikrowelle und aß allein weiter.

Am nächsten Morgen kam meine Mutter vorbei. Sie wollte mit Junior und mir einen Waldspaziergang machen.

«Wickel ihn fest ein, der Wind ist ziemlich frisch», sagte sie.

Ich kämpfte mich mit dem MaxiTaxi über die Holperwege. Der Klapperkasten war alles andere als geländegängig. Meine Mutter hatte eine Heidenangst, dass Junior jeden Moment herausschuckeln könnte. Schließlich verlegten wir unseren Waldspaziergang auf den Fahrradweg am Waldrand.

«Wie steht es denn jetzt mit deinem Kopf?», fragte meine Mutter.

«Meinem Kopf? Ach, geht wieder ganz gut.»

«Du bist also wieder ganz in der Reihe?»

Ich nickte.

Meine Mutter steckte die Hände in die Taschen. «Ich weiß schon, was das war. Du hattest einen Vitamin-B-Mangel.»

Gekonnt steuerte ich um einen Haufen Pferdeäpfel herum.

«Davon kriegt man nämlich so was», fuhr meine Mutter fort. «Das stand schon vor zwanzig Jahren in der Zeitung. Ich weiß noch, dass ich zu deinem Vater sagte: Du solltest einen Vitamin-B-Komplex schlucken.»

«Ich nehm seit Jahren Multivitaminpräparate, Mam.»

«Das reicht nicht. Du brauchst eine Extraportion Vitamin B. Das hab ich auch zu deinem Vater gesagt. Aber der hat ja nicht auf mich gehört. Der hat ja nie auf mich gehört.»

«Ich hab im Krankenhaus alle möglichen Pillen bekommen, aber keine Vitaminpillen.»

«Die haben den Zeitungsbericht mal wieder nicht gelesen.»

Junior spuckte seinen Schnuller aus.

Meine Mutter steckte ihn ihm wieder in den Mund.

«Bist du noch ab und zu an Papas Grab gewesen?», fragte ich.

«Ich? Nein, warum sollte ich?»

«Wo ist er noch mal begraben, irgendwo in Amsterdam-Nord, oder?»

Meine Mutter lachte verächtlich. «Da kannst du lange suchen. Das Grab ist längst geräumt.»

«Bist du sicher?»

Nein, sicher war sie sich nicht, aber sie nahm es an. Vor zehn Jahren hatte sie nämlich eine schriftliche Anfrage vom Friedhof erhalten, ob sie den Mietvertrag für das Grab verlängern wolle. Kurz gesagt: Geld her oder Grab ade! Und Geld hatte die Witwe nicht mehr dafür übrig gehabt. «Ich hab gleich angerufen, dass ich nicht daran interessiert sei und sie sich an die Geschwister deines Vaters wenden sollten.»

«Hättest du das nicht vielleicht auch mal mit Birgit und mir besprechen können?»

«Wieso?»

«Es geht doch schließlich um unseren Vater. Du hättest wenigstens mal fragen können.»

«Warum sollte ich? Ihr habt mit dem Grab doch gar nichts am Hut. Du bist nicht mal auf der Beerdigung deines Vaters gewesen …»

«Hat Papas Familie das Grab übernommen?»

«Keine Ahnung. Das musst du die fragen.»

Wir kamen an einem Pfannkuchenrestaurant vorbei.

«Wollen wir hier einen Kaffee trinken?»

«Gern», sagte meine Mutter. «Ich muss ganz nötig.»

Im Restaurant behielt sie den Mantel an. Ihr war kalt, und sie klagte, dass ihr die Beine weh täten. «Ich kann nicht mehr so weit laufen.»

«Aber *du* wolltest doch einen Waldspaziergang machen!»

«Ja, aber dann merke ich wieder, dass es nicht geht.»

«Magst du einen Pfannkuchen?»

«Nein. Nur ein Glas Wasser. Ich hab Magenschmerzen.»

Ich bestellte eine Tasse Kaffee und ein Glas Wasser. «Auf dein Wohl, Mam.»

Sie nippte an ihrem Glas. «Weißt du, dass ich dich gehasst habe, Lea?»

Ich dachte, ich hätte mich verhört.

«Du hast dich so eigenartig aufgeführt. Bevor du eingewiesen wurdest und auch danach, als du auf Teufel komm raus nach Hause wolltest. Ich hab dich wirklich gehasst.»

28

20. Oktober 1968
Das «Tuppern» hab ich 14 Monate lang gemacht, bis mir langsam, aber sicher klar wurde, dass man sich entscheiden muss: Entweder man ist ganz für seine Kinder da und genießt sie, solange man sie hat, oder man kann zwei Sachen nur halb machen.

«Ich glaube, ich weiß, was für ein Baum ich bin, Herr van Kooten.»

Er wandte sich vom Fenster ab und setzte sich mir gegenüber.

«Wirklich?»

Beau hatte so liebe kleine Fältchen um die Augen. Und so strubblige Augenbrauen. Ich fühlte mich versucht, ihm behutsam die Brille abzunehmen und mit den Fingerspitzen über die Augenbrauen zu streicheln.

«Ich hab ewig rumgeknobelt, aber jetzt weiß ich's. Ich bin ein Weihnachtsbaum.»

Er legte die Handflächen aneinander und drückte die gespitzten Lippen gegen die Zeigefinger. Diese Lippen lenkten mich unheimlich ab. Aber ich traute mich nicht, das zu sagen.

«Und warum bist du ein Weihnachtsbaum, Lea?»

«Ich hab's gern, wenn an mir rumgemacht wird.»

«Meinst du damit das Geschmückt- oder das Angefasstwerden?»

«Beides. Das ist ja das Schöne. Deswegen bin ich mir auch so sicher, dass ich ein Weihnachtsbaum bin. Hier, sehen Sie, ich liebe Gold.» Ich klimperte mit meinen Armreifen. «Ich mag es, wenn man mich mit Schmuck ausstaffiert. Und ich finde es himmlisch, wenn ein Mann an mir rummacht.»

«Ah, ja?»

«Klar. Welche Frau ist nicht selig, wenn sie begehrt wird?»

«Und warum gefällt dir das?»

«Einfach so. Ist doch schön zu wissen, dass die Männer verrückt nach dir sind.»

«So was nennt man nicht ‹Weihnachtsbaum›, sondern ‹*cockteaser*›.»

«Moment mal! Nur keine voreiligen Schlüsse. Ich löse ein, was ich verspreche, Herr van Kooten.»

«Aha …»

«Es gibt noch einen großen Unterschied zwischen mir und anderen Bäumen.»

«Und der wäre?»

«Können Sie das nicht erraten? Laubbäume verlieren ihre Blätter. Ich nicht. Ich behalte meine Nadeln. Anders ausgedrückt: Mein wahres Ich bleibt immer verborgen.»

«Sehr interessant», sagte van Kooten. Er ging zu seinem Schreibtisch und nahm Notizblock und Stift aus der Schublade.

«Geben Sie das nicht in den Computer ein?»

Er warf einen Blick auf den iMac und seufzte. «Das würde ich ja gern, aber er ist kaputt. Ist gestern abgestürzt. Ich kriege ihn beim besten Willen nicht wieder in Gang.»

«Ach, wie ärgerlich, Herr van Kooten.»

«Das ist noch gelinde ausgedrückt.»

«Aber Sie haben doch sicher Backups gemacht, oder?»

«Nein», sagte er schroff und fuhr sich mit den Händen durch die Haare. Anscheinend war ihm das Ausmaß der Katastrophe jetzt wieder so richtig bewusst geworden. Er setzte sich und legte den Notizblock auf seinen Schoß.

«Wo waren wir stehen geblieben? Ach ja, du warst ein Nadelbaum.» Er begann zu schreiben.

«Ein Weihnachtsbaum», verbesserte ich.

«Auch gut. Hast du dich schon immer wie ein Weihnachtsbaum gefühlt?»

«Ich glaube schon», sagte ich nach einigem Nachdenken.

«Und du warst nicht vielleicht anfangs eine Buche? Und hast erst später das Nadelkleid angelegt?»

«‹Nadelkleid›, wie schön Sie das sagen!»

«Danke.»

«Ich weiß nicht, keine Ahnung. Über solche Sachen denk ich nie nach. Das hab ich nur, weil Sie mir das gesagt haben.»

«Wie alt warst du, als dein Vater Suizid beging?»

«Dreizehn.»

«Und wie alt war deine Schwester?»

«Sechzehn.»

«Was hast du damals empfunden?»

Ich begutachtete meine Fingernägel. Loes hatte sie wieder einwandfrei hingekriegt. «Ich war froh.»

«Froh?»

Was ist der Unterschied zwischen einem Therapeuten und einem Echogewölbe? Das Echogewölbe kostet nichts.

«Unheimlich froh.»

Birgit und ich haben gebrüllt vor Lachen, als wir es erfuhren.

Am Tag, nachdem sie meinen Vater gefunden hatten, haben wir in aller Frühe Pommes gemacht und sie vor dem Fernseher aufgegessen, mit viel Mayonnaise und Riesengläsern Cola dazu. Den Fernseher haben wir den ganzen Tag laufen lassen und dann noch die Musik voll aufgedreht. Birgit hat nachmittags mit dem Nachbarsjungen Dickie zusammen eine ganze Flasche Cointreau getrunken. Und ich hab in der Schreibtischschublade von meinem Vater eine Zigarre gefunden, so eine in einem Röhrchen. Die hab ich ganz aufgeraucht, während wir zu dritt Karten gespielt haben. Birgit und Dickie waren am Ende sturzbetrunken, und mir war speiübel.

«Warst du denn gar nicht traurig?»

«Nein. Gut, dass wir den los sind, hab ich gedacht. Und das denk ich auch heute noch. Es war echt 'ne Strafe mit dem Typ, Herr van Kooten.»

«Was hat er dir denn getan?»

«Er hat ...» Ich stockte. «Es geht nicht so sehr darum, was er mir persönlich angetan hat ... Es war eher sein Einfluss auf die Familie.»

«Das ist mir zu allgemein.»

«Da müssten Sie sich eigentlich mal mit meiner Mutter unterhalten. Die weiß viel mehr darüber als ich. Die hat mir alles erzählt. Wie schrecklich er war und was er alles gemacht hat.»

«Ach, du hast deine Informationen also aus zweiter Hand?»

«Meine Mutter hat bestimmt nicht gelogen.»

Van Kooten antwortete nicht. Er schrieb nur etwas auf. «Was ist deine früheste Erinnerung an deinen Vater?»

Ich dachte kurz nach. «Als ich klein war, rannte ich immer zur Tür, sobald ich ihn von der Arbeit nach Hause kommen hörte. Er stand dann oft mit triefnassem Regenumhang im Flur. ‹Heb mich hoch, heb mich hoch!›, hab ich gerufen. ‹Lass mich doch erst mal nach Hause kommen, Lea›, sagte mein Vater darauf. Und ich: ‹Aber du bist doch jetzt zu Hause!› ...»

Van Kooten lächelte. «Und was hat dein Vater dann gemacht?»

«Dann hat er sich den Umhang und die Jacke ausgezogen, hat mich hochgehoben und eine Runde durchs Wohnzimmer getragen.» Ich hatte plötzlich den Geruch des nassen Umhangs von meinem Vater in der Nase und spürte die Kälte seiner Wange, gegen die ich die meine drückte.

«Klingt nicht, als wenn er so ein schrecklicher Mensch gewesen wäre, Lea.»

Ich schluckte mühsam und hielt den Kopf gesenkt. «Nein, das nicht.»

«An was erinnerst du dich aus der Zeit denn sonst noch?»

Sonntags ging mein Vater manchmal mit Birgit und mir ins Vliegerbos. Da haben wir Stichlinge und Wasserflöhe gefangen.»

Zum Flöhefangen hat mein Vater was Geniales ausgetüftelt. Er hat einen Tennisschläger genommen, die Bespannung abgemacht und dann eine Strumpfhose von meiner Mutter am Schlägerrahmen befestigt, bei der er die Beine in Höhe der Oberschenkel abgeschnitten und die Stümpfe miteinander verknotet hat.

«Die Stichlinge hat mein Vater in ein Aquarium getan. Die Wasserflöhe dienten als lebendes Fischfutter. Die Überschüssigen hat er eingefroren. Meine Tante hat mal versehentlich so einen Eiswürfel in ihren Wein getan. Da haben wir vielleicht gelacht!»

«Ihr hattet also Stichlinge als Haustiere?»

«Ja. Und Große Kolbenwasserkäfer.»

Der Große Kolbenwasserkäfer ist ein richtiger Kaventsmann von Käfer mit pechschwarz glänzendem Panzer. Laut meinem Vater ist er vom Aussterben bedroht. Im Gegensatz zu den stinknormalen Gelbrandkäfern, die er immer achtlos aus seinem Netz kippt.

In unserer Zweizimmerwohnung in Amsterdam-West kann man das Leben des Großen Kolbenwasserkäfers von Anfang bis Ende mit verfolgen. Die Wiege steht im Wohnzimmer, wo in großen Gläsern die Kokons schwimmen, die Papa aus dem Graben gefischt hat. Weiß und etwa kastaniengroß sind sie. Sie schwimmen unter Wasser, aber aus jedem Kokon ragt eine Art Schornstein – ein zu einem kleinen Rohr gedrehtes Blatt aus dem Wasser, durch das Sauerstoff hineingelangt. Irgendwann platzt der Kokon auf, und zig kleine Larven purzeln heraus. Sie können so dick und groß wie ein kleiner Finger werden und haben kräftige Fresszangen, mit denen sie richtig beißen können. Mein Vater lässt sie manchmal an seinem Finger baumeln, um zu demonstrieren, wie stark sie sind. Das macht ihn ganz stolz. Die Larven kommen dann raus auf den Balkon, in breite Kästen mit nasser Erde. Sie graben sich in die Erde ein, um sich dort zum Käfer zu verpuppen.

Das dauert meinem Vater immer viel zu lange, und er muss dann in der Erde rumstochern, um zu gucken, ob auch alles gut läuft. So mancher Puppe ist das schon zum Verhängnis geworden. Mit den Kokons macht er das auch. Die schneidet er mit einer Nagelschere auf, wenn sich die Natur seiner Meinung nach schwer tut. Schließlich sollen sich irgendwann mal riesige Schwärme Große Kolbenwasserkäfer von unserem Balkon in die Lüfte erheben.

Van Kooten machte eine Notiz. «Dein Vater liebte die Natur», konstatierte er, ohne aufzusehen.

«O ja. Sehr.»

«Wieso hat er sich ausgerechnet dieser Wasserkäfer angenommen?»

«Keine Ahnung. Aber mit Wasser hatte er's irgendwie. Er konnte auch gut angeln. Das hab ich von ihm gelernt.»

«Du kannst angeln?» Van Kooten blickte auf.

«Klar», sagte ich grinsend. «Nur tu ich's nicht mehr.»

29

20. Oktober 1968
Ich hab mich also für Ersteres entschieden und bin abends wieder zu Hause geblieben. Meist hatte ich ja auch schon tagsüber vorarbeiten müssen und konnte mir dann keine Zeit für dich nehmen, wenn du in deinem Laufstall gestanden und dich nach einem lieben Wort gesehnt hast oder mal gedrückt werden wolltest oder was auch immer.

«*Guck* mal, da kommen Knospen! Und da! Und das Geißblatt treibt auch schon aus …! Toll, nicht?»

Birgit führte mich in ihrem Garten herum.

«Diese Ecke hier wird ganz anders. Steef gräbt sie heute Nachmittag um, wenn er von der Arbeit kommt. Ich möchte Kerbel mit Gundermann und Klatschmohn kombinieren. Das wird der Wahnsinn …» Sie ging in die Hocke und rupfte ein paar grüne Pflänzchen aus. «… Weißt du, wenn man's ein bisschen im Auge behält, ist Unkraut gar kein Problem. Jeden Tag mal kurz die Beete durchgehen. Echt 'ne Kleinigkeit …» Die Katze strich ihr mit kerzengerade aufgerichtetem Schwanz um die Beine. «… Ja, Maximilian, gleich kriegst du was Feines …», murmelte Birgit und wischte sich die Nase an ihrem Pulloverärmel ab.

Ist sie sich überhaupt noch bewusst, dass ich da bin?

«Mama hat gesagt, dass du nach Papas Grab gefragt hast.» Sie wühlte weiter in der Erde herum.

«Mein Psychiater hat sich dafür interessiert.»

«Du redest mit ihm über Papa?»

 «Ja.»

«Hat er schon einen Kommentar dazu abgegeben?»

«Wie meinst du das?»

«Na, hat dein Psychiater schon gesagt, warum Papa es getan hat?» Sie band einen umgeknickten Stängel an einem Holzstöckchen hoch.

«Nein.»

«Was meinst du denn?», fragte Birgit.

«Also, ich glaube, er hatte 'ne Psychose. Vielleicht dachte er ja auch, dass er Jesus ist. Dass er übers Wasser gehen kann oder so.»

«Hat man eigentlich viel Hunger, wenn man 'ne Psychose hat?»

Ich zog die Augenbrauen zusammen. «Ich glaub nicht. Ich hab jedenfalls kaum was gegessen. Hab nur alles Mögliche durchgekaut. In Gedanken, mein ich.»

Birgit schüttelte den Kopf. «Dann hatte er bestimmt keine. Am Abend, bevor er weggegangen ist, gab's Hühnersuppe. Davon hat er sich mindestens viermal was aufgetan. Ich weiß noch, dass ich dachte, Mensch, hast du jetzt immer noch nicht genug!»

Die Hühnersuppe meiner Mutter als letztes Abendmahl. Ich kann mich nicht daran erinnern. Ich weiß überhaupt nichts mehr von dem Abend vor seinem Verschwinden.

«Und was hat er noch gemacht?»

«Ja, weißt du das denn nicht mehr?», fragte Birgit verwundert. «Wir haben uns Dias angesehen. Ich war doch gerade mit Annet in den Ferien gewesen.» Annet war Birgits Busenfreundin. «Und Annet hatte Dias von mir gemacht. Ich war unheimlich braun und sah richtig toll drauf aus. Papa war ganz begeistert. Als Mama und du schon zu Bett wart, wollte er sie noch mal sehen ...»

Eine braun gebrannte lachende Birgit war das letzte Bild auf seiner Netzhaut.

Ich verspürte so etwas wie einen Krampf in der Herzgegend. Eigentlich wollte ich nichts mehr darüber hören. Aber Beau hatte gesagt, dass es notwendig sei.

«... In den Ferien hatte ich mich zum ersten Mal richtig verknallt. In Günther, einen Deutschen. Der ist dann später noch bei uns gewesen …» Sie starrte lächelnd vor sich hin. «… Ich wollte an dem Abend eigentlich nur in meinem Zimmer sitzen und von Günther träumen. Aber Papa hat mich andauernd gestört. Das eine Mal kam er, weil er sich die Dias nochmal ansehen wollte. Und später hat er sich ganz schleimig zu mir aufs Bett gesetzt, weil er sich mit mir über meine Ferien unterhalten wollte. Danach war mir nun echt *überhaupt* nicht. Ich hab ihn rausgeekelt.»

Bei mir ist er nicht gewesen. Das weiß ich genau.

«Um zwei Uhr nachts musste ich mal aufs Klo. Da hab ich im Wohnzimmer noch Licht brennen sehen. Er blieb immer lange auf. Normalerweise hab ich ihm dann noch kurz gute Nacht gesagt. Aber an dem Abend nicht. Ich hab nur kurz zur Tür reingelinst. Er spielte Klavier, mit Kopfhörern auf.» Birgit verstummte.

Ein Flugzeug flog über uns hinweg.

> Am nächsten Morgen ist unser Vater verschwunden. Eine Nachricht hat er nicht hinterlassen. Meine Mutter guckt als Erstes über die Balkonbrüstung. Auch bei seiner Arbeit lässt Kees sich an diesem Montag nicht blicken. Tagelang bleiben wir ohne Lebenszeichen von ihm.
>
> Unverhofft steht Günther vor der Tür, zusammen mit zwei anderen deutschen Jungs. Meine Mutter lässt sie bei uns übernachten. Wenn Vater jetzt zurückkommt, wird er wütend, denke ich.

Aber Kees kam nicht zurück. Eine Woche nach seinem Verschwinden sah ein Spaziergänger etwas im Sloterplas treiben.

30

20. Oktober 1968
Das änderte sich jetzt also. Wir spielten, balgten uns, putzten gemeinsam die Fenster, und so ging das Leben seinen Gang. Du warst immer sehr gesellig. Du konntest dich zwar auch gut alleine beschäftigen, aber lieber war's dir, wenn ich mit von der Partie war.

«Babybuch» war ein großes Wort für den grauen Multo-Ordner mit den sechs Blättern. Birgit hatte auch so ein Buch, aber ihres war viel dicker. Meines sah nur deshalb einigermaßen voll aus, weil noch vier Registerblätter aus Pappe und das Blatt mit der Herstellergarantie drin waren.

Multo – in einem Band alles zur Hand!
Das Multo der Möglichkeiten!
Multo-Register. Multo-Ringordner, Multo-Cyclostyle.
Multo-Ringordner, Format 21,5 x 16,5 cm, Pappeinband, fünf Farben, Schnellheftmechanik.

«Hallo, Mam, ich bin's.»

«Hallo, Lea.»

«Sag mal, Mam, ich hab gerade mein altes Babybuch auf dem Dachboden wieder gefunden. Darin hab ich was über Papa gelesen. Dass ich abends zu ihm ins große Bett durfte.» Ich holte tief Luft. «Hatte Papa das gern, wenn ich bei ihm lag?»

«Nicht, dass ich wüsste. Ich hab dich zu ihm gelegt, er hat nicht darum gebeten.»

Ich hätte es wissen müssen. Meine Mutter würde lieber russisches Roulette spielen als etwas Nettes über meinen Vater sagen.

«Warum fragst du, Lea?»

«Mein Psychiater möchte eine Vorstellung von meiner Familie gewinnen. Er geht davon aus, dass Papa und du irgendwann mal ineinander verliebt gewesen sein müsst. Sonst hättet ihr nicht geheiratet und drei Kinder gekriegt.»

Meine Mutter schnaubte. «Dein Psychiater hat deinen Vater nicht gekannt.» Und sie erzählte die Geschichte von ihrer Hochzeitsreise nach Paris.

Das frisch vermählte Paar schlendert Arm in Arm durch die Straßen. Meine Mutter hofft auf zärtliche Worte. Stattdessen sagt mein Vater: «Schön, jetzt bin ich verheiratet. Da werd ich jetzt endlich als vollwertiges Mitglied der Gesellschaft akzeptiert.»
«Was soll denn das heißen?», fragt meine Mutter verzweifelt. «Du hast doch wohl nicht im Gefängnis gesessen, oder?»
«Nein, aber wenn du nicht verheiratet bist, denken die Leute schnell, dass bei dir irgendwas nicht stimmt.»

Wenige Wochen nach ihrer Heirat wollten sie einmal Chinesisch essen gehen.

Sie haben verabredet, vor dem Restaurant aufeinander zu warten, aber meine Mutter hält dort vergeblich nach ihrem Ehemann Ausschau. Sie wartet zehn Minuten, eine Viertelstunde, zwanzig Minuten und geht dann hinein.
Da sitzt mein Vater allein am Tisch und hat gerade genüsslich sein *Nasi Goreng* verspeist. Er schiebt den leeren Teller von sich, trinkt sein Bier aus und rülpst.
«Wo hast du denn gesteckt? Ich bin fertig, wir können gehen», raunzt er sie noch an.

Auch ihre ersten Weihnachten nehmen einen tragischen Verlauf.

Meine Mutter kauft ein Hühnchen, das zehn Gulden kostet, und verjubelt damit praktisch einen ganzen Wochenlohn meines

Vaters. Unangekündigt kommt Onkel Jan, der Bruder meines Vaters, zu Besuch. Meine Mutter macht den Sherry auf, den mein Vater bei seinem Angelverein gewonnen hat. Mein Vater kommt nach Hause, kriegt einen Tobsuchtsanfall, ekelt seinen Bruder raus und setzt die Flasche an den Mund. Meine Mutter nimmt das Hühnchen aus der Bratröhre, wickelt es in eine Zeitung und ergreift die Flucht.

«Ja, Kind, so war dein Vater», schloss meine Mutter. «So ist er immer gewesen. Das weißt du doch!»

Ich legte auf. *Im Westen nichts Neues.* Die Geschichten aus dem Gruselkabinett meiner Mutter kannte ich in- und auswendig.

31

10. Dezember 1968
Das Sinterklaasfest war für dich das Größte, vor allem als du morgens etwas in deinem Schuh gefunden hattest. Und abends dann die Geschenke, das war das Alleraufregendste. Fieberhaft hast du die Päckchen ausgepackt und dich über alles gefreut, obwohl du von dem Ganzen gar nichts verstanden hast.

«Kann Ihre Maschine auch Tee kochen?»

«Aber sicher.»

«Ich hab zur Abwechslung mal Süßholztee mitgebracht. Meiner Meinung nach trinken Sie viel zu viel Kaffee.» Ich zog zwei Teebeutel aus der Tasche.

«Sehr aufmerksam, danke», sagte van Kooten.

Kurz darauf stellte er zwei Tassen dampfenden Tee auf den Tisch und setzte sich zu mir. «Und, wie ist es dir in der letzten Woche ergangen?»

«Gut, sehr gut. Gestern hab ich einen Apfelkuchen gebacken. Meine Philippina war platt, als sie ihn probiert hat! Ich wollte Ihnen eigentlich ein Stück mitbringen, hatte aber die Befürchtung, dass Ihnen das komisch vorkommen würde.»

Van Kooten klopfte mir kurz aufs Knie. «Komm, komm, Lea, da müsstest du mich aber inzwischen besser kennen.»

Errötend nippte ich an meinem Tee.

«Hast du noch über deinen Vater nachgedacht?»

Ich berichtete Beau von den Gesprächen mit meiner Mutter und Birgit. Er hörte zu und nickte, schrieb aber nicht viel auf.

«Ich muss also nachforschen, ob das Grab noch da ist. Aber mein Vater hatte am Abend vor seinem Tod sicher keine Psychose, denn Birgit sagt, dass er vier Teller Hühnersuppe gegessen hat.» Ich hoffte, dass Beau stolz auf mich sein würde. Sein Hilfssheriff hatte einen Haufen neuer Fakten aufgedeckt.

«Gut, dass du dich damit befasst hast, Lea. Aber ich vermisse etwas.»

«Was denn?» Ich konnte meine Enttäuschung kaum verbergen.

«Letztendlich geht es doch um dich. Wie sieht es mit *deinen* Gefühlen für ihn aus?»

«Ich hatte kein so enges Verhältnis zu ihm, Herr van Kooten.»

Als ich geboren wurde, war mein Vater schwer enttäuscht. Daran hat meine Mutter bei jedem meiner Geburtstage erinnert.
«Dein Vater hatte sich einen Sohn gewünscht. Zu allen hatte er gesagt: ‹Pass mal auf, das dritte wird ein Junge.›
Am Tag bevor du geboren wurdest, dachte ich: Essen wir heute Abend doch *Nasi,* vielleicht kommt das Kind dann. Das war am 12. Januar, und als Geburtstermin war der 15. Januar ausgerechnet worden. Nur wenige Stunden nachdem ich an diesem Abend schlafen gegangen war, spürte ich, dass es so weit war. Ich hab deinen Vater geweckt und gesagt, er solle den Arzt anrufen. ‹Das Kind kommt›, hab ich gesagt.
‹Das kann nicht sein›, sagte dein Vater, ‹es ist noch zu früh.› Und weil er nicht aus dem Bett wollte, bin ich eben selbst aufgestanden und hab den Arzt angerufen. Deine Schwester hat weitergeschlafen, die hat gar nichts davon mitbekommen. Die Entbindung verlief reibungslos. Ich weiß noch, dass ich plötzlich ganz dringend musste. Der Arzt dachte, ich hätte Pressdrang, aber ich sagte: ‹Nein, der Darm drückt.› Er hat mir aber nicht geglaubt, und ich durfte nicht von dem Bett runter, und da hab ich dann vor seinen Augen gemacht. Schrecklich fand ich das. Und dann bist du gekommen. Mein erster Kommentar war: ‹Was für ein

hässliches Kind!› Die Säuglingsschwester ist richtig erschrocken. Ich sagte: ‹Ich muss es ja wissen, denn es ist mein drittes, und es ist eindeutig am hässlichsten.› Du hast ganz merkwürdig ausgesehen. Du hattest keine Augenbrauen, aber dafür behaarte Ohrläppchen. Und du hast fürchterlich geschielt. Dein Vater hat sich gefragt, ob du überhaupt normal bist. Später hat sich das ja alles wieder eingerenkt. Aber dein Vater hat es sehr bedauert, dass du kein Junge warst. Dann hättest du nämlich Kees geheißen, genau wie er. Er hat niemanden angerufen, um von deiner Geburt zu erzählen, so eine Pleite war das für ihn.»

«Hat dein Vater eigentlich auch dir gegenüber mal geäußert, wie enttäuscht er war?», fragte Beau.

Ich schüttelte den Kopf.

«Es könnte also sein, dass er sich rasch damit abgefunden hat, wieder eine Tochter bekommen zu haben.»

«Ja, klar, eine Woche später schwebte er auf Wolke Sieben. Mannomann, war er da plötzlich hingerissen von mir. Komisch nur, dass ich nie was davon gemerkt hab.»

«Hat er dich geschlagen?» Van Kooten legte den Kopf schief.

«Nein.»

«Hat er dich heruntergemacht?»

«Nein.»

«Hat er dich missbraucht?»

Ich lachte. «Dann wär alles im Kasten, was, Beau? Die inzestuöse Vergangenheit von Lea Meyer, aufgedeckt in nur vier Sitzungen.»

Van Kooten war nicht der Erste, dessen Gedanken in diese allseits beliebte Richtung gingen.

Jean-Claude, einer von Birgits hundert Exfreunden – ein manisch-depressiver Vollidiot, der Papa glich wie ein Ei dem anderen –, behauptete, mein Vater hätte sich an Birgit vergriffen. Nachdem Birgit mit ihm Schluss gemacht hatte, brachte er das Gerücht eifrig in Umlauf. Ich bin ihm damals mal in der Stadt begegnet, und da hat er gleich gegeifert: «Frag deine Schwester doch mal, was zwischen ihr und eurem Vater vorgefallen ist. Frag sie doch mal, da weißt du gleich, wieso die Tucke frigide ist.» Ich hab nur die Achseln gezuckt und bin weitergegangen. Inzest, klar, warum nicht auch das noch. Sicherheitshalber hab ich die Geschichte aber beim vermeintlichen Opfer gecheckt.

«Quatsch», sagte Birgit am Telefon.

«Und was sollte das mit dem ‹frigide›?»

«Das stimmt. Aber daran ist Jan-Kloß selbst schuld. Übrigens hab ich gerade 'n Kugelschreiber in der Muschi.»

«Bitte?»

«Hat mir meine Sexualtherapeutin verordnet. Wenn's funktioniert, darf morgen 'ne Kerze rein. Weißt du, wovor ich Bammel habe?»

«Daß du's nicht bis zur Gurke bringst?»

«Nein. Dass ich einen Herzanfall kriege und der Notarzt mich dann mit 'ner Kerze in der Möse findet.»

«Das mit dem Inzest können Sie getrost von Ihrer Liste streichen», sagte ich zu Beau.

Er zündete sich eine Zigarette an.

«Aber das andere, was sie vorhin aufgezählt haben, hat mein Vater schon getan, nur nicht bei mir.»

«Ach?»

«Er hat meine Mutter runtergemacht und meine Schwester auch. Manchmal hat er Birgit sogar eine gelangt. Aber andererseits hat er sie auch regelmäßig in den Himmel gehoben. Sie war nämlich ein Genie. Genau wie er.»

«Und du bist aus der Schusslinie geblieben?»

«Ja. Was ein Massel, nicht?»

«Kommt drauf an. Wie sah das mit dem Heruntermachen denn im Einzelnen aus?»

«Na ja, Birgit war auf dem Gymnasium. Und als sie sich für den sprachlichen anstatt für den naturwissenschaftlichen Zweig entschieden hat, ist mein Vater ausgerastet. Denn das hat seine großartigen Pläne durchkreuzt. Birgit sollte nämlich Nobelpreisträgerin werden.»

«Und dann?»

«Dann hat er kein gutes Haar mehr an Birgit gelassen. Tag für Tag hat er sie zur Minna gemacht. Dass sie noch als Wurstverkäuferin im Kaufhaus enden würde und so.»

Posthum sollte mein Vater Recht bekommen. Birgit hat das Gymnasium nicht beendet. In den letzten beiden Schuljahren war sie nur noch stoned. Und sie hat sogar mal ein kurzes Gastspiel im Kaufhaus gegeben. Hat bei HEMA an der Kuchentheke gejobbt. Als sie dann aber zehn Kilo zugenommen hatte, ist sie zu C&A gegangen.

«Und du, wie hat dein Vater dich gesehen?»

«Keine Ahnung.»

Beau nahm einen Zug von seiner Zigarette und blies den Rauch zur Decke aus. «Du warst nicht interessant genug, um geschlagen zu werden. Du warst nicht wichtig genug, um heruntergemacht zu werden.»

«Wenn Sie so weitermachen, fang ich noch an, das zu bedauern.»

Van Kooten nickte langsam. Ich hatte den Eindruck, dass er mehr verstand als ich.

Mein Vater hat mir nur ein einziges Mal eine persönliche Frage gestellt.

Ich war elf Jahre alt. Es war ein Donnerstagabend, und ich lag schon im Bett.

«Wie läuft's bei dir denn so in der Schule?», fragte er.

Mir blieb fast die Spucke weg, dass er sich plötzlich für mich interessierte und sich dabei auch noch auf meine Bettkante gesetzt hatte. «Och, normal», antwortete ich. «Ich bin nicht gerade die Beste, aber auch nicht die Schlechteste. Guter Durchschnitt, würde ich sagen.»

Falsch! Falsch! Falsch!, schrillte es bei mir, noch während ich das sagte.

Mein Vater nickte, als hätte er nichts anderes erwartet, erhob sich und ging.

Ende der Unterhaltung.

Van Kooten nickte, als hätte er nichts anderes erwartet. «Nochmal kurz zu den Tagen nach seinem Tod. Du bist nicht bei der Beerdigung gewesen?»

«Nein.»

«Du warst fröhlich.»

«Ja.»

«Du hast nicht geweint?»

«Ein einziges Mal, aber daran war meine Mutter schuld.»

Als mein Vater aus dem Wasser gefischt wurde, hatte er schon eine ganze Woche dringelegen. Das hat zwar keinen besonders guten Eindruck gemacht, war aber immer noch besser, als wenn er sich zum Beispiel aufgehängt hätte. Dann hätte womöglich einer von uns ihn gefunden, an einem Strick baumelnd, mit aschgrauem Gesicht, hervorquellenden Augen und heraushängender Zunge …

Die Polizei empfahl meiner Mutter, sich meinen Vater lieber nicht anzusehen. Sein Bruder, Onkel Jan, wollte die Identifizierung übernehmen, machte aber einen Rückzieher, als es so weit war. Niemand von denen, die ihn gekannt haben, hat ihn am Ende noch gesehen. Meine Mutter bekam eine unbedruckte Tragetasche mit dem, was mein Vater bei sich gehabt hatte. Ich war dabei, als sie sie auspackte. Wir standen in der Küche. Mit kreideweißem Gesicht nahm sie die Sachen heraus. Zuerst sein Portemonnaie, das er immer in der Gesäßtasche getragen und das sich dadurch der Form seines Hinterns angepasst hatte. Dann seine Armbanduhr. Als sie die aus der Tragetasche zog, fing sie an zu schreien. «Wenn ich an das Theater denke, als ich ihm die gekauft hatte! Zu seinem Geburtstag. Er fand sie zu teuer. Mijnheer war's wieder mal zu teuer! Was haben wir uns wegen diesem Mistding gestritten!» Sie wedelte mit der Armbanduhr. «Ich hab noch gesagt, dann gib sie mir doch zurück! Aber nein, das hat Mijnheer nicht getan. Erst Stunk machen, und sie dann tragen. Jetzt hat er sie mir doch noch zurückgegeben. Sie ist kaputt, aber das kann Mijnheer ja jetzt egal sein ...!» Da ist sie dann in Tränen ausgebrochen. Und das war zu viel für mich. Schreien war okay. Das war normal. Aber weinen ... Ich legte den Arm um sie. «Schsch, Mam, beruhige dich.» Schluchzend grabbelte sie in der Tragetasche weiter. Als Nächstes zog sie seine Sportschuhe heraus. Das Leder war überall aufgeplatzt. Dann drehte meine Mutter die Tüte um und schüttelte. Sie war leer. «Der Haustürschlüssel ist nicht drin. Den muss er aber bei sich gehabt haben», sagte sie. Mein Vater hatte die Tür nämlich nicht nur hinter sich zugezogen, sondern sie auch abgeschlossen. Gewissenhaft war er ja. Hat seine Familie keiner Gefahr ausgesetzt.

«Deiner Stimme höre ich eine gewisse Traurigkeit an», sagte mein Therapeut.

Ich hatte mich ans Fenster gestellt. Im Garten meines Therapeuten stand eine Schaukel. Ich hatte schon so oft nach draußen geguckt, aber diese Schaukel war mir nie aufgefallen. Ob van Kooten Kinder hatte, wusste ich nicht. Vielleicht hatte er ja schon Enkelkinder.

«Mir gefällt's, wenn du schweigst, als wärst du in der Ferne ...»

Ich machte die Augen zu. «... *Du hörst mich dann, als käme mein Wort weither geflossen ...»*

«Du kennst es», sagte Beau ungläubig.

Ich baute mich vor ihm auf und stemmte die Hände in die Hüften. «Gedichte von Neruda klauen, um Patienten damit zu imponieren. Pfui, Herr van Kooten, was sind denn das für Methoden?»

Ein jungenhaftes Grinsen machte sich auf seinem Gesicht breit. «Manchmal hilft's.»

Ich ließ mich in meinen Sessel nieder.

«Lass, dass ich zu dir rede mit deinem eignen Schweigen», sagte Beau. «Ich glaube, ich weiß, wie ich dir helfen kann ...»

Pang! Mit einem Knall zersprang die Fensterscheibe, vor der ich gerade noch gestanden hatte.

«Mein Gott! Was ist denn jetzt los?»

Glasscherben fielen aus dem Rahmen. Der Fußboden war mit Splittern übersät. Ein kalter Wind kam durch das Loch in der Scheibe hereingeweht. Vor dem Heizkörper lag ein Pflasterstein.

Van Kooten sprang auf und zog mich zur Tür. «Hier stehen bleiben!»

Draußen schrie irgendwer.

Ein kreideweißes Gesicht tauchte vor dem Fenster auf. Es gehörte zu einer Frau, die eine rosa Badekappe aufhatte, unter der nasse Haarsträhnen hervorguckten. Die Frau krallte sich am Fenstersims fest und versuchte durch die zerbrochene Scheibe hereinzuklettern. Sie riss sich die Arme auf und blutete, aber das schien sie gar nicht zu merken.

Van Kooten sprang ans Fenster und gab der Frau einen Schubs gegen die Schultern.

Nicht gerade eine Heldentat, fand ich. Die Frau schwankte und fiel nach hinten in den Garten.

«Hau ab! Ich ruf die Polizei!», rief Beau.

Es blieb einen Moment still, aber dann fing die Frau wieder an zu keifen.

Van Kooten blickte sich um. Er suchte etwas, womit er das Fenster verbarrikadieren konnte, fand aber nichts. Da zog er einfach die Vorhänge zu.

Die Frau hörte nicht auf zu schreien.

Mein Therapeut griff zum Telefonhörer und zog mit der anderen Hand eine Schublade auf. Nervös kramte er darin herum. «Wie ist noch mal die Nummer?»

«112.»

Er warf mir einen dankbaren Blick zu.

Nachdem er angerufen hatte, kam er zu mir.

«Alles in Ordnung?»

«Geht schon.» Ich hatte ganz wacklige Knie.

Er legte den Arm um mich. «Tut mir schrecklich Leid, Lea.»

«Wer ist denn die Frau?»

«Eine ehemalige Patientin von mir. Austherapiert.»

Die Vorhänge bauschten sich. Wir sahen beide gleichzeitig zum Fenster.

Unwillkürlich drückte ich mich an meinen Therapeuten.

«Geh ruhig, Lea. Ich erledige das schon.» Er öffnete die Tür.

«Meinen Sie wirklich?» Ich hätte noch stundenlang so an seine Brust gelehnt dastehen können.

«Ich komme schon zurecht. Die Polizei wird gleich hier sein. Wir sehen uns dann nächste Woche wieder. Du bist auf dem richtigen Weg, Lea. Tauch in deine Gefühle ein. Deine Gefühle von damals.» Er schubste mich ein bisschen an.

Kaum dass ich im Vorraum stand, ging die Tür hinter mir zu.

32

2. Januar 1969
Der Weihnachtsbaum mit seinen Kugeln und Lichtern hat dich auch ganz fasziniert. Und die Krippe mitsamt den Figuren war mehr im Kinderzimmer als unter dem Weihnachtsbaum. Aber die Hauptsache ist ja auch, dass ihr eure Freude daran habt.

«Lea Meyer.»

«Hallo, Lea, ich bin's.»

«Hallo, Mam.»

«Weißt du, ich hab nochmal nachgedacht. Über dich und diesen Psychiater.»

«Ja?»

«Ich möchte nicht, dass du irgendetwas Negatives über meine Ehe erzählst.»

«*Was?!*»

«Ich möchte nicht, dass du deinen Vater schlecht machst.»

Ich lachte laut auf.

«Er ist tot, Lea. Er kann sich nicht mehr verteidigen. Ich finde das unfair.»

«Unfair? Wer hat ihn denn immer schlecht gemacht? Mein ganzes Leben lang hast du mir damit in den Ohren gelegen, was er alles verbockt hat!»

«Ich hab dir reinen Wein eingeschenkt, ja. Aber das hast du auch herausgefordert. Du wolltest immer alles wissen, und ich habe es dir erzählt. So offen und ehrlich wie möglich …»

***

Es stimmte, was meine Mutter sagte. Offenheit und Ehrlichkeit hatte sie von jeher hochgehalten. Wenn ich eine Frage stellte, bekam ich eine Antwort. Deshalb war ich ja auch so genau darüber im Bilde, wie unerträglich das Leben meiner Mutter gewesen sein muss.

Es begann schon bei ihrer Geburt. Einen Monat vor dem errechneten Geburtstermin riss bei meiner Oma die Gebärmutter. Sie blutete wie verrückt, und der Überlieferung nach hat man sie deswegen auf dem Kopf stehend ins Krankenhaus transportiert. Das nächstgelegene Krankenhaus ließ der Krankenwagen links liegen, weil es protestantisch war und meine Oma Katholikin, genau wie die Eltern meines Vaters. Also tuckerten sie noch zehn Minuten weiter. Das ungeborene Leben war heilig. Musste man sich zwischen Mutter und Kind entscheiden, dann hatte das Kind Vorrang, daran war nicht zu rütteln.

«Retten Sie um Gottes willen meine Frau», flehte mein Opa. «Ich habe schon vier Kinder zu Hause ...»

Das Baby kam blau angelaufen und leblos zur Welt. Es wurde ans Fußende des Bettes gelegt. Das Krankenhauspersonal setzte alles daran, meine Oma zu retten. Mit Erfolg.

Erst viel später bemerkte irgendwer, dass sich auch das Baby bewegte. Ein Mädchen – meine Mutter.

Zeitlebens hat meine Oma meine Mutter auf dem Kieker gehabt. In allen Einzelheiten hat meine Mutter geschildert, wie sie geschlagen, gedemütigt und misshandelt wurde. Und wie ihre Mutter sie einmal in den Teppich gerollt hat und auf ihr rumgetrampelt ist. Meine Mutter hat sich daraufhin fest vorgenommen, das bei ihren eigenen Kindern niemals zu tun. *Lass mich eine gute Mutter für meine Kinder sein. Lass mich eine gute Mutter für meine Kinder sein. Lass mich eine gute Mutter für meine Kinder sein.* Dieses Mantra ging meiner Mutter durch den Kopf, als sie an der Seite meines Vaters vor den Altar trat.

Vielleicht hätte sie sich auch vornehmen sollen, eine gute Ehefrau zu sein. Vielleicht hätte *das* ja was genützt …

***

«Lea Meyer.»

«He, Lea!»

«Tag, Birgit.»

«Hast du meine Kassette schon gekriegt?»

«Kassette? Was für 'ne Kassette?»

«Ich hab dir ein Video geschickt. Mit Clips. Ich singe, und Steef spielt Gitarre. Steefs Vater hat die Clips aufgenommen. Er hat dafür extra 'ne neue Kamera gekauft. Sind echt gut geworden.»

«Witzige Idee.»

«Witzig? Glaub nicht, dass das nur so für den Hausgebrauch ist. Mir ist es verdammt ernst damit. Ich will das ganz professionell durchziehen. Steef macht Kopien von dem Tape, und die schicken wir 'ner Menge Plattenfirmen zu. Und Hennie Huisman, für die Soundmix Show. Das wird garantiert mein Durchbruch. Es sind echt 'n paar tolle Songs. Auch einer über Papa ist drauf, ‹*Skindiving*›.

«Ach. Über Papa?»

«Ja, ich dachte mir, der bringt dir vielleicht was. Ich bin jetzt übrigens mit mir im Reinen.»

«Im Reinen, wie soll ich das verstehen?»

«Na, letzte Woche hatte ich eine Diskussion mit Steef. Was wir machen würden, wenn wir nur noch wenige Stunden zu leben hätten. Ich meine, wie man diese Zeit am besten ausfüllen könnte. Für mich ist jetzt klar …»

Ich ging auf den Flur. Da lag ein dicker Umschlag, der in Birgits Handschrift adressiert war. «Hör mal, ich glaub, ich seh die Kassette hier auf der Fußmatte liegen.»

«… dass ich am liebsten in einem Konzertsaal stehen und unter Begleitung eines Symphonieorchesters singen würde. Eines Riesenorchesters mit sämtlichen Instrumenten. Stell ich mir irre vor. Dass die meine Musik spielen und ich singe.»

«Und danach wolltest du dann sterben?»

«Ja. *Why not?* Wenn ich das mal gemacht habe, ist doch alles andere nicht mehr so wichtig. Das muss doch der ultimative Kick sein. Oh, Lee, da kommt Steef ... Der ist aber früh dran! Ich leg jetzt auf, muss Essen machen. Guckst du dir mein Video an?»

Ende des Gesprächs.

Birgit hatte mit rosa Filzstift SONGS FOR MY LITTLE SISTER LEA, umrahmt mit Herzchen, auf die Kassettenhülle geschrieben und darunter die Songtitel. «*Skindiving*» war das zweite Stück. Ganz unten stand mit blauem Filzstift: «*And One Lullaby for my Little Nephew*». Das hatte sie mit Sternchen versehen.

Ich schob die Kassette in unseren Videorecorder und spulte zum zweiten Clip vor. Er begann mit einer Nahaufnahme von Steefs Hand auf der Gitarre. Dann fuhr der Zoom zurück, und man sah, dass Steef im Schneidersitz am Kamin saß. Ich erkannte Birgits Wohnzimmereinrichtung. Im Kamin brannte ein Feuer. Davor saß Birgit. Sie hatte einen Cowboyhut auf und eine schwarze Lederjacke an, Steef trug Jeans und einen grauen Wollpullover. Als er das Intro gespielt hatte, schwenkte die Kamera zu meiner Schwester. Sie sang mit tiefer, rauchiger Stimme.

I'm just a teenage girl
not a woman yet
hear the slammin' door
don't go out of bed

Realizing later
't is my dad who went away
not just for a short time –
for an infinite stay

I'm just a teenage girl
not a woman yet
still he decided
to get under & get wet

Skindiving 's what he was thinking
his body & his brains
nothing to remember
the slamming door remains

No other memories
than a hot August day
his last exhalation
he's gone & stays away.

33

12. März 1969
Als du fast drei warst, hattest du die Masern. Aber die waren schon nach ein paar Tagen wieder verschwunden.

«Jetzt verrat mir mal, warum du vor unserem vereinbarten Termin gekommen bist, Lea.»

«Ich musste Sie unbedingt sprechen. Auch wegen dem, was letztes Mal passiert ist. Alles gut ausgegangen?»

Das Fenster war mit einem Stück Spanplatte vernagelt.

«Da mach dir mal keine Sorgen. Das ist alles geklärt. Ich habe den Krisendienst angerufen. Und die haben sich der Dame angenommen.»

«Ah, der Krisendienst. Na, dann kann man wohl beruhigt sein. Aber das war ja echt 'n Ding.»

«Ja, wirklich ein starkes Stück.» Van Kooten ging zu seiner Espressomaschine. «Kaffee?»

«Gern. Sie sehen heute wirklich top aus.»

«Vielen Dank.»

Mein Therapeut trug einen eleganten schwarzen Anzug von italienischem Schnitt. Seine Schuhe waren blank poliert und blitzten mich nur so an.

«Hier ist dein Kaffee.» Unsere Blicke kreuzten sich. Ich vermisste das Sprühen in seinen Augen. Er wirkte müde, ja sogar bedrückt. Das sah Beau gar nicht ähnlich.

«Der zweite Grund, warum ich hier bin, hat mit Birgit zu tun.»

«Deine ältere Schwester, nicht?»

«Ja. Sie hat mir eine Videokassette geschickt. Mit eigenen Songs. Einer davon handelt von meinem Vater.»

Van Kooten stellte seine Tasse auf den Tisch. Ich hatte seine ungeteilte Aufmerksamkeit.

«Wissen Sie, was passiert ist, als ich mir den Clip angeguckt hab? Ich musste heulen. Echt, Rotz und Wasser. Mindestens drei Minuten lang. So lange ging das Lied.»

Van Kooten nickte zufrieden. «Gut. Sehr gut.»

«Wie können Sie denn so was sagen? Ich fand das ganz und gar nicht gut. Es war ein beschissenes Gefühl.»

Mein Therapeut schmunzelte. «Lass es mich erklären, liebe Lea.»

Ich errötete. Lieb hatte er mich noch nie genannt.

«Ich wollte es dir schon bei deinem letzten Besuch sagen, aber da wurde ich unterbrochen.»

Wir blickten beide kurz zum Fenster.

«Aber ehe ich fortfahre, möchte ich dich gern etwas fragen.» Van Kooten sah mir in die Augen. Würde er mir nun endlich einen unsittlichen Antrag machen? Ich kreuzte hinter meinem Rücken Mittel- und Zeigefinger. «Hast du, nachdem du das Lied gehört hast, noch öfter weinen müssen?»

«Nein.»

Beau schien einen Moment enttäuscht zu sein. Aber dann hellte sich seine Miene wieder auf. «Würdest du das Video mal mitbringen? Dann können wir es uns gemeinsam ansehen.»

Schuldbewusst starrte ich auf meine Füße.

«Du hast es doch noch, oder?»

Ich zog die Schultern hoch.

In der letzten Einstellung war Birgits Kaminfeuer zu sehen gewesen. Es bildete den Hintergrund für den Abspann.

Produced by Birgit Cornelissen
Performed by Birgit Cornelissen
Lyrics by Birgit Cornelissen
Music by Birgit Cornelissen
Styling by Birgit Cornelissen

Make-up by Birgit Cornelissen
Video by Wim de Wit
Video editing by Wim de Wit
Guitar: Stefan de Wit
© Birgit Cornelissen

Diese Schlusseinstellung hatte mich auf eine Idee gebracht.

Burned by Lea Cornelissen.

«Du hast das Video *verbrannt*? Wie konntest du nur?!» Van Kooten sprang auf und lief erregt hin und her.

«Ich hatte einfach keine Lust, mir das je wieder anzusehen! Können Sie das denn nicht verstehen?»

Für einen winzigen Moment und völlig unerwartet legte er mir die Hand auf den Kopf. «Sch, ist ja gut. Das macht nichts. Wir finden schon eine Lösung.» Während ich blitzschnell zurückrechnete, wann ich mir zum letzten Mal die Haare gewaschen hatte, nahm mein Therapeut wieder Platz. «Ich habe in den letzten Tagen viel an dich gedacht.»

«Ach ja?»

Van Kooten seufzte tief auf. «Normalerweise vertraue ich meinen Patienten niemals persönliche Gefühle an. Ich betrachte das als eine Art Kodex, einen Berufskodex, an den sich auch meine Kollegen halten sollten.»

Come on, come on. Cut the crap, honey.

Mein Therapeut räusperte sich. «In der Hinsicht bist du für mich so etwas wie die Ausnahme, die die Regel bestätigt …»

Na, wer sagt's denn! Ein paar Mal lässig den Hebel des einarmigen Banditen betätigt, und ich hatte es geschafft. Der Jackpot war geknackt, es rasselte Münzen. *Beau betrachtet mich als was Besonderes. Ich bin keine gewöhnliche Patientin. Er hat Privatgefühle für mich entwickelt, und das wird er mir jetzt eröffnen. Ich werde es sportlich aufnehmen, werde ihm auf die Schulter klopfen und sagen: Aber das kann doch jedem mal passieren, mein Bester. Schon verziehen. Wenn du mich heute Abend zum Essen einlädst.*

«… Meine Mutter ist vorgestern gestorben.»

Ich verschluckte mich an meinem Kaffee. «Ach, wie schrecklich, Herr van Kooten! Mein Beileid», brachte ich gerade noch hervor, dann musste ich fürchterlich husten.

Van Kooten bot mir ein Kleenex an.

«Ist sie sehr alt geworden?»

Gott sei Dank, ich kann wieder normal reden.

«Siebenundsiebzig.» Mein Therapeut schloss die Augen. Ein gequälter Ausdruck huschte über sein Gesicht. Ich hatte die dumpfe Vermutung, dass er seine Mutter vor sich sah. «Marie-Antoinette war eine besondere Frau, eine ganz besondere Frau. Eine *schöne* Frau. Und so ungeheuer warm … das wird jeder bestätigen. Leider hat sie den Herbst ihres Lebens nicht auskosten können. Stattdessen musste sie kämpfen. Kämpfen gegen den Krebs, der sie in verschiedensten Formen heimsuchte.»

Beau übte schon für seine Grabrede. *Heiliger Bimbam,* deswegen dieser schwarze Anzug! Wahrscheinlich würde er sie heute beerdigen.

Ich erhob mich. «Ich glaub, ich geh dann besser, Herr van Kooten. Sie haben ja jetzt wirklich andere Sorgen als meinen toten Vater.»

Van Kooten schüttelte den Kopf.

Ich zögerte. «Das macht nichts, wirklich nicht. Meine Sachen können warten. Tut mir furchtbar Leid, dass ich so bei Ihnen hereingeplatzt bin. Wenn ich gewusst hätte, dass –»

«Das *konntest* du nicht wissen, Lea. Es ist schon in Ordnung so. Setz dich wieder hin. Ich bin in erster Linie Arzt. Wenn ich einem Patienten helfen kann, tue ich das auf jeden Fall. Und meine Mutter würde das verstehen und würdigen, dessen bin ich mir ganz sicher.»

«Das finde ich wirklich klasse von Ihrer Mutter, aber sie ist erst anderthalb Tage tot, und mein Vater schon zwanzig Jahre. Da hat sie doch einen gewissen Anspruch auf Ihre ganze äh ... Andacht, sag ich mal.»

Van Kooten sah mich eindringlich an. Es war zwar weder der richtige Zeitpunkt noch der richtige Ort dafür, aber der Mann machte mich ganz schwach mit diesem Blick.

«Das ist wirklich sehr bemerkenswert, was du da sagst, Lea ...»

Ich hatte tatsächlich einen Pluspunkt erzielt. Womit, war mir noch ein Rätsel.

«... Du legst den Finger, vielleicht ohne dir dessen bewusst zu sein, genau auf die Wunde ...»

Shit – er hat mich durchschaut.

«... Als dein Vater starb –»

«Selbstmord beging, ja.»

«... Als er starb, hast du dem keine nennenswerte Andacht gewidmet ...»

Auf einmal begriff ich, worauf er hinauswollte. «Herr van Kooten, wir wollen doch jetzt bitte nicht Äpfel mit Birnen vergleichen, ja? Sie haben doch gerade eben gesagt, dass Ihre Mutter warm war und so. Sie war vielleicht sogar stolz auf Sie.»

«Das war sie gewiss.»

«Mein Vater war aber nicht stolz auf mich. Der hat ja kaum wahrgenommen, dass ich überhaupt existiere. Warum um Himmels willen hätte ich ihm also ‹Andacht› widmen sollen, als er tot war?»

Van Kooten strich sich mit der Hand übers Kinn. Er hatte Bartstoppeln. Normalerweise war er Gilette-glatt. Ob es unter Psychiatern üblich war, sich nach einem Todesfall einen Bart stehen zu lassen?

«Ob du willst oder nicht, Lea, du musst einen Trauerprozess durchmachen, wenn ein geliebter Mensch stirbt.»

«Sehen Sie, jetzt sagen Sie es selbst – ‹ein geliebter Mensch›. Ihre Mutter mag für Sie ein geliebter Mensch gewesen sein, aber ich habe meinen Vater ganz sicher nicht geliebt, das können Sie mir glauben.»

«O doch, irgendwann hast du ihn geliebt, hast an ihm gehangen, das kann gar nicht anders sein. Der erste Mann in deinem Leben …»

Ich hatte plötzlich ein unerklärliches, aber dringendes Bedürfnis, irgendetwas zu kauen. Ich kramte in meiner Tasche. Für Harry hatte ich immer Zahnseide und Xylitol-Zahnpflegekaugummi bei mir.

«… so könnte man dein Problem auf einen kurzen Nenner bringen», fuhr van Kooten fort. «Dein Vater hat seinem Leben ein Ende gemacht, als du dreizehn warst. Du hast darüber keine Träne vergossen. Das ist eine abnormale Reaktion …»

Es hielt mich kaum noch in meinem Sessel. Was für eine schwachsinnige Analyse! So was Lächerliches hatte ich ja noch nie gehört. «Bestimmen Sie jetzt neuerdings, was normal ist und was nicht? Meine Reaktion war höchst normal. Wenn man die Umstände berücksichtigt. Und auch höchst logisch.»

«Nicht böse werden, Lea …»

«Die Schulferien waren damals gerade zu Ende, wissen Sie. Und ich musste an dem Montag ganz normal zur Schule. Hab auch gleich jede Menge Hausaufgaben bekommen. Meinen Sie etwa, ich hätte den Lehrern mit so was kommen können? So von wegen: Tut mir Leid, aber ich mache gerade einen Trauerprozess durch?»

«Hat die Schulleitung dir denn nicht ein paar Tage frei gegeben?», fragte van Kooten erstaunt.

«Die wussten gar nichts davon. Keiner wusste es. Die Lehrer nicht, und auch meine Mitschülerinnen nicht. Meinen Sie, ich hätte Lust gehabt, das an die große Glocke zu hängen? ‹Wie waren denn deine Ferien?› – ‹Oh, toll. Wir waren mit der ganzen Familie in Spanien.› – ‹Und deine?› – ‹Auch toll, mein Vater hat sich ersäuft.›»

«Fühlst du dich schuldig, weil du nicht zur Beerdigung gegangen bist?»

«Nein. Sollte ich?»

«Nein, nein, gewiss nicht», beeilte Beau sich zu sagen. «Du hast das getan, was zu dem Zeitpunkt für dich am besten war. Wie du schon sagtest: Du musstest dich dem Leben stellen, der Schule, deinen Freundinnen. Für deine Begriffe hattest du gar keine andere Wahl, als möglichst rasch wieder zur Tagesordnung überzugehen.»

«Als Wahl kann man das eigentlich kaum bezeichnen, Herr van Kooten. Mich ließ das Ganze einfach völlig kalt. Ich hab rein gar nichts für diesen Mann empfunden. Tot oder lebendig, das war mir völlig wurscht.»

Van Kooten schüttelte langsam den Kopf. «Und dennoch kommst du um den Trauerprozess nicht herum. Ich vermute sogar, hier liegt die Ursache dafür, dass es dich nach der Geburt von Harry junior so aus der Bahn geworfen hat.»

Ich schnappte nach Luft. «Tut mir Leid, aber ich finde, jetzt verzapfen Sie wirklich Unsinn. Ich hatte eine Psychose. So 'n Fall von postnatalem Dingsbums. Kommt bei jeder soundsovielten Frau vor, haben die im Krankenhaus gesagt. Ich hatte ganz einfach Pech.»

«Unsinn. Die postnatale Psychose gibt es nicht. Die Frage lautet vielmehr: Warum hast du dich aus der Realität geflüchtet? Darüber solltest du mal nachdenken. Du hast mir erzählt, dass Harry ganz vernarrt in den Kleinen ist. Dass er, seit Junior da ist, hundert Jahre alt werden möchte. Vielleicht war dir das ja zu viel. Vielleicht dachte dein Hirn: ‹Wo ist da die Logik? Vater Harry möchte endlos leben, Vater Kees springt in den Sloterplas. Da ist doch irgendetwas nicht in Ordnung. Da ist doch irgendetwas in meinem Leben ganz schrecklich danebengegangen.› Und dann ist dein Hirn ein bisschen durchgedreht.»

«Können wir bitte einen Moment sachlich bleiben? Ja, es *ist* was danebengegangen. Die Sache mit der Zange, erinnern Sie sich noch? *Deswegen* bin ich durchgedreht.»

Van Kooten machte eine wegwerfende Gebärde. «Das war nur der *Auslöser.* Die eigentliche Ursache liegt tiefer. Viel tiefer. Etliche Frauen erleben bei der Niederkunft Komplikationen. Und die landen keineswegs alle in einer Isolierzelle.»

Darauf wusste ich nichts zu entgegnen.

Mein Therapeut verstummte ebenfalls.

Er will seine Worte wohl so richtig auf mich wirken lassen.

Ich kaute wie besessen auf meinem Xylitol und starrte auf die Spanplatte.

Van Kooten schwieg beharrlich.

«Wenn ich Sie richtig verstehe, wollen Sie sagen, dass ich nach wie vor einen Trauerprozess durchzumachen habe. Um den Tod meines Vaters.»

«Genau», bestätigte mein Therapeut beglückt.

«Sie tun so, als hätte ich das selbst in der Hand.»

«Lass dir von mir helfen. Der jetzige Zeitpunkt ist hervorragend dazu geeignet, deine Gefühle an den Tag zu bringen. Die Geburt deines Kindes hat im wahrsten Sinne des Wortes deine Nerven bloßgelegt.»

«Mm ...»

«Ich kann verstehen, dass sich deine Begeisterung in Grenzen hält. Die wenigsten meiner Patienten sind wild darauf, sich offen mit ihrer Vergangenheit zu konfrontieren. Daher sage ich immer: Sieh mich als deinen Zahnarzt. Und dein Zahnarzt sagt, dass es höchste Zeit für eine Wurzelbehandlung ist. Wurzel, Wurzeln – verstehst du?»

Ich verdrehte die Augen.

«Das tut weh, keine Frage. Eine unangenehme, schmerzhafte Behandlung. Aber sie tut ungeheuer gut. Und du beugst damit wer weiß was für Folgeschäden vor.»

«Angenommen, ich versuch's. Ich sage nur, angenommen. Wie stell ich das an, wie setzt man so einen Prozess in Gang?»

Van Kooten nickte ernst. «Ehrlich gesagt gehe ich davon aus, dass es bei dir sehr zäh vorangehen wird. Du hast deine Trauer zwanzig Jahre lang unterdrückt. Deine Gefühle für deinen Vater liegen unter einer dicken, fest gefrorenen Eisschicht verborgen.»

«Und die werden Sie auftauen?» Endlich eine Vorstellung, die mir gefiel. Wenn Kaminfeuer, Bärenfell und eine Flasche Schampus dabei zur Anwendung kamen, war ich einverstanden.

Er lächelte. «Ein kleiner Anfang ist schon gemacht. Was meinst du wohl, warum ich so erfreut war, als du erzählt hast, dass du über das Video von deiner Schwester weinen musstest? Wirklich sehr schade, dass du die Kassette weggeworfen hast.»

«Birgit kann mir bestimmt eine Kopie geben ...»

«Wirklich? Das wäre fabelhaft. Auch wenn ich nicht glaube, dass das schon ausreichen wird.» Van Kooten erhob sich und ging in seinem Sprechzimmer auf und ab. Sein schwarzer Anzug saß ihm wie angegossen.

«Sind Sie jetzt auch in Trauer?», fragte ich neugierig.

Er blieb stehen. «Ja, das kann man so sagen. Der Prozess hat seinen Anfang genommen, als ich im Krankenhaus am Bett meiner Mutter wachte. Sie stand stark unter Morphium. Ich hielt ihre Hand. Und mein Bruder saß auf ihrer anderen Seite. Wir wussten, dass es jeden Moment so weit sein konnte.»

«Und Ihr Vater?»

«Der ist vor fünf Jahren gestorben.»

«Schlaganfall?», tippte ich.

«Verkehrsunfall.»

«Ach herrje ...»

«Mein Bruder ist auch Psychiater. Er ist zwei Jahre älter als ich. Meine Mutter ist von uns gegangen, ohne noch einmal zur Besinnung zu kommen. Das war ein besonderer Moment. ‹Ich wünsche dir eine gute Trauer›, hat mein Bruder gesagt. Das hatte er mir beim Tod meines Vaters auch gewünscht.»

«Und hat es funktioniert?»

Van Kooten nickte. «Ja. Es ging sehr tief, aber ich habe diese Phase der Trauer mit Erfolg abgeschlossen.»

«Und darauf steuern Sie jetzt auch wieder zu?»

«Ich hoffe schon.»

«Wie sieht denn so ein Prozess genau aus?»

Van Kooten ging zu seinem Schreibtisch und kramte in einer Schublade. «Die Trauer kennt verschiedene Phasen. Ich habe eine kleine Broschüre darüber verfasst. Die geb ich dir mal mit. Darin habe ich beschrieben, wie die verschiedenen Phasen im Allgemeinen verlaufen …»

Er gab mir ein Heftchen mit glänzendem Deckblatt in Schwarz-Weiß.

Heut Nacht kann ich die trübsten, traurigsten Verse schreiben.
Trauern – Schritt für Schritt
Ein praktischer Leitfaden
von Dr. Beau van Kooten

«Donnerwetter, Herr van Kooten, ich wusste ja gar nicht, dass Sie ein Spezialist auf dem Gebiet sind.»

«‹Spezialist› ist ein zu großes Wort. Aber ich habe mich in die Materie vertieft, das stimmt. Trauer kommt häufiger vor, als du denkst. Nicht nur nach einem Todesfall, sondern auch nach einer Scheidung oder sogar nach einem Umzug kann ein Mensch einen Trauerprozess durchmachen.»

«Ach, ja? Das wusste ich nicht.» Ich kratzte mich an der Wange. «Ich bin einmal geschieden worden und schon ziemlich oft umgezogen. Ohne dass ich danach in Trauer verfallen wäre. Vielleicht kann ich ja gar nicht trauern. Gibt's das, dass man das einfach nicht draufhat?»

Van Kooten legte mir die Hand auf die Schulter.

Ich erschauerte.

«Mach dir keine Sorgen, Lea. Das kann jeder. Auch du.» Er setzte sich wieder. «Na, was meinst du, liebe Lea, bist du bereit zu trauern?»

Ich blätterte in der Broschüre. Las den letzten Absatz.

Gönn dir Zeit, um dich in deinen eigenen Gefühlen zurechtzufinden, den Prozess von Anfang bis Ende zu durchlaufen und am

Ende gefühlsmäßig von dem Verstorbenen Abschied zu nehmen. Ein langwieriger, schwieriger *Prozess*, aber er *muss* durchlaufen werden. Der Tod ist eine Realität des Lebens.

«Tja, was soll ich sagen? Wenn Sie wirklich glauben, dass es notwendig ist.»

«Das *glaube* ich nicht – das *weiß* ich.»

«Dann bleibt mir ja wohl nichts anderes übrig, was?»

Van Kooten klatschte in die Hände. «Schön. Sehr schön. Dann wollen wir gleich anfangen.»

Ich starrte ihn erschrocken an.

Mein Therapeut erhob sich und ging abermals im Zimmer auf und ab. «Ich hab mir da vorhin etwas ausgedacht. Es mag sich für dich vielleicht seltsam anhören, aber ich glaube, dass dir das ausgezeichnet auf die Sprünge helfen kann …» Er blieb stehen. In seinen Augen war wieder das vertraute Blitzen. «Ich möchte, dass du mich zur Einäscherung meiner Mutter begleitest.»

34

20. Mai 1969
Das Nachbarmädchen Marny kommt oft zum Spielen zu dir. Da hast du dann eine Freundin, solange Birgit in der Schule ist. Du bist immer überglücklich, wenn die Schule aus ist.

«Was hast *du* denn vor?»

Ich zwängte mich gerade in eine schlichte schwarze Robe, als Harry hereinkam.

«Ich muss zu einer Einäscherung.» Ich bückte mich nach meinen Lackschuhen.

Er gähnte. «Jemand, den ich kenne?»

«Nein, dann hätt ich's dir schon gesagt.»

Harry ließ sich rücklings aufs Bett fallen. «Weißt du, dass ich heute Nacht viermal aufgestanden bin? *Viermal!*»

«Du warst an der Reihe, Schatz.»

«Das weiß ich. Ich wollt's ja nur mal sagen. Ab wann schläft ein Baby eigentlich durch?»

«Keine Ahnung. Eine Freundin von Birgit düst schon seit anderthalb Jahren jede Nacht mit ihrem Söhnchen über den Autobahnring. Macht sie's mal nicht, dann brüllt er die gesamte Nachbarschaft zusammen.»

Harry stöhnte.

«Hast du mein schwarzes Unterarmtäschchen irgendwo gesehen?»

Er drehte sich auf den Bauch. «Auf der Garderobe, glaube ich.»

«Dann geh ich jetzt, Liebling. Ich bin vor dem Abendessen wieder da.»

«Wart mal eben.»

Ich war schon mit einem Fuß über der Schwelle.

«Wohin gehst du nochmal?»

«Zu einer Einäscherung.»

«Von wem?»

Ich biss mir auf die Lippe. «Marie-Antoinette. Das ist die Mutter von –»

«Corine, oder?» Harry gähnte und schloss die Augen. «Siehst du, ich hör dir sehr wohl zu, wenn du von deinen Tennisfreundinnen erzählst. Richtest du ihr mein Beileid aus?»

«Tschüs, Liebling.» Ich ging zu ihm und küsste ihn leicht auf die Wange. «Ich muss jetzt wirklich gehen, Schatz. Sonst komm ich zu spät.»

Ich würde meinen Therapeuten im Krematorium treffen. Van Kooten zufolge war es gut möglich, dass es durch meine Teilnahme an der Zeremonie zu einer Initialzündung in meinem Trauerprozess käme.

Öffne dich der Atmosphäre und dem Kummer der Anwesenden, und du wirst sehen, dass dein alter Schmerz ganz von allein wieder hochkommt. Denk an deinen Vater. Denk an das dreizehnjährige Mädchen, das er im Stich gelassen hat, ohne ade zu sagen …

Als Beau das so in Worte gefasst hatte, hatte ich ein verdächtiges Brennen hinter den Augen verspürt.

Lass deinen Tränen freien Lauf, Lea. Du wirst nicht die Einzige sein. Und ich bin da, um dir beizustehen. Wir werden gemeinsam trauern. Du um deinen Vater, ich um meine Mutter …

Ich stellte den Wagen auf dem Parkplatz des Krematoriums ab.

Mein Psychiater will mit mir trauern. Quickie auf dem Schreibtisch? Denkste, mit Lea ist Trauern angesagt!

Die Festhalle des Krematoriums war gerammelt voll. Marie-Antoinettes Sarg war mit weißen Blumen bedeckt. Neben dem Sarg stand ein Flügel. Mein Therapeut saß in der ersten Reihe. Der Stuhl zu seiner Linken war frei.

Zögernd ging ich nach vorn.

Als van Kooten mich sah, winkte er mir. «Ha, da bist du ja. Ich hab dir einen Platz freigehalten.»

«Soll ich mich wirklich hierher setzen? Ich geh auch gern nach hinten.»

«Kommt nicht infrage.»

Der Mann zu seiner Rechten murmelte irgendetwas.

Ich nickte ihm zu, aber er reagierte nicht.

«Das ist mein Bruder», sagte van Kooten. «Pierre! Das ist Lea Meyer. Lea, das ist Pierre van Kooten.»

«Angenehm», sagte ich.

Pierre van Kooten ergriff meine Hand und zerquetschte sie fast. «Schön, dass Sie da sind», sagte er mit rauer Stimme.

Der Bruder meines Therapeuten trug graue Worker-Hosen, die am Knie eingerissen waren, und einen schwarzen Pullover mit weißem Schneeflockenmotiv. Sein graues Haar war ganz wirr, er hatte einen Dreitagebart, und seine Augen waren blutunterlaufen. Nur sein markantes Kinn verriet die Verwandtschaft mit Beau.

Ich setzte mich.

«Mein Bruder nimmt es sehr schwer», flüsterte Beau mir ins Ohr. «Er isst nicht, er schläft nicht, und er läuft schon tagelang in denselben Sachen herum. Ich habe versucht, ihn zu einem Anzug zu überreden, aber er wollte nicht.»

Pierre wischte sich mit dem Pulloverärmel über die Wange.

«Den Pullover hat meine Mutter ihm voriges Jahr gestrickt. Pierre hat das Gefühl, dass sie ihm nahe ist, wenn er ihn anhat.»

«Ist er im Trauerprozess schon weiter als Sie?», fragte ich.

Van Kooten nickte. «Er ist immer schneller. Bei allem. Ich stecke noch in der ersten Phase.»

«Sie sind betäubt, Sie können es noch nicht glauben.»

«Sehr gut, Lea.»

«Während Ihr Bruder reizbar und ruhelos ist.»

«Exakt.»

«In welcher Phase bin ich denn Ihrer Meinung nach?»

Ein altes Muttchen kam mit Gehgestell auf van Kooten zugeschlurft.

Beau erhob sich, damit sie ihm ihr Beileid ausdrücken konnte.

Pierre tat es ihm nach. Er breitete die Arme aus. «Tante Emily, dass ich dich hier, am Sarg meiner Mutter, wiedersehen muss.» Er zog das alte Frauchen über ihr Gehgestell hinweg an sich und brach in Schluchzen aus.

Beau setzte sich wieder. «Ich denke, dass du de facto in der ersten Phase stecken geblieben bist. In dieser Phase kann völlige Gefühllosigkeit herrschen …»

Ein Mann in Cut nahm am Flügel Platz. Er legte die Hände auf die Tasten, verharrte so einige Sekunden lang und fing dann mit geschlossenen Augen an zu spielen.

Als ich zur Seite blickte, sah ich, dass mein Therapeut ebenfalls die Augen zugemacht hatte. Ich versuchte mich der Musik zu öffnen. Aber es funktionierte nicht. Klaviermusik macht mich immer nervös.

Mein Vater war von klassischer Musik regelrecht besessen. Ein Jahr vor seinem Tod hat er ein System ausgetüftelt, das die Notenschrift ersetzen sollte. Er übertrug alle Noten in Buchstabenkombinationen. Eine Art do-re-mi, aber in erweiterter Form. Mithilfe dieses Systems sollten die Leute leichter Noten lesen und vom Blatt spielen können. Nach diesem System hat mir mein Vater auch Klavierunterricht gegeben, aber ich bin nicht über die ersten sechs Takte von *Für Elise* hinausgekommen. Abend für Abend war er mit seiner Erfindung zugange. Er legte

Notenhefte von Beethoven und Bach auf den Tisch, überklebte die Notenlinien mit langen Papierstreifen und schrieb das betreffende Stück in seinem System hinein. Dann spielte er das Ganze auf dem Klavier vom Blatt, um zu überprüfen, ob es auch hinhaute. Immer und immer wieder dieselben Tonfolgen, er hat meine Mutter, Birgit und mich echt wahnsinnig gemacht.
Irgendwann kaufte sich mein Vater dann ein elektronisches Klavier und spielte nur noch mit Kopfhörern auf. Man sah ihn, hörte ihn aber nicht. Das war kein bisschen besser.
Mein Vater hoffte, mit seinem System weltberühmt zu werden. In der Erwartung, dass man schon erkennen werde, was für ein brillanter Geist da am Werk gewesen war, schickte er es an Musikverlage in ganz Europa.
Leider war mein Vater in einer Hinsicht tatsächlich ein Genie: Er wurde verkannt. Die Antwortbriefe von den Verlagen waren tadellos – und unmissverständlich. *Sehr geehrter Herr, Dear Sir, monsieur, nous regrettons, nice effort, und so weiter und so fort.* Bitte nicht anrufen, Sie hören von uns.
Meine Mutter glaubt, dass diese Ablehnungen ihm den Rest gegeben haben. Unmittelbar vor seinem Tod erhielt er den *Nein-danke*-Brief von dem deutschen Verlag, in den er seine letzte Hoffnung gesetzt hatte. Danach hat er das komplette System bei einem Notar hinterlegt, damit wenigstens kein anderer Irrer die Lorbeeren dafür einheimsen konnte.

Der Pianist hörte auf zu spielen.

Eine magere, alte Frau hatte sich ans Rednerpult gestellt. Sie hatte die grauen Haare zu einem festen Knoten aufgesteckt und trug einen langen schwarzen Rock und eine schimmernde schwarze Bluse. Darauf Perlenkette und Lesebrille an goldener Schnur.

«Frederique van Ravensteyn, eine Schwester meiner Mutter …», flüsterte Beau.

Die Frau legte ein Blatt Papier auf das Pult und setzte sich die

Brille auf. «Liebe Familie, liebe Freunde. Wir sind hier zusammengekommen, um von meiner über alles geliebten Schwester Marie-Antoinette Abschied zu nehmen. Ihr Leben stand im Zeichen der Liebe. Liebe zu allem, was blüht und gedeiht. Liebe zu ihren Nächsten, insbesondere zu ihrem Mann Paul und ihren Söhnen Pierre und Beau …» Sie blickte kurz in Richtung meiner Sitznachbarn.

Die Brüder van Kooten senkten beide gleichzeitig den Kopf. Pierre legte eine Hand über die Augen. Über die Wange meines Therapeuten glitt eine Träne.

Frederique setzte den Lobgesang auf ihre Schwester fort. Ihre Stimme hatte einen metallischen Klang. «… Du hast gute Zeiten gekannt, du hast schlechte Zeiten gekannt. Aber du bist bis zum letzten Augenblick die Frau geblieben, die du warst …»

Pierre schüttelte den Kopf. «Nein, das ist nicht wahr, nein …», murmelte er.

Beau legte Pierre eine Hand auf die Schulter, um ihn zu beschwichtigen.

«… Dein letzter Lebensabschnitt war ein Kampf. Ein ungleicher Kampf, den du verloren hast …»

«Sie haben sie vergiftet», murmelte Pierre. «Das wär nicht nötig gewesen. Kahl war sie auf ihrem Sterbebett, und es ging ihr hundeelend. Die Schufte …»

«… Marie-Antoinette», sagte Frederique laut, «du wirst mir schrecklich fehlen. Ich hoffe, dass du jetzt mit Paul und Mams und Paps vereint bist …» Sie nickte einem Mann in den Kulissen zu. Er trat vor und übergab ihr ein riesiges Bukett weiße Rosen. Vorsichtig stieg Beaus Tante vom Rednerpult hinunter und schritt langsam zum Sarg. «… Adieu, meine Liebe, ich habe hier siebenundsiebzig weiße Rosen für dich. Die lege ich dir zu Füßen …» Sie bettete die Blumen auf das untere Sargende. «… Auf Wiedersehen, liebe Schwester, wirst du …» Ihre Stimme brach.

Überall um mich herum wurden Taschentücher aus Handtäschchen gezogen. Ein Mann in der ersten Reihe, der die Zeremonie mit seiner Handycam einfing, erhob sich, um Frau van Ravensteyn zu ihrem Platz zurückzugeleiten. Pierre schluchzte haltlos.

Beaus Schultern zuckten, aber er gab keinen Laut von sich.

Zögernd legte ich ihm die Hand auf die Schulter. «Geht's?»

Er sah mich von der Seite her an. Seine Augen waren feucht. «Es ist gut, Lea. Das hier ist gut. Und du?»

«'n Moment lang hatte ich grad 'n Kloß im Hals.»

«Und?»

«Ich hab ihn runtergeschluckt.»

Beau schüttelte den Kopf. «Lass dich gehen. Dazu bist du doch hier!»

Ich seufzte. «Ich weiß. Tut mir Leid. War passiert, eh ich's richtig mitgekriegt hatte.»

«Ssst!», machte eine Frau hinter uns.

Pierre hatte sich an den Sarg gestellt. Er zog ein kariertes Geschirrtuch aus der Hosentasche und trocknete sich die Augen. «Können mich von hier aus alle verstehen?», fragte er mit rauer Stimme.

Die Leute in den vorderen Reihen nickten.

«Liebe Mama …», begann Pierre.

«Lauter», rief jemand von hinten.

Pierre räusperte sich. «So besser?»

«Prima!»

«Liebe Mama … du bist … du warst die beste Mutter, die man sich nur wünschen kann …» Pierre streichelte die Blumen auf dem Sarg. «… Ich weiß, dass du gern zu Papa wolltest … Du hast ihn so sehr vermisst … Er war der Mond, du die Erde … und Beau und ich waren die Sterne … So sagte Papa immer, weißt du noch, Mam …?»

Beau nickte. Tränen strömten ihm über die Wangen.

«… Ich bin so froh, dass ich dein Sohn bin, Mama … Du hast einen Mann aus mir gemacht. Ich hätte dir so sehr gegönnt, dass deine letzten Jahre schöner gewesen wären. Ohne Schmerzen, ohne Krankenhäuser, ohne Ärzte … Es hat nicht sollen sein.» Pierre ließ sich auf die Knie fallen. «… Ich möchte einen Psalm für dich lesen, Mama. Dein Gott ist zwar nicht der meine, aber jetzt, in diesem Augenblick, tue ich es aus ganzem Herzen.» Er blickte in den Saal.

Die meisten Anwesenden falteten die Hände.

Pierre legte das Geschirrtuch auf den Boden und zog einen zerknitterten Zettel aus seiner Hosentasche. «Ich wollte ihn eigentlich auswendig sprechen, Mam, ehrlich …» Er faltete den Zettel auseinander, hüstelte zweimal und verlas den Text mit unerwartet kräftiger Stimme.

Marie-Antoinette konnte stolz sein, Pierre kam nicht ein einziges Mal ins Stocken.

Der HERR *ist mein Hirte*
mir wird nichts mangeln.
Er weidet mich auf einer grünen Aue
und führet mich zum frischen Wasser.
Er erquicket meine Seele …

Und ob ich schon wanderte im finstern Tal,
fürchte ich kein Unglück;
denn du bist bei mir,
dein Stecken und Stab trösten mich.

… mein Leben lang,
und ich werde bleiben im Hause des HERRN *immerdar.*

«Kommst du mit zum Kaffeetrinken?», fragte Beau.

Wir standen im Eingangsbereich des Krematoriums.

Ich schüttelte den Kopf.

Er legte den Arm um mich. «Lea, liebe Lea, ich freue mich so sehr für dich.»

Ich schluckte und nickte. Sprechen ging nicht.

«Deine Wimperntusche ist verlaufen.» Beau wischte mir die Wange sauber. «Soll ich dir ein Taxi rufen?»

Wieder schüttelte ich den Kopf.

«Kommst du wirklich allein zurecht?»

Ich nickte.

«Ich möchte, dass du mir eine Frage beantwortest, nur eine einzige. Warum bist du jetzt so traurig?»

Als die Antwort in mir hochkam, verzog sich mein Gesicht. «Wegen meines Vaters», sagte ich. «Weil mein Vater tot ist.» Während ich Beau ansah, füllten sich meine Augen wieder mit Tränen.

«Genau», sagte er. «Das ist der Anfang. Du empfindest Schmerz. Schmerz, weil du deinen Vater verloren hast. Eigentlich wundervoll, dass die Trauer nach so vielen Jahren noch so voll und rein frei werden kann.» Er gab mir ein Papiertaschentuch. «Von jetzt an kann es sein, dass dich der Kummer in großen Wogen überrollt. Aber das weißt du, oder? Nur, dass du nicht erschrickst. Es kann auch sein, dass du wütend wirst. Auch das gehört zum Trauerprozess.»

Ich stieß einen zittrigen Seufzer aus.

«Jetzt fahr mal nach Hause. Gönn dir Ruhe. Lass kommen, was kommt. Wir sehen uns nächste Woche.»

35

20. Mai 1969
Jetzt möchtest du allmählich auch schon in die Schule, aber du musst noch warten, bis du vier bist. Das kommt dir unendlich lange vor.

Meine Philippina machte mir auf. Sie hatte Junior auf dem Arm. «*Hello, Mrs. Meyer, you all right?*»

Junior streckte die Ärmchen nach mir aus.

Sein zahnloses Schnütchen war unwiderstehlich. Ich lachte ihn unter Tränen an.

Meine Philippina fragte, ob ich schon gegessen hätte. Sie machte ein besorgtes Gesicht.

Ich packte Juniors kleinen Fuß und biss hinein.

Er krähte vor Vergnügen.

Harry lag im Schlafzimmer auf dem Bett. Sein Mund stand offen, sein Hemd war zerknittert. Ich rüttelte ihn an der Schulter. Er reagierte nicht.

«Harry! Wach auf.»

Er erschrak. «Wie spät ist es?»

«Halb fünf. Hast du die ganze Zeit geschlafen?»

«Ich weiß nicht. Was hast du gesagt, wie spät ist es?»

«Halb fünf.»

Er setzte sich auf. «Shit, ich hätte zu einem Kunden gemusst.» Er blinzelte ein paar Mal. «Was ist denn mit dir passiert? Du siehst ja aus wie 'ne Leiche.»

Ich zog mein Kleid aus.

«Was hast du vor?»

«Was meinst du wohl? Ich geh ins Bett. Und da komm ich fürs Erste nicht mehr raus.»

«Wieso? Was hast du denn?»

Ich schlüpfte unter die Decke. «Vorhin bei der Einäscherung hab ich einen totalen Weinkrampf gekriegt. Furchtbar, ich konnte überhaupt nicht mehr aufhören.»

Harry gähnte. «Tja, das soll auf Beerdigungen schon mal vorkommen.»

«Das war aber nicht so das übliche Flennen. Ich bin in Trauer. Sagt Beau.»

«Beau?» Harry runzelte die Augenbrauen. «Wann hast du denn mit dem darüber gesprochen?»

«Er war bei der Einäscherung. Es war seine Mutter.»

«Ich dachte ... Was hattest du denn auf der Beerdigung von Beaus Mutter zu suchen?»

«Einäscherung. Sie wurde eingeäschert. Beau hatte mich gebeten, dorthin zu kommen. Um den Trauerprozess in Gang zu setzen.»

«Trauerprozess? Was für einen Trauerprozess?»

«Um meinen Vater natürlich.»

«Moment mal, versteh ich das jetzt richtig? Du gehst wegen eines Trauerprozesses um deinen Vater zur Einäscherung der Mutter deines Psychiaters?»

Ich schüttelte das Kopfkissen auf. «Es mag vielleicht unorthodox sein, aber ich brauchte einfach einen Anstoß, um in die Trauer reinzukommen, verstehst du? Und das bin ich jetzt.»

«Du bist was? In Trauer?»

Ich nickte.

«Um deinen Vater?»

«Ja.»

«Der schon seit zwanzig Jahren tot ist?»

«Zieh du das nur wieder ins Lächerliche, Harry. Ich habe nie getrauert. Das weißt du doch! Aber das *muss* ich.»

«Wer zwingt dich dazu?»

«Die Natur. Ein Trauerprozess ist unumgänglich.» Ich zog meine Nachttischschublade auf. «Hier, lies. Da steht alles drin.»

Harry warf einen kurzen Blick auf die Broschüre, die Beau mir gegeben hatte. «Himmelherrgott, Lea, was hast du dir denn jetzt wieder aufschwatzen lassen?»

Ich wurde böse – und fragte mich dabei einen kurzen Moment lang, ob das vielleicht schon die nächste Phase des Trauerprozesses war. «Ich *wusste* es! Ich wusste, dass du das nicht ernst nehmen würdest.»

«Was willst du denn, Lea? Ich dachte, du gehst zu dem Heini, damit es dir wieder besser geht.»

«Damit es mir wieder besser geht, muss ich zuerst trauern.»

«Du müsstest dich selbst mal hören, Schatz. Ich glaub, du bist nicht ganz bei Trost. Erst dieser Terz nach Harrys Geburt, und jetzt *das* wieder ...»

«Halt die Klappe, Harry. Ich hab verdammt noch mal ein Recht auf meinen Trauerprozess. Schließlich ist mein Vater in 'n Teich gesprungen, als ich dreizehn war. Dreizehn!»

«Na und? Du hast immer gesagt, dass er ein Arsch war.»

«Ja, das hat meine Mutter mir eingeimpft. Und ich hab ihr geglaubt. Ich hab ihr Wort für Wort geglaubt. 'nem Arsch trauert man nicht nach. Aber dieser Arsch war immerhin mein Vater ...» Ich fing an zu weinen.

Harry seufzte. Er setzte sich zu mir und nahm meine Hand.

«Er ist weggegangen», schluchzte ich. «Er hat sich nicht mal von mir verabschiedet ...»

«Das weißt du nicht, Lea.»

«Wieso soll ich das nicht wissen? Ich weiß das sehr wohl.»

Harry zuckte die Achseln. «Vielleicht hat er ja kurz bei dir am Bett gestanden, bevor er gegangen ist. Vielleicht hat er dir übers Haar gestrichen und mit dir geredet, während du geschlafen hast.»

 Ich weinte noch heftiger.

Harry zog mich in seine Arme. «Hatte er eigentlich einen Abschiedsbrief hinterlassen?»

Ich schüttelte den Kopf. «Nein. Überhaupt nichts.»

Es war kurz still.

«Vielleicht hat es ja doch einen Brief gegeben», sagte ich dann langsam, während ich mich aus Harrys Umarmung löste. «Vielleicht hat mein Vater ja was für mich hinterlassen. Und meine Mutter hat es weggenommen ...»

Ich sah es in allen Einzelheiten vor mir. Dass ich nicht schon früher darauf gekommen war! Genau das Gleiche hatte Brooke mit einem Brief von Ridge an Caroline gemacht. Ridge hatte diesen Brief auf Carolines Kissen gelegt, und Brooke, die geile Schnepfe, die selbst scharf auf Ridge war, hatte den Brief unterschlagen. So heiratete Caroline den verkehrten Forrester, Ridges Bruder, weil sie ja nicht wusste, dass Ridge sie liebte. Wo ihr Herz doch auch Ridge gehörte. Das mit dem Brief kam erst viel später heraus. Mindestens sechzig Folgen später.

I never got the letter, Ridge!

Eine wundervolle Szene, ich habe sie auf Video.

Harry rieb mir über den Rücken. «Jetzt geht aber deine Fantasie ein bisschen mit dir durch, Schatz.»

Ich legte mich wieder hin und deckte mich zu.

«Jetzt erzähl mir doch mal ganz ruhig, was denn mit diesem Trauerprozess bezweckt werden soll.»

«Hast du ein Taschentuch?»

Harry ging ins Badezimmer und kam mit einem Stück Klopapier zurück.

Ich schnäuzte mir die Nase. «Also Beau sagt, das ist so ...»

Harry machte eine ungeduldige Gebärde. «Lass diesen Beau bitte aus dem Spiel, ich kann den Namen nicht mehr hören.»

«... Ich muss dauernd an meinen Vater denken. Und dann werd ich furchtbar traurig ... Wie das alles abgelaufen ist und so ...»

«Was denkst du denn?»

«… Sein letzter Abend …» Mir stieg ein Kloß in die Kehle. Aber ich wollte nicht weinen. Nicht schon wieder. Ich holte tief Luft. «… Die Vorstellung, dass er an dem Abend mit uns zu Hause saß und dabei schon die ganze Zeit wusste, dass das seine letzten Stunden waren. Dass er uns nie mehr wiedersehen würde … Birgit hat gesagt, dass er irgendwie seltsam war, so komisch in sich hineingelacht hat. Wie ein Kind, wenn es ein Geheimnis hat …»

Mein Vater sitzt an seinem Klavier. Irgendwann lange nach Mitternacht hört er auf zu spielen. Er setzt die Kopfhörer ab und legt seine Brille auf den Tisch. Er geht zur Garderobe, zieht sein Schlüsselbund aus seiner Manteltasche und nimmt den Hausschlüssel ab. Er öffnet die Haustür, geht raus auf die Galerie, zieht die Tür leise hinter sich zu und schließt sie ab. Er fährt mit dem Fahrstuhl nach unten. Er geht aus dem Haus hinaus und wendet sich nach rechts. Es ist warm draußen. Er geht zum Sloterplas – ein ruhiger Spaziergang im Laternenschein.
Nach etwa zehn Minuten hat er den See erreicht. Er guckt sich um. Er ist allein. Dann geht er ins Wasser. Nimmt er Anlauf und rennt hinein, in der Hoffnung, dass das Wasser ihn trägt? Oder watet er in aller Seelenruhe ins Tiefe? Schwimmt er?
Mein Vater konnte gut schwimmen. Insofern habe ich nie verstanden, wie er das fertig gebracht hat. Als Teenie habe ich im Schwimmbad regelmäßig versucht, auf dem Beckenboden sitzen zu bleiben, aber das ist mir nie gelungen. Irgendwann bin ich immer fast geplatzt. Dann musste ich wieder nach oben, ob ich wollte oder nicht. *Um sich ertränken zu können, muss der Mensch schon ein tiefes Verlangen nach dem Tod haben.* Beau. Kleider und Schuhe meines Vaters sind durchweicht. Sein Kopf taucht unter. Vielleicht schluckt er ein paar Mal Wasser. Für Fische und Wasserkäfer enthält Wasser ausreichend Sauerstoff. Aber nicht für meinen Vater. Seine Lungen füllen sich mit Was-

ser. Das Wasser gelangt in sein Blut. Seine Muskeln erstarren. Er bewegt sich nicht mehr. Er wird schwer. Immer schwerer. Er sinkt auf den Boden. Seine Haare schweben wie eine Aureole um seinen Kopf. Sein Leben endet. Es endet auf dem sandigen Boden des Sloterplas.

Unter Tränen sah ich Harry an. «Ich versuch das immerzu zu begreifen. Dann denk ich: Er war krank. Sonst macht man so was nicht. Aber wenn er krank war, warum haben wir ihm dann nicht geholfen?»

«Vielleicht war ihm nicht zu helfen. Deine Mutter hat's zwanzig Jahre lang versucht. Die hat's auch irgendwann aufgegeben.» Harry stopfte sich das Oberhemd in die Hose. «Werd bitte nicht gleich wieder böse, aber hältst du es wirklich für angebracht, ausgerechnet jetzt zu trauern?»

«Aufhören geht nicht mehr, dafür ist es schon zu spät.»

«Und wie lange wird das Ganze dauern?» Harry sah auf seine Armbanduhr.

«Wie freundlich du das wieder sagst. Was weiß ich, wie lange das dauert.» Ich griff zu der Broschüre.

Wie viel Zeit es braucht, den Verstorbenen loslassen zu können und das eigene Leben wieder zu ordnen, ist von Mensch zu Mensch verschieden. Meistens benötigt man ein gutes Jahr, um über einen tief greifenden Verlust hinwegzukommen.

«Ein Jahr?», rief Harry. «Dass ich nicht lache! Wie soll denn das jetzt gehen? Wir haben ein Baby!»

«Jetzt lies doch mal eben, was hier steht. Ich mach das doch nicht zu meinem Vergnügen.»

Mit dem bewussten Prozess verhält es sich so, dass er weder völlig zu umgehen ist noch dass Teile davon übersprungen werden können: Es ist der natürliche Gang der Dinge, die ihren Lauf nehmen müssen. Das ist nun einmal so, wenn man an jemandem gehangen hat. Es handelt sich also um *Trauerarbeit,* die verrichtet werden muss, damit du normal weiterleben kannst.

«Der *kann* mich mal, dein Beau …!» Harry lief aus dem Zimmer und knallte die Tür hinter sich zu.

Ich drehte mich auf die Seite und versuchte zu schlafen. Aber es ging nicht. Na, vielleicht konnte ich dann ja ein bisschen Trauerarbeit verrichten. Ich griff zum Telefon.

«Helma Cornelissen.»

«Tag, Mam, ich bin's.»

«Was ist mit dir?»

«Ich bin traurig.»

«Das höre ich. Aber warum?»

«Wegen Papa.» Ich schnäuzte mir die Nase.

Sie lachte. «Was sind denn das für Geräusche, man könnte ja meinen, du bist ein Elefant!»

«Mein Psychiater sagt, ich bin in Trauer.»

«Das hätte ich dir auch sagen können. Du hast das nie richtig verarbeitet. Du bist ja nicht mal bei seiner Beerdigung gewesen.»

«Kannst du dich noch an Papas letzten Abend erinnern?»

«Natürlich kann ich das, Lea. Als wenn es gestern gewesen wäre. Wir waren gerade frisch geschieden, aber dein Vater dachte nicht daran, aus der Wohnung auszuziehen. Ich habe damals in den letzten Ferienwochen dauernd in einem anderen Bett geschlafen. In deinem, als du nicht da warst, und in Birgits, als sie im Ausland war. An dem bewussten Sonntagabend wart ihr dann beide wieder zu Hause, und ich wollte in meinem eigenen Bett schlafen. Aber nicht neben deinem Vater, dazu hatte ich keine Lust. Da hab ich eine Campingmatte ins Wohnzimmer gebracht und deinem Vater gesagt, dass er darauf schlafen soll.»

«Herrje, Mam, das wusste ich nicht!», flüsterte ich.

«Die Matte stand am nächsten Morgen noch zusammengerollt

und unangerührt da, genauso, wie ich sie dort hingestellt hatte. Dein Vater war weg. Mir schwante gleich, dass das nichts Gutes verhieß.»

«Ach ja?»

«Ja. Aus dem Grund hat er es ja auch gemacht. Das war das Erste, was die Nachbarn sagten. *Jetzt hat er dich aber drangekriegt,* haben sie gesagt. Und das stimmt. Es war Rache, Lea, pure Rache. Er hat das gemacht, um mir eins auszuwischen. Und das ist ihm gelungen.»

«Aber aus Rache begeht man doch nicht Selbstmord?»

«Du musst das so sehen, Lea, in den zwanzig Jahren Ehe mit diesem Mann war im Grunde ich es, die ihn am Leben erhalten hat. Ohne mich hätte er schon viel früher Schluss gemacht …»

Ich schwieg.

«… Noch lange nachdem sie ihn gefunden hatten, hat er mich verfolgt. Erinnerst du dich noch?»

«Ja, Mam.»

Nachdem man den Leichnam meines Vaters aus dem Wasser gefischt hatte und die Polizei bei uns gewesen war, wurde meine Mutter Nacht für Nacht vom Geist meines Vaters heimgesucht. Einem anfangs vorwiegend bösen Geist. Er stach meiner Mutter mit einem Messer in den Rücken, bis sie schweißgebadet wach wurde. Oder er stand in einer Pyjamajacke, die meine Mutter sofort als eine von ihm erkannte, neben ihrem Bett. «Geh weg, du bist tot», sagte sie dann, aber Kees blieb stehen. Einige Nächte später legte er sich dann feierlich neben sie.

«Ach, Lea, er ist noch so oft zu mir gekommen. Da hab ich dann im Halbschlaf plötzlich gemerkt, dass er wieder da war. Und ich bin zum Fenster hingerutscht, auf die Seite, auf der ich immer geschlafen hatte, damit er sich dazulegen konnte.»

«Habt ihr nichts gesagt?»

«Nein. So weit wollte ich's gar nicht erst kommen lassen.»

Meiner Mutter zufolge ist der Geist meines Vaters noch lange auf der Erde umgegangen. Weil es Selbstmord gewesen war und kein natürlicher Tod. Der Geist von einem, der von sich aus den Löffel abgegeben hat, muss wohl am Spielfeldrand bleiben, bis die offizielle Spielzeit vorüber ist.

Zehn Jahre nach dem Tod meines Vaters hatte meine Mutter einen ganz deutlichen Traum.

Die Polizei steht vor der Tür.
Ihr Mann ist bei uns auf der Wache. Er bittet Sie zu kommen.
Das kann nicht sein, mein Mann ist schon seit zehn Jahren tot.
Er ist nicht tot, er sitzt bei uns in einer Zelle. Er möchte, dass Sie ihn abholen.
Ich habe jetzt keine Zeit. Sagen Sie ihm, dass ich morgen vorbeikomme.
Am nächsten Tag steht die Polizei wieder vor der Tür.
Sie brauchen nicht mehr zu kommen, Frau Cornelissen, Ihr Mann ist heute Nacht gestorben.

«Das war für mich das Zeichen, dass er nun wirklich weg war», sagte meine Mutter. «Ich habe ein Räucherstäbchen angezündet, und er hat mich von da an nie mehr heimgesucht.»

36

3. November 1970
Du hast mit Birgit immer Schule gespielt. Sie hat dir Lieder beigebracht und alles nachgemacht, was sie ihre Lehrerin hatte machen sehen. Als du dann selbst in die Schule gekommen bist, war für dich alles ganz normal, weil du im Spiel und in deiner Fantasie ja schon so oft dort gewesen warst.

«Mädchen, Mädchen, was machst du für Sachen …!» Corine kam ins Schlafzimmer gerauscht. Corine ist die, mit der ich immer Tennis spiele. Sie hatte noch ihren Mantel an. Einen bildschönen Mantel. Achtlos warf sie ihre *Alfa-Romeo*-Embleme auf meinen Nachttisch. «Erinner mich bitte dran, dass ich sie nachher wieder mitnehme, ja? Ted *hasst* es, wenn ich ohne die Dinger rumfahr.»

Ich nickte.

«Rutsch mal 'n Stück.» Sie scheuchte mich mit erhobener Hand zur Seite. Manchmal hat Corine was von Cruella de Vil.

«Willst du nicht deinen Mantel ausziehen?»

«Ist nur 'n Blitzbesuch, Schatz. Du hast ja keine Ahnung, was bei mir heut noch alles auf dem Programm steht.» Sie kickte ihre Schuhe von sich und legte sich neben mich aufs Bett. Mit einem Seufzer drehte sie sich auf die rechte Seite und zwinkerte mir zu.

«Hast du ja echt raffiniert angestellt.»

Ich sah sie verständnislos an.

Sie boxte mir kumpelhaft auf die Schulter. «Mir gegenüber kannst du doch ganz offen sein, Schatz, das weißt du doch. Ich finde, das war wirklich ein grandioser Schachzug von dir. Du hast meine volle Bewunderung. Und die von den Mädels im Club. Die haben sich gar nicht mehr eingekriegt, als sie das hörten …!»

«Möchtest du etwas trinken?»

«Nein, danke. Soll ich dir erzählen, wie's bei mir angekommen ist?»

Ich schüttelte ihr das Kissen auf.

Sie ließ sich hineinsinken. «Treff ich Harry gestern Abend im Americain. 'n Mordsglas Whisky vor sich. ‹Hat sich wohl mal eben abgesetzt, der Herr, was?›, sag ich. Fand er gar nicht witzig. ‹Was ist denn mit dir los?›, sag ich. Und da ist die ganze Geschichte nur so aus ihm rausgesprudelt: von deinem Vater, von Beau, von diesem Trauerprozess …»

Ich erschrak. «Das hat Harry dir alles erzählt?»

«Tja, den hast du so richtig drangekriegt, Kindchen. Der weiß überhaupt nicht mehr, wie ihm geschieht. Er überlegt sich schon, seinen gesamten Resturlaub zu nehmen.» Corine prustete vor Lachen. «Dann hat er mindestens ein Jahr lang frei! Das rentiert sich.»

Harry ein Jahr lang zu Hause. Bloß nicht!

«Hab ich dir nicht gesagt, dass du unbedingt zu Beau musst? Ist er nicht göttlich? Er gibt einem genau das, was man braucht. In deinem Fall einen …» Corine warf mir einen viel sagenden Blick zu und setzte mit gekrümmten Zeigefingern Anführungszeichen: «… Trauerprozess.» Sie zündete sich einen Zigarillo an und nahm einen Zug davon. «Ich sag dir was. Jeder x-beliebige Depp von Psychiater hätte dich mit 'ner Depression nach Hause geschickt. Aber nicht Beau. Der versteht die Frau von heute wie kein anderer. Wenn ich zu Ted sagen würde, Schatz, ich hab 'ne Depression, würde der antworten: Das Prozac steht im Badezimmerschränkchen, Liebling, neben dem Viagra. Und damit hätte sich's.» Sie blickte sich suchend um. «Hast du irgendwo 'n Aschenbecher?»

Ich schüttelte den Kopf.

Sie tippte die Asche aufs Parkett. «Macht ja nichts. Hat dein Mädchen wenigstens was zu fegen. Scheint ja übrigens 'ne echte

Perle zu sein, dein Haus blitzt nur so! Und es riecht auch so frisch. Nach Limonen. Hab zwar keine Ahnung, wie die riechen, aber wenn, dann müssten sie so frisch riechen. Woher kommt sie?»

«Von den Philippinen.»

«Dacht ich's mir doch! Ich hab letztens auf dem Tennisplatz noch lang und breit mit Loretta darüber diskutiert. Sie schwört ja auf ihre Polin, aber ich hab da so meine Zweifel. Bist ja schön blöd, Mädchen, hab ich gedacht, die sind doch alle nur hinter deinem Kerl her.»

Ich gähnte hinter vorgehaltener Hand.

«Na ja, also Harry bestellt sich einen Whisky nach dem anderen, und ich genehmige mir auch ein paar. ‹Harry›, hab ich schließlich zu ihm gesagt, ‹Harry, weißt du, was du machen solltest? Du solltest schön nach Hause gehen, zu deinem lieben Frauchen, und sie mal so richtig verwöhnen …›» Corine schnatterte und schnatterte.

Normalerweise hörte ich ihren Erzählungen gern zu. Aber jetzt konnte ich mich nicht darauf konzentrieren. Meine Gedanken schweiften ab. Ich wollte Corine von Großen Kolbenwasserkäfern und Klaviernotensystemen erzählen. Ich wollte ihr erklären, dass es mir so vorkam, als wäre mein Vater gerade erst gestorben. Und dass er mir fehlte. Dass sich das vielleicht merkwürdig anhörte, nach all den Jahren, aber dass es wirklich so war …

Mit Corine spiele ich, wie gesagt, immer Tennis. Ich nehme an, dass wir Freundinnen sind. Hundertprozentig sicher bin ich mir da zwar nicht, aber doch zumindest fünfundachtzigprozentig. Und Freundinnen müssen über solche Sachen reden können. Steht in der *Libelle.*

«… Harry und ich also gackernd raus aus dem Americain, kannst dir ja denken.» Corine erhob sich und zog sich die Schuhe wieder an. «Ich hab ihn in ein Taxi bugsiert. Fahren konnte er nicht mehr, echt nicht. Als ich in meinem Wagen saß, sagte ich mir: Lea hat total Recht. Total! Wenn getrauert werden muss, um Harry an die Kommode zu kriegen, dann wird eben getrauert …» Ihre Zeigefinger gingen ständig rauf und runter. Das brennende Zigarillo klemmte sie beim Sprechen zwischen den Lippen fest. «... Wenn ich du wäre, würde ich ihn schwitzen lassen, bis Junior aus den Windeln raus ist ...»

«Hast du ein gutes Verhältnis zu deinem Vater, Corine?», fragte ich zaghaft.

Sie runzelte die Stirn. «Kommt drauf an, welchen du meinst. Den Erzeuger oder den Stiefpapa?»

«Deinen richtigen Vater.»

«Tja ...» Sie nahm einen langen Zug von ihrem Zigarillo und war ein paar Sekunden lang still. «... Als er mit Curryfotze durchgebrannt ist, war ich fünf ...»

«‹Curryfotze›?»

«Myriam ist indonesischer Abstammung, deshalb hat meine Mutter sie immer Curryfotze genannt. Bis heute übrigens. Als ich sechs war, sind mein Vater und Myriam mal mit mir in den Efteling-Märchenpark gefahren, und da hab ich den ganzen Tag gerufen: ‹Guck mal, Curryfotze!› oder ‹Curryfotze, hast du was zu naschen für mich?› Kannst dir vorstellen, dass mein Vater stinksauer war und Myriam in Tränen aufgelöst. Und ich war mir keiner Schuld bewusst. Meine Mutter hatte sogar noch gesagt: ‹Richte Curryfotze bitte *hässliche* Grüße von mir aus!›»

«Triffst du dich noch oft mit deinem Vater?»

«Hm, och, so zwei-, dreimal im Jahr. Er ist schon immer sehr nett und interessiert. Myriam auch. Eigentlich 'n ganz lieber Typ. Aber trotzdem kommt's mir immer noch so vor, als würde ich meine Mutter verraten, wenn ich bei ihnen zum Kaffee bin ...»

«So geht es mir auch», stotterte ich, «wenn ich mit Beau über die netten Seiten von meinem Vater spreche. Das ist immer, als würde ich lügen. Weißt du, dass mir mein Vater vor dem Schlafengehen selbsterfundene Geschichten erzählt hat?»

«Ach, ja? Süß.» Corine knöpfte ihren Mantel zu.

«Sie hatten immer dieselbe Hauptfigur. Weißt du, wie die hieß?» Ich lächelte.

«Keine Ahnung, aber ich muss jetzt echt los, Lee, sonst kommt mein ganzer Zeitplan durcheinander.»

«Oh, natürlich, entschuldige.»

«Nimmst du unseren kleinen Beau bitte nicht *zu* ernst, Süße? Vergiss nicht, das gestörte Eltern-Kind-Verhältnis ist sein *core business.* Da findet sich immer was, wenn man nur lange genug gräbt.» Sie warf mir eine Kusshand zu.

Zwei Stunden später kam Ted vorbei, um die Embleme zu holen. Er kondolierte mir nicht zum Tod meines Vaters.

Dann kommen Wogen von nahezu physischen Schmerzen, Tränen, Verlassenheitsgefühlen, Einsamkeit und Verzweiflung, gepaart mit Angst vor dem Jetzt und dem Später. Häufig stellen sich auch Schuldgefühle ein, weil man etwas Bestimmtes getan oder just nicht getan hat. Und wenn die Gefühle für den Verstorbenen alles andere als durchweg positiv waren, sodass man es – und das ist nicht selten der Fall – womöglich als Erlösung empfindet, von ihm befreit zu sein, kann das Anlass für besonders gravierende Schuldgefühle sein.

37

3. November 1970
Am ersten Tag in der Schule solltest du was mit Nadel und Faden machen. Als du am zweiten Tag damit weitermachen solltest, bist du zur Lehrerin gegangen und hast gesagt. «Ich mag nicht mehr.» Und da durftest du etwas anderes machen.

Jopie Bamigas war ein kleiner Giftzwerg, der die ganze Umgebung mit seinen gemeinen Streichen terrorisierte. Vor allem sein Nachbar hatte darunter zu leiden. Aber der hatte selbst Schuld, denn er war ein böser Nachbar. Jopie Bamigas hatte nämlich einen kleinen Hund, und den hatte der böse Nachbar getreten, als er glaubte, dass Jopie es nicht sah. Das wollte Jopie ihm heimzahlen. Dem wollte er mal ordentlich eins auswischen.
Zufällig hatte der Nachbar gerade ein neues Auto, auf das er sehr stolz war. Eines Abends, als die Straße wie ausgestorben war, kroch Jopie unter das neue Auto vom Nachbarn und bohrte ein kleines Loch in den Boden. Dahinein steckte er einen Gartenschlauch und ließ das Auto mit Wasser voll laufen. Mit eiskaltem Wasser! Nicht nur so viel, bis der Boden bedeckt war, auch nicht bis es halb voll war, sondern ganz bis zum Dach. So fiel es auch erst mal gar nicht auf, denn Wasser ist ja durchsichtig. Das Loch stopfte Jopie anschließend gut zu. Niemand konnte sehen, dass das Auto voll Wasser war, das wusste nur Jopie.

«Und wir natürlich, was, Pap, aber wir werden Jopie nicht verraten.»

Der böse Nachbar würde im wahrsten Sinne des Wortes wie ein begossener Pudel dastehen! Nichtsahnend ging er am nächsten Morgen zu seinem Auto. Er öffnete die Wagentür …

«Was dann kam, weiß ich nicht, Herr van Kooten, denn da musste mein Vater immer schon so lachen, dass er kein Wort mehr rauskriegte.»

Ich sah ihn vor mir, während ich das sagte. Das Gesicht rot angelaufen, Speichel in den Mundwinkeln.

«Pierre! Kekse!»

Erschrocken drehte ich mich um. Auf einem Hocker in einer Ecke von Beaus Sprechzimmer stand ein Käfig mit einem großen weißen Vogel. *«Pierre! Kekse!»*, krächzte er, während er sich auf seiner Stange hin und her bewegte.

«Was macht denn der hier?»

Van Kooten schmunzelte. «Das ist Ludo, der Kakadu von meinem Bruder. Pierre ist verreist. Normalerweise steht Ludo bei ihm in der Praxis. Aber wenn Pierre wegfährt, bringt er ihn immer zu mir. Ludo ist nicht gern allein.»

«Ich hatte ihn gar nicht gesehen.»

«Du warst ja auch tief in Gedanken, als du hereingekommen bist.» Beau sah immer alles.

«Kekse!»

Van Kooten erhob sich. «Wenn er nicht genügend Aufmerksamkeit bekommt, wird er renitent. Dann nimmt er seinen Käfig auseinander und bringt sich Verletzungen bei.» Er ging zu dem Vogel hinüber. «Keine Kekse mehr, Ludo, du hattest schon genug.» Mein Therapeut redete mit dem Vogel wie mit einem Kind.

«Haben Sie das schon mal gesehen, dass er sich selbst verletzt hat?», fragte ich neugierig.

«O ja, dann rupft er sich vor lauter Wut die Federn aus. Ein schrecklicher Anblick, wenn so ein prachtvoller Vogel lauter kahle Stellen hat.»

«Hat Ihr Bruder ihn schon lange?» Ich weiß auch nicht, wieso ich das fragte.

Van Kooten streckte einen Finger in den Käfig und kraulte Ludo am Kopf. «Zwei Jahre. Er gehörte einem Patienten von Pierre, einem Schizophrenen.»

Van Kooten kam zu seinem Sessel zurück und setzte sich wieder. «Dieser Fred war schon ein besonderer Mensch. Sehr intelligent, aber leider auch sehr krank. Er ist vor einen Zug gesprungen.»

Ich wusste nicht, was ich sagen sollte.

«Er hatte einen Brief auf dem Küchentisch hinterlassen. Darin stand, dass er Ludo meinem Bruder vermachte. Den Namen von seinem neuen Herrchen hatte er Ludo schon beigebracht. Das stellte Pierre fest, als er ihn abholte.» Van Kooten schlug die Augen nieder.

«Haben Sie Haustiere?», fragte ich, um ihn abzulenken.

Er seufzte. «Leider nicht. Ich bin gegen die meisten Tiere allergisch. Sonst hätte ich mir gern Katzen zugelegt. Und du, Lea?»

«Ich hätte gern einen Hund. Harry nicht. Ich glaub, er hat Angst vor Hunden.»

Es war einen Moment lang still.

Mein Therapeut nahm den Faden wieder auf. «Du warst gerade dabei, mir von deinem Vater und Jopie Bamigas zu erzählen …»

Ich nickte eifrig. «Eigentlich haben wir viel miteinander gelacht. In einem von meinen Comics war zum Beispiel ein Bild von einem kleinen Mädchen, das seine Unterhose runterzieht, sodass man ein kleines Stückchen Po sieht. Darauf hat mich mein Vater immer aufmerksam gemacht, und dann mussten wir immer furchtbar kichern. War natürlich total albern, aber …» Ich holte tief Luft. «… Es tut so gut, das alles erzählen zu können, Herr van Kooten …»

Er nickte mir freundlich zu. «Du tust ja, als würdest du damit ein großes Familiengeheimnis beichten. Ich finde es keineswegs verwunderlich, dass es zwischen dir und deinem Vater solche intimen Momente gegeben hat.»

«Gehört das zum Trauern, dass man sich plötzlich wieder an solche Sachen erinnert?»

Van Kooten nickte.

«Finde ich gar nicht gut.»

«Warum nicht?»

«Weil ich das Mädchen war. Und er der Vater. Und weil ebendieser Vater ein paar Jahre später, na ja, Sie wissen schon …» Ich wandte den Blick ab. Die Tränen saßen heute wieder ziemlich locker. «Wissen Sie, dass ich schon gar keine Wimperntusche mehr benutze?», schniefte ich. «Ist einfach zwecklos. So oft, wie ich heulen muss, käm ich aus dem Nachtuschen gar nicht mehr raus …»

«Ah, so», sagte van Kooten und maß mich von oben bis unten.

Ich hatte rosa Leggings und ein Jeanshemd an. Das hatte meine Mutter mir abgetreten. Ihr war es zu klein gewesen, und mir war es zu groß. «Ich hab heut Morgen einfach irgendwas aus dem Schrank gezogen», sagte ich und betastete meinen Pferdeschwanz. Zum Haarewaschen war ich auch nicht gekommen. Ich hatte die ganze Nacht wach gelegen und war erst gegen Morgen eingedöst.

«Einer früheren Patientin von mir ist es auch so gegangen», sagte van Kooten. Er rieb sich das Kinn.

«Ach ja? Hat ihr Vater sich auch ersäuft?»

«Nein, nein, sie war von Natur aus schnell gerührt, sodass ihr andauernd die Wimperntusche verlief. Und da sie in ihrem Beruf viel repräsentieren musste, war das natürlich sehr lästig. Sie hat das Problem schließlich dadurch gelöst, dass sie sich Wimperntusche von einer bestimmten Marke gekauft hat, die garantiert wasserfest war. Wenn du möchtest, könnte ich mich mal danach erkundigen.»

«Geben Sie's dann am besten Harry durch. Der ist nämlich der Einzige, der sich darüber aufregt.»

«Ich meine da eine gewisse Ungehaltenheit herauszuhören.»

«Da hören Sie ganz richtig. Harry nimmt meinen Trauerprozess überhaupt nicht ernst. Keiner nimmt ihn ernst …»

Ludo krächzte.

«Keiner?»

«Na ja, Sie schon, klar, aber sonst keiner.»

«Und deine Mutter?»

«Wenn ich mit der darüber spreche, fängt sie gleich von sich selbst an. Sie ist aufs Leiden abonniert, wissen Sie. *Sie* ist das Opfer, die Märtyrerin, die nie auch nur das kleinste bisschen Liebe bekommen hat, weder von ihrer Mutter noch von ihrem Ehemann ...»

«Das ist doch auch übel.»

«Aber was kann *ich* denn dagegen tun? Was soll ich mit diesen ganzen Informationen? Als ihre Mutter gestorben war, hab ich nächtelang weinend im Bett gelegen. Nicht, weil ich meine Oma vermisste, sondern weil es mir für meine Mutter so schrecklich Leid tat. Ich stellte es mir ganz schlimm vor, wenn man seine Mutter verliert. Das war meine größte Angst.»

«Wie alt warst du da?»

«Sechs. *Heb dir die Tränen für später auf, wenn ich tot bin,* sagte meine Mutter immer, *dann hast du einen Grund zum Weinen.* Wenn ich daran dachte, musste ich nur noch heftiger weinen. Dann tröstete sie mich mit den Worten: *Ich sterbe nicht, Lea. Solange du mich noch brauchst, sterbe ich nicht.* Sie hat Wort gehalten. Seit ich aus dem Haus bin, möchte sie sterben. Wenn sie Geburtstag hat, ist meine Mutter jedes Mal depressiv, weil sie noch immer nicht tot ist. Sie hat schon des Öfteren angekündigt, dass sie auch Schluss machen will. Und sie will auf keinen Fall noch länger leben, wenn sie von anderen abhängig wird. *Angenommen, ich werde inkontinent,* sagt sie, *da hört es für mich auf. Wenn ich Windeln brauche, müssen Birgit und du mich ins Jenseits befördern – ich will in Würde sterben.* Nach ihrem Tod soll ihr Leichnam der Wissenschaft zur Verfügung gestellt werden. Dann darf der niederländische Medizinernachwuchs mit den Därmen meiner Mutter seilspringen.» Ich brach in Schluchzen aus. «Mein Vater hat Selbstmord begangen, und meine Mutter träumt seit Jahren von nichts anderem. Auf seiner Beerdigung bin ich nicht gewesen, und die von ihr kann ich mir abschminken. Dagegen kann man nicht antrauern, Herr van Kooten, das kann ich Ihnen verraten.»

Er reichte mir ein Papiertuch. «Wie sieht es eigentlich mit deinen Medikamenten aus?»

Ich schnäuzte mir die Nase. Das machte van Kooten immer. Wenn ich wirklich am Boden war, wechselte er mir nichts, dir nichts das Thema. «Ich nehm überhaupt keine mehr.» Das tat ich schon seit Wochen nicht mehr. Und mein Therapeut wusste das ganz genau.

«Und zwischen dir und Harry, immer noch Spannungen?» Van Kooten hakte seine Liste ab.

«Als er hörte, dass der Prozess ein Jahr dauern kann, ist er völlig ausgeflippt. Wir haben uns erst gestern Abend wieder deswegen gestritten.»

Dass ich seit Tagen im Bett liege und nichts tue, stinkt Harry ganz gewaltig. «Das Haus verkommt. Du verkommst. Du stinkst, weißt du das? Ich glaub, du bist seit Tagen nicht im Bad gewesen.»

«Na und? Das gehört dazu, Harry. Du hast ja keine Ahnung, was ich durchmache. Sei doch froh, dass ich das nicht auf die leichte Schulter nehme, verdammt noch mal.»

«Du hast also vor, ein Jahr lang im Bett vor dich hinzugammeln?»

«Nein. Das wird der kürzeste Trauerprozess der Geschichte. Ich werde kurz und heftig trauern. Nerv mich also bitte nicht, sonst zieht sich das Ganze nur in die Länge …»

«Kaffee?» Van Kooten erhob sich bereits.

«Gern.»

Er ging zu seiner Espressomaschine.

Ich seufzte tief auf. «Dieser Jopie Bamigas, ob der eine Art Alter Ego von meinem Vater war, was glauben Sie?»

«Das wage ich nicht so ohne weiteres zu sagen, Lea. Vielleicht steckte auch etwas von ihm in dem bösen Nachbarn.»

«Könnte sein. Mein Vater hasste Hunde. Sein Lieblingsschimpfwort war ‹blöder Hund›. Ich hab übrigens mal einen Sinterklaasvers darauf gemacht.»

«War dein Vater leicht gereizt?»

«Das wär noch gelinde ausgedrückt, Herr van Kooten. Ein Tag, an dem er nicht geschimpft hat, war für ihn nur ein halber Tag.»

Birgit und ich wussten, wie schnell er explodieren konnte. Wenn Vater irgendwas im Haus zu werkeln hatte, gingen wir sicherheitshalber gleich in Deckung. Einmal musste er Kurrchens Käfig neu verglasen. Kurrchen war unsere Türkentaube. Ihr Käfig stand auf dem Balkon. Kurrchen war silbergrau und hatte ein schwarzes Band um den Hals. Wenn man den Finger in ihren Käfig steckte, verbeugte sie sich und fing an zu gurren. *Ku-kuh ku, ku-kuh ku.* Sie war ein total pflegeleichtes Haustier. Wir haben regelmäßig vergessen, ihr was zu fressen zu geben. Manchmal wochenlang. Das hat ihr immer weniger ausgemacht. Kurrchen ist sehr alt geworden, sie hat meinen Vater Ewigkeiten überlebt. Einmal saß sie ganz still in einer Ecke ihres Käfigs. Aber weil sie da öfter saß, hab ich das nicht groß beachtet. Bis ich sie ein paar Tage später noch genauso dahocken sah. Da habe ich sie dann doch mal kurz angefühlt. Sie war steif und kalt. Ich hatte immer gedacht, dass Vögel auf dem Rücken liegen, wenn sie tot sind. Ich fühlte mich ein bisschen schuldig, denn ihr Fressnapf war wieder mal leer. Aber ich glaube, dass es das Alter war. Mein Vater wollte die neue Scheibe für Kurrchens Käfig selbst aus einer alten Glasplatte herausschneiden. Dafür hatte er einen speziellen Schneider, der mit einem gellenden Geräusch durch das Glas fuhr. Den Finger von meinem Vater nahm er dabei auch gleich mit.

Mein Vater blutete wie ein Schwein und fluchte, dass die Wände wackelten. Mann, der konnte sich vielleicht aufregen! Und am Ende waren immer wir oder meine Mutter schuld. Nie war es sein Fehler. Nie schimpfte er auf sich selbst, immer nur auf die andern.

Van Kooten stellte den Kaffee vor mich hin. «Du hast da was von einem Vers gesagt?»

«Das gehörte zu einer Sinterklaas-Überraschung, die ich mir für meinen Vater ausgedacht hatte. Wir hatten Lose gezogen, wer für wen was machen sollte. Ich hatte meinen Vater abbekommen.»

«Wie alt warst du damals?»

«Acht, glaube ich.»

Ich hatte aus einem Stück weißen Stoff ein großes Taschentuch gemacht. Das hatte ich mit der alten Nähmaschine von meiner Oma, einer glänzenden schwarzen Pfaff, fein säuberlich gesäumt. Und in die Mitte hatte ich ein großes K gestickt. Als zusätzlichen Gag hatte ich noch ein überdimensionales Pflaster aus einem länglichen Stück Pappe zurechtgeschnitten.

Kurz vor Sinterklaas zeigte ich meiner Mutter mein Geschenk und das dazugehörige Gedicht.

«Oh, ich weiß nicht, ob das so klug ist, Lea. Du kennst ja deinen Vater. Lass uns das lieber bis zum Schluss zurückhalten und erst mal abwarten, wie seine Laune ist.»

Die Stimmung war bestens, als mein Vater seine Überraschung bekam. Meine Mutter und ich waren gespannt wie Flitzebogen, als er das Gedicht vorlas.

Lieber Kees,
Fluchst du mal wieder «blöder Hund»
dann steck dir das hier in den Mund
und stoppt auch das noch nicht dein Laster
versuch's doch mal mit diesem Pflaster
Sint

Er hat herzhaft darüber gelacht. Gefühl für Humor hatte er ja. Aber die Anti-Fluch-Utensilien hat er trotzdem nie benutzt. Das war eine Enttäuschung, denn ich hatte wirklich gehofft, dass sie helfen würden. Wenn er es mal wieder dringend brauchen konnte, bin ich ab und zu noch mit seinem Taschentuch angetrabt gekommen. «Hier, Papa, schnell, steck's dir in den Mund!» Aber da wollte er dann nichts mehr davon wissen. Und darüber lachen konnte er auch nicht mehr.

«Was empfindest du, wenn du daran zurückdenkst?», fragte van Kooten.

Ich nippte an meinem Kaffee. «Bedauern.»

Es blieb still.

Van Kooten wartete auf eine nähere Erklärung.

«Ich habe so wenige eigene Erinnerungen. Er ist gestorben, als ich dreizehn war. Aber ich kenne ihn fast nur aus den Erzählungen meiner Mutter. Wenn Sie mich fragen, was mir von meinem Vater in Erinnerung geblieben ist, dann beschränkt sich das mehr oder weniger auf die Wasserkäfer, die Wohnzimmerrunde auf seinen Schultern, Jopie Bamigas, die Wutanfälle, das Klaviernotensystem und dieses eine Mal, als er mich gefragt hat, wie es in der Schule läuft.»

«Angenommen, er lebte noch ...»

Ich richtete mich auf. «Dann würde ich gern mit ihm reden. Ich würde gern aus seinem Mund hören, warum er so war, wie er war.»

«Gibt es denn keinen anderen Weg, das herauszufinden?»

«Was meinen Sie damit?»

«Es gibt doch noch Verwandte von deinem Vater, vielleicht können die dir weiterhelfen.»

Ich stellte meine leere Tasse auf den Tisch. Das war eine Idee.

«Was würdest du deinem Vater denn sagen wollen, wenn er hier wäre?»

«Dass ich ... dass es mir Leid tut ...» Ich senkte den Kopf. Auf meinen Leggings war ein weißlicher Fleck. Da hatte wohl Junior draufgespuckt. «Mein Vater und ich lebten während seiner letzten Zeit nur noch irgendwie nebeneinanderher. Ich hab ihn ignoriert. Aus Solidarität mit meiner Mutter.»

«Hat er sich denn um eine Wiederannäherung zu dir bemüht?»

Der Summer ertönte.

Van Kooten erhob sich und ging zur Tür.

Widerstrebend griff ich zu meiner Tasche. Wenn ich bei Beau war, verflog die Zeit im Nu. Manchmal war ich noch mitten in einem Satz. Aber nie war mein Therapeut so neugierig auf dessen Ende, dass er den Summer Summer sein ließ. Nie bat er mich, noch einen Moment zu bleiben. Er hatte Geduld. Er ging davon aus, dass ich mich schon wieder melden würde. Und das tat ich auch. Woche für Woche kam ich her, um vor ihm meine schmutzige Wäsche zu waschen. Große, schmuddlige Laken mit schwarzen Rändern.

«Wo waren wir stehen geblieben?» Beau setzte sich wieder.

Ich stellte meine Tasche schnell wieder ab. «Sie hatten gefragt, ob mein Vater sich denn um eine Wiederannäherung bemüht hat.»

«Ja, genau.»

«Hm, nicht dass ich wüsste.»

«Und was meinst du, warum nicht?»

«Birgit war ja sein Ein und Alles. Auf sie setzte er seine ganze Hoffnung. Ich hab ihn nie so beschäftigt. Von mir hat er sich nie viel erwartet.» Ich kicherte. «War wohl gar nicht so verkehrt.»

Van Kooten blieb ernst. «Du brauchst dich nicht schlechter zu machen, als du bist, Lea. Wenn ich mir dich so anschaue, sehe ich eine selbstbewusste junge Frau vor mir, die ziemlich viel Köpfchen hat.»

Weiter, weiter!, wollte ich rufen, aber ich traute mich nicht. «Müssen Sie sich nicht um Ihren nächsten Patienten kümmern?»

«Der kann noch ein bisschen warten. Wie steht es mit deiner Trauerarbeit?»

«Ich tue, was ich kann. Ich telefoniere oft mit meiner Mutter und meiner Schwester, um mit ihnen über meinen Vater zu sprechen.»

«Und wie ist das?»

«Schwierig. Vor allem wenn ich Sachen höre, von denen ich noch nichts wusste.» Ich erzählte Beau, dass es meinem Vater an seinem letzten Abend verwehrt worden war, im Ehebett zu schlafen. Dass wir ihn alle mit Verachtung gestraft hatten. «Wir wollten alle drei, dass er abhaut. Birgit hat ihm nicht mal gute Nacht gesagt, als sie nachts aufs Klo musste ...» Schwups, da kamen schon wieder die Tränen. Ich zog ein Papiertuch aus der Schachtel. «Das tut ihr noch nicht mal Leid. Können Sie das verstehen? Ich hätte ihm gern Ade gesagt, wissen Sie, aber na ja, er mir natürlich nicht. Er wollte auch nie Fotos von mir sehen. Nur immer die von ihr.» Ich biss die Zähne zusammen. Es tat weh. Es tat wirklich weh. *Wogen von physischem Schmerz.*

«Lass den Kummer ruhig zu. Das macht nichts», sagte Beau.

Mein ganzer Körper zuckte von unterdrücktem Schluchzen, aber ich wollte weiterreden, ich musste jetzt alles erzählen, auch wenn sich meine Stimme noch jämmerlicher anhörte als die von Ludo. «Wissen Sie, was ich von meiner Mutter erfahren habe? In den Wochen vor seinem Tod hatte mein Vater Urlaub. Er hat in der Zeit mehrmals Ausflüge gemacht, ganz allein.»

Mein Vater nimmt sein Rad, denn wir haben kein Auto. Er radelt von Amsterdam-West nach Amsterdam-Ost. Er hält in der Plantage Middenlaan, schließt sein Fahrrad ab und betritt durch das hohe Tor den Tierpark Artis. Zwei Minuten steht er in der Schlange vor der Kasse, ehe er dran ist. Eine Karte bitte. Nein, keine Frau, kein Kind, auch kein Enkelkind an der Hand. Er ist 57 Jahre alt, bekommt also keine Ermäßigung. Er zieht sein Portemonnaie aus der Gesäßtasche und bezahlt.

Mein Vater spaziert durch den Tierpark. Die Papageien schreien, die Paviane flitzen auf dem Affenfelsen herum. Er stattet den Löwen einen Besuch ab. Sie schlafen. Er begrüßt den Leoparden, der gereizt an den Gitterstäben entlangläuft. Die Giraffen blicken über ihn hinweg. Er bleibt bei den Eisbären stehen, die viel zu groß für ihr Gehege sind. Die Seekuh sieht ihn nicht, die ist mit einem Kopfsalat beschäftigt. Die Flamingos tun seinen Augen weh. Die Pinguine sind kleiner, als er dachte. Er holt seine Brotbüchse hervor und teilt sich seine Butterbrote mit dem Przewalski-Pferd.

Mein Vater ist einer von Hunderten, die an diesem Nachmittag den Zoo besuchen. Er hebt sich durch nichts von denen ab, die unbekümmert umherschlendern, an ihrem Eis lecken und denken, dass Artis bis in alle Ewigkeit da sein wird und sie Jahr für Jahr wiederkommen können.

Er geht zum Aquarium. Drinnen setzt er sich auf eine Bank und blickt auf die Fische. Mindestens eine Stunde lang sitzt er so da. Er denkt an die Jahreszeiten. An Ebbe und Flut. An Wasser und Luft. An alles, was ist und nicht mehr sein wird. Nicht er geht weg, sondern die Welt wird ausgeblendet. Als würde er das Licht ausmachen. Und den Ton.

Den Tod abzuwarten, das ist nur was für die Dummen. Die denken, dass das eine Rolle spielt. Dass das Warten belohnt wird. Aber ihn wird der Schöpfer nicht mehr überraschen. Er ist übermächtig. Er verstößt das Leben. Ehe es ihn verstößt.

«Nicht einmal seine Liebe zur Natur konnte ihn retten», sagte Beau langsam. Dann kamen ihm die Tränen.

Ich traute meinen Augen nicht.

Ich reichte ihm ein Kleenex und nahm selbst auch noch eins.

Beau setzte seine Brille ab und schnäuzte sich die Nase.

Dass er derart weinen musste, brachte mich ein bisschen zum Lachen, trotz meiner Tränen. «Passiert Ihnen das öfter?», fragte ich.

«Nicht sehr oft», sagte er mit rauer Stimme.

«Es ist wegen der Tiere, stimmt's?», riet ich.

Er nickte. Dann sah er auf seine Armbanduhr und erschrak. Der nächste Patient saß immer noch im Wartezimmer.

Ich stand auf.

Van Kooten begleitete mich zur Tür. In der Eile vergaßen wir ganz, einen neuen Termin zu vereinbaren. Er ergriff meine Hand und hielt sie mindestens drei Sekunden lang fest. «Danke», sagte er. War wirklich ein bisschen durcheinander, mein Therapeut.

«Aber Sie brauchen sich doch nicht bei mir zu bedanken!»

«O doch», sagte er, während seine unendlich lieben Augen die meinen suchten und fanden. «Danke für das Vertrauen, das du mir schenkst.»

38

3. November 1970
Die Lehrerin hat mir später gesagt, man hätte überhaupt nicht gemerkt, dass du neu warst. Weiter so, Mädchen, denn in diesem Leben wird viel Wert darauf gelegt, dass man sich gut einfügt.

«Stefan de Wit.»

«Hallo, Stefan, hier Lea.»

«Tag, Lea. Wie geht's dir?»

«Beschissen. Kann ich Birgit kurz sprechen?»

«Ich glaub, sie ist in ihrem Arbeitszimmer. Ich ruf sie mal eben.»

Er legte den Hörer hin. Ich konnte hören, wie sich seine Schritte entfernten. Es blieb eine ganze Minute lang still.

«Lea?» Stefan wieder. «Sie hat gerade Kopfhörer auf. Ich hab ihr gesagt, dass du dran bist, aber sie wollte jetzt nicht. Kann ich ihr was ausrichten?»

«Ich muss sie unbedingt kurz sprechen, Stefan. Es ist dringend.»

Stefan seufzte und legte den Hörer wieder hin. Ich klemmte mir das Telefon zwischen Ohr und Schulter und ging zum Spiegel. Harry hatte Recht. Ich musste dringend zum Friseur.

«Lea?»

«Ja, ich bin noch dran.»

«Birgit ist furchtbar müde. Kannst du nicht morgen nochmal anrufen?»

«Nein. Ich muss sie *jetzt* sprechen. Sonst –»

«Lea?» Auf einmal war Birgit am anderen Ende. «Ich hab sie, Steef, du kannst auflegen!», rief sie.

Stefan legte auf.

«Lea, ich bin völlig alle. Hab hart gearbeitet heute.»

«Ich werd mich kurz fassen. Es ist wegen Papa.»

«Was denn jetzt wieder?»

«Ich war heute bei meinem Psychiater, und der musste weinen.»

«Waas?»

«Beau van Kooten, mein Psychiater, musste weinen. Um unseren Vater. Weil er das alles so schrecklich fand. Wie findest du das? Ich geh zum Psychiater, und was passiert? Der Mann fängt an zu weinen.»

«Was für 'n Softi.»

«Von wegen Softi. Der Mann ist 'ne Menge gewöhnt. Aber so was Schlimmes hatte er wohl noch nie gehört.»

«Ja, ja ...»

«Weißt du, was ich glaube? Dass du auch noch nicht richtig getrauert hast. Deswegen bist du so kalt und gefühllos. Du bist in der ersten Phase stecken geblieben. Genau wie Mama.»

«Von was redest du denn da?»

«Man trauert in Phasen. Und wenn man nicht richtig trauert, geht's daneben.»

«Das ist mir jetzt wirklich zu doof, Lea.»

«Verdräng du nur. Prima. Hab ich auch jahrelang gemacht. Tu ruhig weiter so, als wenn Papa ein Monstrum gewesen wäre. Und Mama heilig. Mach's dir nur schön einfach.»

«Hör doch endlich mal von Papa auf. Der Mann ist seit zwanzig Jahren tot. Lass doch die alte Scheiße!»

«Alte Scheiße? Papa? Nein, das lass ich nicht. Er fehlt mir.»

«Jetzt spinn doch nicht rum. Er fehlt dir doch gar nicht. Das hat dir nur dein bescheuerter Psychoheini eingeredet. Hast du etwa vergessen, wie Papa war?»

«Er hatte auch gute Seiten, Birgit.»

«Ja. Und Hitler war unheimlich tierlieb. Soll ich dir sagen, wie ich darüber denke? Kees Cornelissen war machtgeil. Und als er merkte, dass ihm die Macht flöten ging, hat er Schluss gemacht. Er war ganz einfach ein Versager. Genau wie Hitler.»

«Ich möchte nicht, dass du so über Papa redest. Das hat er nicht verdient.»

«Jetzt fang bloß nicht auch noch an zu flennen, Lea, tu mir den Gefallen! Was aus dir werden würde, hat ihn doch nicht die Bohne interessiert. Echt nicht die Bohne! Er hat dich doch einfach im Regen stehen lassen, verdammt. Er hat uns alle im Regen stehen lassen. Und da willst du ihm ein Denkmal setzen?»

«Ich weiß, dass er mich geliebt hat. Und ich ihn.»

Sie lachte höhnisch. «So, wie er mich geliebt hat, was? Mein Gott, hat der mich geliebt! Vor allem als ich vom naturwissenschaftlichen zum sprachlichen Zweig gewechselt habe, weißt du noch? Da hat der Herr mich nach Strich und Faden vermöbelt.»

«Ich red jetzt ausnahmsweise mal von mir. *Mich* hat er nie geschlagen.»

«Willst du wissen, wie er über dich gedacht hat? Da brauchst du nur mal dein Poesiealbum aufzuschlagen. Dein lieber Vater hat dir ein herzerwärmendes Gedichtchen reingeschrieben.»

«Ein Gedicht?»

«Ja. Es steht auf der dritten Seite. Nach Mama und deiner Lehrerin.» Birgit wusste solche Sachen immer ganz genau. «Jetzt leg ich aber auf, Lea.»

Ich rannte auf den Dachboden. Papa hatte mir also doch so etwas wie einen Brief hinterlassen. Das hatte ich völlig vergessen. Ein Gedicht hatte er für mich gemacht. Eigens für mich. Seine jüngste Tochter.

Noch völlig aus der Puste von den zwei Treppen, kniete ich mich vor die Kartons. Der erste, dessen Inhalt ich auf den Boden leerte, enthielt alte Schulhefte. Kein Album. Blieben noch vier weitere Kartons. Dunkelblau war das Album gewesen. Es musste irgendwo da drin sein. Das musste es einfach. Ich machte den zweiten Karton auf. Mein Babyalbum. Mäppchen mit Ferienfotos. Sonst nichts. Der dritte Karton war nur halb voll. Ich kippte ihn aus. Briefe von Brieffreundinnen. Liebesbriefe. Nichts Blaues dazwischen. Ich kratzte mich an der Wange. Noch zwei Kartons. Zwei Chancen noch. Im vierten Karton nichts als vergangene Pracht. LPs von Abba, Joe Jackson, U2, The Police. Verdammt, wo steckte das Ding? Ich hatte es doch wohl nicht bei Ed liegen lassen? Der letzte Karton. Im Stillen übte ich schon mal das Telefongespräch mit meinem Ex ein.

Und auf einmal lag es da. Dunkelblau, mit einer kleinen Katze vorne drauf. Mit zitternden Händen schlug ich es auf und blätterte zur dritten Eintragung. Ich erkannte die Handschrift meines Vaters. «Papa» stand drunter. *Papa. Mein Vater.*

Siehst du! Ich hatte einen. Einen Papa. Eine Träne tropfte auf die aufgeschlagene Seite. Ich wischte mir schnell die Wange ab. Die Tinte durfte auf keinen Fall verlaufen.

Ich streckte mich auf dem Fußboden aus.

An diesem düstren Tag
da die Sonne nicht scheinen mag
ein kurzes Gedicht
für einen süßen Wicht
unser aller Lea
die mich so sehr kann treiben
daß ich ihr ganz schnell muß schreiben
wie furchtbar lieb ich sie hab
weil sie das so gern hören mag.
Das Bildchen liegt schon bereit
ich geb dir nur noch Bescheid
daß das Reimen nicht grad jedem gefällt
ja mancher es gar für 'ne Strafe hält
Papa

Ein süßer Wicht. Ein furchtbar lieber, süßer Wicht. Das war ich für ihn gewesen.

Ich presste das Album an meine Brust. Die Tränen liefen mir in die Ohren.

Mein Vater ist tot. Ich werde ihn nie mehr wiedersehen. Ich kann ihm nie mehr sagen, wie sehr ich ihn lieb habe. Unsere Wege sind für immer getrennt. Wo ich auch suche, ich werde ihn nicht finden.

Obwohl …

Mit dem Poesiealbum unterm Arm rannte ich die Treppe runter.

39

25. November 1970
Vorige Woche hattest du Zahnschmerzen. Wir zum Zahnarzt, und der musste zwei kleine Löcher füllen. Du hast nicht gemuckst. Dass du Silber in den Mund bekommen hast, fandest du ganz toll. Du warst so stolz darauf, dass du es allen gezeigt hast.

«Ja?» Der Mann in der Türöffnung sah mich fragend an. Es war bestimmt fünfzehn Jahre her, dass ich ihn zum letzten Mal gesehen hatte. Je älter er wurde, desto größer wurde seine Ähnlichkeit mit dem Kabarettist Toon Hermans. Kaum zu glauben – der gleiche graue Schnurrbart, der gleiche verschmitzte Blick. Und eine genauso wohlklingende Stimme …

«Hallo, ich bin's, Lea.»

«Lea?»

«Lea Cornelissen, deine Nichte, die jüngste Tochter von Kees.»

«Ach, Lea.» Allmählich dämmerte es ihm. «Wie geht es dir, Lea?»

«Gut, und dir?»

«Gut.» Er wandte sich kurz um. «Tante Mar ist nicht da. Sie ist zu einer Sitzung vom Frauenverein.»

«Macht nichts. Ich komme deinetwegen.»

«Meinetwegen? Na, dann mal reinspaziert.» Er machte einen Schritt zur Seite.

«Hast du vielleicht etwas Kleingeld für mich?» Ich zeigte auf mein Auto, das auf der gegenüberliegenden Straßenseite stand. «Ich hab mein Portemonnaie vergessen.»

«Und deinen Mantel anscheinend auch. Du bist ja schon halb erfroren, Kind.»

Wir gingen durch den Flur ins Wohnzimmer. Die Wohnung kam mir vage bekannt vor.

Onkel Jan drehte ein kleines Keramikgefäß um, das auf der Fensterbank stand. «Hier müssen ein paar Gulden drin sein. Unverschämt teuer, diese Parkerei. Elise haben sie gerade vor zwei Wochen eine Radkralle drangemacht, als sie uns ihre Kleine vorbeigebracht hat. Höchstens fünf Minuten war sie bei uns drinnen. Ich hatte sie noch gewarnt, aber tja, sie weiß ja immer alles besser. Wie lange hast du vor zu bleiben?»

Ich studierte die Fotos, die auf dem Kaminsims standen. Allem Anschein nach war mein Vater nicht darunter.

«Lea?»

«Pardon, was hast du gefragt?»

«Wie lange du bleibst.»

«Wirf mal für anderthalb Stunden ein.»

«Ich höre schon, du bist noch genauso dreist wie früher.»

Ich kicherte und gab Onkel Jan meine Autoschlüssel. Er band sich einen Schal um und ging nach draußen.

«Soll ich eine Tasse Kaffee machen?», fragte er, als er zurückkam.

«Gern.»

«Du musst aber mit Pulverkaffee vorlieb nehmen. Elise hat uns eine Espressomaschine geschenkt, aber da sind so viele Knöpfe und Schalter dran, dass deine Tante Mar auch nach drei Tagen noch nicht schlau daraus werden konnte. Da haben wir uns dann eben auf Nescafé verlegt …» Er ging in die Küche.

Ich begleitete ihn.

Die Espressomaschine nahm gut die Hälfte der Granitarbeitsplatte ein.

«Das ist vielleicht ein Ungetüm, was? Unsere alte Kaffeemaschine haben wir ausrangiert. Die ging zwar noch einwandfrei, aber Elise hatte uns ja nun mal zu Espresso verdonnert …»

Ich strich mit einem Finger über die Maschine. Beau van Kooten hatte genau die gleiche. Es stimmte. Alles stimmte. Es war gut, dass ich hier war. «Sie ist toll. Deine Tochter hat Geschmack», sagte ich leise.

«O ja, ein wirklich edles Geschenk. Tante Mar ist in dem Geschäft gewesen, um mal zu gucken, was so was kostet. Da ist man wirklich platt.» Onkel Jan setzte den Wasserkessel auf. «Und wie steht's mit unserer Lea? Ich nehm an, du warst gerade in der Nähe, und da hast du dir gedacht: Besuch ich doch mal meinen alten Onkel. Weißt du, dass du mein Patenkind bist?»

Ja, verflixt, das stimmte.

Onkel Jan sah mich grübelnd an. «Hattest du nun ein Baby bekommen, oder war das Birgit?»

«Birgit», log ich. Ich hatte keine Lust, über Junior zu reden.

«Ein Junge, nicht?»

«Ja.»

«Alles in Ordnung mit Mutter und Kind?»

«Ja, sie ist selig.»

«Ach ja, das war bei Elise auch so. Trotzdem hat sie wieder angefangen zu arbeiten. Meine kleine Enkelin geht zweimal die Woche in die Kindertagesstätte und ist einen Tag bei uns. Früher war das alles ganz anders. Tante Mar wurde entlassen, als sie heiratete. Deine Mutter übrigens auch. Arbeitet Birgit noch?»

Das Gespräch ging in die völlig verkehrte Richtung.

«Ich weiß nicht genau. Sie hat jetzt, glaub ich, Mutterschaftsurlaub.»

Onkel Jan goss den Kaffee auf.

«Soll ich die Tassen ins Wohnzimmer bringen?»

«Geht schon, Kind.» Er setzte sich in einen Kunstledersessel.

Ich nahm auf der Couch Platz.

Die Wand mir gegenüber bestand aus einem einzigen großen Bücherregal. Von links bis rechts und von oben bis unten nichts als Bücher. Ich fragte mich, ob Onkel Jan die wohl alle gelesen hatte oder ob sie nur zur Dekoration dienten.

«Möchtest du was dazu?» Er zeigte auf die Keksdose, die auf dem Couchtisch stand.

«Nein danke.»

«Wohl auf Diät, was?»

«Nein, aber ich hab gerade gegessen.»

Onkel Jan nahm sich einen Spritzkuchen aus der Dose. Als er reinbiss, rieselten ihm die Krümel über die Klamotten. Er trug ein rotes Oberhemd, Rautenpullunder und graue Terlenka-Hose.

Im Schoßbereich sah ich einige kleine Brandlöcher. «Rauchst du Pfeife?»

«Ja. Das wusstest du noch?»

«Nein, ich seh's deiner Hose an. Mein Vater hatte da auch immer solche Löcher.»

Onkel Jan nickte. «Deine Tante macht das wahnsinnig. Sie sagt, eines Tages näht sie mir noch einen großen Schlabberlatz und –»

«Denkst du noch manchmal an meinen Vater?», fragte ich schnell.

Es dauerte einen Moment, bevor er darauf reagierte. «Ich bin letzten Monat an seinem Grab gewesen …»

Sein Grab! Es ist also noch da! Sie haben es nicht räumen lassen!

«… Da geh ich ein-, zweimal im Jahr hin. Dann zünde ich eine Kerze an und denke an ihn.»

«War er ein netter Bruder?»

Onkel Jan nippte an seinem Kaffee. «Von allen meinen Brüdern war dein Vater derjenige, mit dem ich am meisten zusammen gemacht habe. Wenn wir aus der Schule kamen, sind wir raus in die Natur. Wir haben Schmetterlinge gefangen und seltene Pflanzen gesucht. Und wir haben auch alles andere zusammen gemacht, was man als Junge damals eben so machte.»

«Ihr wart zu neunt, nicht?»

«Ja, sieben Jungs und zwei Mädchen. Dein Vater war ein Jahr älter als ich. Wir haben zu zweit in einem großen Bett geschlafen. Im

Krieg waren wir zusammen in Deutschland. Da haben wir die Bombardierung von Dresden miterlebt.»

Ich nahm mir doch mal lieber einen Keks. Wenn die alten Leutchen erst vom Krieg anfingen … «Ja, das hat Birgit mal erwähnt, das von Dresden», sagte ich mit vollem Mund. «Muss ja ganz schön schlimm gewesen sein, was?»

Onkel Jan reckte den Zeigefinger in die Höhe. «Am 13. Februar 1945 wurde Dresden bombardiert. Hundertzwanzigtausend Menschen fanden auf einen Schlag den Tod. Die ganze Stadt ging in Flammen auf. Dein Vater und ich waren dabei. Wir haben die ganze Tragödie mit angesehen.»

«Wieso Tragödie, die Toten waren doch Deutsche?»

Mein Onkel runzelte die Stirn. «Es waren Menschen. Menschen wie du und ich. Und in Dresden waren damals auch viele Flüchtlinge.»

«Wenn du und mein Vater dabei wart, wie kommt es dann, dass ihr überlebt habt?»

«Ha! Dein Vater und ich haben zig Bombenangriffe überlebt! Wir wussten eben genau, was wir zu tun und vor allem: was wir zu lassen hatten.» Seine Augen schimmerten feucht. *Old soldiers never die.*

1943 werden Onkel Jan und mein Vater als Zwangsarbeiter nach Deutschland geschickt. Anfang zwanzig sind sie damals. Ihr Einsatzort ist der Bahnhof von Heidebreck.

Im Januar 1945 setzen sich die Brüder ab. Die Ostfront rückt immer näher, sie können den Geschützdonner schon hören. Hitler ist dabei, den Krieg zu verlieren. Jan und Kees legen ihre Siebensachen auf einen umgedrehten Tisch und machen sich auf einen harten Marsch über tief verschneite Ebenen. Sie werden von einem frustrierten deutschen Offizier gefasst. Mit eiskaltem Blick auf die beiden Brüder brüllt er einem Untergebenen zu: «Exekutionskommando aufstellen!» Da pinkelt mein Onkel sich in die Hose.

«Ich hab dann ins Blaue hinein auf den Mann eingeredet. Zum Glück war mein Deutsch ziemlich gut. Dass man uns weggeschickt hätte, hab ich gesagt, dass wir auf dem Weg nach Dresden seien, dass wir keineswegs abgehauen seien, er brauche nur im Bahnhof Heidebreck anzurufen, wenn er uns nicht glaube.»

Man lässt Onkel Jan in Heidebreck anrufen. Obwohl dort schon ringsum die Bomben einschlagen, wird geflissentlich der Hörer abgenommen. Onkel Jan erzählt dem Dienst habenden Militär eine lange und umständliche Geschichte.

«Gut, das brauchen Sie jetzt nur zu bestätigen», sagt er zum Schluss. «Ich gebe Sie jetzt weiter.» Mit Pokerface reicht er dem Offizier den Hörer.

«Ja, das stimmt», sagt dem der Militär, der Wichtigeres im Kopf hat.

Die Brüder werden nicht erschossen und dürfen nach Dresden weiter.

«Wir sind mit dem Zug gefahren. Die Heizung ging nicht, es war hundekalt. Ich erspare dir die Einzelheiten, Lea, aber in dem Zug sind die Leute gestorben wie die Fliegen. Alte Menschen, die tot vom Sitz fielen, Babys, die erfroren. Es war entsetzlich …»

Kees und Jan landen in einer Pension im Herzen von Dresden. Auch dort sind sie nicht sicher. Kurz darauf findet einer der schwersten Luftangriffe des Zweiten Weltkriegs statt.

«Dein Vater und ich hatten uns gleich bei unserer Ankunft umgesehen, wo wir uns im Notfall am besten verschanzen konnten. Nämlich unter den Elbterrassen. Da waren Bierkeller. Und in denen hatte man drei Meter Erde über dem Kopf.»

Die Stadt verwandelt sich in einen rauchenden Trümmerhaufen. Jan flieht weiter. Kees bleibt in Dresden. Er will mit eigenen Augen sehen, was der Bombenangriff angerichtet hat.

Als er später wieder zu seinem Bruder stößt, will er zuerst nicht darüber reden. Er ist, wie er dann berichtet, auf dem Platz gewesen, an dem ihre Pension stand. Dort waren die Leichen der Einwohner von Dresden zu riesigen Stapeln aufgeschichtet. Es waren so viele, dass man sie unmöglich begraben konnte. Man goss Benzin über die Stapel und zündete es an. Die Leichen wurden allesamt verbrannt. Mein Vater hat dabeigestanden und zugesehen.

Onkel Jan seufzte tief auf und zündete sich eine Pfeife an. «Ich glaube, dass in Dresden seine finstersten Vermutungen über das Leben bestätigt wurden. Kees hat zwar geheiratet, Kinder in die Welt gesetzt und sich nach Kräften bemüht, aber meiner Meinung nach hat das nichts mehr an seiner heimlichen Überzeugung ändern können, dass es nie mehr gut werden würde …»

Stille. Ich konnte die Standuhr ticken hören. Tränen brannten hinter meinen Augen. Was Onkel Jan da gesagt hatte, hatte so schön, so schlüssig, so wahr geklungen. Und trotzdem. Ich sah meinen Onkel an, der mit geschlossenen Augen an seiner Pfeife sog. Der Bruder meines Vaters. Er war auch verheiratet, hatte auch Kinder. Enkelkinder. Er kochte Kaffee. Er rauchte Pfeife. Er hatte offenbar nie den Drang verspürt, vorzeitig Schluss zu machen.

«Wenn du auch da warst», sagte ich nach einer Weile, «wieso macht dir das dann nicht zu schaffen?»

Seine Augen öffneten sich wieder. «Dein Vater und ich waren sehr verschieden. Kees war eher schwermütig und verschlossen. Er hatte nur wenige Freunde. Nach dem Krieg stürzte er sich auf die großen Philosophen. Er kehrte sich radikal von der Kirche ab und studierte Kant, Nietzsche und Schopenhauer. Seitenweise konnte er die auswendig zitieren. Dann leuchteten seine Augen auf. Ob bei Büchern, Gedichten oder Musik, er entschied sich immer für die schwere Kost. Die gefiel ihm.»

«Hatte er viele Freundinnen?»

Mein Onkel schüttelte den Kopf. «Er war ein richtiger Männermann. Für das weibliche Geschlecht hatte er kein Gespür. Und noch mit dreiundzwanzig hatte er keine Ahnung, wie das mit der Fortpflanzung tatsächlich vonstatten geht. Er dachte, dass dem Schoß der Frau Samen entspringen, die sich von allein weiterentwickeln, hat er mir damals auf einem Spaziergang anvertraut. Da hatte er schon einen Krieg hinter sich ...»

Ich kicherte. «Das war doch bestimmt ein Scherz.»

«Ganz und gar nicht. Ich wusste es schon besser und hab ihm geraten, mal mit seinem Beichtvater zu reden.» Onkel Jan erhob sich und zog ein Buch aus dem Regal.

Ein Fotoalbum. Auf einem ziemlich miesen Schwarzweiß-Schnappschuss waren zwei Jungen in kurzen Hosen zu sehen und neben ihnen ein Trumm von Frau in schwarzem Wallekleid, das ihr bis auf die Knöchel ging. Der eine Junge war groß, blond und pausbäckig und machte ein verschmitztes Gesicht. Der andere war eher klein geraten, hatte dunkles Haar und blickte sehr ernst drein. Er stand Arm in Arm mit seiner Mutter.

«Der Kleine hier ist dein Vater», sagte Onkel Jan, auf das Bild zeigend. «Obwohl ich jünger war, war ich schon bald größer als er. Ich ging zur Oberschule, er auf die Mittelschule. Er war sehr schüchtern. Dein Vater hat mal zu mir gesagt: *Du hast dich immer alles getraut, und ich hatte Schiss.* Ich glaube, dass er im Grunde seines Herzens sehr sensibel war. So sensibel, dass er sich mit einem Panzer umgeben musste.»

Mein Therapeut hat Recht. Ich habe Recht. Mein Vater war ein Schaf im Wolfspelz. Er war ein Weihnachtsbaum wie ich. Er trug ein stachliges Kleid. Er war mir ähnlich. Ich bin ihm ähnlich.

Während alle Cornelissens Karriere machen, entscheidet sich mein Vater für ein schlichtes Buchhalterdasein bei einem Steinmetzbetrieb in Amsterdam-Nord. «Ich arbeite, um leben zu können», sagt er. «Ich lebe nicht, um zu arbeiten.» In seiner Freizeit widmet sich mein Vater mit fanatischem Eifer seinen Steckenpferden. Den Wasserkäfern, dem wandernden Schwimmer – der es bis in *Das Anglerblatt* gebracht hat – und zu guter Letzt seinem Klaviernotensystem.

«Er hat mir immer alles geschickt. Auch Gedichte. Was ich davon hielt. Ich hätte gern gesagt: ‹Ja, Kees, sie sind großartig, schreib weiter!›, aber das konnte ich nicht. Das einzig Authentische an seinen Produkten war seine Wut, seine Wut auf die Welt. Sein Klaviernotensystem hab ich einem Bekannten gezeigt, der am Konservatorium arbeitete. Der sagte, dass es überhaupt nichts taugte. Dass sich schon Hunderte an so was versucht hätten. Ich habe mich nicht getraut, es deinem Vater zu sagen …» Onkel Jan schlug das Fotoalbum zu. Er senkte die Stimme. «… Ich wusste nicht, wie ernst die Situation damals schon war. Ich wusste nicht, dass dein Vater und deine Mutter inzwischen geschieden waren. Natürlich hab ich gesehen, dass es mit deinem Vater bergab ging. Das haben wir alle gesehen. Er schwafelte und schwafelte, er redete immer wirreres Zeug. Jedes Mal wenn ich euch besuchte, nahm ich mir vor, möglichst nur Themen anzuschneiden, über die man sich unbeschwert unterhalten konnte. Danach hat deine Mutter richtig gelechzt. Ich hab mich auch mehr und mehr mit ihr unterhalten, anstatt mit ihm. Er ist uns entglitten …» Er verzog das Gesicht und sah an mir vorbei zum Fenster. «… Ich hab an eine frühe Form von Parkinson gedacht. Kurz nach dem Krieg hatte Kees eine Nierenvergiftung und lag lange im Krankenhaus. Er war ohne Bewusstsein und hatte schwere Anfälle, bei denen sich Arme und Beine ganz unkontrolliert bewegten. Das sah beängstigend aus. Vielleicht hat ja damals schon sein Gehirn Schaden genommen …»

Ich weiß nichts von einer Nierenvergiftung. Ich weiß nichts von Parkinson. Ich habe keine Leichen brennen sehen. Mir hat man nichts erzählt. Meine Mutter hat mich mit ihrer Propaganda für dumm verkauft.

«Selbstmord ist eine Anklage. Ich hab mir das sehr zu Herzen genommen. Ich hab oft gedacht: Hätte ich ihm doch nur mal einen langen Brief geschrieben. Hätte ich mich doch nur ernsthaft mit ihm auseinander gesetzt.»

Ich legte Onkel Jan die Hand auf den Arm. «Ich glaub nicht, dass es geholfen hätte, Onkel Jan!»

«Dein Vater war nie unfreundlich zu mir, Lea, das sollst du wissen. Im Gegenteil. Als ich studieren wollte, war kein Geld dafür da. Und da hat er, der nur die Mittelschule besucht hatte, mir sein Erspartes angeboten. Er erkannte voll und ganz an, dass ich ihm in dem Punkt überlegen war. Und er investierte damit auf seine Weise in etwas Höheres. Du begreifst sicher, dass ich über so einen Bruder niemals ein böses Wort verlieren werde …»

Ich kratzte mich an der Wange. Antworten konnte ich nicht, dann wäre ich in Tränen ausgebrochen.

«Dein Vater hatte seine Macken. Aber die hatten wir alle. Sein Pech war nur, dass nie jemand da war, der ihm zum richtigen Zeitpunkt auf die Sprünge geholfen hätte. Da kannst du alle fragen, die erfolgreich sind. Sie werden dir durch die Bank jemanden nennen können, der ihnen geholfen hat, dorthin zu kommen, wo sie jetzt sind. Das Glück hatte dein Vater nicht.» Er erhob sich. «Entschuldige, ich muss zur Toilette.» Kaum hatte er den ersten Schritt gemacht, fasste er Halt suchend meine Schulter. «Mein Knie will noch nicht.»

«Macht nichts. Lass dir Zeit.»

Onkel Jan atmete ein paar Mal ein und aus. «Eins, zwei, und los geht's.» Steifbeinig setzte er sich in Bewegung und stieß dabei gegen den Couchtisch. Meine Tasse fiel runter. Es war noch ein kleiner Rest Kaffee drin, der über den beigen Teppichboden spritzte. Onkel Jan blickte sich verstört um.

«Geh ruhig, ich mach das schon weg.» Ich holte ein Geschirrtuch aus der Küche und tupfte das Ganze ein bisschen auf. Dann verrückte ich den Couchtisch ein kleines Stück, und von den Flecken war praktisch nichts mehr zu sehen.

Onkel Jan kam zurückgeschlurft.

Ich half ihm in seinen Sessel. «Glaubst du, dass irgendjemand was für meinen Vater hätte tun können?»

«Wie meinst du das?»

«Na ja, ich habe einen … ich habe gehört, dass Psychiater da eine große Hilfe sein können. Wenn man, wie soll ich sagen – abgleitet.»

«Soweit ich weiß, ist dein Vater nie bei einem Psychiater gewesen. Und das kann ich auch vollkommen verstehen.»

«Ach ja?»

«Er glaubte nur an die Allergrößten: Freud, Kant, Goethe. Nur die waren für ihn geistig ebenbürtig. Was sollte er bei irgend so 'nem Hampelmann aus Amsterdam, der gerade sein Diplom gemacht hatte? Den hätte er glatt ausgelacht. Außerdem hätte so jemand sofort von Sexualität angefangen. Und dazu hatte dein Vater ganz bestimmt keine Lust.»

«Glaubst du, dass er homo war?»

Onkel Jan zog das Kinn an. «Nein. Absolut nicht. Natürlich nicht.»

«Aber es hätte doch sein können? Ich hab das gelegentlich gedacht. Es hätte zu einem großen Teil erklärt, warum er mit der Welt im Allgemeinen und seiner Familie im Besonderen so unzufrieden war …» Großer Gott, das hatte ich aber toll ausgedrückt! Man konnte merken, dass ich mich in letzter Zeit mit Männern von einem gewissen Niveau umgeben hatte.

Onkel Jan legte mir die Hand aufs Knie. «Ich sag dir was. Es tut vielleicht weh, aber du bist ja jetzt eine erwachsene Frau und kannst die Wahrheit vertragen.»

Ich hielt den Blick starr auf seine faltige Hand gerichtet. *Er wird mir wehtun. Schön, dass er es vorher ankündigt.*

«Im Grunde war Kees der geborene Junggeselle. Ein Einzelgänger. Hat lange an Mutters Rockschößen gehangen. Wenn es nach ihm gegangen wäre, hätte er sein Elternhaus nie verlassen. Das haben wir – die Geschwister deines Vaters – oft gesagt, vor allem nach diesen misslichen letzten Jahren …»

Er ließ eine kurze Stille eintreten.

«Dein Vater hätte besser nie geheiratet.»

40

23. September 1971
In den großen Ferien sind wir zum ersten Mal in den belgischen Ardennen zelten gewesen. Das haben wir alle sehr genossen, vor allem du, weil hinter dem Zelt ein Bach war, in dem du immer mit deinem Schwimmring zu finden warst.

Fehlgeschlagen. Alles war fehlgeschlagen. Seine Karriere, sein Einsatz für die Wasserkäfer, seine Ehe, sein Klaviernotensystem, seine Vaterschaft. Er war ein Nichts gewesen.

Ich umklammerte das Lenkrad.

Ganz klar. Entweder du bist jemand, oder du bist ein Nichts. Kees, mein Vater, hatte eingesehen, dass er der Unterlegene war. Nicht nur sein Bruder war ihm überlegen, auch der Rest seiner Familie, seine Frau, seine Kinder. Alle blickten auf ihn herab. Voller Abscheu. Oder Mitleid. Das eine so schlimm wie das andere. Der Mann wurde von Tag zu Tag kleiner und sein Wahnsinn größer.

«Er ist uns entglitten», hatte Onkel Jan gesagt.

Von wegen gleiten. Wie ein Backstein ist er gesunken. Neun Kinder, und ausgerechnet Kees hatte den schwarzen Peter gezogen. Der Rest lebte noch lange und glücklich.

Ich musste so sehr weinen, dass ich nicht mehr weiterfahren konnte und am Straßenrand anhielt. Wieso hatte ich verdammt noch mal kein Handy? Ich musste Beau anrufen. Er musste mich trösten. Dieser Schmerz war unerträglich.

Ich fuhr weiter.

Nach zweihundert Metern sah ich eine Telefonzelle. Ich stellte den Wagen auf dem Grünstreifen ab, stieg aus und zwängte mich durch die Falttür in die Zelle hinein. Ich griff zum Hörer.

Verdammt, dafür brauchte man eine Telefonkarte! Ich ließ den Hörer fallen und lehnte mich an die Glaswand.

Wenn eine unerwartete Situation eintritt, brauchst du nicht gleich in Panik zu geraten. Analysier zunächst mal das Problem. Bring es auf seinen Kern.

Der Kern, der Kern, was war der *fucking* Kern? Der Kern war, dass ich telefonieren wollte. Ich stand vor einem Telefon. Aber ich hatte keine Telefonkarte.

Ich baute mich vor dem Apparat auf und besah ihn mir von oben bis unten. Ganz unten befand sich ein Schlitz, der mir vorher nicht aufgefallen war. Ja, Wahnsinn, da konnte man eine Kreditkarte reinstecken. Hurra!

«Praxis Doktor Beau van Kooten. Die Praxis ist zurzeit –»

Scheiße.

Ich sah auf meine Armbanduhr. Fünf nach fünf. Mein Therapeut war weg.

Oder auch nicht. Vielleicht war er ja doch da, obwohl der Anrufbeantworter an war. Wenn er meine Stimme hörte, würde er bestimmt abnehmen.

«Praxis Dr. Beau van Kooten. Die Praxis ist zurzeit geschlossen. Wenn Sie eine Nachricht hinterlassen wollen, sprechen Sie bitte nach dem Signalton. In dringenden Fällen können Sie sich auch an Dr. Bent wenden. Seine Telefonnummer ist –»

Erschrocken legte ich auf. Doktor Bent? Nie gehört. Trotzdem hatte Beau auf dem Band gesagt, dass ich den anrufen sollte, wenn es dringend war. Aber ich wollte Beau. Meinen Beau. Nicht irgendeinen Bent.

Ich rief ein drittes Mal an und wartete ungeduldig auf den Signalton.

Pieps.

«Hallo, Beau ... Herr van Kooten, hier ist Lea. Ich muss Sie sprechen. Wir haben keinen Termin mehr ausgemacht, und jetzt läuft irgendwie alles aus dem Ruder. Mit dem Trauern, mein ich. Ich hab mit dem Bruder von meinem Vater gesprochen, und ich bin so traurig ...» Meine Stimme brach. «Hören Sie mich noch? Ich steh in einer Zelle, einer Telefonzelle. Ich fahr jetzt nach Hause und hoffe, dass Sie mich anrufen. Auf Wiedersehen, Herr van Kooten, Grüße an Ludo.»

Zu Hause rannte ich gleich zum Telefon. Wieder bekam ich nur den Anrufbeantworter.

Pieps.

«Hier nochmal Lea. Ich bin jetzt zu Hause. Das wollte ich nur kurz durchgeben. Sie haben doch meine Telefonnummer, oder? Bitte rufen Sie mich an, denn ich weiß wirklich nicht mehr, was ich machen soll ...»

Es knackte am anderen Ende der Leitung. «Hallo?» Eine unbekannte Frauenstimme.

«Wer ist da?», fragte ich argwöhnisch.

«Guten Tag, ich habe gerade Ihre Nachricht gehört, ich war zufällig in der Praxis und ...»

«Wer sind Sie?»

«Ich bin eine Freundin von Pierre van Kooten. Das ist der Bruder vom Doktor.»

«Ich weiß, wer Pierre ist.»

«Das dachte ich mir schon, weil sie Ludo erwähnt haben. Ich bin hier, um Ludo abzuholen. Doktor van Kooten ist nach Afrika.»

Afrika? Afrika? Großer Gott, da war was faul. Total faul.

Beau war geflohen. Nach Afrika, zu den wilden Tieren. Er hatte sich wohl zu schnell wieder in seine Arbeit gestürzt. Hatte nicht richtig getrauert. Sein Lebenswille erlosch. Er hatte den letzten Gang angetreten, der ihn noch einmal an den Schönheiten der

Schöpfung vorbeiführte. Mein Therapeut steckte in einem dunklen Tunnel. Ich musste ihn retten.

«Ist er … hat seine Abreise etwas mit dem Tod seiner Mutter zu tun?»

«Ich glaube schon. Er wollte den Trauerprozess in aller Ruhe abschließen, sagte er. Wenn Sie eine Patientin von ihm sind, wissen Sie ja bestimmt, wie wichtig das ist. Mir hat Beau enorm geholfen, als meine kleine Tochter starb.»

«Das freut mich für Sie. Das freut mich wirklich sehr. Genau das braucht man, wenn man trauert. Rückhalt. Mir gibt Beau auch sehr viel Halt, wissen Sie. Mein Vater ist gerade gestorben.»

«Mein Beileid.»

«Danke. Wann ist der Doktor wieder da?»

«Ich erwarte ihn in sechs Wochen zurück.»

Eine kalte Pranke schloss sich um mein Herz. *Sechs Wochen. Sechs Wochen ohne Beau. Sechs endlose Wochen. Zweiundvierzig eiskalte Tage. Einundvierzig einsame Nächte.*

«Sind Sie noch dran?»

Ich gab einen Bestätigungslaut von mir.

«Ich glaube, ich werde Doktor van Kooten noch kurz sprechen. Soll ich ihm ausrichten, dass Sie angerufen haben?»

«Würden Sie das für mich tun?»

«Natürlich. Geben Sie mir mal Ihre Telefonnummer.»

Ich sagte sie ihr.

«Soll ich ihm noch etwas bestellen?»

«Sagen Sie ihm, dass ich in der dritten Phase bin.»

«Oje, das ist die Schlimmste.»

«Ich weiß», schniefte ich.

«Da kann ich vollkommen verstehen, dass Sie den Doktor sprechen wollen. Ich tue mein Bestes, das verspreche ich Ihnen. Halten Sie die Ohren steif, ja?»

Harry steckte den Kopf zur Küchentür herein. «Mmh, Lea mach Kaffee zum Genuss!» Ich hasste es, wenn er Werbesprüche nachäffte.

«Mach dir selbst einen. Wieso bist du so spät dran?» Es war schon der dritte Abend hintereinander, dass ich allein mit unserer Philippina gegessen hatte. Na ja, was man so essen nennt. Die Einzige, die was aß, war sie. Wo sie, schmächtig, wie sie war, den ganzen Reis ließ, war mir ein Rätsel. Unheimlich schnelle Verdauung wahrscheinlich.

Harry bereitete den Kaffee zu und summte dabei vor sich hin.

«Ist dir wohl alles scheißegal, was?»

«Hat sie was gesagt?», fragte Harry, ohne sich umzudrehen.

«Was ich durchmache.»

Er seufzte. «Lea, in diesem Haus geht es doch seit Monaten um nichts anderes als um deine Wehwehchen. Was ist denn nun schon wieder?»

«Ich war bei meinem Onkel. Er hat mir von den Kriegserlebnissen meines Vaters erzählt. Papa war ...» Ein Schluchzer machte sich Luft. «Papa war ein Opfer. Du ahnst nicht, welche Gräuel er miterleben musste. Brennende Leichen, erfrorene Babys ...»

«Ts ts ts, na so was aber auch. Möchtest du auch 'n Kaffee?»

«Nein.»

Er setzte sich an den Küchentisch. «Ich versteh dich nicht. Du hast alles von mir bekommen. Alles, was du nur wolltest. Ein Haus, Kleider, ein Kind, mehr Schuhe als Imelda Marcos. Und du jammerst nur immerzu über deinen Vater.»

«Er fehlt mir.»

«Du kannst einen Menschen wohl erst lieben, wenn er tot ist, was? Mensch, du hast einen Sohn, und der ist dir gerade mal zwei Minuten am Tag wert ...»

«Übertreib nicht so.»

«Na gut, vier Minuten.»

«Ich kann die Gegenwart erst genießen, wenn ich mit der Vergangenheit abgeschlossen habe.»

Harry hielt sich die Ohren zu. «Ich kann's echt nicht mehr hören, dass du andauernd deinem Psychiater nachplapperst!»

«Weißt du, das hat Beau mir schon prophezeit. Beau hat vorausgesagt, dass ich auf Unverständnis stoßen würde.»

«Redet dieser van Kooten eigentlich nur über deinen Vater, oder geht es auch gelegentlich mal um dich?»

«Was meinst du damit?»

«Wenn ich mich recht entsinne, solltest *du* untersucht werden. Weil du, Simsalabim, deinen Sohn verschwinden lassen wolltest, weißt du noch?»

«Das ist mir jetzt zu blöd.» Ich erhob mich.

Harry fasste mich am Handgelenk. «Deinen Freund da kannst du ja vielleicht an der Nase herumführen, aber *mich* nicht! Ich hab nämlich nachgedacht. Und ich weiß, wie der Hase läuft.»

Ich versuchte mich loszureißen.

Harry stand auf, packte mich bei den Schultern und begann zu schreien. Er roch nach Alkohol. «Du liebst mich nicht! Und Junior schon gar nicht! Du, du liebst nur dich selbst! Junior war dir im Weg, und deswegen sollte er sterben! Am liebsten hättest du um ihn getrauert! Oh, oh, wär das schön gewesen: Die traurige junge Mutter mit ihrem Baby in einem weißen Sarg … Tja, aber das ist dir nicht geglückt, wie?!» Sein Mundgeruch ließ mich würgen. «Was also hat die junge Mutter getan? Sie hat sich eine andere Leiche gesucht. Und zufällig hatte sie noch eine im Schrank. Das traf sich aber gut … War sie also doch noch bedauernswert. Hatte sie doch noch eine Rechtfertigung …» Er stieß mich an. «Sag was, du dumme Ziege! Glotz nicht so blöd! SAG WAS!!»

Öl aufs Feuer.

Ich schwieg.

«Du bist eine unglaubliche Egoistin. Du wolltest doch wissen, wieso ich nicht mehr mit dir schlafe? Ich werd's dir sagen. Weil du mich *ankotzt*. Nicht dein Körper, wie du immer denkst, nein *du* kotzt mich an!» Er rülpste und ließ sich auf seinen Stuhl zurückplumpsen.

Es klopfte an der Schlafzimmertür.

«Mrs. Meyer?»

«Yes?»

«I have something for you.»

«What?»

«Open the door, please.»

Ich erhob mich und machte auf.

Meine Philippina hielt ein Blatt Papier in der Hand.

Ich konnte es auch über Kopf lesen.

FAXMESSAGE FOR LEA MEYER
FROM BEAU VAN KOOTEN
CAPE OF GOOD HOPE

«I was cleaning your husband's room and then I heard the machine and –»

Ich riss es ihr aus der Hand und schlug die Tür zu. Beau hatte mir ein Fax geschickt. Der Engel. *Er hat mich nicht vergessen. Er liebt mich noch.* Meine Augen flogen über die Zeilen.

Lea,
wie du von Martine gehört hast, bin ich für einige Wochen in Afrika. Bei deinem letzten Besuch habe ich leider versäumt, dir das mitzuteilen.

Martine erzählte mir, dass du in der dritten Phase bist.

Ich glaube, dass jetzt die Zeit für die nächste Phase reif ist. Das heißt: Wütend werden. Auf deinen Vater. Du kannst das eine oder andere dazu in der Trauerbroschüre nachlesen.

Frdl. Gr. Dr. Beau van Kooten

PS: Solltest du Rat brauchen, kannst du dich an meinen geschätzten Kollegen Dr. Bent wenden. Seine Telefonnummer wird auf dem Anrufbeantworter der Praxis durchgegeben.

Ich las das Brieflein gleich dreimal. Vielleicht hatte ich ja etwas übersehen. Vielleicht stand irgendwo ein Zeichen. Ein Hinweis. Ein *Du-fehlst-mir-auch-komm-bitte-her.* Warum tat mein Therapeut so kühl?

Ich zog meine Nachttischschublade auf und kramte zwischen meinen Strumpfhosen. Dann zog ich die ganze Schublade raus und drehte sie um. Was ich suchte, war nicht da.

Ich verließ das Schlafzimmer und rannte die Treppe runter.

Harry saß auf dem Sofa. Er hatte ein Glas Whisky in der Hand. Der Fernseher lief.

«Hast du meine Trauerbroschüre gesehen?»

Keine Antwort.

Ich ging zum Fernseher und machte ihn aus. «Ich hab dich was gefragt.»

«Mach verdammt noch mal den Fernseher wieder an!»

«Ich brauche meine Trauerbroschüre.»

Harry knallte sein Glas auf den Tisch, kam auf mich zu und schob mich unsanft beiseite. Er schaltete den Fernseher wieder an.

Es lief gerade ein Actionfilm. Die Lautstärke war voll aufgedreht.

Harry ließ sich aufs Sofa plumpsen.

Ich ging zum Schrank und zog eine Schublade auf. Da lag die Trauerbroschüre. Auf den *Gelben Seiten.*

Ich nahm die Broschüre mit aufs Klo. Die Tür schloss ich wohlweislich ab.

> *Vierte Phase*
> Und dann kommt die Wut. Auf diejenigen, die an dem Tod beteiligt waren, auf Freunde und Verwandte, womöglich auch auf Gott und letztendlich auf den Verstorbenen selbst.
>
> Er/sie hat dich schließlich im Stich gelassen. Auch um diese Phase kommt man nicht herum.* Scheu dich nicht, wütend zu

werden. Schimpf ruhig auf den Verstorbenen. Das ist nichts Schlimmes. Betrachte es als Trauer*arbeit*.

* Die vierte Phase lässt sich in gewisser Hinsicht mit der analen Phase in der Kindheit gleichsetzen. Personen, die diese Phase nicht ausleben, sieht man dann viel später als demente Alte wieder, die mit Stöckchen oder dergleichen in ihren Exkrementen herumrühren. Ein unangenehmer Anblick, der unterstreicht, wie notwendig das Durchlaufen sämtlicher Phasen ist.

In meinem Schritt fühlte es sich plötzlich ganz nass und warm an. Ich hatte mir in die Hose gepinkelt. Genau wie Onkel Jan, als die Deutschen ihn erschießen wollten. Mein Vater hatte sich bestimmt auch in die Hose gemacht. Und jetzt ich. Wie der Vater, so die Tochter.

Klar, ich muss nachempfinden, was er durchgemacht hat. Das ist nicht schlimm. Das ist gut. Aber wütend werde ich nicht auf ihn. Kommt nicht infrage. Das war ich ja schon mein ganzes Leben lang.

Ich erhob mich und verließ das Klo.

In der Diele griff ich zu meinen Schlüsseln. Aus dem Wohnzimmer ertönte ein Schuss. Eine Frau schrie. Leise zog ich die Haustür hinter mir ins Schloss.

41

23. September 1971
Diesen Sommer war das Wetter wunderschön und alles ging bestens. Nach den Ferien wieder in die Schule, das fiel dir ein bisschen schwer. Der tagtägliche Zwang ging dir gegen den Strich. Aber das hatte sich nach einer Woche gelegt, und die Schule besaß für dich wieder die alte Anziehungskraft.

Es war dunkel. Die Pflastersteine glänzten. Ich stieg ins Auto.

Als ich den Zündschlüssel umdrehte, ging das Radio an.

Jesus Christus hat für uns gelitten und uns damit ein Beispiel gegeben, auf dass ein jeder ihm folge.

Ich machte das Radio schnell wieder aus. Da war sie schon, die BOTSCHAFT. Ich kratzte mich an der Wange. Bloß nicht weiter zuhören. Ich stellte die Scheibenwischer auf Intervallbetrieb und fuhr los.

Mit einem Mal war mir so, als sei ich nicht allein. Ich guckte in den Rückspiegel. Die hintere Sitzbank war leer.

UND SIEHE, ICH BIN BEI EUCH ALLE TAGE BIS AN DER WELT ENDE.

Wieder diese sanfte Männerstimme. Wer hatte das Radio angemacht? Ich wollte das nicht hören. Nicht jetzt. Ich nahm die Bedienungsblende ab und warf sie auf den Beifahrersitz.

FÜRCHTE DICH NICHT.

Das kam nicht aus dem Radio. Irgendwer sprach zu mir.

Wer bist du?

WAS GLAUBST DU?

Ich weiß es nicht.

DENK MAL GUT NACH.

Ich runzelte die Stirn und musste plötzlich laut auflachen: *Beau, bist du es, mein Lieber?*

Es blieb drei Sekunden lang still.

FALSCH.

Die Stimme klang verärgert. Irritiert. Es war doch wohl nicht Harry? Nein, der würde so was niemals machen, der würde einfach zum Telefon greifen.

SÜSSER WICHT.

Gänsehaut. Sie kroch mir über die Arme. Er hatte es zwar nur geflüstert, aber ich hatte es genau gehört.

Papa? Bist du es, Papa? Bist du es wirklich?

JA, LEA.

Tränen strömten mir über die Wangen. Ich konnte nicht mehr lenken.

Wart mal eben, Pap, ich halt lieber irgendwo an. Nicht weggehen, ja?

Er lachte. Aus Tausenden hätte ich sein Lachen wiedererkannt. Wie schön, ihn wieder lachen zu hören.

Du hast mir so sehr gefehlt, Papa, es ist so viel passiert.

ICH WEISS.

Was weißt du?

ALLES.

Wie kannst du denn alles wissen?

ICH WAR DABEI.

Wie meinst du das?

ICH BIN IMMER BEI DIR GEWESEN. ICH BIN NIE WEGGEGANGEN.

Ich wischte mir über die Wangen. Es war beinahe zu schön, um wahr zu sein.

Du, du weißt also alles? Von Harry und von –

EDDYLEIN-DEM-ALTEN-SCHWEIN? UND OB ICH DAS WEISS. DAS WAR JA VIELLEICHT EIN FRÜCHTCHEN. ICH

HAB MIR DIE LUNGE AUS DEM LEIB GESCHRIEN, ALS DU AUF DEM STANDESAMT WARST. ABER DU WOLLTEST JA NICHT HÖREN. IMMER MIT DEM KOPF DURCH DIE WAND, WAS? GENAU WIE DEIN VATER.

Wie fandest du mein Brautkleid?

DAS ERSTE ODER DAS ZWEITE?

Das Zweite.

EIN GEDICHT. DU HÄTTEST ABER AUCH IN EINEM MÜLLSACK NOCH BILDSCHÖN AUSGESEHEN.

Ich kicherte. *Das sagt Harry auch immer. Wie findest du ihn?*

RAUE SCHALE, WEICHER KERN. DU HÄTTEST ES SCHLECHTER TREFFEN KÖNNEN.

Papi, ich hab einen Sohn zur Welt gebracht, hörst du? Du hast einen Enkelsohn.

DU WARST SO STARK IM KRANKENHAUS. ICH WAR SO STOLZ AUF DICH. UND WIR HABEN EINEN PRACHTVOLLEN HOLLÄNDISCHEN JUNGEN DAZUBEKOMMEN. DER WIRD ES NOCH WEIT BRINGEN, LEA.

Hast du ihn schon gesehen?

NATÜRLICH. ICH WACHE ÜBER IHN. GENAUSO WIE ICH ÜBER DICH WACHE. IMMER.

Ich seufzte tief.

O Pap, ich bin so froh, dass ich mit dir sprechen kann. Ich möchte dich so vieles fragen. Aber am liebsten würde ich ... das geht natürlich nicht, aber ich würde ...

WAS DENN, SAG'S RUHIG.

Ich würde dich so gerne sehen. Richtig sehen. Und festhalten. Es klingt vielleicht idiotisch, Pap, aber wenn ich die Augen zumach, weiß ich noch genau, wie du gerochen hast.

ES GIBT EINEN ORT. ICH WEISS NUR NICHT, OB DAS VERNÜNFTIG WÄRE.

Sag schon, Pap, sag es. Ich hab von Onkel Jan gehört, dass dein Grab noch da ist. Möchtest du mich dort treffen?

NEIN, DA WÜRDE ICH MICH HOFFNUNGSLOS VERIRREN.

Wie meinst du das? Du liegst doch da, oder?

Ich vermutete, dass mein Vater den Kopf schüttelte.

DAHIN SIND EIN PAAR STERBLICHE ÜBERRESTE VON MIR GEBRACHT WORDEN. ABER ICH BIN NIE DORT GEWESEN.

Ich auch nicht.

ICH WEISS.

Findest du das schlimm?

ACH WO. ICH FINDE DAS SEHR VERNÜNFTIG VON DIR. EINE BEERDIGUNG IST DOCH NUR KASPERLTHEATER. DAS WIRD DIR ERST RICHTIG AUFGEHEN, WENN DU SELBST TOT BIST.

Du hast was von einem bestimmten Ort gesagt.

ICH KANN MICH NUR AN EINEM EINZIGEN ORT ZEIGEN. NA JA, ODER AN ZWEIEN. DEM ORT, AN DEM ICH GEBOREN BIN, UND DEM ORT, AN DEM ICH GESTORBEN BIN. UND IN MEINEM GEBURTSHAUS WOHNT EINE TÜRKISCHE FAMILIE.

Na, die würden sich bedanken! Die würden vor Schreck ihre Kopftücher aufessen.

JA, DAS HAB ICH MIR AUCH SCHON GEDACHT. ALSO BLEIBT UNS NUR –

Der Sloterplas.

GENAU.

Ich ließ den Motor an.

WANN TREFFEN WIR UNS?

... Mm ... in einer halben Stunde?

GUT. BIS DANN.

Tschüs, Pap. Bis gleich.

An der Kreuzung stieg mir ein penetranter Geruch in die Nase. Uringeruch. Wie denn das? Ich schnupperte nochmal gründlich.

Shit, das war meine Hose. Die war noch nass von vorhin. So konnte ich mich Papa nicht zeigen.

Ich wendete und fuhr nach Hause zurück.

Leise schloss ich die Haustür auf und steckte vorsichtig den Kopf nach drinnen. Die Wohnzimmertür war zu. Rambo war noch zugange. Er machte einen Heidenlärm. Offenbar waren noch nicht alle tot.

Ich schlich die Treppe rauf. Ich zögerte. Was sollte ich anziehen?

Aber natürlich!

Ich lief die Treppe zum Dachboden rauf. Da hing es. Ein Gedicht, hatte Papa gesagt.

Ich nahm das elfenbeinfarbene Kleid aus seiner Hülle. Es war ein richtiges Kunstwerk. Fong Leng persönlich hatte Hunderte von Perlen draufgenäht.

Ich zog mich aus, streifte das Kleid über und kämpfte mit dem Reißverschluss.

Jetzt noch der Schleier.

Dann holte ich aus meinem Zimmer die weißen Pumps. Mit den Schuhen in der Hand schlich ich mich wieder nach unten.

Unbemerkt verließ ich das Haus. Ich sah auf meine Armbanduhr. Noch zweiundzwanzig Minuten. Ich musste mich beeilen.

Ich zog meine Pumps an, rannte zum Wagen und preschte davon.

Ich fuhr nicht nach Amsterdam, ich schwebte. Alle Ampeln sprangen auf Grün. Die wenigen anderen Leute, die auf den Straßen unterwegs waren, ließen mir freie Bahn. Bräute haben immer Vorfahrt.

Ich weiß nicht, ob du mich hören kannst, Papa. Oh, ich hätte mir nie träumen lassen, dass unser zweites Kennenlernen so festlich sein würde.

Ich wusste gar nicht wohin mit meinem Überschwang. Ich musste irgendetwas tun, um nicht zu platzen vor lauter Freude. Ein Lied würde ich schmettern. Ich räusperte mich.

Tonight, tonight, it all began tonight.
I saw you and the world went away.
Tonight, tonight, it's only you tonight
In my arms, in my …

I'd go down on my knees
Kiss the ground that you walk on
If I could just hold you again

Ich sang die ganze Fahrt über, bis ich völlig heiser war. Wie früher auf Klassenfahrt, da sangen wir unterwegs auch eine Schnulze nach der anderen. Wenn wir zurückkamen, mussten wir uns alle unter die Sitzbänke legen. Dann sagte der Busfahrer zu den wartenden Müttern, dass die Kinder verloren gegangen seien. Und wenn die Mütter daraufhin «O nein!» schrien und vor Schreck die Hände vor den Mund schlugen, sprangen wir alle gleichzeitig hervor, und sie waren unheimlich froh.

Am Sloterplas war es stockfinster. Ich stellte den Wagen ab und lief über die Grünfläche zum Wasser. Der Wind bauschte meinen Brautstaat. Ich sah auf meine Armbanduhr. Zwei Minuten zu spät. Das musste einer Dame gestattet sein.

«Papa! Papa, bist du da?»

Es blieb still.

«Pap! Ich bin's, Lea. Ich hab mich schnell umgezogen, siehst du?»

Der See lag verlassen da. Die Wasseroberfläche kräuselte sich leicht.

Er hat sich verspätet. Das hätte ich mir denken können. Er hat ja keine Uhr.

Ich setzte mich ins Gras.

Zehn Minuten später war er immer noch nicht da. Mir wurde allmählich ganz schön kalt.

Da fuhr mir plötzlich durch den Sinn, was er gesagt hatte. Er könne sich nur an dem Ort zeigen, an dem er gestorben sei. Mann, war ich blöd! Er hatte sich doch nicht im Gras ersäuft!

Ich zog meine Schuhe aus und streckte einen Fuß ins Wasser. Himmelherrgott, war das kalt!

Trotzdem nahm ich mutig Anlauf und rannte in den Sloterplas hinein. Nach vier Schritten ließ ich mich der Länge nach ins Wasser fallen. Man macht das immer am besten in einem Rutsch.

Strecken, ausholen und schließen, strecken, ausholen und schließen … Ich musste in die Mitte des Sees.

Mein Kleid war bleischwer. Mein Schleier löste sich. Ich versuchte ihn noch festzuhalten, aber er trieb schon davon. Ich ließ ihn und schwamm weiter.

Ich war am Ziel. Mit den Füßen paddelnd, um mich über Wasser zu halten, spähte ich über den See. Weit und breit nichts zu sehen. Rein gar nichts. Wieder begann mir etwas zu dämmern. *Wo war er gestorben? Genau!* Mannomann, das würde aber eine kurze Begegnung werden! Das hielt ich höchstens anderthalb Minuten lang aus.

Ich holte tief Luft und tauchte unter. Mit weit geöffneten Augen schwamm ich in die Tiefe. Verdammt, es war viel zu dunkel, ich sah ja überhaupt nichts!

Ich kehrte an die Wasseroberfläche zurück, sog die Lungen voll Luft und tauchte ein zweites Mal.

Nichts.

Ich tastete mit den Händen über den Boden.

Sand. Steine. Kein Vater.

Mir lief Wasser in den Mund. «Süßwasser» schimpfte sich so was. Ungenießbar.

Der Druck auf meine Brust nahm zu. Ich hielt das nicht länger aus. Nach Luft ringend tauchte ich wieder auf. Ich hatte Wasser in der Nase. Mist, das tat weh! Ich schlotterte vor Kälte. Meine Muskeln waren ganz steif. Und ich musste noch ganz bis ans Ufer schwimmen. Das schaffte ich nie.

Ich schloss die Augen. *Los, Lea, du kannst das. Strecken, ausholen und schließen … Tu einfach so, als wärst du im Schwimmbad. Als wär das Wasser warm. Du hast einen Badeanzug an, du bist federleicht. Strecken, ausholen und schließen …*

Auf einmal stießen meine Zehen gegen den Boden. So was Blödes, das Wasser reichte mir nur noch bis zu den Knöcheln, ich hätte die letzten Meter auch laufen können.

Keuchend ließ ich mich ins Gras fallen. Ich angelte irgendein schlammiges Gewächs aus meinem Dekolleté. Meine Güte, ich müffelte vielleicht!

Ich stand auf. Das Brautkleid klebte mir am Leib. Ich streifte es ab, wrang es aus und warf es mir über die Schulter. Die Perlen tickten gegen meinen Po.

Und ich sah
einen neuen Himmel
und eine neue Erde.
Und Gott wird jede Träne
von ihren Augen abwischen,
und der Tod wird nicht mehr sein,
noch Trauer, noch Geschrei
noch Schmerz wird mehr sein.

42 *20. August 1998*
Hallo, lieber Harry, hier ist deine Mama. Wir sind heute zu dritt bei der Vorsorgeuntersuchung gewesen. Du wiegst 8200 Gramm und bist schon 71 Zentimeter groß! Du bist kerngesund, kleiner Mann. Ich sitze jetzt an Papas Schreibtisch. Du bist draußen im Garten und spielst mit Papa Fußball. Papa rennt hinter dem Ball her, und du sitzt auf dem Rasen. Ich glaub, dir ist noch nicht so ganz klar, was Papa da eigentlich treibt. Oh … jetzt bist du umgepurzelt. Du weinst. Ich geh lieber schnell zu dir runter. Morgen schreibe ich weiter.

An diesem düstren Tag
da die Sonne nicht scheinen mag
ein kurzes Gedicht
für einen süßen Wicht
unser aller Heleen
die mich so sehr kann treiben
daß ich ihr ganz schnell muß schreiben
wie furchtbar lieb ich sie hab
weil sie das so gern hören mag.
Das Bildchen liegt schon bereit
ich geb dir nur noch Bescheid
dass das Reimen nicht grad jedem gefällt
ja mancher es gar für 'ne Strafe hält
Papa

Mit herzlichem Dank an
meine Mutter für das Babytagebuch
meinen Vater für das Gedicht im Poesiealbum
Agaath für ihre Niederkunft
Myrte Gay-Balmaz für Birgits Songtext
Roland und Wilbert fürs Lesen und Noch-mal-Lesen
Liz für die Übersetzungen
Linda Michaels für die Sales
Oscar, Adriaan und Lex für ihr Vertrauen.

Manche Leute glauben an Gott
Ich glaub an Ton
den es wirklich gibt.
Ton ist mein Mann.

Literatur

Jetske Spanjer, Aafke Gorter, Hetty Hagens et al., *Bevallen & Opstaan* [Niederkommen & Aufstehen], Contact Verlag, Amsterdam 1980
Pablo Neruda, *20 Liebesgedichte und ein Lied der Verzweiflung (1924)*, aus: *Liebesgedichte* (spanisch-deutsch), Deutsch von Fritz Vogelsang, Luchterhand Literaturverlag, München 1989
Die Bibel in verschiedenen Übersetzungen
Ron Ramsay, *Rouw* [Trauer] (Broschüre)
Informationsbroschüre des St. Lucas Ziekenhuis, Amsterdam, Station N (Psychiatrie)

Janice Deaner
Die Schatten der Vergangenheit

Roman · Deutsch von Adelheid Zöfel
288 Seiten. Gebunden

Der New Yorker Sachbuchautor Will Mendelsohn fliegt nach Assam, um dort nach den letzten Exemplaren des einhörnigen Nashorns zu suchen. Politische Unruhen verzögern seinen Aufbruch in den Kazaringa-Nationalpark, aber auch eine neue Bekanntschaft fesselt ihn. Grace Tagore, die traurige amerikanische Frau eines schwer kranken indischen Teepflanzers, begleitet ihn auf langen Spaziergängen durch die Gärten ihrer Plantage.
Unter den misstrauischen Augen ihres Mannes kommen Grace und Will sich näher: Beider Eltern sind Holocaust-Überlebende, beide sind einsam aufgewachsen, beide hatten Pech mit der Liebe. Doch nun, in gestohlenen Augenblicken eines bisher ungekannten Glücks, sind sie zum ersten Mal nur noch sie selbst – Mann und Frau, der Welt entrückt und einander verbunden durch eine unwiderstehliche, aber verbotene Liebe. Bis eines Morgens eine Leiche unter Grace' Teesträuchern liegt und ein Drama sich vollendet, das seinen Ausgang Jahrzehnte zuvor im besetzten Frankreich nahm …

Janice Deaner wurde 1966 in Port Huron, Michigan, geboren. Sie studierte Film in Buffalo, Washington DC und New York, wo sie auch heute lebt. Große Erfolge feierte sie mit ihren Romanen *Als der Blues begann* und *Fünf Tage, fünf Nächte.*